진실과 감동의 언어

이진흥 평론집

진실과 감동의 언어

이진흥 평론집

새미

　세계는 사실과 진실이라는 두 개의 국면으로 다가온다. 이때 사실을 이해하는 언어가 학문이라면 시는 진실에 감동하는 언어라 할 수 있다. 나는 시를 읽을 때 언어(논리)로는 설명하기 힘든 어떤 음영 같은 것에서 감동을 받는데, 이 까닭을 구체적인 작품을 통해서 설명해 보려고 했다. 그러나 설명은 이해를 목표로 하지만 시는 감동을 목표로 하는 것이므로 그것을 설명하는 일은 감성이 예민한 독자에게는 오히려 방해가 될 수 있다. 설명의 언어는 논리인데 시는 논리를 넘어서기 때문이다. 그래서 시의 내용을 밝히려면 해설의 언어가 무용지물이 되어야한다는 하이데거의 말이 무겁게 다가온다.

　시 읽기는 어떤 면에서 오독이라는 말이 있다. 그렇다면 시를 요모조모로 따져보는 비평적 읽기는 일반 독자들의 그것보다 더 심한 오독이 될 것이다. 그런 뜻에서 내가 지금 이 책을 내는 것은 또 하나의 오독을 드러내는 꼴이다. 그러나 비평의 언어는 가시를 빼는 가시로서의 언어 즉 메타언어라는 전제에서 출발하는 게 아닌가? 나도 그런 전제에 기대어 틈틈이 비평이라고 썼던 글 중에서 특히 작품 읽기 위주로 된 것들을 추려보았다. 다룬 작품들의 작자(시인)들께 양해를 구하고, 의견이 다른 독자들의 이해를 바란다.

2010년 4월 이 진 홍

제1부 수단가치와 존재가치

수단 가치와 존재가치

엄원태의
늙은 선풍기를 위하여

고모님께서 한 십 년 쓰시다가
미국으로 이민 가시면서 물려주신 일제 산요 선풍기가
우리 집에 온 지도 벌써 이십 년이 훌쩍 지났습니다.

해마다 여름을 맞아 이놈을 꺼낼 때마다
잘 늙어 죽은 우리 속초 처갓집의 진돗개 진희를 떠올리곤 합니다
새끼들 쑥쑥 잘 낳아 퍼뜨리며 한 이십 년 가까이 잘 늙어
웬만한 사람보다 속 깊던 진희의 무심한 듯 검고 깊은 시선을
떠올려 보게 되는군요.

진희처럼 새끼들을 낳은 경험은 없지만
이젠 이놈도 생을 다해 가는 건지
철사로 된 얼굴에서 세월과 존재의 섭리랄까
일생이라는 것의 한 심연을
언뜻 드러내 보이기도 합니다.

이젠 바로 일 번을 틀면 이놈이 고집을 피우는 건지
금세 돌아가지 않고 으으응 하고 신음소릴 냅니다.
살살 다뤄 달라는 말을 하게 된 거라는 생각이 들 지경입니다

목덜미의 꼭지를 뽑으면 목이 돌아가야 하는데
목 디스크가 걸렸는지 관절 더덕거리는 소리만 내면서
오십견이 온 내 목덜미며 어깨처럼 삐딱하거나

제멋대로 돌다 서다 하면서 저항의 몸짓을 보입니다.

한 번씩 얼굴을 가린 철망을 훌러덩 벗어 버릴 때도 있어
마치 중국의 변검술처럼 우리 가족들을 놀라게 할 때도 있습니다.

이쯤 되면 비록 생명 없는 이놈의 물건이지만
이름 하나 붙여 줘야 하는 건 아닌지요

선풍기를 발로 끄지 말자고 반성하시며
선풍기에서 불성을 보신 시인도 벌써 계시지만
이 놈의 선풍기가 바로 이제 그 지경에 이른 듯
나이 오십을 바라보도록 아직 철없는 제게
뭔가 한 소식을 가르쳐 주시려 드는군요.

(『현대문학』 8월호)

　　박물관에서 낡은 유물들을 볼 때 감동을 느끼는 것은 그 물건에 들어있는 시간의 두께와 역사의 숨결 때문일 것이다. 분명히 낡은 것 속에는 시간의 격랑을 헤쳐 온 힘과 권위가 있다. 소위 고전이라는 것도 짧게 말하면 시간과의 투쟁에서 살아남은 것이 아닌가? 오래된 것 속에는 그 나름대로의 시간의 이빨을 견디는 강인함이 들어있다. 고목이 그렇고 고가의 기둥과 골동품들이 그러하다. 오래 입은 옷은 주인의 영혼이 깃들어 제2의 피부가 되기 때문에 부담이 없고 편안하다. 고급 포도주는 오래 묵힌 것이고, 어떤 인스턴트식품도 오래된 장맛을 낼 수는 없다.

　　그럼에도 불구하고 우리는 오래된 가구나 자동차 오래 입은 옷과 오래 써온 물건은 한시바삐 새것으로 바꾸려고 한다. 오래된 것은 낡은 것이고 낡은 것은 쓰기에 불편하기 때문이다. 최신형 모델의 자동차와 아파트 그리고 가전제품들이 아주 편리하다. 낡은 것의 불편함은 새것

의 편리함으로 대체된다. 새것이 존중되는 사회에서는 낡은 것은 버려야 할 퇴물일 뿐이다. 생각해 보면 우리가 새 것을 선호하는 까닭은 그것의 편의성 때문이다. 편의성은 수단 가치이지 목적가치는 아니다. 우리는 사물을 수단 가치로 이용한다. 이용대상은 수단일 뿐이므로 용도가 끝나면 가차 없이 폐기된다.

엄원태 시인의 <늙은 선풍기를 위하여>는 쉽사리 싫증내고 쉽사리 새것으로 낡은 것을 대체하는 우리들에게 그야말로 <뭔가 한 소식을 가르쳐 주(마지막 행)>는 작품이라고 생각된다. 그는 너무 오래되어 폐기해야 할 <낡은> 선풍기를 <늙은> 선풍기라고 쓰고 있다. 낡은 것과 늙은 것은 비슷하면서 그 쓰임의 대상이 다르다. 옷은 낡아가지만, 개는 늙어간다. 생명이 있는 것은 늙어가고, 사물은 낡아간다. 그러므로 선풍기는 낡아간다. 그럼에도 불구하고 이 시인은 그것을 <늙은>으로 표현하고 있다. 그것은 선풍기를 생명이 없는 단순한 도구라고 보지 않고 있음을 뜻하는 것이다.

대학시절 한 친구는 나에게 좋아하는 것과 사랑하는 것, 즉 라이크와 러브를 아주 간단하게 구분해서 이렇게 말한 적이 있다. <고양이는 쥐를 라이크하지만 러브하지는 않는다.> 이 말에 나는 단순하게 동의하지는 않지만 어느 정도의 일리는 있다고 생각한다. 우리는 선풍기를 좋아한다. 그러나 그것을 사랑하지는 않으므로 낡으면 새것으로 대체한다. 그러나 사랑하는 연인의 경우에는 무엇으로도 대체할 수 없다. 연인은 수단(도구)이 아니라 목적이기 때문이다. 연인은 낡지 않고 늙어간다. 늙음을 안타까워하면서도 우리는 더 애정을 느낀다. 여름날 선풍기는 더위를 식혀주는 도구이므로 우리는 그것을 좋아하지만 연인처럼 사랑하지는 않는다. 그러므로 낡으면 새 것으로 바꾸는 것이다.

시는 사물을 인간화한다. 인간화한다는 것은 사물을 우리와 같은 존재로 의미화 하는 것을 말한다. 그러므로 시의 세계에서는 선풍기도 낡지 않고 늙어간다는 것을 엄원태 시인은 보여준다. 즉물적인 세계를 의미의 세계로 바꿈으로써 시인은 세계(사물)와의 단절을 넘어서 는 것이다.

> 고모님께서 한 십 년 쓰시다가
> 미국으로 이민 가시면서 물려주신 일제 산요 선풍기가
> 우리 집에 온 지도 벌써 이십 년이 훌쩍 지났습니다.

고모님이 십 년, 우리 집에서 이십 년을 썼으니 이 선풍기는 삼십 년이 지난 낡은 것으로서, 이제는 그 기능을 제대로 하지 못하는 물건이 되었다. 그런데 그 선풍기는 멀리 미국으로 이민을 간 고모님이 쓰시던 물건이니까, 화자에게 그리운 고모님을 생각나게 하는 매개물일 것이다. 고모님은 아버지의 누이이므로 그 선풍기를 보면 고모님은 물론, 은연중에 아버지로 연결되는 따뜻한 핏줄을 느끼게 된다. 아버지는 나의 근원이므로 결국 선풍기 – 고모님 – 아버지 – 나로 연결을 느끼게 하는 단순한 도구 이상의 물건이다. 그러므로 화자의 깊은 의식 속에서 그 선풍기는 이제 단순하게 더위를 식혀주는 편리한 도구(수단 가치)에만 머물러 있는 것이 아니라 그 스스로가 목적(존재가치)의 존재가 되는 것이다.

> 해마다 여름을 맞아 이 놈을 꺼낼 때마다
> 잘 늙어 죽은 우리 속초 처갓집의 진돗개 진희를 떠올리곤 합니다
> 새끼들 쑥쑥 잘 낳아 퍼뜨리며 한 이십 년 가까이 잘 늙어
> 웬만한 사람보다 속 깊던 진희의 무심한 듯 검고 깊은 시선을
> 떠올려 보게 되는군요.

진희처럼 새끼들을 낳은 경험은 없지만
이젠 이놈도 생을 다해 가는 건지
철사로 된 얼굴에서 세월과 존재의 섭리랄까
일생이라는 것의 한 심연을
언뜻 드러내 보이기도 합니다.

　시인은 선풍기를 <이 것>이라고 하지 않고 <이 놈>이라고 부른
다. <것>은 사물을 부르는 이름이지만 <놈>은 인간이나 적어도 인
간과 관련을 맺고 있는 생물을 부르는 이름이다. 그러므로 화자에게
선풍기는 사물로서 낡지 않고 생명으로서 늙는다.

　그 선풍기를 꺼낼 때면 <잘 늙어 죽은 우리 속초 처갓집의 진돗개
진희를 떠올리>게 한다. 그 개는 <새끼들 쑥쑥 잘 낳아 퍼뜨리며 한
이십 년 가까이 잘 늙어 웬만한 사람보다 속 깊던> <무심한 듯 검고
깊은 시선>을 떠오르게 하는 개이다. 여기서 중요한 작자의 의식은 그
개(진희)가 <잘 늙어>서 웬만한 사람보다 속이 깊게 여긴다는 기억 속
에 머무른다는 점이다. 오래되어 잘 늙는다면 오히려 사람보다 속이 깊
어질 수 있다는 생각이 이 시를 받치고 있다. 그러므로 삼십 년이나 된
이 선풍기도 그 잘 늙은 <진희>처럼 속이 깊을 것이라는 상상에서 작
자는 선풍기라는 생활의 도구를 도구 이상의 것으로 바라본다. 그리하
여 화자는 그 선풍기의 <철사로 된 얼굴에서 세월과 존재의 섭리랄까
일생이라는 것의 한 심연>이 <언뜻 드러>나 보이는 것을 느낀다. 낡
은 선풍기에서 <세월과 존재의 섭리> 혹은 <일생이라는 것의 한 심
연>을 읽을 수 있는 까닭은 앞에서 말한 바처럼 화자에게 그것이 단순
한 이용의 도구를 넘어서 그 자체로서의 목적가치를 지니는 생명체로
보이기 때문이다. 그러므로 시인에게 그 오래된 선풍기는 <낡은> 도
구가 아니라 <진희>처럼 <늙은> 가족 같은 존재인 것이다.

이젠 바로 일 번을 틀면 이놈이 고집을 피우는 건지
금세 돌아가지 않고 으으응 하고 신음소릴 냅니다.
살살 다뤄 달라는 말은 하게 된 거라는 생각이 들 지경입니다

목덜미의 꼭지를 뽑으면 목이 돌아가야 하는데
목 디스크가 걸렸는지 관절 더덕거리는 소리만 내면서
오십견이 온 내 목덜미며 어깨처럼 삐딱하거나
제멋대로 돌다 서다 하면서 저항의 몸짓을 보입니다.

　날씨가 더워 급한 마음에 처음부터 센 바람이 나오도록 일 번을 틀
면 무리한 명령을 하는 주인에게 불평하는 늙은 하인처럼 힘들고 부담
스러워서 억지로 돌아가는 모양이 화자에게는 마치 <신음소리>라도
내는 것처럼 보인다. 이제는 늙어서 힘에 부친다는 뜻으로 들리는 선
풍기의 삐걱거리는 기계음이 마치 늙은 노인네의 신음소리로 들린다.
또한 정지에서 회전상태로 바꾸는 조절 꼭지를 뽑으면 회전해야 할 팬
이 빽빽해 하면서 겨우 돌다 서다 하는 모양이 마치 <오십견이 온 내
목덜미며 어깨처럼> 삐딱하게 보인다. 우리는 이 구절에서 선풍기가
아니라 너무 나이를 먹어서 병들고 늙은 <사람>의 모습을 본다. 그
리고 때로는 너무 늙어서 가끔 망령이라도 부리는 것처럼 <한 번씩
얼굴을 가린 철망을 훌러덩 벗어 버릴 때도 있어/마치 중국의 변검술
처럼 우리 가족을 놀라게 할 때도 있>는 것이다. 그리하여 시인은 말
한다.

이쯤 되면 비록 생명 없는 이놈의 물건이지만
이름 하나 붙여 줘야 하는 건 아닌지요

　그렇다. 이쯤 되면 이것은 이제 한낱 <물건>이 아니라 <처갓집의

진돗개 진희>처럼 <웬만한 사람보다 속 깊>던 살아있는 <생명체>
이다. 그 진돗개가 <진희>라고 불렸듯 이제는 이 <늙은 선풍기>도
과연 선풍기라는 일반 명사가 아니라 그 자신의 고유성을 드러내는 합
당한 이름(고유명사) 하나는 가지고 있어야 하는 것이다. 이름을 가진
다는 것은 그것이 다른 것이 아닌 바로 그것, 다시 말해서 하나의 존재
자로서의 권리를 지니게 된다는 뜻이다. 삼십년이나 지내온 선풍기는
이제 <늙었다.> 늙었다는 것은 낡아서 폐기처분해야 하는 사물의 그
것과는 다르다. 늙었다는 것은 하나의 생명체가 시간의 격랑을 헤쳐오
면서 스스로의 존재의미를 실현해 왔다는 의미이다. 그러므로 늙는다
는 것은 그 자체로서의 품위와 존중받아야 할 권리를 지닌다.

> 선풍기를 발로 끄지 말자고 반성하시며
> 선풍기에서 불성을 보신 시인도 벌써 계시지만
> 이 놈의 선풍기가 바로 이제 그 지경에 이른 듯
> 나이 오십을 바라보도록 아직 철없는 제게
> 뭔가 한 소식을 가르쳐 주시려 드는군요.

그리하여 이제 잘 늙은 선풍기는 <나이 오십을 바라보도록 아직 철
없는 제게/뭔가 한 소식을 가르쳐 주시려>하는 것처럼 보인다. 천지
만물 어느 것 하나 불성이 들어있지 않는 것이 없다는 부처님의 가르
침은 깨닫지 못하더라도 자연스럽게 사물 하나 잘 드려다 보면 그것이
시간의 격랑을 헤치고 지나왔다는 사실 자체에서 위대한 가르침을 느
끼게 된다. 이것이 시인의 자각이다.
　생각해 보면 늙는다는 것은 예사로운 것이 아니다. 늙음이라는 것은
시간의 격랑 속에서 견디면서 자신을 살아왔다는 의미로서 그 사실만
으로도 당당한 권위를 지닌다.

이 시를 읽으면서 우리는 요즘 늘 새것을 선호하여 낡은 것을 너무 쉽게 버리고, 세대교체를 주장하면서 새롭고 젊은 힘을 찬양하고 오래된 늙은 지혜와 그것이 겪어 온 인고의 세월을 너무 쉽게 망각하는 것이 아닌가 하는 생각이 든다. 새 자동차, 새로 산 냉장고, 새로 지은 집이 편리하고 유용하지만, 인간은 그러나 오래된 만년필과 낡은 모자 속에서 추억과 품위를 읽고, 늙은이의 주름살에 생의 풍상과 권위를 세우는 것이다. 이 빠른 변화의 시대에 무엇이나 새것이 선호되는 현실 속에서 그러나 이 <늙은 선풍기>는 새로 구입해 씽씽 찬바람을 내는 에어컨이 갖지 못한 고모님에 대한 소중한 추억과, <웬만한 사람보다 속 깊던> 처갓집 <진희>의 <무심한 듯 검고 깊은 시선>을 느끼게 한다. <늙음> 속에는 <새것>으로는 대체할 수 없는 소중한 시간의 의미가 들어있다. 요즘 생태계의 파괴나 환경문제들이 사물을 수단가치로만 보는 데에서 기인하는 것임을 생각하면, 엄원태의 작품 <늙은 선풍기를 위하여>는 사물을 수단 가치로만 생각하는 우리들에게 그것의 존재(목적)가치를 새삼 일깨워 주는 것이다.

(『현대시학』 2001.9)

묘비명, 산 자의 의연한 고별의식

민 영의
묘비명

나도 이제 내
묘비명을 쓸 때가 돌아온 것 같다.
이런 말을 하면 자네는
아니 벌써? 하고 웃을지도 모르지만
다정하고 잔인했던 친구여,
시간은 이미 자정을 넘었고
눈 덮인 길에는 핏자국이 찍혀 있다.

어쩌면 나는 오랫동안
이때가 오기만을 기다리고 살았는지 모른다.
내가 걸어온 시대는 전쟁의 불길과
혁명의 연기로 뒤덮인 세기말의 한때였고,
요행히도 자는 그것을 헤치고
늙은 표범처럼 살아남았다.
수많은 청춘들이 누려야 할 기쁨조차
누리지 못한 채 꽃잎처럼 떨어지고
거룩한 분노가 캐터필러에 짓밟혀
무덤으로 실려갔을 때도 나는
집요한 운명이 발목 잡혀서
마지막 잎새같이 대롱거렸다.

손을 놓아야 한다!
서커스의 소녀가 어느 한순간

그넷줄을 놓고 날아가듯이
저 미지의 세계로 제비 되어 날아가며
고독한 포물선을 그려야 한다.
그것이 재 마지막 고별의식이 되기를 바라면서……

(『창작과 비평』 2001년 가을호)

우리는 자신의 죽음에 대해서는 말하려 하지 않는다. 두려운 까닭이다. 죽음에 관한 한 우리는 대개 자신의 죽음은 비켜두고 타인의 그것에 관해서 얘기한다. 우리는 자신의 죽음은 직접 체험할 수 없고, 다만 타인의 임종의 고통을 목격할 뿐이다. 죽은 자와 산 자의 영원한 이별, 어제까지 생생하게 함께 지냈던 친구가 알 수 없는 무 속으로 사라져서 다시는 돌아오지 않는 것을 경험하면서, 그 엄청난 단절 앞에 꼼짝할 수 없는 무력함을 절감하고, 넘어설 수 없는 한계에 대한 두려움을 느낀다. 그리고 막연하게 죽음이 어느 순간인지는 모르지만 시시각각 우리 자신에게 다가온다는 사실을 인정하지 않을 수 없다. 과연 하이데거의 말처럼 인간은 죽음에의 존재이다. 죽음은 누구에게나 고유한 것이며 초월할 수 없는 한계상황이다. 언제 어디서 어떻게 닥쳐올는지 모를 죽음 앞에 우리는 한 마리 연약한 짐승처럼 떨고 있다. 아직 우리에게 죽음이 다가오지 않았다는 것은 어떤 순간에도 불시에 그리고 사정없이 그것이 우리를 덮칠 가능성 앞에 우리가 무방비 상태로 놓여져 있음을 뜻하기 때문이다. 이러한 죽음에 대한 두려움과 불안에서 벗어나는 방법의 하나는 차라리 그것을 외면하고 무시하며 망각하는 것이고, 다른 하나는 오히려 적극적인 관심을 가지고 정면으로 맞서는 것이다. 후자는 죽음이라는 한계를 돌파하여 영원한 생명을 얻으려는 종교나, 작품 속에서 자신의 생명을 지속시키려는 예술의 입장이지만, 우리들 일상인은 대개 전자의 입장을 취하고 있다. 그러나 깊이 생각해보면 죽음이야말로 인간의 삶을 긴장시켜서 오히려 아름답고 값지게 해 준다. 누구든지 자신의 죽음을 철저하게 각성한다면 그는 자신의 현재적 삶의 본질과 그 의미를 깊이 생각하지 않을 수 없게 된다.

그런 뜻에서 민영 시인의 작품 <묘비명>(『창작과 비평』 가을호)은 우리에게 죽음에 대한 의연한 결단의 태도를 생각하게 한다. 그는 요즘 우리 시의 기교주의나 혹은 트리비얼리즘을 은근히 나무라듯, 삶의 가장 핵심적인 문제인 죽음을 낮고 부드러운 음성으로 알아듣기 쉽게 얘기한다. 그는 느닷없이 시작한다.

> 나도 이제 내
> 묘비명을 쓸 때가 돌아온 것 같다.

<묘비명을 쓸 때>란 심상치 않은 "특별한 때"이다. 어떤 특별한 때, 예컨대 생일을 맞을 때, 결혼을 할 때, 취직을 할 때, 세례를 받을 때…… 이러한 <때> 마다 우리는 마치 대나무의 마디처럼 매듭을 지으며 삶의 중요한 계기로 삼는다. 그런데 <묘비명을 쓸 때>란 삶의 여러 <때> 중에서도 매우 특별한 때이다. 자신의 묘비명을 쓸 때가 돌아왔다는 발언은 이제 객관적인 타인의 죽음이 아니라 바로 자신의 죽음을 주제로 삼아야 할 때가 되었다는 말이다. 자신의 죽음을 생각하려면 냉정하고 겸허하게 지금까지 살아온 과거를 반성하는, 진정한 자기성찰의 시간을 가져야 한다. 지금까지 수많은 타인의 묘비명은 보아왔지만 자신의 그것을 생각하는 일은 낯설고 어색하다. 자신의 묘비명을 쓰려면 늘 무의식적으로 잊어버리려 했던 자신의 죽음을 명료하게 바라보아야 하는데 그것은 대자 존재로서의 자신의 실존을 가장 뚜

렷하고 확실하게 각성하는 것을 의미한다.

묘비명은 차가운 돌 위에 간단하고 명료하게 한 생애를 드러낸다. 한 생애의 모든 희노애락이 단 몇 줄의 글로 압축되는 것이다. 그 속에는 자신의 생애에 대한 가장 공정하고 가장 솔직한 평가가 나타난다. 학창 시절의 생활기록부나 회사에서의 근무 평가서와는 차원이 다른, 자신의 진정한 삶의 역사가 몇 글자로 압축되어 드러나는 것이다. 그러나 묘비명의 더 본질적인 의미는 삶의 내용보다도 하나의 생이 영원한 죽음 속으로 마감되었다는 마침표라는데 있다. 우리는 그 영원한 마침표를 두려워하는 것이다.

> 이런 말을 하면 자네는
> 아니 벌써? 하고 웃을지도 모르지만
> 다정하고 잔인했던 친구여,

일상적으로 우리는 자신의 변화에는 둔감하다. 거울 속에서 처음으로 자신의 흰 머리칼을 발견했을 때 우리는 <아니 벌써>하고 놀라고, 마흔 살의 생일을 맞았을 때, 혹은 친구의 자녀 결혼 청첩장을 받았을 때나 자신의 회갑을 맞을 때 <아니 벌써>하고 놀란다. 더구나 스스로 <묘비명>을 쓸 때가 돌아왔다는 사실을 말하면 친구들은 아니 벌써 하고 웃으며 농담으로 슬쩍 넘겨버리며 회피하고 싶어 한다. 묘비명이란 누구에게나 가장 두려우면서 피할 수 없는 죽음의 표지이므로 미룰 수 있는 데까지 미루거나 끝내 겉으로는 부정하고 싶어 한다. 그래서 시인은 냉정하게 말한다.

> 시간은 이미 자정을 넘었고
> 눈 덮인 길에는 핏자국이 찍혀 있다.

자정을 넘었다는 말은 날짜가 바뀌었다는 말이다. 그것은 자정 이전까지의 하루와는 전혀 다른 새날이 시작되었다는 것이고, 어제의 눈과 어제의 가치관으로는 헤아릴 수는 없는 또 하나의 새로운 시간이 도래했다는 의미이다. 그러한 새로운 시간이 <이미> 시작되었고, 지금 화자가 서 있는 <눈 덮인 길에는 핏자국이 찍혀 있다.>는 것이다. 여기서 이 시인의 시대가 아프게 상상된다. 흰 눈 위에 선명하게 찍혀 있는 핏자국, 그것은 너무나도 생생하고 고통스러운 위해와 상처의 흔적이다. 시인은 그러한 고통의 시대를 건너오면서 차라리 <이때> 즉 묘비명을 쓸 때를 기다려 왔는지 모른다고 고백한다.

어쩌면 나는 오랫동안
이때가 오기만을 기다리고 살았는지 모른다.

오랫동안 자신의 묘비명을 쓸 때를 기다리고 살았다는 것은 무엇일까? 자신의 묘비명을 쓸 때란 삶을 퇴장할 때란 뜻이고, 이때는 지금까지 타인을 의식하며 삶의 편의와 이해관계를 쫓아서 살아왔던 일상의 태도를 버리는 때로서 결정적인 때, 마치 릴케가 <주여, 때가 왔습니다>라고 노래할 때, 바로 그러한 결정적인 때인 것이다. 지금까지는 결정적이고 종말적인 <이때>를 외면하고 망각하고 살았지만 그러나 언젠가는 도래할, 피할 수 없는 가장 본질적인 <때>이므로 시인은 의식의 심층에서는 중심을 차지하고 있던 것임에 틀림없다. 오히려 시인에게는 현실과의 타협하며 지내 온 시간이 비본질적인 시간이었고 그러므로 그런 굴종의 거짓 시간이 어서 지나기를 바라며, 두려움 속에서도 오히려 그 본질적인 시간의 도래를 기다리면서 살아온 것임을 고백하는 것이다.

내가 걸어온 시대는 전쟁의 불길과
혁명의 연기로 뒤덮인 세기말의 한때였고,
요행히도 나는 그것을 헤치고
늙은 표범처럼 살아남았다.

시인의 시대는 바로 우리 현대사의 풍랑의 한복판이었다. 식민지 시대 말로부터 해방과 더불어 조국분단과 민족상잔의 전쟁을 거쳐 오며 가난과 고통의 나날을 겪어온 삶은 그 자체로 치욕이었다. 그리고 무엇보다도 그는 <혁명의 연기로 뒤덮인 세기말의 한때>인 젊은 시절을 건너오면서 수많은 벗들의 희생을 목격하며 겨우 <늙은 표범처럼 살아남>은 것이었다. 그런데 시인 자신의 말대로 <전쟁의 불길과 혁명의 연기로 뒤덮인 세기말의 한때>를 살아남을 수 있었던 것은 <요행>이지, 자신의 특별한 능력이나 시대적인 사명이 있어서가 아니었다. 오히려 많은 청춘들이 그 불의한 <세기말의 한때>에 맞서서 싸우고 상처입고 죽어갔는데, 자신이 살아남았다는 것은 부끄러운 일이다. 그리하여 시인은 이제 살아남은 자의 슬픔을 그의 묘비에 철저하게 토로하지 않을 수 없는 것이다. <늙은 표범처럼 살아남았다>는 것은 과거 날쌔고 용맹하던 젊은 시절에 대조되어 더욱 비참하게 보이고, 그것은 단순히 생리적인 노쇠의 의미를 넘어 자신의 역할이 필요 없는 시대가 도래했음을 뜻하는 것이다. 우리는 생존하는 것이 아니라 살아가는 것이다. 그것은 우리가 이 세상에서 <그 무엇으로서>의 역할을 감당해 간다는 것이고, 감당할 역할이 끝났다는 것은 퇴장의 순서가 다가왔다는 뜻이다. 퇴장은 우리의 의지의 문제가 아니라 삶의 엄숙한 한 과정이다. 물러설 때를 알고, 지체 없이 물러나는 사람의 뒷모습은 아름답다고 어느 시인은 노래했다. 우리들은 요즘도 늙은 표범의 옛 영광만을 자랑하는 老醜를 종종 목격한다. 물러설 때 지체 없이 떠나는 사람은 당당하고 아름답다.

> 수많은 청춘들이 누려야 할 기쁨조차
> 누리지 못한 채 꽃잎처럼 떨어지고
> 거룩한 분노가 캐터필러에 짓밟혀
> 무덤으로 실려갔을 때도 나는
> 집요한 운명에 발목 잡혀서
> 마지막 잎새같이 대롱거렸다.

청춘이란 그 자체가 자랑이고 축복이다. 젊은이들은 그들의 기쁨과 영광을 누릴 자격이 있다. 그들의 정신은 순결하고 그들의 에너지는 순수하다. 그러나 <혁명의 열기로 뒤덮인 세기말의 한때>가 <수많은 청춘들이 누려야 할 기쁨조차 누리지 못한 채 꽃잎처럼 떨어>져 버리게 했다. 그들은 불의한 시대에 맞서 <거룩한 분노>로 일어서서 저항했으며 마침내 <꽃잎처럼> 떨어져서 캐터필러에 짓밟혀 죽어갔다. 여기서 시인은 그들과 함께 가지 못하고, 어떤 <집요한 운명에 발목 잡혀서> 살아남았음을 회상하며 어떤 거부할 수 없는 손길이 지금 자신을 <마지막 잎새같이 대롱거>리게 하고 있음을 고백한다. 여기서 <거룩한 분노>와 <캐터필러>의 대비는 우리의 부끄러운 역사를 매우 고통스럽고 선명하고 보여준다. 그러한 역사의 현장에서 <집요한 운명에 발목 잡혀서/마지막 잎새같이 대롱거>리며 살아남았다는 시인의 자괴감의 고백은 우리를 숙연하게 한다.

> 손을 놓아야 한다!
> 서커스의 소녀가 어느 한순간
> 그넷줄을 놓고 날아가듯이
> 저 미지의 세계로 제비 되어 날아가며

고독한 포물선을 그려야 한다.
그것이 내 마지막 고별의식이 되기를 바라면서……

　어느 순간 우리는 결단해야 한다. 우리가 살아간다는 것은 어쩌면 최후의 결정적인 결단의 순간을 기다리는 일인지도 모른다. 여기서 시인은 최후의 결단을 매우 아름답게 노래한다. 마치 <서커스의 소녀가 어느 한 순간 그넷줄을 놓고 날아가듯이> 그렇게 손을 놓아야 한다는 것이다. 서커스의 소녀가 그넷줄을 놓는다는 것은, 허공중에 몸을 날려서 새로운 창조를 이룩하는 일이다. 미지의 심연 속으로 우리의 존재를 던지는 죽음을 서커스의 소녀가 그넷줄을 놓고 비상하는 것에 비교한다는 것은 지나치게 낭만적인 발상이다. 그러나 그것이야말로 시인이 가질 수 있는 자기구원의 아름다운 상상력이다.
　서커스의 소녀가 자칫 실수하여 목숨을 잃을지도 모를 위험 속에 자신을 던지는 행위에서 우리는 아슬아슬한 긴장과 형언키 어려운 감동을 느끼며 성공의 환희를 기대한다. 이 때 그 소녀에게 가장 중요한 것은 그넷줄을 놓는 타이밍이다. 시인이 이제 묘비명을 쓸 때가 되었다는 말은 결국 죽음의 타이밍을 자각한다는 의미이다. <집요한 운명에 발목 잡혀서 마지막 잎새같이> 매달려 대롱거릴 것이 아니라, 서커스의 소녀가 절정에서 <그넷줄을 놓고 날아가듯이> 시인도 <미지의 세계로 제비 되어 날아가며 고독한 포물선을> 스스로 그려야 한다는 것이다. 그것이야말로 지금까지의 부끄러운 삶을, 죽음이라는 <고별의식>을 통해서 마지막 긍지와 위의(威儀)를 드러내는 것으로 전환시켜 주는 것이기 때문이다. 그런 의미에서 이 작품의 묘비명을 쓴다는 것은 삶 전체를 새롭게 전환시키는 산 자의 의연한 고별의식이다.

(『현대시학』 2001.10)

누항요(陋巷謠), 실존적 꿈꾸기

신경림의

陋巷謠

이제 그만둘까 보다, 낯선 곳 헤매는 오랜 방황도.
황홀하리라, 잊었던 옛 항구를 찾아가
발에 익은 거리와 골목을 느릿느릿 밟는다면.
차가운 빗발이 흩뿌리리, 가로수와 전선을 울리면서.
꽁치 꼼장어 타는 냄새 비릿한 목로에서는
낯익은 얼굴도 만나리, 귀에 익은 목소리도 들리리.
이내 어둠은 옛날의 소꿉동무처럼 다가오고,
발길 따라 깊숙한 골목 여인숙 찾아 들어가면
눅눅하고 퀴퀴해서 한결 편해지는 잠자리.
꿈인 듯 생시인 듯 들리리, 네가 가 잠들 곳 또한
이같이 익숙한 곳 편안한 곳이라는 소리가, 먼데서.

신경림 시인은 『한국문학』 가을호에 신작시 특집으로 누항요 외
4편을 발표하고 있다. 표제시는 곤궁한 생활 속에서도 고투하던 임란
을 회상하며 자연 속에서 풍월을 벗 삼고 공겸과 신의를 다지면서 명
덕을 닦고자 했던 노계의 누항사를 연상케 하지만, 그와 같은 내용과
는 다르다. 누항요는 문자 그대로 좁고 지저분한 길거리 거닐기로서,
앞질러 말하면 <낯선 곳 헤매는 오랜 방황>을 그치고 이제 <발에 익
은 거리>의 목로와 여인숙에 찾아 들어, 존재망각의 일상성을 깨고
본래적인 세계에 닿으려는 발걸음이며 실존적 꿈꾸기이다.

우리의 걸음에는 수단으로서의 그것(도보)과 목적으로서의 그것(소요 혹은 거닐기)이 있는데, 누항요의 요(遙)는 소요와 같은 의미로 후자를 뜻한다. 도보가 구속의 걸음이라면 소요는 해방의 걸음이므로 도보에 지친 우리는 소요(거닐기)를 꿈꾼다. 그런데 이 시에서 시인의 거닐기(遙)는 솔바람 소리가 들리는 조용한 숲이거나 잘 다듬어진 아름다운 공원에서가 아니다. 시인은 <옛 항구>를 찾아가 좁고 지저분한 거리와 골목을 <느릿느릿> 걷고 싶어 한다. 그 곳은 자동차가 질주하는 현대도시의 넓게 뚫린 도로가 아니라 술 취한 사람들이 비틀거리고 비릿한 내음과 흐릿한 주점의 불빛이 띄엄띄엄 새어나오는 그런 거리이다. 그런 곳에서는 촌각을 다투는 약속이나 화려하고 세련된 간판도 없고, 사람들은 도보가 아닌 느긋한 소요를 즐기고 있다.

여기서 시인은 왜 누항요의 공간을 <옛 항구>라고 말하는 것일까? 길이 빗물에 질척거리고 가로등의 불빛도 흐릿하게 상상되는 <옛 항구>란 아마도 시인이 젊은 시절 꿈과 야망을 가지고 더 넓은 세계로 출항하기 전, 친구들과 술 마시며 문학과 노동을 얘기했던 도시였을 것이다. 아직 순수한 열정 외에는 가진 게 없던 백수의 젊은 시절, 시인은 그 항구의 거리와 골목을 거닐면서, 넓고 낯선 미지의 세계와 불확실한 미래에 대한 꿈과 불안을 동시에 갖고 있었을 것이다. 그러한 옛 항구의 거리가 지금 그의 회상 속에 그립고 안타까운 공간으로 떠오르고 있다. 작품의 제목 누항이 가리키는 것처럼 그곳은 아직도 옛날 모습을 그대로 지닌 가난하고 누추한 거리일 것이다. 가난은 불편하지만 진실하다. 마음이 가난한 사람은 천국이 그의 것이라는 말처럼, 가난은 그 자체로서 겸손과 온유함을 은유한다. 부조리한 사회에서의 치부는 대체로 부도덕과 결탁된 부정적인 느낌을 주기 때문에 은연중에 가난은 오히려 도덕적 우위를 가진다. 그래서일까, 지금 시인에게 젊은 시절의 가난은 현재의 여유나 풍요보다 훨씬 더 절실하게 그립고 아름답게 회상된다.

　전체 여섯 문장으로 짜여진 이 시는 어려운 수사적 기교나 난해한 표현 없이 평이하게 읽힌다. 거침없이 써 내려간 문장이 높은 시적 성취를 이룩한 중견 시인의 넉넉한 언어적 품새를 느끼게 한다. 너무 평이한 까닭인지 시인은 네 개의 문장을 도치시켜서 활기를 주고 있다.

　　이제 그만둘까 보다, 낯선 곳 헤매는 오랜 방황도.

　시인은 이제껏 <낯선 곳>을 헤매 다니며 오랜 방황을 해 왔다. 낯설다는 것은 익숙하지 않은 것으로서 두렵기도 하지만 호기심을 불러일으켜 무엇인가 의욕을 주는 동인이기도 하다. 우리는 성장하면 고향을 떠나 낯선 곳으로 나아가서 새로운 경험을 하고 새로운 삶을 이룩해 간다. 우리의 삶은 조금 깊이 들여다보면 낯선 곳을 헤매는 방황에 다름 아니다. 해마다 봄바람이 불어오는 산 넘어 남촌이나 레몬 꽃 피는 남쪽나라, 그 낯선 곳(피안)을 우리는 동경하고, 그러한 동경 때문에 우리는 도전하고 성취하는 것이다. 그럼에도 불구하고 또한 우리는 근원으로 회귀하고 싶어 하는 귀향의식을 지닌다. 귀향은 고향으로 돌아가는 것이고, 고향은 하이데거의 말대로 어머니가 계신 부엌의 따뜻한 불이 타오르는 곳으로서 근원적인 곳이다. 생명의 근원으로 돌아가려는 귀향의식(구심력)과 끊임없이 미지의 피안을 지향하는 유랑의식(원심력)의 이율배반 속에서 우리는 살아간다.
　시인은 넓은 세상에 나가서 낯선 일들과 끊임없이 조우하며 나름대로의 삶의 성취를 이룩해 왔다. 그러나 나이를 먹고 이제는 편안하게 낯익은 곳, 고향으로 돌아가고 싶다. 그리하여 <낯선 곳을 헤매는 오랜 방황>도 <이제 그만둘까 보다>라고 말한다. 방황을 그만둔다는 것은 이제까지 적극적으로 낯선 것들과 조우하며 새로운 발견과 성취를 이룩했던 일들을 그만 두고 낯익은 곳으로 돌아가겠다는 것으로 우리는 그것을 은퇴나 낙향이라는 말로 나타낸다. 젊은 시절 낯선 세상에 나갔던 사람들이 이제 조용히 물러나서 고향으로 돌아가고자 하는 것은 자연스러운 바램이다. 그리하여 자연의 나이나 심리적인 경험이 시인에게 <낯선 곳을 배회하는 일>을 그만두게 하고 낯익은 추억이 서려있는 <옛 항구>로 돌아가도록 하는 것이다. 그런데 이 시에서 시인에게 그곳은 제8행에 <발길 따라 깊숙한 골목 여인숙 찾아 들어가면>이라는 구절로 보아서 고향은 아니고 다만 옛날 젊은 시절 지냈던 도시로 보인다. 그러나 <낯선 곳 헤매는 오랜 방황>을 그만두고 찾아들고 싶어 하는 것을 보면 심리적으로 그곳은 고향에 상통해 보인다.

> 황홀하리라, 잊었던 옛 항구를 찾아가
> 발에 익은 거리와 골목을 느릿느릿 밟는다면.

시인이 일찍이 낯선 곳을 향해 떠나기 전의 옛 항구는 고향에서 나와 처음으로 세상을 보았던 곳이며 더 넓은 미지의 세계로 열려 있던 문이었다. 젊은 시절 순수한 열정을 품고 다녔던 그 거리와 골목은 잊고 있었지만, 늘 시인의 잠재의식 속에서는 돌아가고 싶었던 구심의 공간이었다. 오랫동안 낯선 곳을 떠돌던 방황을 끝내고 <잊었던 옛 항구를 찾아가 발에 익은 거리와 골목을 느릿느릿 밟는다면 황홀>할 것이라는 기대감으로 이제 그곳은 방황에 지친 시인에게 구원과 위로의 공간이 되고 있다. 원래 항구란 새로운 문물을 실어오는 배가 드나

드는 곳이며, 젊은 시절 시인이 언젠가는 배를 타고 낯선 미지의 피안으로 나갈 꿈을 키우던 곳이다. 그러므로 이제 나이 들어 회상하는 옛 항구는 그리움의 공간이 된다. 그곳의 거리와 골목은 눈을 감고도 다닐 수 있을 정도로 <발에 익은> 곳이어서 할 일 없이 느릿느릿 걷는 것은 얼마나 편안할 것인가? 비정한 현대 도시의 분주함 속에서는 그런 걸음은 상상만 해도 그야말로 가슴 두근거리는 <황홀>일 것이다. 더구나 <눈에 익은> 거리가 아니라 <발에 익은> 거리임에랴.

  차가운 빗발이 흩뿌리리, 가로수와 전선을 울리면서.

  그러나 지금 시인에게 <옛 항구>는 포근하기 보다는 <가로수와 전선을 울리면서 차가운 빗발이 흩뿌리>는 곳으로 떠오르는 것은 젊은 날의 춥고 외롭던 기억 탓일 것이다. 가로수와 전선을 울리면서 흩뿌리는 빗발은 옛 항구의 지저분한 거리와 비좁은 골목을 어둡게 가라앉히고 있다. 더구나 <차가운 빗발>은 시인의 심사를 더욱 춥고 외롭게 만든다. 그러므로 역설적으로 그곳에서 만나는 <낯익은 얼굴>이나 <귀에 익은 목소리>는 한결 더 정답고 반갑다. 오랫동안 낯선 객지로 떠나 있다가 돌아와서 옛 거리, 차가운 빗발이 흩뿌리는 옛날의 비좁은 길거리를 느릿느릿 걸어보는 것은 외롭고도 <황홀>한 심사일 것이다. 이제 어둠은 거리의 골목에서 차츰 목로의 지붕까지 차오르고, 오랜만에 찾아든 시인의 가슴을 더 진한 감회로 채워줄 것이다. 그리고 가로수와 전선을 울리는 차가운 빗발은 오랜만에 돌아온 시인을 길가의 희미하지만 따뜻한 불빛이 새어나오는 허술한 목로주점으로 들어서게 할 것이다.

> 꽁치 꼼장어 타는 냄새 비릿한 목로에서는
> 낯익은 얼굴도 만나리, 귀에 익은 목소리도 들리리.

　젊은 시절 <꽁치와 꼼장어 타는 냄새 비릿한 목로>에 앉아 한껏 목청을 높여서 순수한 열정으로 문학과 노동을 토로했던 추억은 그야말로 가슴을 아리게 한다. <옛 항구>는 그러한 목로주점을 고스란히 가지고 있어서 울고 싶도록 정겹고 푸근하다. 밖에서는 가로수와 전선을 울리면서 차가운 빗발이 흩뿌리는데, 화덕에 둘러앉아 값싼 꽁치와 꼼장어를 구어 먹으며 술잔을 부딪치고 수십 년의 세월을 뛰어 넘어서 만나는 <낯익은 얼굴>과 <귀에 익은 목소리>를 상상하면 그야말로 가슴이 저리도록 황홀하다. 아스팔트와 고층빌딩, 스피드와 오토마티즘으로 휩싸인 현대 도시인들에게 그러한 느린 걸음과 어둠침침하고 비릿한 목로의 분위기는 얼핏 상상하기 힘들 것이다. 요란한 조명과 화려한 밴드, 혹은 고급 호텔 바에서 브람스를 들으며 값비싼 양주를 홀짝이는 화이트 칼러들에게 어떻게 <차가운 빗발이 흩뿌리>는 옛 항구의 <꼼장어 타는 냄새 비릿한 목로>의 푸근하고 정겨운 분위기를 설명해 줄 수 있을 것인가? 이제 시인은 지쳤다. 그가 지금까지 이룩해 놓은 성취는 사실 <낯선 곳 헤매>면서 했던 <오랜 방황>에 다름 아니었다. 그에게 <비릿한 목로>에서 만날 <낯익은 얼굴>과 그 때 등뒤에서 들려올 <귀에 익은 목소리>는 단순한 추억 속의 얼굴이나 기억 속의 목소리가 아니라 문자 그대로 근원적인 세계의 인간이고 음성인 것이다.

> 이내 어둠은 옛날의 소꿉동무처럼 다가오고,
> 발길 따라 깊숙한 골목 여인숙 찾아 들어가면
> 눅눅하고 퀴퀴해서 한결 편해지는 잠자리.

낯익은 얼굴을 만나고, 귀에 익은 목소리를 들으며 꽁치 안주로 술잔을 들다보면, 어둠은 마치 <옛날의 소꿉동무처럼> 정답고 순진하게 걱정 없이 다가온다. 아무런 계산이나 이해관계 혹은 세상 걱정의 매임 없이 소꿉동무처럼 맞이하는 옛 항구의 밤, 그러나 시인은 잠자리를 걱정하지 않는다. <발길 따라> 가면 된다. 미리 예약한 호텔이 아니라 <발에 익은> 거리여서 <발길>이 인도하는 <깊숙한 골목 여인숙>이 있기 때문이다.

그런데 왜 시인은 <낯선 곳 헤매는 오랜 방황>을 그만 두고 찾아 들어 하룻밤 묵을 곳을 하필 <깊숙한 골목 여인숙>이라고 하는가? 그곳의 잠자리가 <눅눅하고 퀴퀴해서 한결 편해>진다는 것은 무슨 까닭인가? 그것은 앞에서 말한 대로 가난이 진실한 것이기 때문이다. 가난은 허위로 겉을 꾸미지 않는다. 그러므로 깊은 골목의 값싸고 지저분한 여인숙은 시인이 진실과 만날 수 있는 곳이고, 세상의 가식과 위선을 벗어 던진 냄새나는 인간들이 모여들어 예절과 남의 시선을 비켜두고 편하게 긴장을 풀 수 있기 곳이다. 뿐만 아니라 적당히 때 묻고 지저분한 것은 우리를 편안하게 해 준다. 너무 깨끗한 옷을 입었을 때 우리는 긴장한다. 아마도 여자들은 예컨대 면사포를 썼을 때 가장 긴장할 것이다. 신부로서 그녀는 눈처럼 깨끗한 드레스를 입었기 때문에 함부로 걸을 수도 앉을 수도 누울 수도 없이 불편할 것이고 많은 하객들이 주목하고 있기 때문에 한없이 긴장될 것이다. 우리는 남의 초대를 받아 너무 깨끗한 응접실에 들어설 때 긴장하고, 너무 청결한 잠자리에서는 쉽게 잠을 이루지 못한다. 오히려 조금은 때 묻고 구겨진 옷을 입었을 때 편안하고, 함부로 깔아놓은 잠자리가 편하다. 마찬가지로 시인에게는 옛날 이 항구의 지저분한 거리와 비릿한 목로주점과 깊숙한 골목 속의 퀴퀴하게 냄새나는 그런 여인숙의 잠자리가 오히려 편안한 것이다.

> 꿈인 듯 생시인 듯 들리리, 네가 가 잠들 곳 또한
> 이같이 익숙한 곳 편안한 곳이라는 소리가, 먼데서.

이제 시인은 어느 덧 인생의 황혼기에 도달해 있음을 자각하며, <낯선 곳 헤매는 오랜 방황도 이제 그만 둘> 때가 되었다고 생각한다. 위선과 가식의 세상에서 그 동안 번잡한 일상과 부딪치며 끊임없이 방황하고 어느 정도의 성취를 이룩했지만 이제 돌아보니 모든 것이 덧없이 느껴진다. 그 때 문득 잊고 있던 옛 항구의 발에 익은 거리와 골목이 간절하게 떠오른다. 낯선 곳에서 오랜 방황으로 지친 몸과 마음을 쉴 수 있는 곳은, 어느 정도 세속적인 성취를 이룩한 현재의 여기가 아니라, 옛날의 낯익은 사람들의 얼굴 만나고 귀에 익은 목소리가 들리는 그런 누항의 골목이다. 이제 시인은, 차가운 빗발 뿌리는 그 거리와 골목을 찾아들어 느릿느릿 걷다가, 꽁치 꼼장어 타는 냄새 비릿한 목로에 들어가서 낯익은 얼굴들 만나며 한잔 들고 싶다. 그러면 어둠은 소꿉동무처럼 다가오고, 발길 따라 깊숙한 골목 여인숙 찾아 들어가면 눅눅하고 퀴퀴해서 오히려 편해지는 그런 잠자리가 있는 곳엘 시인은 가보고 싶다. 그런 곳에서 시인은 진정한 자기 자신으로 돌아갈 수 있을 듯하다. 그런 곳에 누우면 문득 어딘가 <먼데서> 무슨 소리가 들려 올 듯하다. 그것은 한 세상을 살고 나서 어쩔 수 없이 마지막으로 도달할 영원히 <잠들 곳>은 <바로 이같이 익숙한 곳 편안한 곳이라는 소리>이다. <꿈인 듯 생시인 듯> 어렴풋이 들리는 그 소리는 다름 아닌, 지금까지의 존재망각의 일상성을 깨뜨리고 울려오는 존재의 음성인 것이다. 보다 근원적이고 진실한 것은, 깨끗하게 정리되고

아름답게 치장된 곳에 있는 게 아니라, 오히려 누항의 골목 여인숙처럼 눅눅하고 퀴퀴한 인간의 냄새가 배어 있는 그런 곳에 있다고 시인은 생각한다. 그런 곳이 다름 아닌 바로 우리가 가서 <잠들 곳>이라는 것이다. 그런 곳에 누우면 꿈인 듯 생시인 듯 <먼데서> 존재의 목소리가 들려오는 게 아닐까?

(『현대시학』 2001.11)

솜씨 좋은 목수 혹은 즉자 대자의 통합

김종철의
망치를 들다

이제는 망치를 들어도 좋을 나이다
솜씨 좋은 목수는 연장 탓하지 않는다.
눈 감고 못 박아도
세상의 뒤편인 손등을 찧지 않는다.

현자는
눈을 감고 자도
밤은 밝은 법
솜씨 좋은 목수는
나뭇결만 보아도
연륜을 다 읽는 법

이제는 누구의 관 뚜껑인들 망치질 못 하랴
이제는 한밤에 못질되어도 좋을 나이다.

『현대시학』 11월호에 실린 김종철의 <망치를 들다>라는 작품은
오만해 보이면서도 그 울림이 오랫동안 가슴속을 맴돌았다. 그 이유가
무엇이었을까? 하는 의문이 이 글을 쓰게 된 까닭이다.

　이 작품에서 시인은 스스로 <이제는 망치를 들어도 좋을 나이>라
고 말한다. 작품 아래 나와 있는 시인의 약력을 살펴보니 그는 1947년
생, 그러니까 올해 쉰다섯이니 결코 적지 않은 나이라는 생각이 든다.

일찍이 공자가 오십을 지천명이라고 했지만 그것은 공자 같은 성인의 말씀이고 보통사람이 어찌 그런 말을 함부로 흉내 낼 수 있겠는가? 그러나 누구든지 시인으로서 작품 속에서 발언하는 것이라면 보통 사람들의 그것과는 차원이 다를 것이다. 시인은 존재의 진리를 보는 사람이기 때문이다. 그러므로 <이제는 망치를 들어도 좋을 나이>라면서 누구의 관 뚜껑이나 망치질 할 수 있다는 발언은 범상치 않은, 찬찬히 들여다볼 만한 의미를 가지고 있을 것임에 틀림없다.

서정주는 <마흔 다섯은/귀신이 와 서는 것이/보이는 나이>라고 쓰고 있다. 귀신이란 초월적인 존재로서 보통으로는 볼 수 없는 존재인데, 나이 마흔 다섯이면 그러한 귀신과 <相面은 되는 나이>라는 것이다. 그리고 릴케는 스물네 살 때, <신이여 그대는 무엇을 하겠는가? 만일 내가 죽는다면, 나는 그대의 항아리인데 만일 내가 깨어진다면,>이라고 노래한다. 시인은 신을 담고 있는 항아리, 따라서 그가 깨어진다면 신은 거소를 상실한다는 것으로서 시인이란 신의 존재를 가능케 한다는 실로 엄청난 발언이다. 또한 괴테는 파우스트에서 <시인이 아니라면 누가 올림포스에 신들을 살게 하겠는가?>라고 말한다. 올림포스에 신들의 삶을 가능케 하는 자가 바로 시인이라는 것이다.

이러한 발언들은 매우 오만하게 들린다. 그러나 가만히 생각해 보면 시인이란 바로 그러한 존재가 아닌가? 시인이란 현실적으로는 일상성에 갇힌 일상인이지만, 그러나 동시에 끊임없이 스스로를 초월해 가는 존재가 아닌가? 그래서 시인이 자신을 시인이라고 자각하는 순간 그는 스스로를 초월하면서 존재의 진리를 보는 자가 되는 게 아닌가? 그러므로 우리가 시인의 시적인 언술을 일상인의 기준으로 오만하다고 판단하는 것은 부당하다. 서정주가 마흔 다섯은 귀신과 상면하는 나이라고 쓴 것은 시인으로서 서정주가 생각할 때 나이가 마흔 다섯이면

때대로 인간은 초월적인 존재와 소통할 수 있는 때라는 것이다. 릴케가 스스로를 신의 항아리라고 하는 것이나, 올림포스에 신들을 살게 하는 것은 시인이라는 괴테의 말은 결국 시인의 본질과 사명에 대한 각성을 노래하고 있는 것이다.

그런 뜻에서 보면, 지금 김종철 시인이 55세에 이르러 <이제는 망치를 들어도 좋을 나이>여서 누구의 관 뚜껑이든지 망치질을 할 수 있다는 표현은, 서정주가 <마흔 다섯>이란 작품을 쓸 때보다 십년은 더 늦은 나이이고, 릴케가 <시도서>의 1부 <승려생활의 서>를 쓸 때보다는 무려 서른 살이나 더 된 나이이니, 그가 느닷없이 그런 말을 하는 것을 건방지고 오만하다고만 할 수는 없다. 오히려 그의 이러한 표현은 시인을 천재(천부적인 재능)로 보는 게 아니라 그 <나이> 즉 연륜과 경륜으로 보는 것임을 천명하는 것이다.

그런데도 내가 이 작품을 읽으면서 걸렸던 것은 그 스스로를 <솜씨 좋은 목수>에 비교하고, 마침내는 <이제는 누구의 관 뚜껑인들 망치질 못 하랴>라고 쓰고 있기 때문이었다. 그래서 그가 <이제는> 어떤 사람의 관 뚜껑에도 망치질할 수 있다는 것은 그 연륜에 힘입어 이제는 그의 역량과 솜씨가 마치 어떤 장인의 경지에 도달한 것처럼 말하고 있기 때문에 오만해 보이는 것이 사실이다. 소크라테스는 그가 아는 것은 단지 아무 것도 모른다는 사실이라고 하고, 괴테는 파우스트를 통하여 아는 것이 아무 것도 없다고 고백한다. 정직하고 엄격하게 말하면 우리는 무지하고 무능해서 늘 겸손해야 한다. 그래서 우리는 겸손을 미덕으로 칭송하고 반대로 스스로 자기를 높이는 오만을 미워하고 경계한다. 그런데 문제는 이 작품 <망치를 들다>에서 시인은 겸손의 미덕을 모르지 않을 터임에도 불구하고 스스로를 <솜씨 좋은 목수>에 비유하면서 <누구의 관 뚜껑도 망치질 할 수 있다>고 오만하게 들리는 발언을 하고 있다는 사실이다. 그렇다면 그가 이러한 발언을 통해서 드러내고자 했던 속내는 무엇인가?

시인은 스스로 <이제는 망치를 들어도 좋을 나이>라고 쓰고 있다. 여기서 망치란 무엇인가? 그것은 인간이 사용하는 가장 기본적인 도구로서 아마도 까마득한 옛날 인간이 직립보행을 시작하면서 가장 먼저 사용하기 시작했던 연장이었을 것이다. 우리는 인간을 호모 파베르(homo faber), 즉 도구적 인간으로 볼 때 망치를 들고 직립해 있는 이미지를 상상한다. 네 발로 걷던 인간이 두 발로 일어섬으로써 앞 발(두 손)이 걷는 일에서 해방된 이래 그것으로 도구를 만들어 사용함으로써 지능도 급격히 발달하게 되었다고 한다.

도구적 인간을 가장 간명한 이미지로 드러내 주는 망치는 그러나 이 시를 읽어볼 때 때 함부로 아무나 들 수 있는 것은 아닌 것으로 되어있다. 여기서 망치를 들 수 있는 자격은 다름이 아니라 <나이>인데, 나이는 마음대로 먹을 수 있는 것이 아니다. 자연의 나이는 누구나 똑같이 공평하게 먹어가지만, 좀 더 깊이 생각해 보면 진정한 나이는 자연적인 나이라기보다는 나이답게 먹은 나이를 뜻한다. 늙어도 어린 애 같은 사람은 제대로 나이를 먹지 못한 사람이다. 일반적으로 나이가 들었다는 것은 그만큼 삶의 경험을 많이 했다는 뜻이고 따라서 그만큼 삶의 지혜를 더 가지고 있다는 것이며 그만큼 매사에 미더운 사람이라는 의미가 은연중에 들어있는 것이다.

시인은 <이제는 망치를 들어도 좋을 나이>에 도달했다고 말한다. <이제는>이란 어느 때인가? 시인에게 <이제는>은 지금까지와는 다른, 새로운 결단의 시점이다. 이 말 속에는 지금까지는 그렇지 못했지만, 바야흐로 지금부터는 그러하겠다는 의지가 담겨 있다. 조금 전까지는 안 되었지만 <이제는> 새롭게 결단할 수 있다는 것은 무슨 이유인가? 이 시에서 그것은 분명하지 않지만, 분명한 것은 스스로 지금까지는 망치를 들 만한 나이가 못 되었는데, <이제는> 망치를 들어도 좋을 나이에 도달했다고 생각하고 있다는 사실이다. 공자는 오십을 지천명이라 했으니 시인도 <이제는> 하늘의 명령, 즉 그가 이 세상에서 해야 할 사명이 무엇인지를 알 수 있게 되었다고 말할 수 있음직하다. <이제는>이란 말은 과거와는 철저히 달라지는 시간적인 매듭을 나타내는 말로서 새로운 시작의 시간이 왔다는 것을 말한다. 그래서 지금까지는 동쪽으로 왔지만 <이제는> 서쪽으로 가겠다, 혹은 지금까지는 담배를 피웠지만 <이제는> 피우지 않겠다, 혹은 지금까지는 이렇게 했지만 <이제는> 저렇게 하겠다는 의지를 담고 있는 말이다. 따라서 <이제는 망치를 들 나이>라는 말은 조금 전까지는 망치를 들 나이가 아니었으나 <이제는> 상황이 달라졌음을 드러내는 선언적인 말이다.

    <망치를 든다>는 것은 망치를 사용한다는 뜻이다. 망치는 인간에게 매우 유용한 도구이다. 유용한 것은 그만큼 위험하다. 그런 의미에서 횔덜린이 언어를 가장 위험한 재보라고 한말은 금언이다. 약은 동시에 독이다. 칼은 유용할 뿐만 아니라 치명적인 흉기가 된다. 목수에게 망치는 유용한 도구이나 어린아이에게는 위험한 물건이고 강도에게는 흉기가 될 수 있다. 그러므로 아무나 망치를 들 수는 없다. 그것은 충분한 자격을 갖춘 사람, 오랜 세상살이를 통해서 많은 경험과 경륜을 쌓은 사람에게만 허용될 수 있는 소중한 도구라는 것이다. 그런 망치의 주인은 바로 목수이다. 목수는 만드는 사람으로서 가구를 만들고 집을 만든다. 만든다는 것은 없던 것을 새로 창조해 낸다는 것을 뜻하며 그런 의미에서 목수는 종종 창작가인 시인에 비유된다. 목수는 나무로 집을 만들고 시인은 언어로 시를 만든다. 시인(poet)이라는 말

이 희랍어 포이에시스(poiesis)에서 유래된 것은 바로 시인이 만드는 사람임을 잘 나타내 주고 있다.

　여기서 시인은 나이든 사람을 <솜씨 좋은 목수>에 빗대여 말하면서, 솜씨 좋은 목수는 <연장 탓하지 않는다>고 말한다. 솜씨 좋은 목수란 타고난 소질에 오랜 동안 수많은 시행착오의 과정을 거친 사람으로서 <눈감고 못 박아도> 손등을 찧지 않는 사람이다. 우리는 그런 사람을 匠人, 더 나아가서 名人이라고 부른다. 이 구절은 문득 <장자>의 養生主 편에 나오는 庖丁解牛라는 이야기를 떠오르게 한다. 庖丁은 대표적인 장인의 상이다. 그는 십구년 동안 수천마리의 소를 잡았지만 칼을 새것으로 바꾸지 않는다. 그럼에도 그의 칼은 막 숫돌에 갈아낸 것 같다. 그의 소를 잡는 기술은 術이 아니라 道에 이른 것이고, 그는 바로 명인의 경지에 이른 사람이다. 여기서 연장 탓하지 않는 솜씨 좋은 목수란 그러한 명인을 뜻한다. <솜씨 좋은 목수>가 손에 드는 연장은 포정이 든 칼처럼 늘 최상의 것이다. 그래서 포정이 소의 각을 뜰 때 눈으로 보고 뜨는 게 아니라 神이 원하는 대로 뜨는 것처럼 솜씨 좋은 목수 또한 <눈 감고 못 박아도> 손등을 찧는 실수를 하지 않는 것이다.

　그런데 시인이 <손등>을 <세상의 뒤편>이라고 쓰고 있는 것은 심상치 않다. <뒤편>은 목수의 일(망치질)과는 무관한 곳이다. 또한 <뒤편>을 치는 것은 실수일 뿐만 아니라 좋지 못한 의도를 가지고 있다는 점을 은근히 내비치는 말이기도 하다. 서부활극에서 의로운 주인공은 결투할 때 절대로 상대방의 뒤쪽을 쏘지 않고, 권투경기에서도 선수는 상대의 뒤통수를 가격하지 않는다. 그것은 의롭지 못한 일이기 때문이다. 마찬가지로 솜씨 좋은 목수는 실수를 하지 않을 뿐만 아니라 절대로 의롭지 않은 일은 하지 않는다는 이중의 의미를 나타내고 있다. 세상의 뒤편을 때리는 것은 옳지 않다. 예컨대 남을 등 뒤에서 비난하고 공격하는 사람들, 등 뒤에 칼을 꽂는 비겁자를 은근히 꾸짖는 중의적인 표현이기도 하다.

시에 나오는 <현자>는 바로 그 솜씨 좋은 목수의 다른 이름이다. 현자는 지혜로운 사람으로서 <눈을 감고 자도/밤은 밝은 법>이므로 눈을 감아도 세상일을 다 볼 수 있다. 그에게는 밤도 어둡지 않고 밝으니 눈을 감고 잠자는 시간에도 보통 사람들이 보지 못하는 것을 다 본다. 즉 현자는 어리석은 사람들이 스스로의 욕망에 굴절시켜 잘 못 보는 세계를 밝음 속에서 환하게 보는 사람이다. 마찬가지로 <솜씨 좋은 목수는/나뭇결만 보아도/연륜을 다 읽는 법이다.> 나뭇결만 보아도 연륜을 다 읽는다는 것은 참으로 보는 사람이란 뜻이 된다. 연륜이란 문자 그대로 나이테이고 그것은 나무를 절단해야 드러나게 되어있다. 그러므로 결을 보고 그 연륜을 알 수 있다는 것은 대단한 경지임을 다시 강조하는 말이다. 그리고 여기서 연륜이란 나무가 지내온 생애, 다시 말해서 지금까지 나무가 겪어온 고통과 분노 혹은 슬픔과 기쁨의 모든 것을 말한다. 따라서 솜씨 좋은 목수가 나무의 결만 보고 그 모든 것을 안다는 것은 바로 세상의 겉만 보아도 속을 알 수 있는 현자의 다른 이름이다. 그러한 현자 즉 솜씨 좋은 목수의 경지에 도달했다면 <이제는 누구의 관 뚜껑인들 망치질 못하랴>라고 그는 말할 수 있을 것이다. 관은 죽은 자가 누운 마지막 자리이다. 관 뚜껑을 닫는 것은 이제 죽은 자를 삶의 세계로부터 격리시키는 마지막 일이다. 그러므로 관 뚜껑에 못을 치는 일은 엄숙하고 비장하다. 그런데 시인은 <이제는 망치를 들 수 있는 나이>에 도달했으므로 <누구의 관 뚜껑이든지 못질할 수> 있다는 것이다. 관 뚜껑에 못을 박는 일, 그 엄청난 일을 할 수 있는 사람은 보통 사람이 아닌 대단한 자격을 지닌 사람임에 틀림없다. 그러한 자격은 그가 솜씨 좋은 목수의 경지 혹은 현자의 경지에 도달한 사람에게만 주어지는 것이다.

그런데 시인은 마지막 구절, <이제는 한밤에 못질되어도 좋을 나이다>를 통하여 아주 결정적인 의미를 드러내고 있다. 이 구절은 바로 앞의 <이제는 누구의 관 뚜껑인들 망치질 못하랴>와 대립되면서도 그러나 깊이 음미해보면 하나로 합치는 놀라운 의미를 지니고 있다. <한밤에 못질>이란 무엇인가? 한밤의 어둠 속에서 못질을 하는 것은 매우 위험하여 못질하는 쪽이나 못질되는 쪽 모두 불안하다. 그런데 그러한 위험한 일도 <이제는> 가능하다는 것이다. 또한 <한밤>에는 모두 잠자고 있어서 아무도 보는 사람이 없으므로 한 밤에 못질되는 것은 자칫 억울한 결과가 될 수도 있다. 그런데 여기서 시인은 분명히 <못질되어도>라고 피동형을 쓰고 있다. 시인(화자)은 지금까지 능동문으로 써 왔는데 이 시의 마지막에 와서 갑자기 수동문으로 바꾸어 마무리하고 있다. 누구의 관 뚜껑도 망치질 할 수 있다는 그가 동시에 이제는 누구로부터 <못질되어도> 좋다는 것, 그것이 시인이 하고자 하는 결정적인 발언이다.

앞에서 시인은 스스로 <이제는> 스스로 <망치를 들어도 좋을 나이>에 도달했음을 말하면서 자신을 <솜씨 좋은 목수>에 비유하여 누구의 관 뚜껑도 망치질 할 수 있다고 말했다. 진실로 그가 솜씨 좋은 목수의 경지에 도달했다면 그것은 맞는 말이다. 그런데 마지막 구절에서 시인은 그 자신이 <못질되어도 좋은 나이>라고 말한다. 한밤의 어둠 속에서 그가 못질된다면, 더구나 상대방을 한정하지 않았으므로 망치 들 자격이 없는 사람으로부터 부당하게 못질 당할 가능성도 배제하지 않는다는 말이 된다. 그러므로 시인이 여기서 하고자 하는 말은 그가 누구든지 <못질할 수> 있다는 것은, 동시에 그가 누구에게든지

<못질될 수> 있다는 것을 뜻한다는 것이다. 이 점은 일견 당연해 보이면서도 실은 매우 위험한 결단이다. <자신은 망치를 들어도 좋을 나이>여서 <눈 감고 못 박아도> 실수할 리가 없겠지만, 그렇다고 해서 자신을 못질하는 상대가 반드시 <솜씨 좋은 목수>라고 할 수는 없겠기 때문이다. 그러나 여기서 시인은 그러한 부정적인 가능성을 무시한다. 자신이 <못질할 수 있>다면 동시에 그도 당연히 <못질될 수 있>다는 것이다. 그것은 이미 그가 하는 못질에 실수가 없을 것처럼 세상의 누가 자신에게 못질한다 해도 잘못될 수 없다는 뜻이다. 이미 그 나이가 모든 것을 공평하게 해 주기 때문이다. 이렇게 <못질 함(망치질 함)>과 <못질됨>이라는 주동과 피동이 다르지 않음을 깨닫는 것이야말로 진정한 삶의 열린 경지를 의미한다. 그것은 나와 너의 합일이고, 즉자 대자의 통합을 뜻한다. 다시 말해서 내가 너에게 하는 일이나 네가 나에게 하는 일이 다름이 아닌, 그래서 결국 너와 나의 구별을 넘어 양자가 하나가 됨을 의미하는 것이다.

그리하여 <이제는 망치를 들어도 좋을 나이>라고 썼던 시인은 시의 마지막 련에서 다음과 같이 결정적으로 말한다.

<이제는 누구의 관 뚜껑인들 망치질 못 하랴
이제는 한밤에 못질되어도 좋을 나이다>

(『현대시학』 2001.12)

과학적 사실과 시적 진실

정일근의
내 귓속의 물고기 한 마리

젊은 의사는 내 귀의 이명현상을 일시적인 난청으로 진단했다
나는 의사에게 지난 주말 만어사를 다녀왔다는 이야기를 하지 못했다
일만 마리의 물고기들이 돌로 변했다는 만어산 만어사를 다녀온 후
내 귓속에 숨어 따라온 작은 물고기 한 마리가
나를 괴롭히는 귀울음 현상의 주범이 아닌지를 묻지 못했다
만어사에서 돌 속의 물고기들이 내는 금종소리 은종소리를 듣다가
산수유 노란 꽃그늘에 누워 낮잠이 들었는데
그 때 나는 분명히 내 귓속으로 숨어드는 물고기 한 마리를 보았다
바위 아래 푸른 바다에 사는 물고기 한 마리가
내 귓속으로 들어와 달팽이관 안에 놀고 있다는 것을
의사는 이해하지 못할 것이다, 바람이 불 때마다
절집에 걸린 풍경처럼 소리를 내는 물고기를 믿지 못할 것이다
신라사람 경문왕의 당나귀 귀를 본 복두쟁이의 마음처럼
말할 수 없는 비밀의 고통이 신화를 만든다
만어산에는 소금내음 풍기며 바다가 출렁거리고
만어사 바위들이 내는 종소리가 그 바다에서 물고기로 태어나고
그 중 한 마리가 내 귓속에 들어와 일으키는 시인의 이명을
간단한 처방전을 쓴 후 이내 다음 환자를 호명하는
젊은 의사는, 그 비밀을 고백한다 해도 알지 못할 것이다

1.

일찍이 신들과 함께 살던 인간이 신들을 떠나올 때, 신들은 벌거벗

은 인간에게 언어를 주었다. 언어는 인간이 생활을 편리하게 하고 문명을 이룩하는데 가장 유용한 도구였다. 인간은 그것을 가지고 그들의 어둠과 추위를 막을 불을 켜고 집을 지었다. 그런데 언어에는 양면성이 있다. 한쪽은 이성과 논리로 사실을 이해하는 면이고, 다른 한쪽은 감성과 도취로 진실을 드러내는 면이다. 우리는 전자를 과학언어(로고스logos)라고 하고 후자를 신화언어(미토스mythos)라고 부른다. 고대에는 신화언어의 힘이 강했지만 근대로 이행하면서 과학언어가 막강한 영향력을 발휘하게 되었고, 덕택에 오늘날의 찬란한 현대문명을 이룩하게 되었다.

그러나 과학언어는 우리에게 삶의 편의는 제공했지만, 삶의 의미는 배제한 공허하고 메마른 언어였다. 가슴 밑바닥에 웅크리고 있는 슬픔이나 고통 따위의 감정은 드러낼 수가 없었다. 두려운 심연 앞에서 혹은 말할 수 없는 불안이나 죽음의 그늘에 휩싸일 때, 그 언어는 인간에게 오히려 무력감만 더해 줄뿐이었다. 그러한 무력감 속에서도 인간은 눈부신 빛과 신비한 음성을 느낄 때가 있었다. 알 수 없는 빛과 음성…. 그것은 일찍이 헤어진 신들의 눈빛이고 음성이었음을 인간은 어렴풋이 알았다. 그러나 신들의 눈짓은 빠르게 지나가고, 음성은 들릴 듯 말 듯 안타깝게 사라졌다. 인간은 혼신의 힘을 다하여 눈을 열고 귀를 기울여 신들의 눈짓을 번역하고 음성을 받아썼는데 그것이 시이다. 그런 의미에서 시는 로고스가 닿지 않는 신들의 눈짓과 목소리를 포착하는 미토스이다.

시는 인간이 신들의 말을 받아쓰는 일이었고, 받아쓰는 사람 즉 시인은 신들의 메시지를 전달하는 신탁이었다. 원래 작시(Dichten)라는 말은 받아쓰기(Diktat)인 것이다. 신들을 떠나서 살게 된 인간이 신들의 눈짓을 번역하고 신들의 음성을 받아쓰는 일은 바로 인간 자신의 삶의 의미를 이룩하는 일이다. 일방적으로 분석과 구속의 일을 자행해 온 로고스의 마당에서 미토스는 화해와 해방이라는 한바탕의 춤을 추게 하는 언어이다. 오늘날 메마른 과학언어의 사막에서 그래도 이끼처럼 녹색의 생명력을 가지고 푸릇푸릇 살아나고 있는 신화언어가 있음은 축복이다.

2.

정일근의 시 <내 귓속의 물고기 한 마리>를 읽었다. 그는 그 시에서 과학언어(로고스)와 신화언어(미토스) 사이의 거리를 노래하고 있다. 그의 시를 읽으면서 우리는 과학언어에 묶여있는 우리 자신의 모습을 돌아보고 동시에 어떻게 신화언어 속으로 해방될 수 있는가를 생각해 보게 된다.

> 젊은 의사는 내 귀의 이명현상을 일시적인 난청으로 진단했다
> 나는 의사에게 지난 주말 만어사를 다녀왔다는 이야기를 하지 못했다
> 일만 마리의 물고기들이 돌로 변했다는 만어산 만어사를 다녀온 후
> 내 귓속에 숨어 따라온 작은 물고기 한 마리가
> 나를 괴롭히는 귀울음 현상의 주범이 아닌지를 묻지 못했다

<젊은 의사>의 <진단>은 과학적으로 정확하다. 그러나 동시에 그 진단은 시적(혹은 신화적)으로는 매우 답답하다. 그의 사고는 명료하지만 동시에 단순하고 소박해서 우리들의 삶의 의미를 담기에는 너무 좁다. 삶의 의미나 가치의 세계에 들어가면 과학언어는 별로 쓸모가 없어진다. 우리가 신뢰하는 과학적 사실 즉 우리의 이성에 의해서 인식되는 존재의 기반은 우리의 실존 앞에서는 매우 허약한 것임을 신들의 언어를 받아쓰는 시인은 알고 있다. 과학적 사실은 신화적 진실 앞

에 무력하다. 사실의 세계를 설명하는 과학적 사고의 틀 안에서는 삶의 의미나 시적 진실은 설명되지 않는다. 의미의 세계는 사실의 세계 바깥에 있기 때문이다.

그러므로 여기서 시인이 구태여 <젊은>의사를 등장시킨 것은 바로 그러한 의미의 세계를 잘 모르는 과학적 사유자의 인생론적인 약점을 지적하려는 의도로 보인다. 같은 의사라 해도 아마 삶의 경험이 많은 늙은 의사였다면 시인은 지난 주말에 만어사에 다녀왔다는 얘길 할 수 있었을는지 모른다. 늙은 의사였다면 인생의 다양한 경험에 비추어서 어쩌면 신화적인 세계를 공감해 줄는지 모르기 때문이다. 그러나 과학언어의 신봉자인 <젊은 의사>에게 시인의 이명 현상은 단순히 <일시적인 난청>으로서 단지 생리적 메커니즘에 일시적 장애가 온 것이라고 이해할 뿐이다.

그러나 시인은 자신의 이명 현상은 지난 주말 만어산에서 만났던 <일만 마리의 물고기들>중의 <작은 물고기 한 마리>가 그의 귓속에 들어와서 내는 소리일 것이라고 생각한다. 하지만 그런 믿음을 <젊은 의사>에게 말한다는 것은 과학적으로는 어불성설이므로 말할 수가 없었던 것이다. 그것이 <과학적 사실>은 아니지만, 시인에게는 어떤 과학적인 설명보다도 더 실감나는 <시적 진실>이다. 젊은 의사에게 만어산의 돌들은 지질학적으로 흘러내린 너덜에 불과하다. 그것이 물고기모양으로 보이건 말건 그것은 깨어진 돌들의 무리에 지나지 않는다. 그러나 시인에게 그것은 단순한 돌이 아니라 옛날 동해에 살던 일만 마리의 물고기가 그곳에 와서 돌로 변한 것이고 지금도 그것들이 금종소리 은종소리를 내고 있는 것이다.

삼국유사 塔像편 魚山佛影조에는 다음과 같은 만어산의 물고기 얘기가 나온다.

> <古記에 이렇게 말했다. 萬魚山은 옛날의 慈成山, 또는 阿耶斯山이니, 그 곁에 呵囉國이 있었다. 옛날 하늘에서 알이 바닷가로 내려와서 사람이 되어 나라를 다스렸으니 이가 바로 首露王이다. 이 때 국경 안에 玉池가 있었고 못 속에는 毒龍이 살고 있었다. 만어산에 羅刹女 다섯이 있어서 독룡과 왕래하면서 사귀었다. 그런 때문에 때때로 번개가 치고 비가 내려 4년 동안 五穀이 되지 못했다. 王은 呪文을 외어 이것을 금하려 했으니 금하지 못하고 머리를 숙이고 부처를 청하여 說法한 뒤에 羅刹女는 五戒를 받아 그 후로는 災害가 없어졌다. 때문에 동해의 물고기와 용이 마침내 化하여 골 속에 가득찬 돌이 되어서 각각 쇠북과 경쇠의 소리가 났다. (故東海魚龍遂化爲滿洞之石, 各有鍾磬之聲)>

옛날(신화시대)에는 신과 인간이 소통했다. 옛 기록에 의하면 가라국의 수로왕은 사람을 잡아먹는 악귀 나찰녀와 독룡을 쫓아내려고 주문을 외웠지만 되지 않았다. 그래서 부처를 청하여 설법을 하니 그 재해가 없어졌고, 동해의 물고기와 용이 이 골짜기에 가득찬 돌이 되어서 쇠북과 경쇠소리를 내게 되었다는 것이다. 실제로 이 만어산을 흘러내리고 있는 너덜의 돌들은 그 모양새가 어찌 보면 수만 마리의 물고기 형상으로 보이고, 두드리면 어떤 것은 쇠소리가 나기도 한다. 이 고기록은 고려 명종 11년에 보림이라는 승려가 남긴 것인데, 나중에 일연 스님이 그곳에 가서 확인해 보고 <돌이 전체의 3분지 2는 모두 금과 옥의 소리를 내는 것이 그 하나요>라고 쓰고 있다. 이 고사는 시적으로 진실하다. 그것을 오늘 정일근 시인이 체험을 통해서 다시 확인하고 있는 것이다.

만어사에서 돌 속의 물고기들이 내는 금종소리 은종소리를 듣다가
산수유 노란 꽃그늘에 누워 낮잠이 들었는데

그 때 나는 분명히 내 귓속으로 숨어드는 물고기 한 마리를 보았다

돌 속의 물고기들이 내는 금종소리 은종소리… 그것에 대해서는 <실제로 이 돌들은 두드리면 쇠소리가 난다>고 일연 스님도 확인하고 있다. 이점은 지금도 마찬가지이다. 금속성의 원인을 우리는 이 돌의 강도나 혹은 너덜 밑의 지질학적 특징 등의 어떤 물리적 현상으로 설명할 수 있을 것이다. 그러나 그러한 과학적인 설명이란 우리들의 정서에 얼마나 답답하고 공허한 것인가? 여기서 돌들의 소리는 분명히 시인에게는 물고기가 내는 <금종소리 은종소리>로 들리기 때문이다. 그 소리는 일상의 자동차 경적이나 라디오의 음악, 심지어는 골짜기를 휘감아오는 바람소리나 나뭇가지 사이로 다가오는 새소리와도 다르다. 금종과 은종이 내는 아득하고 눈부신 소리가 시인을 신화적 세계로 인도한다. 더구나 산수유가 노랗게 피어나는 봄날 조용한 만어산의 꽃그늘 속이 아닌가? 그런 곳이라면 시인이 아닌 사람도 잠깐 낮잠이 들었을 것이고, 잠든 그의 귓속으로 만 마리의 물고기 중 적어도 한두 마리쯤은 숨어들었을 것이다.

그 봄날 산수유 꽃그늘 속에서 분명히 시인은 잠든 자신의 <귓속으로 숨어드는 물고기 한 마리를> 보았던 것이다. 산수유 꽃그늘 속에서의 낮잠은 매우 시적인 정황이다. 산수유 꽃은 아직 살얼음이 채 녹기도 전에 노랗게 피어나는 봄의 전령이다. 겨울 동안 꽁꽁 언 땅 밑과 골짜기에서 웅크리고 있던 생명들이 산수유의 노란 봄소식으로 기지개를 켜고 일어나 이제 막 활기를 띄우고 있다. 나무 가지에서는 죽은 듯 숨죽이고 있던 잎눈이 터지기 시작하고, 골짜기의 바위틈으로는 대지의 입김이 피어난다. 바로 이 때 포근한 햇살이 감싸 안고 있는 꽃 그늘 속에 앉아 시인은 잠깐 잠이 든 것이다. 그럴 때라면 일만 마리의 물

고기 중에 아주 작고 귀여운 물고기 한 마리가 시인의 귓속으로 헤엄쳐 들어온 것은 너무나 자연스럽고도 당연하다. 시인은 분명히 그 장면을 본 것이다. 그런데 그가 목격한 진실이 병원의 젊은 의사에게는 통하지 않는 것이다. 한 마디로 그것은 과학적 사실이 아니기 때문이다.

> 바위 아래 푸른 바다에 사는 물고기 한 마리가
> 내 귓속으로 들어와 달팽이관 안에 놀고 있다는 것을
> 의사는 이해하지 못할 것이다, 바람이 불 때마다
> 절집에 걸린 풍경처럼 소리를 내는 물고기를 믿지 못할 것이다

<바위 아래 푸른 바다에 사는 물고기 한 마리가> 지금 시인의 귓속에 들어와 <달팽이관 안에>서 놀고 있다. 여기서 시인은 그 물고기가 살던 곳을 <바위아래 푸른 바다>라고 아름답게 묘사했지만 그 다음 행에서는 그 물고기가 귓속에 있는 <달팽이관 안>에 들어왔다고 매우 구체적인 의학용어를 쓰고 있다. 여기서 시인은 <바위 아래 푸른 바다>와 <귓속의 달팽이관>이라는 두 개의 공간, 즉 시적 세계와 과학적 세계가 하나로 겹쳐지는 아름다운 혼융을 보여준다. 돌과 물고기가 서로를 넘나들고, 푸른 바다와 귓속의 달팽이관이라는 이질적인 공간이 친화하는 아름다운 화해의 공간을 그는 보고 있는 것이다. 양자 사이에 과학적 사실로서의 단절의 벽은 시적 진실 속에서 봄눈처럼 녹아 사라진다. 그리고 그 자리에서 시적 언어는 바로 이러한 신화의 꽃을 피워내는 것이다. 시적 진실의 언어(신화언어)를 구사하는 시인에게 그것은 지극히 자연스러운 혼융이지만, 과학적 사실의 언어의 틀 안에 있는 젊은 의사에게 그것은 말(논리)이 되지 않을 것이므로 이해하지 못할 것이다. 시인에게 그의 귓속에서 놀고 있는 물고기 소리는 마치 <바람이 불 때마다/절집에 걸린 풍경처럼> 들리지만, 의사에

게 그것은 <일시적인 난청>에서 오는 <이명현상>일 뿐인 것이다.

여기서 <절집에 걸린 풍경처럼> 내는 소리는 예사소리가 아니다. 절집이란 일상의 생활공간이 아닌 인간이 부처님과 만나는 곳, 다시 말해서 유한한 인간과 무한한 신성이 만나는 공간이다. 그러므로 그곳에 걸린 風磬은 아파트 베란다에 걸린 장식물과는 다르다. 그 풍경이 내는 소리는 일상의 현실을 벗어나 무한의 신성으로 열리는 소리이다. 다시 말해서 과학언어를 벗고 신화의 언어로 나아가는 소리인 것이다. 그러니 과학언어(로고스) 밖에는 인정하지 않는 젊은 의사가 어찌 그런 신화언어(미토스)로 주장하는 귓속의 달팽이관에 들어온 작은 물고기의 소리를 믿을 수 있겠는가? 그래서 시인은 자신의 귓속 달팽이관에 와서 놀며 내는 물고기 소리를 젊은 의사에게 말할 수가 없다. 그것은 시인에게 부정할 수 없는 진실이므로 반드시 말을 해야 하는 것이지만, 과학언어의 틀 속에 있는 의사에게는 전달할 수 없다. 따라서 시인은 그것을 혼자서만 비밀처럼 간직하고 있어야 한다.

혼자만 알고 있는 비밀을 아무에게도 말할 수 없는 것은 고통이다. 그것은 마치 혼자만 알고 있는 왕의 귀의 비밀을 아무에게도 말할 수 없는 <복두쟁이>의 마음 속 고통과도 같은 것이다. 복두쟁이는 고통을 견딜 수 없었으므로 그 비밀을 대밭에 들어가서 털어놓는다.

> 왕위에 오르자 왕의 귀가 갑자기 길어져서 나귀의 귀처럼 되었다. 왕후와 궁인들은 모두 이를 알지 못헷지만 오직 幞頭匠 한 사람만이 이 일을 알고 잇었다 그러나 그는 평생 이 일을 남에게 말하지 않았다. 그 사람은 죽을 대에 道林寺 대밭 속 아무도 없는 곳으로 들어가서 대를 보고 외쳤다. "우리 임금의 귀는 나귀 귀와 같다" 그런 후로 바람이 불면 대밭에서 소리가 났다. "우리 임금의 귀는 나귀의 귀와 같다."
> ─「삼국유사」, 紀異편, 景文王조

시인은 이 이야기를 끌어다가 현재 젊은 의사와는 통하지 않는 자신의 속내를 드러낸다. 인간이 혼자만 알고 있는 비밀을 발설하지 않는다는 것이 얼마나 어려운 일인가를 이 설화는 얘기하고 있지만, 시인은 그 복두쟁이의 <말할 수 없는 비밀의 고통이 신화를 만든다>고 말한다. 그리하여 바람이 불면 도림사 대밭에서는 <우리 임금님 귀는 나귀의 귀와 같다>는 복두쟁이의 소리가 난다는 신화가 된 것이다.

신라사람 경문왕의 당나귀 귀를 본 복두쟁이의 마음처럼
말할 수 없는 비밀의 고통이 신화를 만든다.

그렇다. 비밀한 고통이 신화를 만든다. 쉬운 일은 맺히지 않는 법이다. 한 알의 열매를 빚어내기 위하여 나무는 한여름의 가뭄과 폭풍의 고통을 묵묵히 인고해야 한다. 눈부신 진주는 진주조개가 뱃속의 상처(고통)를 안으로 삭여 만들고, 수도승은 뼈를 깎는 수행의 고통으로 몸속에 영롱한 사리를 빚어낸다. 마찬가지로 인간은 아무에게나 함부로 <말할 수 없는 비밀한 고통>을 가지고 아름다운 <신화> 만드는 것이다. 신화는 유한한 인간이 현실적으로 이룰 수 없는 영원한 꿈이고 희원이다. 신화적 언어인 미토스는 논리적인 언어인 로고스에 대립한다. 인간은 과학적 사실 뒤에 숨어 있는 의미의 세계를 드러내기 위하여 미토스(신화언어)를 구사한다. 신화는 인간이 현실을 넘어서서 신들의 세계에 들어가 그들의 말건넴을 받아 쓴 신성한 서술이다. 그리하여 지금, 시인은 젊은 의사에게 말할 수 없는 비밀 — 만어산의 물고기 한 마리가 자신의 귓속으로 들어왔다는 — 을 가지고 있고, 그것을 발설할 수 없는 고통 때문에 또 하나의 신화를 만들 수밖에 없는 것이다.

만어산에는 소금 내음 풍기며 바다가 출렁거리고
만어사 바위들이 내는 종소리가 그 바다에서 물고기로 태어나고
그 중 한 마리가 내 귓속에 들어와 일으키는 시인의 이명을
간단한 처방전을 쓴 후 이내 다음 환자를 호명하는
젊은 의사는, 그 비밀을 고백한다 해도 알지 못할 것이다

만어산의 너덜은 어찌 보면 수만 마리의 물고기로도 보이고 안개 속에서 소금내음을 풍기며 출렁거리는 바다의 파도로도 보인다. 또한 돌들이 내는 종소리는 그 바다에서 다시 수만 마리의 물고기로 태어나고, 만어산 골짜기에 들어와 돌이 되어서 금종소리 은종소리를 내기도 한다. 그 많은 물고기 중의 한 마리가 어느 봄날 노란 산수유 꽃그늘에서 살폿 잠든 시인의 귓속으로 헤엄쳐 들어와 달팽이관에서 노닐고 있는 것은 시적으로 너무나 자연스럽다. 그렇게 자연스러운 이야기(미토스)를 그러나 시인은 젊은 의사에게는 지금 설명할 수가 없는 것이다. 의사에게는 시인의 귓속에 들어온 작은 물고기가 일으키는 이명을 <일시적인 난청>이라고 아주 간단한 처방전(로고스)으로 처리할 뿐이다. 그리고 곧장 다음 환자를 호명한다. 그러한 젊은 의사에게 시인이 어떻게 그의 비밀을 고백할 수 있겠는가? 설령 그것을 고백한다면 그는 알아듣지 못할 뿐만 아니라 오히려 정신분열의 초기증상까지 의심할는지 모를 일이다. 시인은 지금 메마른 과학언어가 닿을 수 없는 만어산 골짜기의 아름다운 비밀을, 그리고 그것을 발설할 수 없는 고통을, 또 하나의 신화로 만들어내는 것이다.

(『현대시학』 2002.1.)

구부러짐 혹은 생명의 몸짓

이정록의
구부러진다는 것

잘 마른
핏빛 고추를 다듬는다
햇살을 치고 오를 것 같은 물고기에게서
반나절 넘게 꼬투리를 떼어내다보니
반듯한 꼬투리가 없다, 몽땅
구부러져 있다

해바라기의 올곧은 열정이
해바라기의 목을 휘게 한다
그렇다, 고추도 햇살 쪽으로
몸을 디밀어 올린 것이다
그 끝없는 깡다구가 고추를 붉게 익힌 것이다
햇살 때문만이 아니다, 구부러지는 힘으로
고추는 죽어서도 맵다

물고기가 휘어지는 것은
물살을 치고 오르기 때문이다
그래, 이제, 말하겠다
내 마음의 꼬투리가, 너를 향해
잘못 박힌 못처럼
굽어버렸다

자, 가자!

굽은 못도
고추 꼬투리도
비늘 좋은 물고기의 등뼈를 닮았다

『현대문학』 1월호에 실린 이정록 시인의 <구부러진다는 것>이라는 작품을 읽었다.

구부러진다는 말은 우선 부정적인 느낌을 준다. 얼마 전에 세인의 입에 오르내리던 曲學阿世라는 말도 연상되고 曲論이나 曲筆 등 비뚤어진 의미가 떠오르기 때문이다. 曲盡이나 曲切처럼 지극 정성을 다한다는 좋은 의미도 자세히 보면 구부러짐(曲)을 다함(盡)이라든가 구부러짐을 끊었을(切) 때 비로소 긍정의 뜻이 되므로 구부러짐 자체는 부정적인 뜻을 떠나지 않는다. 그러나 처세에서는 구부릴 줄 알아야 큰 일도 할 수 있고(屈己者 能處重), 낚싯대는 구부러짐으로써 물고기를 놓치지 않고 잡아 올리며, 활은 그 구부림을 통해서 살을 멀리 날린다. 그 뿐인가, 우리 한옥이 지닌 지붕의 곡선이나 한껏 휘어진 소나무의 자태는 구부러짐의 멋을 한껏 드러낸다.

사물이 <구부러진다는 것>은 열팽창율 혹은 물질내부의 구성밀도의 차이에서 야기되는 물리적인 현상이다. 빳빳한 오징어를 난로 위에 올려놓으면 난로에 닿는 면과 닿지 않는 면의 온도 차이로 재빨리 구부러진다. 나팔꽃의 덩굴손은 한 쪽 면에 어떤 사물이 닿으면 반대쪽이 빨리 성장하여 구부러짐으로써 그것을 감아 스스로를 지탱한다. 물질이 구부러진다는 것은 다이내믹한 물성의 표현이다. 생각해 보면 구부러짐은 곧게 폄이나 뻗음의 상대적인 개념이다. 골퍼가 쳐낸 공은 힘차게 직선으로 뻗어가다가 중력에 끌려 구부러지면서 땅으로 떨어진다. 그런 경우 공의 비행 궤적이 구부러진다는 것은 원심력과 구심력이 중간으로 합치는 현상이다. 즉 밖으로 뻗어나가는 공의 직선운동을 안으로 끌어당기는 힘(중력)이 공의 비행을 원환운동으로 구부러지게 한다. 그러므로 직선으로 뻗어나가던 공이 곡선으로 구부러진다는 것은 원심력과 구심력의 변증법적 합일인 셈이다.

그런데 사실은 이정록의 이 작품을 읽으면 <구부러진다는 것>은 본래 말뜻과는 반대로 오히려 빳빳한 느낌을 준다. 앞질러 말하면 이 시는 <구부러진다는 것>의 유연성이나 여유를 말하는 게 아니라 너무 빳빳하기 때문에 마침내 구부러지는 것을 노래하고 있다. 그리고 <구부린다> 능동형을 쓰지 않고 <구부러진다>는 수동형을 쓴 것도 그 구부러짐을 주체의 의지가 아니라 숙명적, 필연적인 결과로 보기 때문이다. 우선 작품을 찬찬히 읽어보자.

> 잘 마른
> 핏빛 고추를 다듬는다.
> 햇살을 치고 오를 것 같은 물고기에게서
> 반나절 넘게 꼬투리를 떼어내다 보니
> 반듯한 꼬투리가 없다, 몽땅
> 구부러져 있다

시인은 지금 <잘 마른/핏빛 고추를 다듬>고 있다. 고추는 대표적인 향신료 중의 하나이다. 苦草라는 어원에서도 짐작할 수 있는 것처럼 대단히 맵고 강렬한 맛을 주기 때문에 같은 가지과의 열매라 해도 가지와는 전혀 다른 독하고 강한 이미지를 갖고 있다. 그러므로 고추는 자극적이고 공격적이며 특히 붉은 핏빛이 갖는 강렬성은 잡귀도 물리치는 힘을 가지고 있어 금줄(禁忌繩)에 사용되기도 한다.

시인은 반나절 넘게 고추의 꼭지(작자는 <꼬투리>라는 단어를 사용하고 있는데, 그것은 콩과식물의 씨가 들어있는 껍질을 뜻하는 것이고, 고추의 자루는 <꼭지>이다. 그래서 필자는 시인이 쓴 <꼬투리>를 <꼭지>의 뜻으로 읽는다.)를 떼어내는 일을 하면서 우선 고추의 붉은 색을 <핏빛>이라고 말한다. 고추는 <잘 마른/핏빛>이다. 농부는 고추를 따서 햇살에 말린다. 태양초가 그것이다. 잘 말려야 고추는 오래 보관이 될 뿐만 아니라 그 독특한 매운 맛도 잘 낼 수 있다. 그런데 태양 빛에 말린다는 것은 태양의 빛을 고추 속으로 쪼여 넣는 일이기도 하다. 태양은 모든 생명 에너지의 근원이다. 그 태양의 빛과 열을 고추는 받아 들여서 보다 강화된 생명 에너지를 지니게 된다. 여기서 붉은 고추를 구태여 <핏빛>으로 표현한 것은 <피>가 주는 강렬한 생명성을 드러내기 위한 시인의 전략이다. 피는 생명을 표상한다. 따라서 <핏빛>은 가장 강렬한 생명의 빛깔이다. 따라서 핏빛 고추는 고추 가운데서 가장 충일한 생명성을 지니고 있다.

그런데 시인은 반나절이나 고추 꼭지를 떼어내다가 문득 모든 고추의 꼭지가 <구부러져> 있음을 깨닫는다. 왜 고추의 모든 꼭지들이 하나같이 구부러져 있는 것일까? 구부러진다는 것은 무엇일까? 시인은 고추에서 물고기를 유추한다. 햇살을 치고 오르는 듯한 역동적인 힘을 물살을 치고 오르는 물고기로 유추한 것이다. 그래서 지금 고추의 꼭지를 떼어내는 일을 <햇살을 치고 오를 것 같은 물고기에게서> 떼어내고 있다고 말하는 것이다. 고추의 꼭지는 열매와 줄기를 연결하는 통로이다. 그 꼭지를 통해서 수분과 영양을 공급하면서 고추가 영글도록 지탱해 준다. 그런데 그 꼭지가 <몽땅/구부러져 있다>는 것은 무엇인가? 왜 생명을 지탱해주는 탱주(撑柱)이며 영양과 생명의 통로인 꼭지가 구부러져 있는 것일까?

그 구부러져 있는 형태를 문득 시인은 <해바라기의 목>에서 보고, 꼭지의 구부러진 까닭을 해바라기의 목의 휘어짐에서 찾아낸다.

> 해바라기의 올곧은 열정이
> 해바라기의 목을 휘게 한다.
> 그렇다, 고추도 햇살 쪽으로
> 몸을 디밀어 올린 것이다
> 그 끝없는 깡다구가 고추를 붉게 익힌 것이다
> 햇살 때문만이 아니다, 구부러지는 힘으로
> 고추는 죽어서도 맵다

해바라기의 목이 휘어진 이유는 그것의 <올곧은 열정> 때문이다. 해바라기(向日葵, sunflower)는 이름 그대로 해를 향해서 피는 꽃으로서 태양을 연상시킨다. 태양은 생명의 근원일 뿐 아니라 열정의 상징이다. 고흐가 해바라기를 되풀이하여 그렸던 것도 직관적으로 그것이 주는 태양의 심상, 즉 강렬한 생명 에너지를 드러내고자 했던 것이 아닌가? 비록 한해살이 식물이긴 해도 그렇듯 크고 꼿꼿하고 자라서 사자의 갈기 같은 황금빛 꽃잎을 빛내며 커다란 얼굴을 자랑스럽게 드러내는 해바라기, 그 모습은 오연한 자긍심에 넘친다. 그럼에도 불구하고 해바라기는 목을 구부리고 있다. 해바라기의 목이 휘어지는 까닭은 줄기에 비해 너무 큰 꽃의 무게 때문이지만, 시인은 그것을 <해바라기의 올곧은 열정> 탓으로 보는 것이다. 만일 해바라기가 그 올곧은 열정으로 태양을 향해 곧게 치솟아 크고 정열적인 꽃을 피워내지 않았다면 그 목이 꼭 휘어질 이유는 없다. 예컨대 백일홍이나 코스모스의 목이 해바라기처럼 휘어지는 것은 아니다. 마찬가지로 지금 고추의 꼭지가 모두 하나같이 구부러져 있는 것도 <햇살 쪽으로 몸을 디밀어 올린> 그것의 열정 때문이다. 해바라기의 열정이 해를 향해 치솟아 오르는 것처럼 고추의 열정도 <햇살 쪽으로 몸을 디밀어 올>린다.

그런데 한발 더 나아가서 시인은 스스로의 몸을 햇살 쪽으로 디밀어 올리는 고추의 열정, <그 끝없는 깡다구가 고추를 붉게 익힌 것>이라고 말한다. 고추의 붉은 빛은 <핏빛>이고, 핏빛을 내는 <피>는 타오르는 물(액체)의 불이다. 다시 말해서 피는 액체의 불이다. 고추의 핏빛은 바로 그것이 내부로부터 뿜어져 나오는 생명의 불꽃 때문인 것이다. 불은 뜨겁게 자신을 태운다. 스스로를 붉게 태우는 열정이 바로 <깡다구>인 것이며 그 깡다구가 고추를 익게 하는 것이다. 익는다는 것은 완성한다는 것이고, 완성은 존재자의 자기실현이다. 이 때 자기실현에 대한 고추의 열정 혹은 깡다구가 바로 꼭지의 구부러짐으로 나타나는 것이다. <깡다구>란 악착같이 버티며 밀고 나가는 傲氣를 말한다. 고집이 세고 버티는 힘이 강한, 악착같은 성깔이 고추의 특성이다. 여기서 <그 끝없는 깡다구가 고추를 붉게 익힌 것>이라고 보는 시인의 통찰이 놀랍다. 그런데 <붉게 익힘>의 그 독하고 매운 고추의 특성은 <햇살 때문만은 아니>다. 햇살 덕분에 많은 열매가 익지만 모든 열매가 <붉게> 익지는 않기 때문이다. 고추의 <핏빛>은 고추다움이며 그것이 바로 그것의 <깡다구>인 것이다. 고추는 그 깡다구로 햇살을 향해 몸을 디밀어 올리고, 그 때문에 꼭지가 구부러지는 것이며, 바로 그 <구부러지는 힘> 때문에 고추는 <죽어서도 매운> 것이다.

여기서 <구부러진다는 것>의 의미를 다시 한 번 생각해볼 필요가 있다. 고추의 꼭지가 구부러지는 까닭을 시인은 해바라기의 목이 휘어지는 것과, 물살을 치고 오르는 물고기의 휘어지는 모습에서 보고 있다. 고추에서 해바라기로 그리고 고추에서 물고기로의 유추는 그것들의 상이함의 거리만큼 큰 긴장감을 구축하여 이 작품에 역동성을 주고 있다. 시인은 해바라기의 <해를 향한 올곧은> 열정과 물고기의 <물살을 치고 오르는> 모습에서 휘어짐(구부러짐)을 본다. 그 휘임은 앞에서 살펴본 것처럼 밖으로 뻗어가려는 생명의 원심력과 안으로 응축하는 구심력의 변증법적 합일의 모습이다. 다시 말해서 자신을 넘어서려는 원심운동과 자기를 지키려는 구심운동의 변증법적 통합이 부채꼴의 호와 같은 원환운동으로 나타나는데, 그 원환운동의 일부가 바로 <휘어짐> 즉 <구부러짐>인 것이다.

>   물고기가 휘어지는 것은
>   물살을 치고 오르기 때문이다
>   그래, 이제, 말하겠다
>   내 마음의 꼬투리가, 너를 향해
>   잘못 박힌 못처럼
>   굽어버렸다

　물고기가 물살을 치고 오르지 않는다면 물고기는 몸을 휘어질 까닭이 없다. 마찬가지로 고추가 햇살을 치고 올라 그의 <몸을 디밀어 올리>지 않는다면 그것의 꼭지도 구부러질 이유가 없다. 고추는 바로 그 <구부러지는 힘>으로 죽어서도 매운 것이고, 그것은 곧 고추의 자기 정체성이 된다. 싱싱한 생명력의 표상인 <물고기가 휘어지는 것은/물살을 치고 오르기 때문>이고, 고추의 꼭지가 구부러지는 것은 그것이 <햇살 쪽으로 몸 전체를 디밀어 올>리기 때문이다.

　그리하여 시인은 확신을 가지고 이제 말한다. 그는 지금까지 발설하지 않았던 말을 <그래, 이제, 말하겠다>고 한다. 왤까? 그가 지금까지 해바라기와 물고기와 고추를 통해서 보았던 <구부리진다는 것>의 의미가 바로 시인인 <내>가 <너>에게 말하는 것을 정당화시켜 준다고 믿기 때문이다. 구부러진다는 것의 의미, 그것은 다름 아닌 <너>를 향한 <내 마음>이었던 것이다. 즉 <너를 향한 나의 마음>은 고추의 꼭지처럼, 혹은 <잘못 박힌 못처럼/굽어버렸>기 때문이었다.

여기서 <잘못 박힌 못>이란 무엇인가? 못은 기둥과 널빤지를 연결하여 고정시키고, 벽에 박혀서 물건을 걸게 한다. 못은 타자(다른 사물) 속에 파고든다. 그러나 못은 타자와 섞이지 않고 자기를 지킨다. 따라서 못은 타자 속에서 언제나 이질적이다. 그 이질감이 고통으로 나타난다. 예수는 십자가에 못 박히고, 그녀는 내 가슴에 못을 박는다. 못은 지울 수 없는 고통을 통해서 서로 다른 두 객체를 연결한다. 그런데 여기서 시인의 <마음의 꼬투리(꼭지)>는 잘못 박힌 못처럼 굽어 있다. 굽었다는 것은 앞에서 본 고추의 꼭지처럼 지금까지 숨겨온 <너>에 대한 <나>의 열정과 깡다구 때문이다. 그것을 <잘못 박힌 못>에 비유한 것은 시인의 본래 의도와는 다른 결과가 되었다는 것을 의미한다. 심상치 않다. <잘못 박>혀서 구부러졌고, 구부러졌기에 고통스럽다. 그러나 사실은 <내 마음의 꼬투리(꼭지)>가 굽어진 것은, 마치 온몸을 햇살 쪽으로 디밀어 올리는 고추의 열정과 지극한 깡다구가 그랬던 것처럼, <너>를 향해 <나>의 전 존재를 투신했기 때문이다.

자, 가자!

그러므로 이제 시인은 자신의 전 존재를 걸고 결연하게 말한다. <자, 가자!>라는 것은 이제까지 이러저러했으나 이제는 그치고 떠나자는 것이다. 이때의 <자,>라는 단음절의 짧고 결연한 의지를 담은 소리는 두렵고도 결정적인 힘을 느끼게 한다. 시인은 연이어 강력하게 촉구한다. <가자!>. 그러나 이 말은 어디로 가자는 것인지 그 방향이제시되지 않고 있다. 그것은 아무튼 지금 여기에는 더 이상 머물 수 없으니 어디로든 떠나야 한다는 의미를 나타낸다. 자 이제는 어디로든 가야 한다! 간다는 것은 지금 여기를 벗어나는 것, 스스로를 넘어서는 것, 끊임없이 자기를 일탈해 나가는 것이다. 그러므로 자기를 일탈하여 어딘가로 <가자!>는 말은 가는 것 자체가 목적이고 존재실현을 뜻하는 것이며 자신에 대한 정언적인 명령이다. 자 가자! 가야 한다. 이제 더 이상 제자리에 그대로 머무는 것은 허용되지 않는다.

> 굽은 못도
> 고추 꼬투리도
> 비늘 좋은 물고기의 등뼈를 닮았다

여기서 시인이 <가자!>고 강한 의지를 보이는 것은 <굽은 못도 고추 꼬투리도 비늘 좋은 물고기의 등뼈를 닮았>기 때문이다. 못의 <굽음>이나 고추 꼭지의 <구부러짐>은 비늘 좋은 물고기의 등뼈와 같다. <비늘 좋은 물고기>는 싱싱한 생명력의 상징이다. 생명은 정지하지 않고 끊임없이 자신을 일탈해 나간다. 끊임없이 자신을 일탈하는 힘과 열정은 고추 꼭지처럼 구부러진 모습으로 나타난다. 왜냐하면 자기초월의 원심력과 자기유지의 구심력이 변증법적인 합일을 통하여 원환운동(곡선)으로 나타나기 때문이다. 그러므로 <구부러진다는 것>은 살아있는 존재자의 자기완성 혹은 끊임없이 자기일탈을 감행하는 실존의 모습이다.

고추는 햇살을 향해 온몸을 디밀어 올리므로 꼭지가 구부러지고, 해바라기는 해를 향한 올곧은 열정이 자신의 목을 휘게 한다. 물고기가 물살을 치고 오르기에 등뼈가 휘어지는 것처럼, 지금 <내 마음의 꼬투리>는 <너>를 향한 간절함 때문에 <잘못 박힌 못처럼/굽어버>

린 것이다. 그러므로 이 시에서 <구부러진다는 것>은 안일한 일상을 거부하고 햇살 쪽으로 온몸을 디밀어 올리는 고추의 꼭지처럼 핏빛 열정을 드러내는 모습이고, <비늘 좋은 물고기의 등뼈>처럼 싱싱하게 약동하는 생명의 몸짓인 것이다.

(『현대시학』 2002.4)

빔(虛)의 미학과 탐미적 언어

─ 조영서의 장편시(掌篇詩)

1.

조영서는 『현대시학』 5월호에 <신작소시집>을 묶어내면서 연작 掌篇詩.30부터 41까지 12편의 보석 같은 소품들을 발표하고 있다. 단편소설보다 길이가 더 짧은 소설의 의미로 쓰이는 掌篇소설에 비하여 掌篇詩란 용어는 생경하지만, 문자 그대로 아주 짧은 시라는 뜻으로 붙인 이름일 것이다. 독일어의 시(Dichtung)라는 낱말이 동사 압축하다(dichten)에서 나온 명사임을 생각하면 원래 시는 아주 압축된 짧은 글임에 틀림없는데 시인이 다시 掌篇이라는 에피세트를 붙인 것은 특히 <짧음>이라는 의미에 강세를 두려는 의도로 보인다.

짧게 말하겠다는 것은 논리로 풀어서 길게 설명하지 않겠다는 말이다. 서구적이 의미에서 말은 로고스(Logos)이고 그것은 논리(logic)이므로 논리로 풀지 않겠다는 말은 서구적인 의미의 로고스로 드러내지 않겠다는 것을 의미한다. 그런데 시인이 그의 감정이나 정서를 로고스로 드러내는 일(그리스어의 legein)을 하지 않겠다는 것은 그가 道可道 非常道나 不立文字 敎外別傳이라는 동양적인 언어관에 기울어져 있음을 나타내는 것으로 보인다. 그렇지만 사실은 짧은 시를 가지고 서구적이냐 동양적이냐 하는 구분은 옳지 않다. 동서양을 막론하고 원래 서정시가 간결함을 그 특성으로 한다는 것은 이미 논리(설명)를 넘어서서 곧바로 핵심에 육박해 들어가겠다는 뜻이기 때문이다. 다만 조영서는 무의식중에라도 길어지는 것을 막겠다는 의지를 굳이 掌篇詩라는 명칭을 붙여서 自警句로 내세운 것으로 보인다.

단단한 얼음을 쪼갤 때에는 도끼를 쓰지 않고 송곳(바늘)을 사용한다. 얼음의 단단함은 도끼의 강한 힘이 아니라 바늘 끝의 날카로움에 의해 쪼개진다. 시가 바로 그러하다. 시는 크고 강한 도끼의 언어가 아니라 가늘어도 날카로운 바늘의 언어에 의해서 그것의 진실이 나타난다. 조영서 시의 미학은 바로 그러한 바늘의 언어에 바탕하고 있다. 그것이 그가 구태여 <장편시>라는 조금은 낯선 이름을 깃발처럼 앞에 내어 건 소이라 할 수 있다.

2.

간결함의 기치를 내 걸며 시인은 <신작 소시집>의 첫 번째 작품으로 「短杖」(掌篇詩, 30)을 들어 보인다. 그는 아마도 짧은 시를 쓰면서 일본의 하이쿠에서 영향을 받았다고 하는 이미지스트 에즈라 파운드를 떠올렸을 것이다. T. S. 엘리어트가 <가장 완벽한 예술가>라고 썼던 에즈라 파운드는 아마도 짧은 시를 추구하는 그에게 어떤 시사를 주었을는지 모른다.

> 그는 황금빛 stick으로 하늘을 빙빙 돌리다가 하늘 끝은 텅 비었다, 고 한다. 텅 빈 것이 더 눈부시다, 고 한 마디 슬쩍 흘리곤 안개 속으로 간, 빈 하늘을 밟고 간 빈 흔적이 무겁다.
> −「短杖」 일부

에즈라 파운드는 시인의 무의식이라 할 수 있는 <꿈> 속에서 <날카로운 눈매>로 그를 바라본다. 시인은 에즈라 파운드가 <stick으로

하늘을 빙빙 돌리다가 하늘 끝은 텅 비었다,>고 하고, <텅 빈 것이 더 눈부시다, 고 한마디 슬쩍 흘리곤 안개 속으로 사라져 간> 빈 하늘을 무겁게 의식한다. <텅 빈> 것, 그것이 시인이 이번의 연작시에서 드러내고 있는 주제라고 생각된다. 지팡이로 하늘을 빙빙 돌리다가(휘저어 보다가 아무 것도 걸리는 것이 없으니) 하늘 끝은 텅 비었다고 하는 그 빔(虛)을 변주해가며 시로 형상화하고 있다.

조영서는 이 소시집에서 빔을 <하늘>로 표상한다. 「신작소시집」의 작품 12편중에서 11편에 <하늘>이라는 시어가 등장하고 있음이 단적인 증거가 될 수 있다. 하늘이라는 시어가 유일하게 나오지 않는 작품 「보리피리」도 그 지배적인 이미지는 하늘이다.

일반적으로 하늘은 땅의 상대적인 개념이다. 땅은 채워져 있고 하늘은 비어 있다. 땅은 있음이고 하늘은 없음이다. 땅이 유한이라면 하늘은 무한이며 전자가 현실이라면 후자는 초월이다. 인간은 땅에 발을 딛고서 하늘에 머리를 향한다. 노동은 땅의 열매를 구하지만 시는 하늘의 적막에 귀 기울인다. 그리하여 시인은 땅이 아니라 하늘을 노래한다.

그런데 앞에서 말한 바처럼 하늘은 빔(비어있음)을 표상한다. 빔은 역설적으로 없음으로 채워진 있음이다. 마치 노자의 그릇처럼 있음은 없음을 위한 것이다. 30개의 바퀴살은 가운데 바퀴통에 모여지지만 그 바퀴통 속은 비어있기 때문에 바퀴가 쓸모가 있는 것이다. 대체로 우리 세속의 일상인들은 있음(바퀴살)에 주목하고 중심의 빔을 알지 못하나, 예리한 눈을 가진 시인(그는 보는 사람이다.)은 바로 그 빔의 진리를 보는 사람이다. 그리하여 여기서 시인은 '텅 빈 것이 더 눈부시다'고 말한다. 더 눈부시다는 것은 더 가치 있는 것, 더 본질적인 것을 의미한다. 하늘은 바로 빔의 표상인 것이다.

하늘은 은가락지 낄 손가락 하나 없다

—「皆旣月蝕」전문

　이 한 행의 짧은 작품에서 시인은 말을 극도로 절약하여 그 <빔>
의 세계를 놀랄 정도로 잘 형상화시키고 있다. 이 작품에 나타나는 아
름답고 선명한 이미지는 은가락지이다. 제목이 「개기월식」임을 보아
서 이 시의 이미지는 달이 지구의 그늘 속에 들어가 사라져 버린 어둠
의 상태를 묘사하고 있다. 그런데 시인의 착오였을까, 개기月蝕에서
은가락지를 유추한 것은 아마도 金環蝕(개기日蝕) 때 보이는, 지구의
그림자로 인해 태양이 다 가려지고 둘레만 가느다란 금반지처럼 보이
는 빛의 가락지를 밤의 개기월식에 가져온 것이 아닌가 한다. 금환식
때 나타나는 태양 빛이 금빛이라면 달빛의 그것은 은빛으로 상상되므
로 <은가락지>로 표현한 것으로 보인다. 그런데 여기서 중요한 것은
월식 때에는 금환식과 같은 반지형의 둥근 빛살은 나타나지 않는다는
과학적인 사실이 아니라 <하늘>은 그러한 아름다운 은가락지를
<낄 손가락이 하나 없다>는 그것이다. 그 부재의 인식이 바로 시인
의 빔의 사상이다. 다시 생각해 보자. 개기월식이라면 달이 지구 그림
자 속에 들어가서 사라져 버린 상태이다. 완전히 개기월식이 이루어지
면 사라진 달은 어둠이 되고 그 주위는 희뿌연 잔광이 에워싼다. 이 상
태, 빔의 존재는 있어야 할 것의 없음이다.

　동양화가 서양화와 구분되는 중요한 특징의 하나는 서양화는 화폭
위에 빈 부분이 남지 않고 완전히 채워져 있어야 함에 비해서 동양화
는 여백을 가진다는 점이라 한다. 여백이란 완전히 없는 것과는 다르
다. 동양화를 감상할 때 우리는 상상력으로 그 여백을 채워 넣고 감상
한다. 산수화에서 안개에 의해 보이지 않는 산의 한쪽 능선은 감상자

의 상상으로 충분히 아름답게 완성된다. 서정시가 짧다는 것은 동양화처럼 그것이 여백을 갖고 있다는 것과 같다. 따라서 우리가 시를 읽는 것은 그 여백의 공간을 상상력을 통해서 채워 읽는다는 것이 된다. 그러므로 시 읽기는 산문을 읽는 것보다는 더 적극적으로 상상력을 통해 채워 읽기, 달리 말해서 창조적인 글 읽기가 되는 것이다. 시인이 여기서 시를 특히 짧게 썼다는 것은 시 속의 여백을 아주 크게 남겨 놓고 있다는 것을 의미한다. 이 작품에서 시인은 하늘의 그 광활한 빔의 공간을 <은가락지 낄 손가락 하나 없>음을 통해서 명료하게 드러내는 것이다.

이러한 빔은 다음 작품에서는 시각이미지가 청각적인 것으로 바뀌면서 우주를 하나로 아우르는 놀라운 아름다움을 드러나게 해 준다.

바람결 저무는 적막이 어둑어둑 눈을 뜨는,
빈 비인 보리피리 소리
별이 일렁이는 푸른 달빛을 잘게잘게 써는,

―「보리피리」 전문

<날이 저무는> 장면을 <바람이 저무는>으로 바꾸어 시각적인 날(낮의 밝음)을 촉각적인 바람결로 표현한 것은 시인의 아주 섬세한 감각 때문이다. 여기서 중심 이미지는 <비인 보리피리 소리>이다. <보리피리의 소리>가 <비어있음>을 느끼는 것은 대단히 놀랍다. 소리라는 청각 이미지를 빔이라는 시각적, 촉각적인 이미지로 전환시켜 느끼게 하는 것은 하나의 극단의 감각으로만 가능하다. 오랫동안 그리고 혼신의 힘을 쏟아 언어를 천착해온 시인의 시력이 아니면 이런 표현에 도달하기는 쉽지 않다고 생각된다. 또한 비어 있어서 일체를 감쌀 수 있는 것, 그것은 노자의 소위 현묘한 암컷(玄牝)에 닿는 인식이

다. 이 때 그 <빔>, 즉 없어서 무위한 것(비인 소리)이 다음 행의 <푸른 달빛을 잘게잘게 써는> 행위를 한다는 것은 조영서가 이룩해 낸 하나의 <절대 이미지>이다. 형광등이나 네온의 휘황한 불빛 때문에 날의 저물음을 느끼지 못하는 현대 도시의 젊은 독자들은 어떻게 <적막이 어둑어둑 눈을 뜨는>것을 상상할 수 있을 것인가? 더구나 초여름의 푸른 보리밭을 본 적이 없는 독자들이라면 그 보리피리 소리를 어떻게 상상이나 할 수 있을까? 나아가서 그 비인 소리(세속의 모든 욕망을 초월한, 무욕의 유희와 같은 가장 순수한 소리)가 아름다운 달빛을 잘게 잘게 썰어서 하르르르 지상으로 뿌리는 듯한 그런 이미지를 어떻게 상상해 낼 것인가를 생각하면 아주 안타깝다. 우리는 이 구절을 읽으면서 적막(비인 소리)으로 <별이 일렁이는 푸른 달빛>을 썰어내는 <어둠>과 <빛>, 그리고 <적막>과 <피리소리>라는 이율배반적인 이미지가 빚어내는 현란하고 신비한 하모니를 경험한다.

<아직도 남은 여름 방학 숙제가 그냥 텅 빈 한 칸.>(「매미소리」)은 <고사리손>의 주인공인 어린이가 못다 한 방학 숙제의 <빈 칸>이지만, 이 겉말의 배후에 숨겨진 속뜻은 말할 것도 없이 우리 삶의 못다 한 숙제로 남은 <빈 칸>이다. 우리의 욕망은 채움을 요구한다. 그러나 채우고 채워도 채울 수 없는 비임의 허한 자리는 남게 마련이다. 우리는 영원히 채울 수 없는 그 본질적인 비임을 배우는 어린이일지도 모른다.

3.

조영서 시의 중요한 특징 중의 하나는 매우 탐미적 언어로 되어 있는 점이다. 하나마나한 말이지만 시는 언어의 예술이고, 예술은 아름다움을 추구하므로 시는 아름다움을 추구하는 언어가 된다. 조영서는 스스로 예술가(시인)로서 누구보다도 언어의 아름다움에 철저하다. 그는 "시가 소리만 요란하고 말이 없다."고 개탄한다. 소리는 말의 껍질이다. 그러므로 소리만 요란하다는 것은 알맹이(본질)가 없다는 의미이다. 소리만 요란함을 넘어서 참된 말을 찾아가는 자가 시인이고 그 일이 시인의 거룩한 사명이다. "말은 보석이다. 말을 찾아 내 말을 갈고 말을 빚어 말을 더 반짝이게 하자. 그리하여 말의 빛깔을 향기를 만끽하자. 그 길은 정말 아득한가."라고 그는 소시집의 후기인 『시인의 詩話』에서 다짐한다. 최후의 절대적인, 그리하여 가장 빛나는 말을 위해서 시인은 말을 끊임없이 갈고 닦는다. 그는 말을 극한까지 몰고 간다. 군살을 떼어내고 말의 속살에 혀를 댄다. 그 때 돌연 시인은 마치 윌리엄 터너의 빛의 세계와도 같은, 언어의 눈부신 광채에 도달한다. 시인은 그 빛의 황홀에 들어가 빛에 찔리고 눈멀고 숨 막힌다. 그는 말한다. <나는/빛에서 태어나/빛을 숨 쉬는 빛살의 한 올이다/빛부신 날에/빛을 훔치다가/빛그물에 걸려/빛살이하는/빛도둑이다./빛바람을 휘젓는/빛의 종신수다/나는>(『시인의 詩話』,「눈뜸, 눈 밝힘, 눈 살림」일부) 이때의 빛은 시의 말이다. 그러므로 그가 시인이 된다는 것은 철두철미, 그리고 감히 언어의 조련사가 되려고 혼신의 힘을 기울이는 것을 의미한다. 그는 아슬아슬한 높이에서 외줄을 타는 곡예사처럼 말을 조이고 퉁기고 긴장시킨다. 예컨대 그의 언어에 대한 탐미적 태도는 그의 작품들 중 아무 것이나 택해 읽어도 알 수 있다.

> 입시울에 핀 꽃이 하늘가를 하늘거리는, 잔털이 보슬보슬 속삭이는 저 보랏빛 숨결, 해걷이 바람꽃이 한 뼘 빛을 달래는, 꽃잎 지는 해으름, 나는 오싹오싹하다, 꽃노을이 시들부들 적막한,
>
> ─「봄까치꽃」일부

여기 보이는 <입시울>, <하늘가를 하늘거리는>, <보슬보슬 속삭이는>, <해걷이 바람꽃>, <한 뼘 빛을 달래는>, <꽃잎 지는 해으름>, <꽃노을이 시들부들 적막한> 등에서 보이는 것처럼 낱말 하나마다 시인의 <갈고 닦은>것이 아닌 것이 없다. 이러한 언어의 아름다움에 대한 경도는 마치 동요에서처럼 등장하는 많은 첩어형의 꾸밈말에서 잘 나타난다. 예컨대 12편중에서 10편에 등장하는 <빙빙(30), 보슬보슬, 오싹오싹, 시들부들(31), 너무너무, 찰랑찰랑(33), 찰랑창랑(34), 어둑어둑, 잘게잘게(35), 끔벅끔벅, 멀뚱멀뚱, 반짝반짝(37), 주렁주렁(38), 따끔따끔, 얼기설기, 굽이굽이, 아른아른(39), 성큼성큼, 사이사이(40), 갈팡질팡(41)> 따위가 그것이다. 이점은 문자 그대로 그의 시가 掌篇詩라는 것을 생각한다면 꾸밈말을 이렇게 많이 쓰는 것은 좀 지나친 감이 있지만, 여기서 우리는 그가 관념화된 혹은 굳어버린 말을 버리고 생생하게 살아 움직이는 말을 찾아내려는 집요한 노력을 읽을 수 있다. 이렇게 그의 언어에 대한 탐미적인 태도는 요즘 말을 함부로 찢고 비틀고 부수는 이들에게 하나의 메시지가 되기도 한다.

그러나 시인이 아무리 빛의 세계에서, 빛나는 말을 찾아 <빛깔의 향기>를 만끽하려 해도 그가 예술가인 한 토마스 만의 말처럼 영원한 아웃사이더일 수밖에 없다. 그는 본래적인 세계를 떠나 있다. 그곳의 파도소리가 그의 눈 기슭에 찰랑이고, 그곳의 하늘이 눈물처럼 글썽거린다.

> 두고 온 바다가/끔벅끔벅/모로 누운/넙치 한 마리,
> 눈기슭에 남은 파도 소리로/멀뚱멀뚱하다
> 달아난 파아란 하늘이/반짝반짝/눈물처럼 글썽거리다
>
> －「바다」 전문

시인은 바다에서 잡혀 온 <넙치>처럼 본래적인 세계(바다)에 갈 수 없다. 그것이 시인의 운명이다. 그는 그곳을 꿈꿀 뿐이다. 그 세계(고향)로 돌아가는 것(귀향)이 시인의 꿈이다. 그러나 고향은 갈 수 없기에 역설적으로 귀향의 의지는 영원하다. 조영서가 꿈꾸는 참된 말의 나라는 영원한 피안이리라. 그럼에도 불구하고 그는 집요하게 그의 <시인의 詩話,「눈뜸, 눈 밝힘, 눈 살림」>의 마지막 구절에서 또, 다시, 이렇게 말한다.

<…오늘도 나는 나의 또 다른 <말>을 찾아 길을 나선다. 눈이 부시게 부끄럽다.>

(『현대시학』 2001.6)

제2부 생명의 몸짓과 존재의 현시

생명의 몸짓과 존재의 현시

– 조영서, 박서영의 시

지난 가을의 시편들을 훑어보니 계절이 주는 감상 탓도 있었겠지만, 여름의 잎새들을 떨어버린 후의 고독하고 본질적인 것을 느끼게 해 주는, 아름다운 몇 편의 시가 눈을 끌었다. 조영서가 <과일考> 연작 3편과 <日月潭紀行詩> 10편을 묶어 신작 소시집으로 발표한 시편들(『현대시학』10월호)이 그것이었다. 그 작품들 중에서 전자는 문자 그대로 존재의 본질을 응시하는 이 시인의 원숙한 시력이 잘 나타나 그 울림이 깊고 크게 부딪쳐오고, 후자는 시인으로서 섬세하고 놀라운 언어구사력을 통하여 아름다운 이미지를 건져 올려 보여줌으로써 소위 컨씨트 하나만 가지면 시가 된다고 믿어서 온갖 거칠고 경박한 말을 함부로 뱉어내는 요즘의 일부 시인들에게 새삼스럽게 하나의 고전을 제시하고 있다.

> 다시 봄내를 은근히 맛보는,
> 새삼 여름물기를 물씬 씹는
> 완숙한 고독의
> 質,
> 그리고
> 量.
> 은혜를 물어뜯는
> 내 황홀한

가을 이빨.

  소품이지만 그러나 대단히 크고 깊은 의미를 함축하고 있다. 한 알
의 과일이 지니고 있는 생명의 무게, 그리고 그것의 의미를 깨닫게 하
는 각성의 시이다. 봄을 시샘하는 바람 속에서 피었던 꽃이 지고, 목을
태우던 가뭄과 뿌리를 흔들던 폭풍을 견뎌내고 이제 가을을 맞아 빚어
낸 한 알의 과일을 깨물며, 그 과일 속에 들어있는 <봄내>를 맛본다.
봄은 죽음의 겨울에서 삶의 숨결을 일으키는 것이므로 <봄내>는 생
명을 환기시키고, 따라서 겨울로 다가서는 문턱에서 과일 속에 저장되
어 있는 생명의 내음을 맡는 시인의 감각에 우리는 공감한다. 뿐만 아
니라 <여름물기>를 씹는 것은 생명의 절정(여름)과 그 의미를 새삼
맛보는 일이고, 그것을 맛볼 수 있는 미각은 시인에게 허여된 은총이
다. 타락한 일상성 속에서 존재를 망각하고 강물에 떠내려가는 일상인
으로서 살아가다가 시인이 되는 순간 깨닫게 되는 현존재로서의 고독
속에서 세계는 그 본래적인 모습을 드러낸다. 그것은 예컨대 릴케의
<가을날>에서 보여주는 고독과 존재의 각성을 연상케 한다. 그 각성
의 주체로서의 실존과 그 실존의 본질로서 거느리고 있는 <완숙한 고
독>의 <質量>을 시인은 과일을 깨물면서 선명하게 체험하며 그것
을 불과 몇 행의 짧은 언어로 함축해 놓고 있는 것이다.

    내가 본 일월담은 치마폭이 넓었습니다. 무척. 처음엔 치마끈을 끊고 희
    디흰 속살을 약간 비쳐주대요. 보일락말락. 감질났지요. 이어 치마를 풀
    어헤쳤습니다. 홀랑. 그만 큰일이 벌어지고 말았지요. 나긋나긋한 하늘
    이, 느릿느릿한 바람이, 따끈따끈한 햇볕이 일시에 덤벼들었습니다. 돌
    연. 목숨 건 힘으로 치맛자락을 붙들고 늘어지는 게 아니겠습니까. 얼마

간 얼떨떨했지요. 마침내 굽이굽이 치마결에 햇볕은 벌겋게 달아오르고, 바람은 소리소리 찢겨 울부짖고, 하늘은 뒷덜미 잡힌 채 꼼짝달싹 못하고. 그래도 능청스런 치마폭은 아무 일도 없는 듯 하늘빛을 감싸며, 바람결을 구슬려, 햇볕을 끌어안아 여느때 같이 구김살을 탈탈 털고 마냥 출렁거립니다. 시치미 떼고 시치미를 떼고……

― 「치마폭」, 日月潭紀行詩 <5> 전문

　일월담기행시 연작은 대단히 감각적인 언어로 숨겨진 존재의 속살을 엿보는 것들인데, 우리는 시인의 이 엿보기에 동참하면서 그 아름다움에 감동한다. 이 연작시에 나오는 일월담은 시인이 말한 대로 대만 중부의 산속에 있는 아름다운 산중호수의 명칭이지만, 그것은 단순한 호수의 이름에 불과한 것이 아니라 시인이 드러내고자 하는 존재의 모습이다. 어둠 속에 숨어있는 존재의 모습은 언어라는 로고스의 빛을 비쳐줌으로써 비로소 자신의 모습을 드러내 보인다. 인용시에서는 일월담이라는 물빛에 <하늘>, <바람>, <햇볕>이 구애를 하고, 그것들은 <달아오르고>, <울부짖고>, <꼼짝달싹 못하>며 정사를 나누는 모양으로 표현되고 있다. 이 관능적인 표현을 통해서 뭐라 이름할 수 없는 존재의 모습은 언어로 아름답게 육화되어 나타나고, 우리들은 그 <나타남>에 경이와 찬탄을 보내는 것이다. 이 연작시에는 인용한 「치마폭」 외에 「물빛 序詩」, 「햇살줄기」, 「한몸」, 「동반」, 「低音」, 「對酌」, 「深夜」, 「말굽소리」, 「暈」 등의 9편이 있는데, 여기에는 대체로 관능적인 이미지가 동원되고 있는 게 특징이다. 그것은 아마도 일월담이라는 호수를 통해서 시인이 느꼈던 존재와의 해후라는 일종의 신비한 체험을 새로운 생명과의 교감이라는 관능의 형태로 언성화함으로써 우리들에게 한층 더 강렬하고 효과적으로 드러내 보여주는 것이다.

우리에게 미적 쾌감을 주는 가장 빠르고 강렬한 것 중의 하나는 관능적 이미지이다. 예컨대 한국 현대시에서 불멸의 찬사를 얻고 있는 서정주의 초기 『화사집』의 시편들에서 우리가 만나게 되는 미적쾌미 중 많은 부분이 관능적인 것들이다. 그것은 바로 생명의 몸짓이기 때문이며, 이점은 모든 예술양식 전반에 걸쳐서 매우 효과적으로 동원되고 있다. 앞에서 인용했던 조영서 시의 아름다움이 단적으로 그러하다. 이때 관능은 이들 작품의 목적이 아니라 영원한 생명을 지향하는 몸짓이다. 우리는 이런 작품들의 예를 얼마든지 볼 수 있지만, 그것이 언어로 육화될 때에는 미적효과가 고려되어야 한다. 그것은 마치 황금분할의 이론처럼 매우 엄격한 내적질서로 통제되어야 한다. 요즘의 일부 작품들이 그 관능적인 것을 지나치게 혹은 서툴거나 저급한 호기심의 유발수단으로 남용하여 오히려 혐오감을 주게 되는 것은 그 때문이다. 다시 말하지만 시에서 관능은 영원한 생명을 지향하는 아름다운 몸짓이다. 그런 뜻에서 박서영의 「단풍 들다」(『현대문학』 11월호)도 눈을 끈다.

> 내가 뱉은 신음은 붉게 물들었다 그년, 지느러미가 참 곱군, 급하게 지나
> 가던 바람이 화상 입는다 하혈을 끝내고 밑동을 자르면 드러나는 절개
> 지의 슬픔, 상처는 깊었다. 아무리 파헤쳐도 중심은 보이지 않고 엉켜 있
> 는 핏줄들만 환했다 그년, 속은 더 곱군
> 　관절 가득 물을 채우고 쿵쿵 뛰고 싶었다, 밤 12시, 응급실로 달려가고
> 싶었다 쏟아지는 피를, 온몸의 혼을 비우고 싶었다, 그러면 낯뜨거운 혼
> 들 속으로 빛들은 몰려들 것이다 나는 생명의 피를 새로 수혈받고 참말
> 아름다운 아이를 가질 그날을 기다린다, 몸속의 피를 밖으로 내보내고
> 있다 이 하혈의 끝, 산부인과는 오늘도 만원이다
> 　　　　　　　　　　　　　　　　　　　　　－박서영의 「단풍 들다」 전문

이 시에서 화자가 말하고자 하는 바는 <나는 생명의 피를 새로 수혈받고 참말 아름다운 아이를 가질 그날을 기다린다>는 것이다. 지금 화자의 하혈은 단풍이 들어 붉게 물든 온 천지의 빛깔로 환치되어 나타나는데 그것은 화자의 몸이 단풍으로 붉게 물드는 산천(우주)과 동일화를 나타낸다. 단풍은 모든 식물들로 표상되는 생명의 한 대사현상이지만 여기서 그것은 <내가 뱉은 신음>이 <붉게 물>든 것이다. <신음>은 화자의 몸의 고통의 표현이고 그것이 온 산을 붉게 물들이는 <단풍>으로 표상된 것은 시인이 개별적인 존재가 아니라 우주 공동체라는 존재에 합일되어 있다는 인식을 보여준다. <밑동을 자르면 드러나는 절개지의 슬픔>이나 <아무리 파헤쳐도 중심은 보이지 않고 엉켜있는 핏줄들만 환>한 것은 생명에 대한 현존재의 대책 없는 열망이다. 무심하게 내뱉는 듯한 <그녀, 지느러미가 참 곱군>이나 <그녀, 속은 더 곱군>에서 우리는 고통이나 슬픔 속에서도 생명의 신비함과 아름다움을 인식하며 죽음이나 허무에 대한 존재의 승리를 확인하는 놀라움을 느낀다. 단풍은 현상적으로 볼 때 대지가 <몸속의 피를 밖으로 내보내>는 현상이다. 그것은 여자가 하혈을 통해서 다시 <생명의 피를 새로 수혈 받고 참말 아름다운 아이를 가질 그날>을 소망하는 것과 합치한다. 단풍으로 온 산천이 붉게 물들었다가 낙엽으로 떨어지는 자연현상은 새 생명을 예비하는 몸짓이며 그것은 여인의 몸의 현상과 합치되고 있다. 이 시의 표제<단풍 들다>처럼 온 산이 붉게 단풍으로 물드는 만추의 모습을 시인은 여인의 하혈에 비유해서 마치 대지가 몸속의 피를 밖으로 내보내는 것으로 보고 있다. 그리하여 산에 가득한 단풍의 모습을 <산부인과는 오늘도 만원이다>라고 끝맺고 있는데 이점은 너무 직설적이고 당돌하여 시적 효과를 감소시키고 있는 듯하다. 그러나 이 시에서 우리는 자연과 인간이 결국은 합일되는 생명의 비밀한 현상을 읽을 수 있고, 이점은 앞에서 언급했던 조영서의 시편들과 연계되어 우리에게 관능적 이미지가 주는 생명의 몸짓과 그것을 통해서 존재의 현시를 느끼게 한다. 그리하여 이들 시편은 아름다운 관능 혹은 생명의 몸짓을 통하여 존재를 드러내 보여줌으로써 우리에게 시적 감동을 주는 것이다.

(『문학과 창작』 1995.12)

어린이의 눈과 시인의 시선

― 황명걸, 박의상의 시

시는 존재망각의 비본래적인 삶을 사는 우리들이 본래성을 찾아가는 일이다. 우리는 일상성에 매몰되어서 본래적인 시력을 상실하고 있다. 존재는 우리가 쓰고 있는 욕망의 색안경을 벗고 본래의 순수한 눈빛으로 돌아갈 때 우리의 눈앞에 그 비밀스러운 모습을 드러낸다. 그러므로 우리는 늘 자신의 눈을 닦고 순수한 시선을 가져야 한다. 이 순수한 시선을 가지고 있는 자가 볼노브의 말처럼 타고난 현상학자로서의 시인이다. 횔덜린이 노래한 바처럼 인간은 본래 지상에 시인으로서 살고 있다. 그러나 우리는 존재망각의 타락한 일상성 속에서 본래성을 잃고 있어서 존재의 참모습을 보지 못한다. 이때 세속적인 욕망에 물들지 않아 선입견 없는 순수한 눈을 가진 자는 어린이다. 그러므로 어린이는 현상학자이며 바로 시인이다. 시인은 어린이의 눈을 갖고 세상을 바라보는 사람에 다름 아니다. 그런 뜻에서 이번에는 지난달에 읽은 시편들 가운데 어린이의 눈이 촉발하고 있는 존재의 참모습을 찾아가는 시인의 시선에 주목하고자 한다.

어린이의 눈은 <보는 이로 하여금 정신 번쩍 나게>하여 시인은 타락한 일상의 이해를 벗어나서 참삶의 향기를 만나게 되고, 따라서 감동의 현을 울리게 되는데 황명걸의 「그리운 산체스 양」(『세계의 문학』 1995년 겨울호)이 그런 경우이다.

문득문득 그리운
오마이라 산체스 양
콜롬비아 아르메로의 열세 살 소녀

네바도 델 루이스 화산 폭발로
면화 생산의 비옥한 백토지대가
쏟아지는 용암재와 휩쓰는 홍수로
미증유의 재난에 처했을 때
진흙탕에 빠져 목까지 차며
사흘 낮과 밤을 견디면서
「아저씨 쉬었다 하세요」
미소를 잃지 않고
구조대원에게 따뜻한 말을 건네던
침착하고 소녀다운 소녀

유난히 동자가 검고 자위가 희어
물먹은 포도알을 머금은 듯이
보는 이로 하여금 정신 번쩍 나게 하던
예뻐 보이던 가시내
착해 보이던 계집애
열세 살 소녀

문득문득 그리운
아르메로의 오마이라 산체스 양
날개 단 천사

                              -「그리운 산체스 양」 전문

　지구의 반대편 먼 곳에서 일어났던 화산폭발 사고 때 매몰되었다가
구조되는 한 소녀의 사진 한 커트, 혹은 기사 한 줄이 시인의 시선을 통
해서 감동적으로 살아나고 있다. 우리는 근래 삼풍백화점 붕괴참사 때
모두가 온통 TV화면에 눈을 매고 안타까움에 몸을 떨었다. 사실 우리

에게는 그때의 생존자 구조장면이야말로 가장 드라마틱한 감동 그것이었다. 그 감동은 수 십편의 어떤 시나 드라마보다도 훨씬 생생하고 깊은 것이었던 것을 우리는 경험했다. 그리고 당시 119구조대의 활약상이 우리에게 준 인상이 매우 깊었기 때문에 장래 119구조대원이 되겠다는 어린이가 상당히 많아졌다는 소문도 들리고 있다. 그러한 인간애의 구현을 형상화하는 것은 예술가의 중요한 몫이기도 한데 그러한 것을 우리는 앞의 인용시에서 느낄 수 있다.

이 시에 나오는 <그리운 산체스 양>의 미소는 한마디로 화산 폭발이라는 거대한 인류의 재난 속에서 피어난 기막히게 아름다운 한 송이 꽃과 같은 것이었다. 바로 그점을 시인은 놓치지 않고 우리들 앞에 되살려 놓은 것이다. 화산폭발로 인해 <쏟아지는 용암재와 휩쓰는 홍수로/미증유의 재난에 처했을 때/진흙탕에 빠져 목까지 차며/사흘 낮과 밤을 견디면서>도 미소를 잃지 않고 구조대원에게 오히려 쉬었다 하라고 말을 건네는 열세 살짜리 여자아이를 우리는 잊을 수가 없다. 그 소녀의 <유난히 동자가 검고 자위가 희어/물먹은 포도 알을 머금은 듯>한 눈은 바로 우리들의 <정신>을 <번쩍 나게> 하는 것이며, 착함과 아름다움의 극치인 것이다. 그러나 문제는 우리들도 모두 텔레비전이나 신문 혹은 잡지에서 그러한 장면을 목격했지만, 그리고 슬그머니 잊어버렸지만, 시인의 눈은 바로 그러한 착하고 예쁜 눈을 결코 잊지 않는 것이며, 다시 재현하여 우리의 의식의 중심으로 가져다가 폭발시켜서 우리가 잊고 있던 중요한 삶의 진리를 보여주는 것이다. 그리하여 우리는 <문득문득> 저 <동자가 검고 자위가 흰> <아르메로의 오마이라 산체스 양>, 바로 열세 살짜리 계집애인 <날개 단 천사>를 그리워하는 것이며, 그때마다 우리는 존재의 참모습을 생각하게 되는 것이다.

<날개 단 천사>의 이미지와는 다소 다르지만, 그러나 고추잠자리 혹은 반딧불 하나의 생명을 걱정하며 훌쩍이는 소년의 눈빛에서도 무엇인가 근원적이고 본래적인 물음을 발견해 해는 시인의 시선을 우리는 박의상의 「고추잠자리는 어떻게 될까」(『문학과 창작』 1월호)에서 만난다.

> 한 소년을
> 늦은 여름밤
> 아파트 옥상에서 보았네
> 혼자 쪼그리고 앉아 있었네
> 가서 보니 훌쩍이며 울고 있었네
> 이렇게 말하데
> 이 반딧불들은 어떻게 될까요
> 우리 고추잠자리들은 다 어떻게 될까요
> 가을이 오면
> 겨울이 되면
>
> 15층 캄캄한 계단을 더듬어 내려오면서
> 누군가에 묻고 싶어졌네
> 나는 어떻게 될까
> 나는 어떻게 될까
>
> —「고추잠자리는 어떻게 될까」 전문

소년의 눈으로 볼 때 고추잠자리는 있어도 좋고 없어도 괜찮은, 자신과는 아무런 관계도 없는 객관적인 사물중의 하나가 아니다. 소년에게는 세계의 모든 사물들이 자신에게로 합일되는 존재자이다. 그러므로 고추잠자리 혹은 작은 반딧불 하나마저도 하찮은 것이 아니라 자신과 동일한 소중한 존재일 수밖에 없다. 고추잠자리의 운명은 자신의 운명과 별개가 아니다. 따라서 소년은 <늦은 여름밤>에 아무도 없는

<아파트 옥상에서><혼자 쪼그리고 앉아> 이제 가을이 오고 겨울이 오면 <이 반딧불들>과 <우리 고추잠자리들은 다 어떻게 될까>가 가장 심각하고도 절실한 문제가 된다. 그 미물들의 살아낼 수 없는 가을과 겨울의 운명 때문에 소년은 혼자서 <훌쩍이며 울고> 있는 것이다. 어른의 시선으로 우리는 고추잠자리나 반딧불의 절실한 운명을 보지 못한다. 어른이란 이미 이해타산으로 사물을 나누어 보고, 자신과 세계를 재빨리 분리해 놓았으며, 따라서 그들이 보는 것은 <사물 그 자체(Ding an sich)>가 아니라 단지 이해관계의 그물망 안에 있는 <우리를 위한 사물(Ding fur uns)>일 뿐이다. 타락한 일상성 속에 매몰된 일상인으로서의 우리들에게 사물 그 자체는 무의미한 것이고, 우리에게 이용대상만이 존재의 지평에 겨우 떠오르는 것이므로 우리의 시야에 반딧불 혹은 고추잠자리의 가을이나 겨울이라는 운명은 존재하지 않는다. 그러나 타고난 현상학자로서의 시인인 어린 소년의 순수한 눈에는 고추잠자리가 다름 아닌 나 자신이라는 물아일체의 본래적인 세계가 열리는 것이다. 그런데 이 시에서 중요한 것은 바로 그 점을 시인의 시선이 읽어낸다는 사실이다. 시인은 어린 소년의 <우리 고추잠자리들은 다 어떻게 될까요>라는 물음이 <15층 캄캄한 계단을 더듬어 내려오면서> 그의 가슴 속 깊은 곳에서 크고 강하게 울려오는 것을 감지한다. <반딧불과 고추잠자리가 어떻게 될까?>라는 소년의 물음을 결국 시인의 시선은 <나는 어떻게 될까>라는 실존적인 물음으로 건져 올리는 것이고, 그리하여 우리는 이 짧은 소품에서 깊은 감동을 받게 되는 것이다.

(『문학과 창작』 1996.2)

트리비얼리즘의 지양

– 유종호, 김종길의 시

　요즘 우리 시에는 주제의식의 결여로 사소하고 하찮은 것들에 집착하는 경향이 흔하게 눈에 띈다. 거기에는 과거의 시가 소재나 표현에서 범한 과장이나 수사적 사치를 반성하는 뜻에서 말의 외연을 좁히고 내포를 확대하려는 긍정적인 의미가 들어 있을 것이다. 그러나 시가 이러한 사소하고 하찮은 것들에 지나치게 집착하는 트리비얼리즘(trivialism)에 빠져서 오히려 긴장을 잃고 예술적인 아름다움을 상실한 채 품위없는 언어유희에 떨어지는 경우가 많다. 시인을 지상과 천상의 중간에서 신의 말을 번역하여 민중에게 전달하고 민중의 회원을 신에게 전하는 메신저의 의미로 받아들이는 따위의 고답적인 얘기를 하자는 뜻은 아니지만, 그렇다고 해서 보편성 없는 개인적 일상의 자질구레한 신변잡기를 시의 이름으로 양산하는 일부의 시작 태도는 지양되어야 한다고 믿는다. 그런 의미에서 이달의 화제작으로는 소품이지만, 내용이 넓고 울림이 깊은, 그리고 표현형식도 매우 정제되어 교과서적인(?) 다음 두 편의 시에 대해 언급하고자 한다.

　오랫동안 비평가로 우리 현대문학에 큰 영향을 끼쳐오다가 근래에 와서 대단히 활발하게 시 창작 활동을 하고 있는 유종호의 소품 「그제 회오리(『세계의 문학』 봄호)」가 주목된다.

　　이대로 훨훨 국경을 넘어

내 자유의 두루미 되리라
몽고르 草原의 승냥이 되리라
시베리아 막수풀의 호랑이가 되리라
半島의 달을 향해
두 눈 부릅뜨고 포효하리라

        − 유종호의 「그제 회오리」 전문

 시의 제목 「그제 회오리」는 얼핏 보기에 낯설고 어렵다. <그제>의 사전적인 뜻은 그저께 혹은 그 때를 의미하는 옛말 그 적에 라는 말의 준말로 보이고, <회오리>는 나선상으로 일어나는 돌개바람이므로 제목의 문자적 의미는 그저께 혹은 <그 때의 돌개바람>이 되고 그것은 다시 <지난날의 회오리> 정도가 될 것이다. 이때 지난날은 흘러간 젊은 날이고, 젊은 날은 모든 가능성이 열려져 있던 날이어서 지금 되돌아보면 예측할 수 없는 회오리와 같은 시절로 회상되어 눈먼 열정과 순수의 에너지가 돌개바람처럼 일던, 그러나 그 열정을 다하지 못했던 아쉬움으로 떠오른다. 그러므로 그날의 회오리란 실제의 물리적인 바람이 아니라 마음속에 일던 바람이고, 지금 돌이켜 회상하면 젊은 날의 마음속의 한 풍경인데 그것을 시인은 현재의 시점에서 나타내 본 것이다. 즉, 앞에서 말한 바처럼 회오리는 방향을 예측할 수 없는 바람이므로 기존의 질서를 거부하는 일종의 혁명과 혁신의 새로움을 불러오는 바람이므로, 시인은 다시 이런 상황으로 돌아가서 당시에는 이루지 못했던 일을 새롭고 활기차게 결단해 봄으로써 오늘의 삶의 자세를 가다듬고 방향을 세워보는 것이다.

 시인은 <…리라>의 의지미래형 어조를 반복함으로써 자신을 스스로 결단하고 선언한다. <이대로 훨훨 국경을 넘어/내 자유의 두루미 되리라> 이 구절을 볼 때 시인이 국경을 넘으려는 이유는 <자유의

두루미>가 되는데 있다. 지금 시인의 자유를 구속하는 것은 <국경>
이다. 따라서 지난날의 아쉬움(회오리)은 지금까지 자신을 구속해 온
국경을 <훨훨> 넘어가서 <자유>의 두루미가 되어 넓고 높은 하늘
에서 마음껏 비상을 하리라는 것이다. 두루미에게는 드넓은 창공으로
의 비상이야말로 자신의 존재실현이다. 그는 또 <국경>을 넘어서
<몽고르 초원의 승냥이>가 되고, <시베리아 막수풀의 호랑이>가
되고자 한다. 야성의 승냥이에게는 몽고르의 드넓은 초원이 바로 자신
의 본원지이고, 호랑이에게는 시베리아 막수풀이 자아실현의 열린 공
간이다. 지금까지 두루미에게는 창공이, 승냥이에게는 초원이, 호랑이
에게는 막수풀이 <국경>이라는 벽에 의해서 닫혀 있었던 것이다. 우
리는 비본래적인 구속의 상황(국경이라는 테두리 안쪽의)에 갇혀있다.
그런데 여기서 주의해야 할 점은 국경을 넘어 나가고자 하는 곳이 태
평양이나 일본 혹은 유럽이 아니라 몽고르 초원과 시베리아 막수풀이
라는 점이다. 물론 일본이나 미국 혹은 유럽 쪽의 세계에 대해서는 국
경이라는 구속의 한계가 우리에게는 심리적으로 성립하지 않고 오직
북쪽 국경선이 자유 제한선으로 느껴지고 있고, 또한 몽고르 초원이나
시베리아 막수풀은 바로 우리 민족의 본향을 암시하는 것이기 때문이
다. 따라서 국경이란 것도 부자연스러운 남북분단의 의미와 대륙에서
반도 안쪽으로만 좁혀진 우리민족의 삶의 무대로서의 서글픈 역사적
현실을 암시하고 있는 것이다. 그러므로 <자유의 두루미>와 <몽고
르 초원의 승냥이> 그리고 <시베리아 막수풀의 호랑이>야말로 우
리 민족이 지향하는 바람직한 자아의 모습이다. 그러나 지금은 <국
경>이라는 한계에 갇혀서 <자유>를 실현하지 못하고 구속의 테두
리 안에 웅크리고 있는 비극적인 자신을 돌아보며 <자유>를 꿈꾸고
있는 것이다. 그러므로 마지막 구절의 <반도의 달을 향해 두 눈 부릅

뜨고 포효하리라>는 의지의 표현은 분단된 조국의 현실, 달리 말해서 그 현실을 타개하지 못하고 있는 자신을 포함한 우리 모두를 향해서 포효하겠다는 의미가 된다. <반도의 달>로 표상되는 쓸쓸하고 아쉬운 정경, 그것은 시적인 회원 속에서 드넓은 대륙의 태양으로 눈부시게 비쳐져야 할 우리의 조국의 비본래적인 모습이다. 그리하여 좁고 폐쇄적인 반도 위에 어두운 밤에나 떠올라 쓸쓸하게 산과 들을 물들이는 달의 이미지는 시인의 젊은 <회오리> 속에서는 포효의 대상일 수밖에 없는 것이다. 반도의 달을 향해 호랑이로서 포효하겠다는 이러한 의지를 왜 시인은 90년대 중반이라는 오늘의 역사적 현실 속에서 토로하고 있는 것인가? 이 점이 과연 오늘날 시인이 무엇이며 그의 사명이 무엇인가 하는 점을 새삼 되돌아보게 하는 것이다. 새로운 세기를 눈앞에 두고 세계의 열강들이 숨가쁜 발전의 레이스를 하고 있는데, 우리의 분단 현실은 반세기 동안 거의 치유되지 않은 상태로 절름발이의 역사를 이어오고 있다. 이 비극적 현실의 극복을 염원하는 시인에게는 그 극복의 의지가 과거 젊은 날의 아쉬운 열정을 불러일으키게 하는 것이고, 그 열정의 표현이 구속의 국경을 넘어 <자유>의 호랑이가 되어 <반도의 달>을 향해 눈 부릅뜨고 포효하겠다는 것이다. 여기서 우리는 분단의 조국 현실과 그것을 극복하고자 하는 역사적 존재로서의 민족공동체를 생각하게 되며 지금까지 소홀히 여겨왔던 <자유>와 <분단현실>을 되돌아봄으로써 시인의 시적 초극의지에 공감하게 되는 것이다.

이러한 역사적 사회적 현실을 상기시키는 것과는 다르지만, 우리 시단의 원로 시인 중의 한분인 김종길의 「봄을 기다리며」(『현대문학』 3월호) 또한 소품으로서 깊은 울림을 준다. 이것은 인간의 가장 본래적인 세계로서의 자연과 그것의 질서를 깊이 있게 통찰하여 우리 인간의 삶과 결부시킴으로써 미적 감동 뿐 아니라, 삶에 대한 인식과 교훈까지도 주는 작품이기 때문이다.

> 겨울의 지배는 철저하다.
> 눈과 얼음의 철통체제를
> 감히 거역할 자는 없어 보인다.
>
> 나무들은 위축되다 못해
> 까맣게 질려 눈 속에 곤두박히고
> 왼 산엔 새 한 마리 날지 않는다.
>
> 그러나 산골짝 시냇물은
> 얼음 속에서 공작을 멈추지 않고
> 가지마다 반란의 창끝을 곤두세운다.
>
> 양지짝에 뿌려지는 참새떼들의 산탄!
> 동백꽃 신호탄이 터지면
> 대망의 혁명은 온다.

>   – 김종길의 「봄을 기다리며」 전문

두말할 필요 없이 봄은 생성의 계절이다. 그런데 이 시에서는 아직 봄이 오지 않아 자연은 온통 <눈과 얼음의 철통체제>인 <겨울의 지배> 하에 있다. 이 시의 진술이 감동으로 오는 것은 그것이 단순한 자연현상의 묘사를 넘어서서 우리 인간의 사회 정치 문화 등의 제반 현상과 대단히 잘 상응하고 있기 때문이다. 교과서적인 시라고 앞에서 말한 것은 바로 이러한 시적 표현의 층위가 이루는 절묘한 이미지와 의미의 거의 완벽한 상응에 있다. 겨울은 독재자처럼 산과 들의 모든 나무와 풀꽃들을 처형한 후 다시 살아나지 못하도록 <눈과 얼음>이

라는 반생명적인 <철통체제>를 강하게 구축해놓고 있다. 당장의 그 철저한 철통체제의 지배 하에서는 어떤 생명적인 것도 살아 일어날 수는 없다. 그리하여 예컨대 <나무들은 위축되다 못해/까맣게 질려 눈 속에 곤두박히고/왼 산엔 새 한 마리 날지 않>고 있는 것이다. 그야말로 겨울의 황량함과 비생명적인 상황을 인간의 정치적인 체제와 절묘하게 대비시켜 묘사하고 있다. 그러나 인간의 역사에서 독재는 철통체제를 아무리 강화한다 해도 결국은 혁명에 의해 무너지듯이 반생명적인 겨울도 생명의 힘으로 일어난 봄의 도래를 막을 수는 없다. 비록 산은 새 한 마리 날지 않고 있는 춥고 적막한 겨울로 점령되어 있지만, 그러나 겨울의 한 복판에서도 <산골짝 시냇물은/얼음 속에서 공작을 멈추지 않고/가지마다 반란의 창끝을 곤두세>우고 있다. 겉으로는 보이지 않는 <산골짝 시냇물>이 소리 없이 스미고 흐르며, 그 <차가운 얼음 속에서>도 겨울을 물리치려는 비밀한 <공작을> 꾸미고 있다. 또한 모든 나무들은 <가지마다 반란의 창끝을 곤두세>우고 그 철통의 반생명적인 독재의 심장을 노리고 있는 것이다. 이것은 물론 겨울의 복판에서 봄이 시작되는 것을 이미지로 형상화한 것이지만, 시인의 시적 상상력은 반생명적인 독재(겨울)를 타도하는 반란과 혁명(봄)을 노래하고 있다. 그리하여 마침내 <양지짝에 뿌려지는 참새떼들의 산탄>으로 표현되는 생명의 시위(참새들의 날아오름)가 새로운 해방과 자유와 승리의 봄을 암시하고, <동백꽃>이 신호탄처럼 터지면 <대망의 혁명>이 와서 생명의 세상(봄)이 이룩되는 것이다.

앞에서도 말했지만, 이 시가 지닌 탁월함은 겨울에서 봄으로 이행되는 계절의 변화를 인간 세상의 정치 사회적인 변혁의 패러다임 속에 절묘하게 재구성하여 형상화한 점이다. 또한 이 시를 시적인 형상화에 있어서 거의 완벽하게 성공하도록 한 것은 전체 4련으로 구성된 형태가 마치 기승전결의 구조로 빈틈없이 짜여진 데에서도 찾을 수 있다. 제1, 2련의 起와 承에서 제3련의 轉(시냇물의 공작과 반란의 창끝)을 거쳐서 제4련에 오면 3련까지 중첩되던 긴장이 아름다운 이미지로 폭발된다. 조심스럽게 축조된 긴장을 일시에 폭발시키는 <양지짝에 뿌려지는 참새 떼들의 산탄!>이라는 이미지는 가히 보기 드문 佳句이며 絶唱이다. 전체적으로 이 시에서는 언어의 속뜻과 겉말이 적당한 긴장과 탄력을 유지하며 쉽고 강하게 주제의식을 표출해내고 있다. 따라서 우리는 이 한편의 짧은 시를 읽을 때 겨울에서 봄으로 이행 되는 단순한 계절의 변화를 새롭게 표현한데서 오는 재미를 느낄 뿐만 아니라 더 나아가서 정치 사회적인 변화와 역사의 의미 그리고 삶의 교훈까지도 깨닫게 되어 크고 깊은 감동을 받게 되는 것이다.

(『문학과 창작』 1996.4)

짧은 시의 긴 울림

― 유재영, 정일근, 허 연, 정호승의 시

한 편의 시에 지나치게 많은 것을 담으려고 하면 여백이 사라져서 독자들의 상상의 공간을 없애버리기 때문에 답답해진다. 따라서 시는 충분한 내포를 위한 내적 공간을 가짐과 동시에 충분한 여백도 남겨 두어야 한다. 우리는 시를 대할 때 행간의 그 아득한 넓이와 유암한 깊이에 참여함으로써 참으로 시를 적극적으로 읽고 감동하게 된다. 그럼에도 말이 길어지고 행간이 좁아지며 여백이 줄어드는 것은 아마도 우리의 시대가 산문화되어 가는 탓이라고 생각된다. 그러나 시는 늘 여백을 소중하게 확보해야 긴 울림을 지니게 된다. 짧은 시가 때때로 큰 감동과 긴 울림을 주는 것은 그런 이유이다. 감동은 시를 통하여 대자 존재인 내가 즉자존재인 세계와의 호응을 이룩함으로써 일어나는데, 이때의 호응공간이 바로 여백이기 때문이다. 그런 뜻에서 이 달의 화제작으로 몇 편의 짧은 시를 골라 본다.

상치꽃 핀
아침

자벌레가
기어가는
지구 안쪽이
자꾸만

간지럽다

　　　　　　　　　- 유재영 「오월」 전문(『문학과 창작』 5월호)

　　오월은 봄이 무르익어 이제 연둣빛으로부터 강화된 녹색의 생명이 풋풋하게 일어나는 계절이다. 이 시에서 시인의 시선은 상치꽃 핀 아침에 머물고 있다. 상치꽃은 화초로서의 꽃이 아니라 파꽃, 무우꽃, 배추꽃 등과 같이 채소의 꽃이다. 채소는 관조의 대상인 화초와 다르고, 음식이라 해도 육류와는 달리 풋풋한 신선감을 주는데 상치는 배추나 무처럼 김치를 담그거나 익혀 먹는 채소가 아니라, 날것으로 쌈을 싸먹는 채소이므로 더욱 싱싱한 느낌을 준다. 지난겨울을 익힌 김치와 띄운 된장으로 보낸 후 봄이 되어 향긋하고 섬세한 봄나물에서 미각의 즐거움을 누리긴 했지만 아쉽게도 봄나물이란 것은 풍성함을 주는 것은 아니었다. 그러다가 이제 늦은 봄 혹은 초여름의 상치를 보니 풍성한 채소의 풋맛에 침이 돌아 무엇인가 모를 풍성한 생명감 을 느끼게 된다. 이 시에서 상치는 날것이 주는 싱그러운 미각을 환기시키고, 더구나 시간은 그런 상치꽃 핀 아침이므로 한층 더 신선한 생명의 기운이 일어나는 때이다. 이 때 한 마리의 자벌레가 등장하여 자를 재는 듯한 몸짓으로 어딘가를(아마도 채소위를) 기어가고 있다. 자벌레의 그 작고 여린 모습과 가냘픈 몸짓을 시인은 상치 잎의 안쪽이 아니라 <지구의 안쪽>이라고 표현함으로 해서 아주 충격적인 이미지를 창조한다. 한마리의 작고 가냘픈 자벌레가 기어가는 곳이 거대한 지구의 안쪽이라는 놀라운 인식(작디작은 미물과 거대한 지구와의 대비)에 우리는 긴장하고, 그 작은 생명의 몸짓이 거대한 지구를 간지럽게 한다는, 양자 사이의 호응관계가 또한 놀라움을 준다. <간지럽다>는 촉감은 아프다, 따갑다, 시리다, 가렵다 등의 표현과는 달리 귀엽고 긍정적이며 그 자극 촉발의 주체와 객체는 서로 호감의 관계를 나타내는 것이다. 따라서 자벌레가 기어가는 지구의 안쪽은 자벌레와의 즐거운 친밀성을 나타낸다. 상치꽃이 피는 아침, 지구의 안쪽을 기어가는 자벌레와 그것의 감촉을 간지러워하는 지구의 관계는 어린 생명과 위대한 우주와의 참 만남이며 아름다운 화해이고, 이 화해의 따뜻한 이미지가 밝고 신선한 <상치꽃의 아침>이 되어 평화와 기쁨으로 우리에게 다가오는 것이다.

> 저물 무렵이면 산들은 어디로 돌아가는 것일까
> 마을로부터 먼 산들이 차례차례 수묵으로 지워져 사라지고
> 산들이 떠나간 가벼운 자리마다 빛나는 별, 별들
>   ― 정일근 「산」 전문(『열린시』 5월호)

산은 대지 위에 버티고 앉아 있는 가장 굳건해 보이는 사물이다. 그것은 바람에 흔들리지 않고 비에 씻기지 않으며 가뭄에도 시들지 않고 계절의 변화에 상관없이 거기 그냥 그렇게 앉아 있는 가장 믿음직한 사물이다. 그러나 날이 저물어 어두워지기 시작하면 어디론가 돌아가 사라져버리고 만다. 시인의 눈으로 볼 때, 마을로부터 먼 산들이 차례차례 수묵으로 지워져 사라져 버리는 소멸의 드라마가 전개된다. 크고 절대적인 산들이 밤의 어둠 속에 사라져가는 이 소멸이야말로 참으로 불가사의한 현상으로서 신비하기 그지없다. 그리고 그 산들이 떠나간 가벼운 자리마다 별들이 나타나 빛난다. 별은 하늘의 보석이다. 그것은 지상에 속한 것이 아니라 천상의 것이고 산과 같이 크고 무거운 존재가 아니라 작고 가벼운 존재이며, 끊임없이 어둠 속에서 빛난다. 어둠 속으로 지상적인 존재인 산이 사라지고, 그 자리에 천상적인 존재인 별이 나타난다. 다시 말해서 산(지상적인 것)의 소멸과 별(천상적인

것)의 출현이라는 간단한 존재질서의 변화가 이 시의 내용이다. 그러나 이 단순해 보이는 현상, 즉 어둠 속에서의 산과 별의 환치는 우주론을 설명하는 어떤 내용보다 장엄하며, 상징적이다. 시인의 눈으로 볼때 이러한 불가사의한 소멸과 생성의 질서야말로 생명 순환의 드라마로서 깊고 큰 감동을 주는 것이다.

시나브로
소리없이
내가
흙이 되면

나도 한줌의
산이 아닌가

솔씨나
떨어져
솔을 키워서

몇겹이
지나도록
노래부르게.

누구나
그리우면
멀리서라도

산을 보게나.
산을 보게나.

　　　　　　　　　　　－ 허연 「내가 흙이 되면」 전문(『현대문학』 5월호)

거대한 산도 우주적인 관점에서 보면 결국은 한줌의 흙에 불과하다. 그러므로 내가 장차 죽어서 한줌의 흙이 된다는 것은 달리 보면 산이 되는 것이므로 한줌의 흙이나 거대한 산이나 그 존재의 차별성은 별게 아니다. 내가 죽어 한줌 흙이 되고, 그 곳에 솔씨를 길러 장차 푸른 솔을 키워서 몇 겹이 지나도록 노래를 부르게 한다. 누구든지 그리운 이가 있다면 멀리서라도 산을 바라보면 된다. 산은 다름 아닌 <시나브로 소리 없이 내가 한줌 흙이 된 것>이고, 산의 솔은 솔씨를 떨어뜨려 산인 내가 키워낸 것이므로, 산을 본다는 것은 결국 나를 보는 것이기 때문이다. 이와 비슷한 세계를 우리는 서정주의 불교적 윤회관에 입각한 일련의 작품에서 읽을 수 있지만, 여기서는 대자(시인)와 즉자(세계)가 보다 여유 있게 넘나들며 서로에게 스미는 존재의 합일을 볼 수 있다. 우리들의 일상에서의 비극은 결국 자아와 세계의 분리이고 나아가서는 넘나들 수 없는 단절과 대립 때문인데, 이 시에서는 그러한 단절이 지양되고, 내가 흙이 되고 흙은 산이 되며 산은 솔씨를 키우는 생명의 모태가 되는 것이므로 산의 솔숲이라는 자연은 나와 세계의 합일로 대자―즉자의 통합이 이룩되는 셈이다. 우리가 꿈꾸는 것은 사르트르 식으로 말한다면 결핍인 대자존재로서의 내가 즉자존재를 지향하며 결국은 즉자―대자의 합일에 도달하는 것에 다름 아니다. 이 시에서 시인은 그러한 <나―한줌 흙―산―솔―노래>를 통하여 자아와 세계와의 호응과 합일을 보여주고 있는 것이다.

> 밤의 몽유도원도 속으로 별똥별 하나 진다
> 몽유도원도 속에 쭈그리고 앉아 울던 사내
> 천천히 일어나 별똥별을 줍는다.
> 사내여, 그 별을 나를 향해 던져다오
> 나는 그 별에 맞아 죽고 싶다
>
> ― 정호승 「별똥별」 전문(『문학사상』 5월호)

밤의 몽유도원도는 비일상의 공간이다. 특히 우리가 알고 있는 고유 명사로서의 몽유도원도는 조선조 초기의 화가 안견의 대표적인 산수화로서 현재 일본의 덴리대학 도서관에 소장되어 있는 걸작이다. 그 그림 속에는 사람이나 동물이 그려져 있지 않아 중국의 많은 유사한 도원도들과는 다른 특색을 보여주고 있다. 그것은 글자 그대로 현실 공간이 아니라 비일상의 세계이다. 그런데 이 시에서는 그 아름다운 꿈속의 복사꽃밭(몽유도원) 속에서 한 사나이가 쭈그리고 앉아 울고 있다. 울음의 이유는 알 수 없지만 울음이란 삶의 격렬한 한 모습이므로 그 사내는 지금 대단히 절실함을 드러내고 있다. 그러한 공간 속에 갑자기 별똥별이 떨어진다. 별똥별은 천상적인 사물인데 그것이 이 그림의 분위기에는 어울리지 않게, 아무런 예고 없이 떨어진다. 소리 없이 하늘에 아름답게 금을 긋고 비일상의 공간인 몽유도원도 속으로 떨어지는 별똥별의 이미지는 따라서 생경하고 신선하다. 몽유도원이라는 비일상의 공간에서 울고 있던 사내가 떨어진 나무 열매를 줍듯이 별똥별을 줍는다. 그 장면을 바라보는 순간 시인은 자신의 전 존재를 기울여 외친다. <사내여, 그 별을 나를 향해 던져다오/나는 그 별에 맞아 죽고 싶다.> 시인의 돌발적인 외침은 논리적으로 설명될 수 없고, 그 자신도 알 수 없는 일이다. 왜 시인은 그 별에 맞아 죽고 싶은 것일까? 몽유도원이라는 비일상의 공간에 떨어진 천상의 사물인 별에 맞아 죽고 싶다는 것은 어쩌면 우리들 일상인의 무의식적인 염원이다. 그리고 몽유도원도 속에서 쭈그리고 앉아 울고 있는 사내는 다름 아닌 화자(시인) 자신의 모습이다. 다시 말해서 몽유도원이라는 비일상의 본래적인 세계에서 일상의 세계의 시인을 향해 던지는 별(천상적인 사물)에 맞아 죽는 다는 것은 일상성을 넘어갈 수 있는 계기가 되는 것이다. 그러나 현실적으로 우리는 그렇게 죽을 수는 없다. 다만 우리는 늘 그러한 시적 죽음의 꿈꾸기를 되풀이하며 그러한 시적 죽음을 통하여 자아와 세계의 합일을 경험하는 것이다.

(『문학과 창작』 1996.6)

유리, 가난, 그리고 사랑

− 이기철, 반칠환, 박혜경의 시

이번 7월의 시편들 중에서 투명한 순수 앞의 부끄러움을 노래한 이기철의 유리시편, 어린이의 눈으로 본 가난했던 시절의 우리들의 자화상을 감동적으로 드러내 보여주는 반칠환의 어린 시절 이야기, 그리고 가벼움의 시대인 오늘의 패러독시컬한 연가한편이 감동과 재미로 눈길을 끌고 있다.

1. 이기철의 유리 − 존재의 진리에 닿기

하이데거에 의하면 시인의 사명은 귀향이고 귀향은 근원에 다가 가는 것이므로, 시는 근원회귀의 몸짓이다. 이때 돌아가고자 하는 존재의 근원을 이기철은 유리(琉璃)로 인식한다. 유리는 이 시인의 화두이고 그의 시적 탐구는 유리의 탐구이다. 근래에 그는 "유리에 닿지 않고는 내 생애 절반은 지푸라기의 헛간이다."(「유리의 나날 2」)라고 단호하게 선언한 바 있다. 그러므로 그의 시작(詩作)은 유리에 닿기 위하여 자신을 <끊임없이 씻고 닦는 일>에 다름 아니다.

> 유리처럼 투명한 것은 나를 두렵게 한다.
> 제 속에 아무것도 감춘 것 없는 유리 앞에서
> 감출 것이 너무 많은 나는 스스로 실신한다.
>
> 유리는 제 속의 물도 불도 제 속의 살과 뼈도

감추지 않는다
저렇게 투명한 세계 앞에 나는 두려워
마주서지 못한다

개미와 말벌은 나보다 먼저 유리에 닿을 것이다
그들은 검은 간장을, 혼란스런 밥을 먹지 않으므로
그들은 잉크 같은 콜라를, 유황 같은 주스를 마시지 않으므로

혼자 선 나무들은 나보다 먼저 유리에 닿을 것이다
그들은 제 발을 감싼 가피(加皮)의 신발을 신지 않으므로
그들은 제 몸을 덮는 솜과 털옷을 입지 않으므로

구름의 변화, 바람의 속도를 예감하는 개미와 말벌이여
군거(群居)보다 차라리 외로운 흔들림을 택한 나무여
이슬의 투명으로 몸을 적시는 그들은
남루를 깁고 있는 내 날들을 떠나
먼저 유리에 닿을 것이다
제 향기를 무심의 산과 들판에 나누어 주는 그들은
　　　　　　　　　　　　　　　 －「투명의 유리(琉璃)」 전문

　유리는 투명하다. 그것은 <제 속의 물도 불도 제 속의 살과 뼈도>
아무것도 감추지 않는다. 그렇게 감추지 않는 투명한 유리 앞에 서면
<감출 것이 너무 많은 나는 스스로 실신한다.> 여기서 유리와 나의
차이는 <감추지 않은 투명함>과 너무 많이 감춘 불투명함이다. 감춘
다는 것은 <있음>을 <없음>으로, 혹은 <그러함>을 <그렇지 않
음>으로 위장하는 일이다. 그것은 무엇인가 떳떳하지 못해 부끄럽거
나 들키면 안될 것을 갖고 있어 두렵기 때문이다. 하이데거에 의하면
진리는 <그것이 그것인 것으로 드러나는 것>이므로, 만일 그것이 다
른 것으로 드러난다면 허위이다. 그 허위가 우리를 떳떳지 못하고 부

끄럽게 하는 것이다. 그것이 그것인 것으로 드러남(존재의 진리)이 본래적인 모습인데, 그것이 다른 것으로 나타난다면 그것은 거짓이고 비본래적이기 때문이다. 그러므로 여기서 시인이 <감출 것이 너무 많은> 이유는 그 스스로 비본래적인 거짓에 싸여 있다는 뜻이 된다. 이 비본래적인 거짓은 다름 아닌 <때 묻음>과 <녹슬음>이다.

> <수억 광년 먼지의 길을 뚫고 와도/햇빛은 때 묻지 않는다/수억 광년 염열(炎熱)의 사막을 불어와도/바람은 녹슬지 않는다//열사(熱射)의 한낮에는 때 묻은 몸을 씻고/칠흑의 밤에는 남루가 된 마음 세수시킬 수 있다면/나는 어느 날, 스스로는 아무것도 지닌 것 없는/저 명징의 유리에 닿을 수 있으리>
>
> ―「유리의 나날」 일부

우리의 근원상실의 이유는 때 묻음과 녹슬음이다. 때 묻음과 녹슬음은 본래적인 모습을 훼손시키는 것이기 때문이다. 이 지상에서의 우리의 생은 이미 때 묻고 녹슬어 있음이 전제되어 있다. 그러나 불과 몇 십년의 생애 동안의 때 묻음과 녹슬음이 <투명한 세계 앞에> <두려워 마주서지 못>할 정도로 우리의 본래성을 훼손시켰음에도 불구하고 <햇살>은 <수억 광년 먼지의 길>을 <때 묻지 않>고 달려오고, 바람은 <수억 광년 염열의 사막을 불어와도> <녹슬지 않>고 있는데 그것이 <유리>의 세계이다. <저렇게 투명한 세계>인 <유리>는 <세상의 혼탁에 길들은> <귀>와 <세상 먼지에 녹슨> <손>을 가진 <나>와 비교할 때, 나를 <두려워 마주서지> 못하게 하고 <스스로 실신>하게 한다.

그런데 그 때 묻음과 녹슬음은 개미와 말벌 그리고 나무들에게는 해당되지 않는다. 그러므로 개미와 말벌은 그 투명한 유리에 닿을 수 있다. 그들은 <잉크 같은 콜라를, 유황 같은 주스를 마시지 않>기 때문이다. <나>도 분명히 때 묻음과 녹슬음만 아니라면 <저 명징의 유리에 닿을 수 있>을 테지만, 잉크 같은 콜라와 유황 같은 주스를 마시며 살기에 때 묻음과 녹슬음은 숙명이다. 잉크 같은 콜라나 유황 같은 주스는 이슬이나 햇살과 같이 본래적인 것들이 아니라 인간의 기만적이고 탐욕적인 욕망에 의해 만들어진 비본래적인 것들이기 때문이다. 또한 나무들은 가식의 인간처럼 <가피(加皮)의 신발을 신지 않>고, <제 몸을 덮는 솜과 털옷을 입지 않으므로> 유리에 닿게 된다. 그들은 <잉크 같은 콜라>와 <유황 같은 주스>를 마시는 대신 <이슬의 투명으로 몸을 적시>기 때문에 <내>가 <남루를 깁고> 있는 동안 <제 향기를 무심의 산과 들판에 나누어 주>며 <먼저 유리에 닿>게 되는 것이다.

　여기서 시인의 해야 할 일은 아주 쉽고 명백하게 제시된다. 그것은 개미와 말벌 그리고 나무처럼 <있는 그대로의 상태>로 돌아가는 일이다. 다시 말하면 <산이 그 큰 무지로도 도라지꽃을 피워놓고 잠들>고, <강이 그 큰 무심으로도 피라미 한 마리 제 물결에 껴안아 잠재우듯>(「유리의 나날」)한 마음, 다시 말해서 인간의 작은 지식이나 이기심을 버리고 <큰 무지와 큰 무심>이라는 넉넉한 마음에 도달하는 일이다. 그 마음의 세계는 <제 속에 아무것도 감춘 것 없는> <투명한 세계>인 <유리>이며, 그것이 그것인 것으로 드러나는 존재의 진리를 뜻하는 것이다. 바로 이러한 존재의 진리에 대한 지향의식이야말로 시작(詩作)의 존재론적 요구인데, 이 시는 이점을 잘 드러내고 있다. 따라서 이 시가 지니고 있는 비유나 이미지가 고통스러울 만큼 지적인 탁마를 거쳤음에도 불구하고 어렵지 않게 읽히며, 복문들로 짜인 만만찮은 문장에도 불구하고 오히려 유장한 호흡으로 깊은 감동을 주고 있다.

2. 반칠환의 가난 - 순진한 부끄러움

가난은 그 자체가 자랑도 수치도 아니다. 인류의 역사는 가난의 고통과 그것의 극복의 과정이었으므로 그것은 인간의 서정과 서사적 주제이기도 하다. 얼마 전 텔레비전 연속극 <옥이 이모>에 등장했던 시골 아이들의 연기가 중장년층 시청자의 가슴을 울렸던 것은 바로 어제의 우리들의 가난했던 모습을 상기시켜 주었기 때문이다. 그것은 드라머라는 장르적 유리함의 덕을 보았지만, 최근에 발표한 반칠환의 시는 어린 시절의 가난과 그것을 부끄러워하던 순수한 어린이의 마음을 토속적인 사투리까지 적절하게 구사하여 절묘하게 드러냄으로써 감동적으로 읽혀진다.

이 일을 어쩌믄 좋아, 저기 저 감낭구 아래 담임선생님 가정 방문 오시네. 오늘 낼 넘기믄 안 오실 줄 알았지. 뒤란에 숨으까 산으로 가까, 콩밭에 숨으까 수수밭에 숨으까, 마음은 동서남북 사방팔방 첫서리하다 들킨 것처럼 뿔뿔이 달아나는데 몸은 왜 이리 고구마 자루 같으까, 옴쭉달싹 못하고 가슴은 벌렁벌렁, 선생님 벌써 사립문 없는 삽짝에 들어서시네…. 선생님 오셨어유? 치란아, 어머니 어디 가셨냐. 밭에 가셨나봐유. 지가 불러오게 잠시 기다리세유…. 엄마, 엄마, 선생님 오셨어. 열무밭 매던 엄마, 허겁지겁 달려 나오시는데, 펭소에 들어오지 않던 우리 엄마 입성이 왜 저리 선연할까, 치마 저고리 그만두고, 나무꾼이 감춘 선녀 옷 그만두고, 감물 든 큰성 난닝구에, 고무줄 헐건 몸빼바지 넥타이 허리띠로 동여매고, 동 방위 받는 시째성 깜장색 훈련화 고쳐 신고 달려 나오시는데, 조자룡이 장창 쓰듯 흙 묻은 손에 호맹이는 왜 들고 나오시나.
양푼에 조선 오이 삐져놓고, 찬물 한 대접 곁드려놓고, 엄마 옆에 붙어 앉았지만 선생님 말씀 듣기지 않고, 기름때 묻는 사기 등잔이, 구멍난 창호지가, 흙 쏟아지는 베름짝이, 쥐오줌에 처진 안방 천장이, 잡풀 돋는 헛간 지붕이 용용 죽겠지 눈 꿈쩍이며 선상님 나 여깄수 소릴 치네. 중고개 이정골 통틀어 제일 외딴집, 즌기도 안 들어오는 산지기 집에 담임선생님 오신 날, 나 이날 잊을 수 없었네. 잊을 수 없어서 선생님 오신 다음

다음날 일요일 날, 나 뒷산에 올라 대낭구 장대로 참낭구 시퍼런 누에고
치를 두들겨 털었다네. 이놈 따다가 우리 엄마 참낭구 새순처럼 은은히
푸른 비단 저고리 해드려야지. 털고 또 털어 대소쿠리 그득 고치 찼지만,
그러나 엄마는 그 고치 내다 팔았고, 나 울면서 그 돈 타다 공책 샀다네.
　　　　　　　　　　　　　　　－「가정방문과 참낭구 누에고치」 전문

　　이 시는 우선 묘사의 탁월함이 독자를 사로잡는다. 깊은 산골 <제
일 외딴집>에 선생님이 가정방문을 온다. 시적 화자는 초등학교 3,
4학년쯤으로 추측되는데, 가난하게 사는 집안생활을 선생님께 보이기
가 너무나 부끄럽다. 며칠 지났기에 안 오실 줄 알고 안심했던 선생님
이 감나무 아래 나타나자, 마음은 첫서리하다 들킨 것처럼 달아나고
싶어도 몸은 고구마 자루 같이 옴쭉달싹못하고 있다. 마침 열무 밭 매
다가 달려 나오는 어머니의 옷 입음새는 큰형 러닝샤쓰에, 고무줄 헐
거운 몸빼 바지를 넥타이 허리띠로 동여매고, 동 방위 받는 셋째형 깜
장색 훈련화 고쳐 신은 모습으로 너무나 부끄럽다. 더구나 손에는 호
미자루도 그대로 든 채…. 그런데 이 시인은 이러한 정경들을 토속적
사투리에 사설적 어조를 적절하게 섞어서 감동과 재미를 절묘하게 섞
어놓고 있다. <즌기(전기)도 안 들어오는 산지기 집>에 가정방문 오
신 <담임선생님>은 최고의 손님이다. 어린 화자에게는 <선생님>
께 비쳐질 어머니의 옷 입음새와, 손님 접대라고 양푼에 삐쳐 내놓은
조선오이가 부끄럽다. 더구나 그때까지는 별로 의식하지 않았던 집안
의 남루한 것들, 예컨대 <기름때 묻은 사기등잔>, <구멍 난 창호
지>, <흙 쏟아지는 베름짝(바람벽)>, <쥐오줌에 처진 안방 천장>,
<잡풀 돋는 헛간 지붕> 따위가 그 가난을 고발하는 듯이 <용용 죽겠
지 눈 꿈쩍이며 선상님 나 여깄수>하고 소리를 지르는 듯하다. 그러
한 부끄러운 날의 기억은 잊을 수가 없다. 화자 소년은 다음날 뒷산에

올라가 대나무 장대로 참나무의 시퍼런 누에고치를 털어 어머니에게 <참낭구 새순처럼 은은히 푸른 비단 저고리>를 해 드리려고 <털고 또 털어 대소쿠리 그득> 땄지만 어머니가 그 고치를 내다 팔아서 그 돈으로 <울면서>자신의 <공책>을 샀다는 이야기이다.

이런 류의 시는 얼마 전까지만 해도 소위 참여시 계열에서 많이 보이던 것이어서 어느 정도는 패터나이즈된 듯한 느낌도 배제할 수 없다. 그러나 90년대의 중반기를 넘기면서 인터넷 시대의 독자들에게는 어떻게 읽혀질는지 궁금하기도 하다. 문학이 지니는 개성에 못지않게 중요한 항구성이나 보편성을 생각할 때 수천 수 만년 동안 우리 정서의 밑바닥에 흘러오던 가난으로부터 오히려 선명하게 드러나는 순수한 인성, 그 인성의 보편성이 주는 공감은 매우 소중해 보인다. 우리가 세상을 살아가면서 잊어야 할 것과 잊어서는 안 될 것들이 있다면 이 시는 잊지 말아야할 것들 중의 하나를 아주 소박한 토속적 사투리와 사설적인 어조를 절묘하게 구사하여 재미있고 리얼하게 드러내고 있다.

3. 박혜경의 사랑 — 개코같은 그리움

앞에서 본 이기철의 무거움과는 전혀 다르게 가벼운 언어로, 그리고 반칠환의 가난에 대한 천진한 부끄러움의 정서와는 달리, 박혜경은 지적이고 풍자적인 새로운 연가(戀歌)를 가지고 우리에게 시 읽는 재미를 준다. 그런 류의 풍자와 세련된 언어는 이미 최승자나 황인숙이 많이 보여준 바 있지만, 아직 박혜경에서도 이런 언어감각은 그 신선함을 잃지 않고 있다.

> 평생 목마르지 않을 샘물 하나 주겠다던 그가
> 나를 따르라고 꼬리치던 그가
> 내가 좋아하는 사람들을 배설물처럼 버리게 하던 그가

내 마음 다 떼어먹은 그가
몸통은 가져가고 꼬리 하나 달랑 남겨놓고 날랐네
안개같은 그가
바람같은 그가
밥도 쫄쫄 굶고 쫓아다니게 하던 그가
화장실도 못 가고 뛰어다닌 오동통한 시간을
몽땅 거머쥐던 그가
꼬리를 감춰서 더 보고 싶은 그가
오늘 눈물나게 하는 그가
죽지도 않은 그가
왜 안 오나
나를 목마르게 하는 그
개코같은 그
더러운 그
멋진 그

-「도마뱀」전문

　　연가풍이라면 춘향이적인 정서를 우리는 흔하게 떠올린다. 이몽룡은 춘향에게 있어서 완벽한 자기 삶의 비전이었다. 한양에 가서 소식 없는 애인을 그녀는 한 번도 비난하거나 원망하지 않고 참을성 있게 기다리며 현실의 난관(변학도)을 극복한다. 조선조 여인 춘향이의 연가에는 이몽룡에 대한 <개코 같은>, <더러운> 원망투의 어조는 있을 수 없다. 괴테의 파우스트에 나오는 구원의 여성 그레트헨의 연가도 마찬가지이다. 그것은 미남자에 예의바르고 친절하며 교양 높은 청년 파우스트에 대한 한없는 존경과 신뢰를 담은 완벽한 사랑의 노래이다. 우리는 그러한 연애노래에 감동하면서도 어딘가 답답함을 느낀다. 그레트헨에게 파우스트나, 춘향이에게 이도령은 로만스적 영웅이어서 우리들의 현실적 애인과는 다르기 때문이다. 그러므로 우리는 어떤 면에서 오늘 이 박혜경의 연가에 보다 공감하게 된다. 그 솔직성과 거침

없는 어조가 리얼리티를 드러내며, 우리들에게 신선한 재미와 공감을 주기 때문이다.

박혜경의 솔직성은 자유로움에서 비롯된다. 춘향이에게 이도령이나 그레트헨에게 파우스트는 절대로 <도마뱀>에 비유될 수 없다. 이도령이나 파우스트는 보다 크고 강하면서도 너그럽고, 예의바르고 신사적이기 때문에, 작고 재빠르며 두렵기보다는 귀엽고 연약한 도마뱀을 유추시키기란 불가능하기 때문이다. 도마뱀은 뱀처럼 독을 갖고 공격하지 않고, 위기에 처하면 자신의 꼬리를 떼어주고 도망친다. 그것은 작고 가벼워서 귀여움의 대상은 될 수 있지만 존경이나 두려움의 대상이 되지는 않는다. 우리시대의 사랑법은 바로 그러한 가벼움과 자유로움과 솔직성에 있다.

이 시에서 애인인 <그>는 화자의 인생을 송두리 채 가지고 가버렸다. 마치 이브를 유혹하던 창세기의 뱀처럼 <평생 목마르지 않을 샘물 하나 주겠다던 그>가 <내 마음 다 떼어먹>고 <꼬리 하나 달랑 남겨놓고 날랐>던 것이다. 여기서 <꼬리하나 달랑 남겨놓고 날랐네>라는 구절은 앞에서 말한 우리시대의 <가벼움>을 단적으로 잘 드러내 보인다. 안개같이 몽롱하고 바람처럼 잡을 수 없는 <그>가 화자의 인생 전체인 <오동통한 시간을 몽땅 거머쥐>고 가버렸기에 화자는 아쉽고 보고 싶고 그립고 안타깝다. 따라서 화자에게는 오지 않는 그를 기다리는 것이 참을 수 없는 고통이긴 하지만, 그 애인은 신뢰나 존경의 대상으로서의 고전적인 <님>이 아니라, 꼬리 떼어놓고 도망치는 <도마뱀>같이 약은 애인이므로 <그>를 <죽지도 않는>, <개코같은>, <더러운>이라고 수식하는 것이다. 그럼에도 불구하고 사랑이란 끝내 상대의 존재에 대한 한없는 긍정이며 신뢰이며 자기헌신인 까닭에 마지막 행의 끝을 시인은 마침내 <멋진 그>라고 맺고 있다. 이 <멋진 그>라는 <그>에 대한 평가는 화자의 <인생을 몽땅 훔쳐가지고 날라 버린 그>에 대한 <사랑> 때문이다. 사랑은 결국 고전적인 명제처럼 원망과 비난과 미움을 젖히고 넘어서는 위대한 것임을 끝내 고백하지 않을 수 없는 것이고, 우리는 이 사랑의 보편성에 공감하는 것이다. 이 시는 소위 참을 수 없는 존재의 가벼움의 시대에 살고 있는 오늘 우리들의 사랑을 <도마뱀>이라는 작고 가볍고 약하지만 약고 재빠른 동물에 비유하여 잘 드러내고 있다. 사랑은 고통과 아픔을 주어 원망스럽고 약오르게 하여 <개코 같>고 <더러운> 것이기도 하지만 결국은 <멋진 그>로서 거부할 수 없는 위대한 것임을 보여준다. 신선한 비유와 재치 있는 화술 그리고 짧고 빠른 호흡, 그리고 무엇보다도 파라독스로 이어지는 시어들이 시를 읽는 재미를 더해주고, 결국은 사랑이라는 보편적 정서를 유추해가는 계산된 시적 진술이 리얼리티를 드러내어 감동을 준다.

(『문학과 창작』 1996.8)

따뜻한 시선과 연민의 미학

— 이홍우, 조태일, 박청룡의 시

'예술작품의 근원은 예술가'라는 하이데거의 말을 따른다면, 시의 근원은 시인이다. 따라서 우리가 시를 읽고 감동하는 것은 시의 근원인 시인의 눈빛과 마음에 이끌리는 일이다. 따뜻한 시선으로 시인이 소외되고 고통 받는 사람들에 대한 연민을 노래할 때 우리는 특히 깊은 감동을 받는다. 그런 의미에서 이달에는 시인의 따뜻한 시선과 연민을 노래한 소품들을 골라 보았다. 그렇다고 해서 시인의 시선이 반드시 따뜻해야 하는 것은 아니다. 오히려 따뜻함이라는 시인의 개인적인 감정이 너무 쉽게 노출되면 우리는 읽기도 전에 긴장이 해이되어 흥미를 잃어버리게 되기 때문이다. 그럼에도 불구하고 시가 주는 가장 근본적인 감동은 결국 시인의 마음에 공감하는 일이 된다. 근원적인 의미에서 모든 예술은 사물의 인간화이고, 그것에서 받는 감동은 인간의 삶을 고양시키는 것일 터이므로, 모든 예술작품은 결국 휴머니즘을 향하고 있는 것이다. 따라서 우리가 어떤 시에서 받는 따뜻한 감동은 세계를 바라보는 시인의 따뜻한 시선에서 비롯된 것이므로, '시인의 따뜻한 시선'에 대한 이야기는 충분히 의미 있는 일이 될 것이다.

시인의 따뜻한 시선과 소외된 사람들에 대한 연민이라는 의미에서 이홍우의 「마다가스카르의 마리아 막달레나」(『문학과 창작』 9월호)는 우리에게 고통스러운 감동으로 다가온다.

보름달이 아리도록 밝았습니다.
엄마가 애를 낳았습니다.
열째도 넘는 애였습니다.
열 달도 못된 애였습니다.
폐포(허파꽈리)도 못 다 자랐습니다.
숨도 잘 쉬지 못했습니다.
인큐베이터에 넣었습니다.
산소 흡입기도 못 댔습니다.
지천으로 있는 산소지만
흡입기의 산소 값은 비쌌습니다.
아이는 영세명을 받았습니다.
마리아 막달레나.
서너 시간 만에 죽었습니다.
달빛이 아리도록 밝았습니다.

-「마다가스카르의 마리아 막달레나」 전문

　이 시는 그 말미에 <曾野綾子 여사의 에세이 '冒險의 時代'에서 取材.94.2.18.>라는 시인의 주석이 붙어 있는 것으로 보아, 아마도 실제로 있었던 눈물겨운 이야기를 그대로 옮겨다가 작품화한 것으로 보인다. 특히 수사를 버린 단문형의 꾸밈없는 진술이 독자들에게 설득력을 갖는다. 그리고 이 시의 배경이 되는 마다가스카르라는 먼 나라가 주는 거리에도 불구하고 무지와 기아로 죽어가는 신생아의 생명의 생생함이 우리와는 상관없는 이야기가 아니라 우리의 이웃이며 우리의 아픔임을 확인케 해 준다. 그것은 신문이나 텔레비전을 통하여 기아로 죽어가는 아프리카 어린이의 사진을 보았을 때 우리가 느끼는 참담함인데, 그것을 이 시인은 '아리도록 밝은 달빛' 속에 선명하게 드러내 보이고 있다.
　지구 저쪽 아프리카 어느 섬나라의 가난한 한 여인이 열 번째도 넘는 아이를 출산한다. 아이는 엄마의 뱃속에서 열 달도 못된 미숙아이다. 그 이유가 나와 있지는 않지만 아마도 잦은 출산으로 쇠약해진 임산부가 가난으로 영양실조에 걸려 있기 때문인 것으로 짐작된다. 아직 폐포(허파꽈리)도 다 자라지 못한 미숙아, 그래서 숨도 잘 쉬지 못하는데 산소 흡입기도 대주지 못한다. '지천으로 있는 산소이지만, 흡입기의 산소 값은 비싸다'고 화자는 말한다. 태어나자마자 죽어가는 아이에게 해 줄 수 있는 일은 영세를 주는 일 뿐이다. 이 각박한 세상에서 숨 한번 제대로 쉬지 못하고 죽는 아이는 영세를 받았으니 천당에 가서 이 세상살이의 몫까지 살아야 한다. 아이의 영세명은 '마리아 막달레나', 그것은 우리가 익히 아는 바처럼 예수에 의해서 구원받은 창녀 마리아의 이름이다. 비록 숨도 제대로 쉬어보지 못하고 죽었지만 그래도 영세를 받았다는 사실이 아이의 엄마에게는 작은 위안이 될른 지 모른다. 그렇게 생각해도 한편으로는 더욱 가슴이 저려온다. 서너 시간 만에 신생아가 죽는 장면을 상상하면서 시인이 해 줄 수 있는 일은 '달빛이 아리도록 밝았습니다'라는 멘트 한마디이다. 아리도록 밝은 달빛, 그것은 시인의 아픔이고 온 세계의 아픔이다. 그 아픔이 우리의 연민이고 사랑이다. 우리는 이 시를 읽은 후 오래도록 저 지구 건너편의 가난한 나라의 한 신생아의 생명과 그것의 고귀함과 죽음이 주는 아린 고통을 쉽게 잊을 수가 없는 것이다.

아프리카 남동 해안의 섬나라 마다가스카르는 국민 일인당 GNP가 세계 최하위권에 속하는데다가 가임 여성인구의 출산율은 세계 최고로 알려져 있다. 따라서 신생아 사망률도 높아서 어쩌면 이런 이야기는 진부할 수도 있다. 그러나 시인의 시선은 그런 먼 나라의 가난과 무지 속에 사는 소외된 한 여인의 출산과 신생아의 죽음 현장을 아프고 안타까운 눈으로 노래하고 있다. 그 가난한 모녀의 비극은 현실적으로 우리와는 무관해 보이지만, 그러나 인간의 가장 본질적이고도 보편적인 출생과 죽음의 이야기이므로, 그녀의 아픔이나 비극은 인류의 비극이자 우리 자신의 고통인 것을 이 시인은 보여주고 있다. 태어난 지 서너 시간 만에 죽은 신생아 마리아 막달레나는 바로 우리의 아기이며 그 애가 죽게 된 것은 우리의 책임인 것을 느끼게 하는 것이다. 그러므로 우리는 이 새의 마지막 행에 나오는 '달빛이 아리도록 밝았습니다.'라는 구절에 오래도록 가슴이 떨리는 것이다.

그러나 이러한 마다가스카르의 신생아의 비극과 동시에 이 세상에는 넘치는 풍요로 오히려 더럽혀지는 또 하나의 어둠이 공존한다. 사회가 혼탁해질수록 깨끗함은 더욱 중요한 가치가 된다. 오늘날 이 맘머니즘의 시대에는 오히려 가난하고 작고 여린 것이 소중한 가치이다. 시인의 따뜻한 시선은 거칠고 냉혹하고 더럽고 탐욕적인 시대에 짓밟히고 있는, 비록 작고 약하지만 그래서 오히려 순결한 것들의 소중함을 발견한다. 그리하여 시인은 그런 것들을 노래함으로써 우리에게 아름답고 본질적인 가치를 알려준다. 우리는 그런 작지만 아름다운 것들로부터 진정한 생의 의미와 삶의 자세를 되돌아보게 되는데 조태일의 소품 「이슬 곁에서」(『현대문학』9월호)가 그러한 시이다.

> 저 쬐그만 것들
> 안간힘을 쓰며
> 찌푸린 하늘을, 요동치는 우주를
> 떠받치고 있는
>
> 작아서, 작아서
> 늘 아름다운 것들,

밑에서 밑에서
늘 서러운 것들.

–「이슬 곁에서」 전문

　이 물신숭배의 시대에는 오히려 작고 약하고 소외된 것에 눈을 돌리는 자가 시인이다. 이 시의 제목 「이슬 곁에서」가 암시하는 바처럼 '저 쬐그만 것들'은 이슬이다. 이슬은 풀잎에 매달려서 맑고 투명한 본질로써 '안간힘을 쓰며/찌푸린 하늘을, 요동치는 우주를' 떠받치고 있다. 작디작은 이슬이 안간힘을 쓰며 저 찌푸린 하늘과 요동치는 우주를 떠받치고 있다는 시인의 관찰은 우리에게 대단한 놀라움을 준다. 작지만 맑음으로 세상의 모든 혼탁함(찌푸린 하늘)과 무질서한 어지러움(요동치는 우주)을 떠받칠 수 있다는 것은 우리의 타락한 일상적 사고를 깨뜨리는 대단히 신선한 충격이기 때문이다.

　비록 하늘과 우주를 떠받치고 있지만 이슬은 작아서 아름답고, 모든 크고 무거운 것들 밑에 있기 때문에 서럽다. 소위 위대하다는 것들이 갖고 있는 허위가 얼마나 크고, 위에 군림하므로 아래를 무시하는 무지하고 위선적인 현상들이 얼마나 많은가? 시인은 금세 사라져 버리고 마는 작은 이슬방울을 통해서 크고 요란한 것들의 '찌푸림'과 '요동침'을 선명하게 비춰내고 비판한다. 말할 것도 없이 여기서 이슬이 뜻하는 것은 이 세상의 모든 약하고 소외된 사람들의 착하고 아름다운 모습들이다. 그들은 늘 밑에서 무시당하고 짓밟히므로 서럽고 고통스럽지만, 그러나 진실로 세상을 떠받쳐서 존립케 해 주는 큰일을 하고 있는 것이다.

　과거의 소위 민중시가 작고 약하지만 끈질긴 생명력의 표상으로서 풀잎을 노래했던 것과 마찬가지 맥락에서, 지금 이 시인은 작고 약한 것에 한 가지 요소 즉 맑고 깨끗함을 더하여 그것을 이슬로 표상하고,

그것의 맑고 투명함, 그 순결성으로써 찌푸린 하늘과 요동치는 우주를 받쳐주게 한다. 그리고 이슬의 위치가 타자에게 자신의 무게를 싣는 '위'가 아니라, 남으로부터 눌리고 억압받는 '밑'이기 때문에 당연히 힘들고 서러운 것임을 노래한다. 따라서 시인은 그 깨끗함과 서러움의 모습을 통하여 우리에게 연민과 사랑의 감정을 불러일으키는 것이다.

이와는 좀 다르지만 시인의 시선의 따뜻함이 주는 감동은 박청륭의 「오른편을 위하여」(『열린 시』 9월호)에서도 깊숙하게 다가온다.

> 입동
> 새벽부터 기온이 내려가고
> 바람이 불었다
> 눈 먼 나귀가
> 목에 연자방아를 메고
> 종일 돌고 돌아 끝없이 돌고 있다
> 바깥엔 계속 흙먼지가 날리고
> 귀리의 북대기도 날렸다
> 왼편 안쪽 발굽이 더 닳은
> 나귀가 기웃둥거린다
> 노을에 젖은 마을도 조금씩 기울고 있다
>
> ─「오른편을 위하여」 전문

입동으로 기온이 내려가고 바람이 불어 추위가 다가오고 있다. 겨울이 오는 것이다. 겨울은 가난한 사람들에게는 힘겨운 인고의 계절이다. 이 시에 등장하는 눈 먼 나귀는 바로 앞의 조태일의 시에서 보았던 '이슬'이나 이흥우의 시에서 만났던 '산모와 아기'같은 존재라 할 수 있다. 나귀는 목에 연자방아를 메고 종일 제자리를 돌고 있다. 바람이 불기 때문에 밖에는 흙먼지가 날리고 귀리의 북대기도 날린다. 나귀는 그러나 그런 일들에 관심하지 않고 '종일 돌고 돌아 끝없이 돌고 있다.' 같은 방향으로 돌고 있기 때문에 '왼편 안쪽 발굽이 더 닳'고, 그래서 나귀는 오른 편으로 '기웃둥거린다.' 그러므로 이 시의 제목은 「오른편을 위하여」로 되어 있다. 이러한 제목을 붙일 수 있는 것은 시인의 놀라운 시적인 통찰력 때문이다. 여기서 눈먼 나귀가 왼쪽 발굽의 안쪽이 닳아서 다른 쪽으로 기웃둥거리는 모습은 우리에게 말할 수 없는 연민과 아픔을 준다. 입동이 다가와 겨울 준비로 무거운 연자방아를 목에 메고 쉴 새 없이 돌려야 하는 눈먼 나귀의 모습에 우리는 연민을 금할 수가 없다. 더구나 같은 방향으로 걷기 때문에 한쪽으로만 닳아버린 발굽, 그래서 다른 쪽으로 몸이 기웃둥거리는 모습은 시인의 마음을 아프게 한다. 그러므로 시인의 눈에는 나귀가 살고 있는 마을도 조금씩 기울고 있는 것이다. 나귀의 몸이 기울어져 보이기 때문에 물리적으로 나귀의 배경이 되는 노을에 젖은 마을도 다른 쪽으로 기울어 보일 수 있는 것이지만, 이 시에서 시인이 나지막하게 말하고 있는 것은 마을이 '기울어져 보인다는' 객관적인 사실이 아니라 '기울어진다'는 시적 진실이다. 그 점은 시인의 시선의 따뜻함 때문이다. 왼편 안쪽 발굽이 더 닳아서 나귀가 기웃둥거리기 때문에 노을에 젖은 마을도 조금씩 기울고 있다는 시적 통찰력을 통해서 우리는 이웃과 세계가 합일됨을 느끼는데 그러한 느낌은 앞서 말한 시인의 따뜻한 시선과 연민에서 오는 보상인 것이다.

(『문학과 창작』 1996.10)

짧은 시의 깊은 울림(1)

— 박의상, 이성선, 정일근, 강은교, 채호기의 시

『시와 반시』에서 의도하고 있는 <계간 시평>은 여러 문예지에서 행해지고 있는 시의 월평에서(월평이란 성격상 그 순발력 또는 민첩성 때문에) 간과했거나 소홀히 했던 시작품들을 보다 심층적으로 살펴보려는 매우 이상적인 기획이라고 짐작된다. 그러나 각종 월간 문예지들이 월평란을 마련하여 그때그때 작품의 동향을 살피고 비평을 하고 있지만 독자들에게 큰 호응을 얻지 못하고 있는 터에 계절별로 한 번씩 더욱 방대한 양의 시에 대한 비평을 시도한다는 것은 그 이상적인 의도와는 달리 월평에서 다루었던 것이 은연중에 중복되기도 하고, 3개월 동안에 발표된 방대한 양의 작품들을 대상으로 하다보면 오히려 표층적 인상비평에 머무를 염려도 있으며, 제한된 지면에 심층적 비평을 시도한다는 것은 현실적으로 지극히 어려운 일이다. 더구나 시의 <계간평>이므로 지난 3개월 동안 발표된 수많은 양의 시작품들을 일일이 챙겨 읽어야 한다는 것 또한 힘들고 부담스러운 일이다. 그리하여 필자는 이 글에서 대상작품을 계간 문예지에 한정하기로 했는데, 계간지들은 월간지들의 <월평>처럼 <계간평>란을 마련해 놓고 있지 않아서 나름대로 타당성을 갖는다고 생각되었기 때문이다.

사정상 다 훑어보지는 못했지만 지난 여름호로 발행된 몇몇 계간 문예지에 실린 시인들의 시들은 대략 『세계의 문학』에 신인과 외국인을 포함한 8명의 작품 32편, 『창작과 비평』에 신인 한명과 여성시인 특집으로 발표된 12명의 36편과 신인 1명의 7편, 『문학과 사회』에 7명의 시 35편, 『현대시사상』에 7명의 19편, 『시와 시학』에 15명의 61편, 『계간문예』에 10명의 20편, 『시와 반시』에 11명의 26편 등 모두 230여 편이나 되었으며 이 밖에도 『문예중앙』이나 『문화비평』 등 몇몇 계간 문예지들을 합친다면 작품의 숫자는 훨씬 더 늘어날 것이다. 그러므로 그 많은 작품들에 대한 언급은 불가능해서 필자의 기호에 따라 인상에 남는 몇 편만 골라 간략하게 언급하고자 한다.

1.

시는, 서정시는 대체로 짧고 간결함에 아름다움과 자랑이 있음은 상식이다. 하이데거가 자신의 방대한 양의 철학적 서술의 내용들이 릴케의 시 몇줄 속에 다 들어있다고 말한 것은 시의 본질을 생각할 때 되씹어 볼 만 하다. 그것은 독일어의 시라는 명사 Dichtung을 동사 dichten이나 형용사 dicht에 결부시켜 보면 당연하다. 그렇다고 해서 모든 아름답고 훌륭한 시가 반드시 짧아야 한다는 것은 아니지만, 단 한 줄의 시행 속에서도 전 우주의 비밀사가 깃들 수 있다는 생각을 시인은 염두에 두어야 할 것이다.

그런 의미에서 박의상의 「길」(『현대시사상』 여름호)은 매우 단순하고 간결함에도 불구하고 그 간결함에 반비례하여 깊고 넓은 상상의 시공을 열어 보여주고 있다.

아침이었다
찔레꽃길이었다
누군가가 가고 있었다
휘파람을 불고 있었다
그러다가 갑자기

내달려 가기 시작했다
찔레꽃길 다음에
검은 언덕이 있고
언덕 아래는
안개뿐이었다
휘파람소리는
다시 들릴 것 같았다

-「길」 전문

　우선 이 「길」이라는 간결한 제목은 그것에 아무런 한정어가 없기 때문에 오히려 외연이 넓어서 막연해 보인다. 길이란 지나다니는 통로로서 어딘가로 향해 있고 무엇엔가 연결된 소통의 공간이며 인간은 그 위에서 끊임없이 나아가는 도상의 존재이다. 길은 수단이고 과정이다. 우리는 이 「길」이라는 짧은 제목만으로도 페데리코 펠리니의 명화 「길」을 연상하기도 하고, <나는 길이요 진리요 생명>이라는 성구를 기억해내기도 하며, 수많은 구도자의 수행의 길을 상상하기도 한다. 그 뿐 아니라 보다 구체적으로 행길, 철길, 숲 속의 오솔길, 뱃길, 도시의 골목길 등을 떠올리기도 하고 인생은 고행길 혹은 나그네길이라는 등의 비유적인 표현을 생각하기도 한다. 그러나 이 시에서 <길>은 짧은 첫 1, 2행에 구체적이고도 간단명료하게 제시되고 있다. 바로 <아침>의 <찔레꽃길>이 그것이다.

　<아침>은 하루가 시작되는 신선하고 깨끗한 시간이고 <찔레꽃길>은 도시의 아스팔트길이나 골목길과는 달리 매우 한적하고 아름다운 교외의 들길이나 언덕길을 연상케 한다.그런데 그 아침의 찔레꽃길이라는 비일상의 시간과 공간을 지나가는 사람은 불확실한 부정인칭대명사 <누군가>로 나타나고 있다. 그는 <휘파람>을 불고 가다가 <갑자기 내달려>간다. 휘파람은 노랫말로 불러지는 노래와는 다

르다. 그것은 노랫말(의미)을 배제하고 있으므로 단지 멜로디와 리듬일 뿐이고 그것의 울림일 뿐이다. 노랫말이 배제되고 있다는 것은 그 노랫말이 설명하거나 지시하는 의미내용을 배제한다는 뜻이 되고 따라서 울림의 효과를 더 크고 깊게 해 준다. 그 울림은 아침의 찔레꽃길이라는 한적하고도 아름다운 비일상의 정황을 시인에게 아주 효과적으로 전해 준다. 그런 정황 속에서 <누군가>는 알지 못하는 사람임에도 불구하고 그의 존재 그자체가 상당한 비중으로 다가 온다. 그는 휘파람을 불고 가다가 갑자기 <내달려가기> 시작한다. 내달림의 이유는 알 수 없지만 <내달림>이라는 급박한 현상의 변화는 시인의 심리적인 정조를 흔들고 있는데 시인의 시적 진술은 아주 냉정하고 간결하다. 아침의 찔레꽃길이라는 시공 속을 <누군가>가 휘파람을 불고 가다가 갑자기 내달려 간다. 찔레꽃길은 <검은 언덕>을 지나 그 아래 <안개> 속으로 이어지는데 그 <누군가>는 그 속으로 사라져 버린다. 검은 언덕 아래의 안개는 시인이 닿을 수 없는 저쪽 세계의 상징으로 보인다. 검은 언덕의 <검은>과 언덕 아래의 <아래> 그리고 시야를 가리는 안개는 생을 넘어서는 불가해한 죽음의 세계를 암시하는 듯하다. 달려가서 검은 언덕 아래의 안개 속으로 사라져 버린 <누군가>의 휘파람소리는 다시 들릴 것 같지만 다시 들렸다는 진술은 없다.

이 시에 등장하는 시어 <아침>, <찔레꽃길>, <휘파람>, <검은 언덕>, <안개> 등은 상당히 많은 여백의 공간을 거느리고 있다. 그 여백 속에서 우리는 무엇인가를 상상하고 기대한다. 휘파람소리가 다시 들릴 것 같다는 기대도 그 중의 하나일 것이다. 이 시는 그러한 여백의 시공이 결국 인간의 삶의 길임을 제시하면서, 그 길 위에서 만나고 헤어지는 수많은 <누군가>를 통하여 일상 속에서 망각하고 있는 자신의 본래적인 모습을 다시 한 번 깊이 되돌아보게 해 주고 있는 것이다.

2.

　우리는 이성선의 짧은 시 「五歲菴」에서 또 하나의 의미심장한 <길>
을 만난다.

> 내설악에서 밤에
> 우주 전체가
> 계곡 물 속으로 쏟아져 들어가는 것을
> 보았다.
>
> 길을 따라 들어간다.
>
> 아무리 찾아도
> 절이 없다.

－「五歲菴」 전문

　내설악은 우리가 접할 수 있는 비교적 덜 훼손된 <자연>이다. 자
연이란 고대 그리스인들의 사유체계 속에서 피지스(physis)라고 불리던
근원적이고 본질적인 존재로서 우리의 인공적인 문화(culture)에 대립
되는, 인공화되기(혹은 경작되기; cultivated) 이전의 본래적인 상태(본성;
nature)를 가리킨다. 그런 의미에서 <내설악>은 우리의 문화적 일상
의 생활세계와는 격리되어 있는 본래적인 세계인데, 시인은 그 속에서
<밤에/우주 전체가/계곡 물 속으로 쏟아져 들어>가는 것을 본다. 우
주 전체가 계곡의 물속으로 쏟아져 들어간다는 엄청난 사태를 그가
<밤>에 본다는 것은 무슨 이유인가? 본다는 것은 빛의 밝음을 전제
하는 것인데 낮의 밝은 빛 속에서가 아니라 어두운 밤에 <보았다>는
것은 두 가지 의미, 즉 우주가 계곡 물 속으로 쏟아지는 사태는 <밤>
에 일어나는 일이기 때문이거나 혹은 빛의 밝음 속에서 본다는 일상적

인 응시방법과는 다르게 보아야 된다는 뜻이 된다. 그런데 그런 사태가 밤에 일어나는 일이라고 하드라도 <밤에 보았다>는 것은 사물의 차별상을 드러내주는 낮의 밝음과는 다른 어둠 속에서 일어나는 현상임을 뜻한다. 우리의 눈은 일상성에 길들여지고 타성화해 있기 때문에 일상에서는 그런 엄청난 사태를 볼 수 없으므로 시인은 <내설악>이라는 비일상의 공간에서 <밤>이라는 어두운 시간에 그 사태를 보는 것이다.

<우주 전체가/계곡 물 속으로 쏟아져 들어>간다는 것은 무슨 의미일까? 우주 전체란 하늘과 땅의 모든 것 즉 존재하는 모든 것인데, 그것이 내설악의 계곡 물 속으로 쏟아져 들어가는 것을 시인은 보고 있다. 까마득한 옛날부터 쉬지 않고 쏟아져 내리는 계곡 물의 역동적인 흐름은 운동하는 존재의 한 표상이다. 그 속에 우주 전체가 함몰되어 끊임없는 물의 흐름 속에 물소리로 통합되는 장엄한 스펙터클을 시인은 보는 것이다. 詩人(Dichter)은 視人(sehender Mann)이라는 릴케의 말처럼 보는 일은 가장 중요한 시인의 몫이고 사명이다. 시인의 시적 상상 속에서 우주 전체가 계곡 물 속에 쏟아져 들어가는 卽自세계의 장엄한 현상과 그것을 바라보고 있는 對自存在의 관계가 이 시의 내용이다. 대자존재로서의 시인은 즉자존재인 자연에 합일하려는 욕망을 지닌다. 시인(대자)은 <내설악>이라는 자연 속으로 <길을 따라 들어>가서 그 속에서 자연(즉자)과 합일할 수 있는 장소를 찾으려 하는데 그 장소가 바로 <절>이다. <절>은 유한한 존재자인 인간이 무한한 존재자인 신을 만나는 성스러운 장소이다. 이 시에서 그것은 유한하므로 결핍되고 불안한 시인(대자)이 무한한 본질로서의 자연(즉자)과 해후하는 곳인데 <아무리 찾아도 절이 없다.> 아무리 찾아도 없는 그 <절>이야말로 함부로 쉽게 만나게 되는 세속적인 곳이 아니라 참으로 자아

와 세계가 해후할 수 있는 진정한 의미의 <절(聖所)>이 되는 것이며, 그것을 찾는 행위야말로 참 求道행위라고 여겨진다. 이성선은 작품 「五歲菴」을 통하여 그러한 형이상학적인 구도의 자세를 보여주고 있는데, 단지 7행에 불과한 이 짧은 시가 우리에게 깊은 울림을 주는 까닭도 바로 그 점에 있다고 생각된다.

3.

이「五歲菴」과 비슷한 분위기를 갖고, <길>찾기와 같은 맥락에서 <잃어버린 나>를 찾으려는 구도적인 자세를 우리는 정일근의 「禪 2」 (『계간문예』 여름호)에서 만난다.

> 잃어버린 나를 찾아서 저녁 운수사를 찾아 갔습니다 운수사빈 뜨락에도 나는 없었습니다 낙엽위에 쌓인 물소리 쓸고 있는 童僧에게 내가 간 곳을 물었습니다 童僧은 내가 당도하자 마자 내가 떠났다고 말했습니다 혹 내가 간 곳 아시는지 내가 물었습니다 童僧이 가리키는 손끝 西쪽으로 혼자인 듯 여럿인 듯 걸어가는 내 모습 언뜻 보였습니다 나여나여 소리 질러 부르고 싶었습니다만 홀연 목소리 강처럼 잠기고 내 모습 저녁노 을에 싸여 이내 사라지고 말았습니다 쓸쓸히 돌아서니 운수사도 童僧도 떠나고 없었습니다 낙엽 위로 흘러가던 운수사 저녁 물소리도 西쪽으로 떠나고 고요했습니다 나를 찾아온 나도 어느새 떠나고 없었습니다
>
> ―「禪 2」 전문

<잃어버린 나>를 찾으러 간 곳이 왜 저녁의 운수사일까? 대낮의 환한 빌딩 숲이나 붐비는 전철역 혹은 시장이나 아파트가 아니라, 잃어버린 자기를 찾기 위하여 시인(화자)은 수도승이나 몇 있는 저녁 운수사라는 <절>로 간다. 내가 나를 잃어버린 곳은 복잡한 일상 속이었을 텐데, 잃어버린 나를 찾으러 한적한 비일상의 공간인 <절>로 간다는 것은 <절>의 특성이 바로 잃어버린 나를 찾는 곳이기 때문이

다. 절은 앞에서도 말한 바처럼 인간이 절대자를 만나는 성스러운 장소이고, 성스러움이란 인간의 거짓이 벗겨지고 참모습이 드러나게 해 주는 것이기 때문에 시인은 <거짓된 자기>를 벗고 <참된 자기>를 찾으러 <절>로 가는 것이다. 그런데 절에 도착해 보니 <운수사 빈 뜨락>에는 <나>가 없고 <낙엽 위에 쌓인 물소리 쓸고 있는 童僧>만 있어서 그에게 물어보니 <(찾으러 온)내가 당도하자마자(잃어버렸던)내가 떠났다>는 것이었다. 정말일까? 동승은 정말 잃어버린 나를 보았을까? 그렇다면 동승은 누구인가? 문자 그대로 童僧은 세속과 격리된 절에서 심부름하며 공부하는 어린 승려이다. 그는 지금 <낙엽 위에 쌓인 물소리>를 쓸고 있다. 사실 한적한 비일상의 공간인 절의 뜨락에서 낙엽 위에 쌓인 물소리를 쓸어내는 행위는 무상의 행위이다. 그 무상의 행위야말로 무상성을 통하여 존재의 참모습을 볼 수 있게 하는 행위라 할 수 있다. 그러므로 여기서 동승은 내가 찾고 있는 <잃어버린 나>를 보았으며 내가 떠나간 방향을 가리켜 주기까지 하는 것이다. 그리하여 <童僧이 가리키는 손 끝 西쪽으로 혼자인 듯 여럿인 듯 걸어가는 내 모습>을 언뜻 볼 수 있게 되어 소리 질러 부르고자 하나 <목소리 강처럼 잠기고 내모습 저녁노을에 싸여 이내 사라지고>만다. 그리하여 <쓸쓸히 돌아서니 운수사도 童僧도 떠나고> 없다. 여기서 쓸쓸히 <돌아>선다는 말은 동승이 가리키던 비일상의 본래적인 세계로 향하던 자기 자신을 다시 일상의 세계로 되돌아오게 한다는 것이고, 따라서 본래적인 세계를 드러내 보이는 성스러운 장소인 절, 그곳에서 물소리를 쓸고 있는 동승도 사라지게 되는 것이다. 그리고 <운수사 저녁 물소리도 西쪽으로 떠나고> 마침내는 <나를 찾아온 나>마저도 어느새 떠나고 없어진다. 여기서 마지막 구절의 <나도 어느새 떠나고 없었습니다>라는 것은 잃어버린 나를 찾아온 나도 없어졌다는 사실을 나타내고, 시적 화자(시인)의 음성만 남아 <나>를 포함한 일체가 무상하다는 인식에 도달하게 한다. 이 시는 잃어버린 나와 찾아온 나의 이중적 의미를 부각시키고 현상(찾아온 나)과 본질(잃어버린 나)을 지워내면서 일체가 無 혹은 쏘임을 보여준다. 어쩌면 시는 잃어버린 나를 찾아가는 도정이다. 그러나 실은 <잃어버린 나>를 찾으려 하는 마음의 집착이나 그 집착의 주체로서의 <찾는 나>도 없는 것이라는 禪적인 깨달음을 이 시는 보여준다. 그러므로 이 시 속의 <잃어버린 나>와 <찾아온 나> 그리고 운수사라는 <세계>의 사라짐 후에 남는 심원한 여백이 우리들을 시적인 울림 속으로 인도하여 우리 자신의 실존을 각성케 해 주고 있다.

4.

앞의 작품들과는 좀 다르지만, 짧고 강한 그리고 단순하면서도 내면 공간이 넓어 그 울림이 깊고 큰 시를 우리는 강은교의 「어둠을 주제로 한 시 2편」 중의 「1. 김수영을 추억함」(『창작과 비평』 여름호)에서 만난다.

> 어둠이 온 뒤에도 또 오네
> 어둡다 말한 뒤에도 또 오네
> 등불 하나를 켜도 또 오네
> 등불 둘을 켜면서 또 오네
> 한 집 건너 또 오네
> 두 집 건너 또 올까
> 한 걸음 지나 또 오네
> 두 걸음 지나 또 올까
> 문 닫아도 문 닫아도 또 올까
>   ─「어둠을 주제로 한 시 2편」 중에서 「1. 김수영을 추억함」 전문

이 시는 불과 9행의 짧고 단순한 형태로 되어 있다. 여기에 등장하는 명사는 <어둠>, <등불>, <집>, <걸음>, <문>의 5개이고, 동사도 <오다>, <말하다>, <켜다>, <건너다>, <지나다>, <닫다>의 여섯 개이며, 각 행의 글자 수도 7 – 11자이고 낱말도 모두 5개씩(마지막 행은 반복을 포함해서 6개)으로 되어 있어서 대단히 단순하다. 그럼에도 불구하고 이 시가 우리에게 깊고 넓은 울림을 주는 이유는 무엇일까?

이 시는 짧은 행과 단순한 낱말의 반복이 빠른 리듬으로 매우 급박하고 초조하게 불안감을 준다. 제목이 「김수영을 추억함」으로 되어 있기 때문에 우리에게 김수영 시인과 그가 살다 간 가난하고 어두웠던 시대를 연상케 하지만,그러나 이 시에서 우리는 구태여 김수영이라는 한 개성적인 시인의 작품과 생애에 묶일 필요는 없다. 다만 김수영 시에서 만나게 되는 강한 리듬과 톤의 유사성 때문에 제목의 <추억함>이라는 말의 의미가 시의 분위기를 좀 더 엄숙하고 무겁게 해 주고 있지만, 제목을 전혀 다르게 붙인다 하드라도 이 시가 주는 어둠과 불안은 별로 감소되지 않을 것이다. 제목 「어둠을 주제로 한 시 2편」 중의 하나이므로 우리는 여기서 말하는 <어둠>이 무엇인가를 생각해 보아야 한다.

어둠은 밝음의 반대로서 빛의 결핍상태이다. 빛이 모든 생명의 근원이고 모든 존재자의 차별상을 드러내 주는, 그리하여 존재의 진리를 밝혀주는 로고스라면, 어둠은 반대로 생명을 무화시키고 일체의 사물의 모습을 무의 심연 속으로 함몰시키는 허무이다. 그러나 여기서 시인이 말하고 있는 어둠은 「어둠을 주제로 한 시 2편」 중의 「2. 횃불」에서 쓴 것처럼 <마음 한 구석에> 살고 있는 것이고, 그 속에 사람이 빠져서 그를 건져내려고 밤새도록 그 어둠을 퍼내고 퍼내어도 끝나지 않는, 어쩌면 인간의 근원적인 심연이다. 그러나 시인은 이러한 인간의 삶 속에 내재하는 근원적인 어둠과 그것의 존재론적인 의미가 무엇인가를 밝히려 하지는 않고, <퍼내고 퍼내어도> 끝나지 않는, 그리하여 계속해서 <또> 오는, <등불 하나를> 켜면 오히려 <등불 둘을 켜면서 또 오>는 어둠 그 자체를 노래하는 것이다. 이 어둠은 <한 집 건너> <두 집 건너> 그리고 <한 걸음> 지나면 <두 걸음 지나서 또> 오는 것이며, 마지막의 <문 닫아도 문 닫아도> 또 올 것임에 틀림이 없는, 존재의 근원이다. 그럼에도 불구하고 앞서 말한 것처럼 어둠은 존재자의 차별상을 함몰시키고 생명을 위협하는 심연이므로 우리는 불안하다. 이러한 어둠을 통한 근원적인 존재의 심연에 대한 각성은 대단한 충격으로 존재를 망각하고 살아가는 우리들 일상인의 일상성을 강타하고 있다. 시인의 중요한 사명 중의 하나가 일상성에 매몰되어 망각하고 있던 존재의 의미를 각성케 하는 것이라면 강은교는 이를 우회하지 않고 직설적으로 감행하고 있는 것이다. 형언할 수 없는 불안을 야기시키고 있는 단순한 시어의 반복에서 오는 강한 리듬과 어조는 우리들의 나태한 일상의 가슴에 비수를 들이대는 듯한 섬찟하고 강렬한 충격을 주고 있다. 그리하여 우리는 깊고 큰 울림을 이 짧은 시에서 느끼게 되는 것이다.

5.

채호기의 「북극의 얼음」(『詩와 反詩』 여름호)은 앞에서 말한 강은교의 어둠 – 존재의 심연 속에서 불안을 통해 실존을 각성시키는 – 과는 달리 세계와 자아가 하나의 유기체라는 인식에 닿아 있다. 달리 말해서 강은교의 어둠이 <나 – 세계>의 대립과 그로 인해 야기되는 불안이 실존의 각성의 계기가 되는 것이라면, 채호기의 8행짜리의 이 짧은 시가 보여주는 것은 <나 – 세계>의 不二性 혹은 <나>와 <너>가 하나의 순환의 고리로 연결되어 있음을 보여주면서 <너>로 인한 <나>의 소멸을 노래한다.

> 내 몸은
> 북극의 얼음처럼 천천히 녹아내리고
> 녹는 무게만큼 제 부피를 늘려가는 찬 바다
> 깊은 밑바닥의 귀머거리 고기여
> 너는 모르는구나
> 내 몸을 먹고 네가 살아가고 있다는 것을
> 너는 모르는구나
> 내가 조금씩조금씩 사라져가고 있다는 것을
>
> —「북극의 얼음」전문

이 시는 제목 「북극의 얼음」이 환기하는 차가운 비생명성, 특히 <북극>이라는 땅의 끝과 모든 생명이 얼어붙는 거대한 얼음에 대한 시적 발상은 평범하고 일상적인 상상력에 강한 충격을 주면서 출발한다. <내 몸은/북극의 얼음처럼 천천히 녹아내리고>에서 보이는 것처럼 지금 나의 몸은 얼음처럼 차갑다. 몸이 차갑다는 것은 생명력이 약화됨을 뜻하는 것이고 더구나 지금 <천천히 녹아내리고> 있으므로 멀지 않아서 <내 몸>은 차가운 바닷물 속으로 녹아서 사라지게 된다. <내 몸>이 <녹는 무게만큼> 바다는 <제 부피를 늘려>가고 있으므로 내 몸과 바다의 관계는 하나의 세계를 이루는 유기적인 관계임을 보여주는데, 그것은 친화관계가 아니라 내 몸의 사라짐이 바다의 늘어남이라는, 나의 입장에서는 비극적인 관계를 이루고 있다. 더구나 <내 몸>은 나의 의지와는 상관없이 <녹아내리>고 내 몸이 속해 있는 바다는 차갑기 때문에 이 시는 더 쓸쓸하고 차가운 비극적 정조를 지닌다. <깊은 밑바닥의 귀머거리 고기>는 표면적으로는 나와 아무런 관련이 없지만 내면적으로는 그것이 내 몸을 먹고 살아가는 것이므로 고기의 몸이 곧 녹아내린 나의 몸이라는 불이성을 드러낸다. 그럼에도 불구하고 <너>인 고기는 그런 사실을 까맣게 모르는 <귀머거리>로서 바다의 <깊은 밑바닥>에서 살고 있다. 깊은 밑바닥은 내 몸이 녹아내리는 바다의 표면에서 보면 까마득히 먼 거리이고, 양자의 관계는 인간인 나와 고기인 너로서 닿을 수 없는 숙명적인 他者이다. 내 몸을 먹고 사는 네가 나를 모를 뿐만 아니라 네 생명의 원천인 내 몸이 지금 사라져가고 있다는 사실조차 모른다는 것은 나에게는 매우 쓸쓸하고 허무한 노릇이다. 그러나 그것이 바로 세계이고 생명의 논리이다. 이 시에서 시인이 나타내고자 하는 것은 대자인 <나>와 즉자인 <너>의 존재관계인데, 그것은 여기서 소멸과 생성의 순환관계로 나타나지만 그 순환의 고리이자 그것을 인식하는 실존으로서의 <나>는 쓸쓸한 對自일 뿐이라는 인식이다. 시인의 몫은 그것이 좋고 싫고의 문제를 넘어 자기의 존재를 바르고 냉정하게 바라보는 일이며 이 시는 그런 의미에서 우리에게 깊은 울림을 주는 것이다.

(『시와 반시』 1993년 가을호)

짧은 시의 깊은 울림(2)

— 이태수, 조성래, 최승자, 최계선, 이희중, 민 영, 김용택의 시

『시와 반시』의 이 <계간 시평>은 지난 가을호에 이어서 이번에도 계간 문예지에 발표된 작품들을 대상으로 했다. 주요 계간 문예지 가을호(사정상 빠뜨린 계간지들도 여럿 되지만)에 작품을 발표한 시인과 발표된 작품의 숫자를 보면,『세계의 문학』— 8명 — 26편,『현대시사상』— 9명 — 26편,『문학과 사회』— 7명 — 35편,『실천문학』— 8명 — 31편,『창작과 비평』— 10명 — 29편,『시와 반시』— 10명 — 31편,『작가세계』— 7명 — 23편,『문예중앙』— 7명 — 22편,『동서문학』— 8명 — 16편,『시와 사회』— 31명 — 105편으로 도합 100여명의 시인이 340여편 이상이 된다. 이것은 고은 시인이『동서문학』에 소시집으로 묶어 발표한 100편의 시와 기타 외국시인의 번역시, 그리고『시와 시학』을 비롯한 여러 계간 문예지에 발표된 작품들이 빠진 숫자이다. 또한 대단히 왕성한 작품 활동을 보여주어 위에 열거한 10종의 계간지에만도 두군데 이상 발표한 시인으로, 고 은, 오규원, 김명인, 김용택, 이성복, 하종오, 유재영 등이 있는데 이 숫자는 여기서 빠진 계간지나 월간 문예지 그리고 각종 잡지나 지면을 고려한다면 훨씬 더 늘어날 것으로 보인다.

지난번에 이 지면을 통해 밝힌 것처럼 서정시는 짧고 간결함이 그 본령이라고 믿기 때문에, 위에서 말한 이 많은 작품들을 일별하면서 깔끔하게 기억되는 짧은 작품 몇 편에 대한 느낌을 간단히 쓰고자 한다.

1. 물소리 혹은 근원에 이르는 길

시인은 보는 사람이다. 그가 본다는 것은 그의 시선이 사물의 본질 속으로 육박해 들어가 사물의 진리를 밝혀낸다는 의미가 된다. 진리란 하이데거의 말대로 '그것이 그것인 것으로 드러나는 것'이므로 시인의 시선은 그것을 그것으로 볼 수 있는 순수한 것이어야 한다. 또한 시인이 본다는 것은 단순한 시각적인 행위가 아니라 모든 감각과 인식의 총체적인 활동을 의미한다. 따라서 시인은 귀로 보고, 눈으로 들으며, 몸으로 느끼고, 마음으로 만진다. 그런 의미에서 이태수의 「다시 물소리(『작가세계』 가을호)는 눈을 감고 귀를 열어 마음으로 보는 세계를 노래함으로써 우리에게 근원적인 울림을 느끼게 한다.

> 물소리를 따라간다. 눈감고 귀를 열고
> 아득하게 내려간다.
> 적막한 골짜기, 돌부리에 부딪치며
> 아래로 아래로 흐르는 물소리.
> 마음은 그 속으로 스미면서 귀를 연다.
> 흐르면서, 물은, 눈을 뜨는지, 길을 트는지,
> 귀를 모으고 눈을 감으면
> 물소리 저 건너 불현듯
> 안 보이던 길이 아득하게 열리고.
>
> ─ 이태수 「다시 물소리」 전문

눈으로 본다는 것이, 세상은 빛으로 가득 차 있음을 전제로 하는 것이라면, 귀로 본다(듣는다)는 것은 세계가 소리로 채워져 있음을 전제하는 것이다. 사실 눈감고 귀를 기울여 보면 세계는 소리로 가득 차 있다. 이 시에서 시인은 세상을 <눈 감고 귀를 열>어 소리로 파악하고, <물소리를 따라간다.> 왜 <물소리>이며 그것은 무엇일까? 물소리,

그것은 모든 동물의 소리나 인공적인 것과는 다른, 보다 근원적인 소리이다. 탈레스가 아르케라고 믿었던 것처럼 물은 우리에게 직감적으로 가장 궁극적인 존재이며 생명의 근원으로서 다가온다. 따라서 물소리는 모든 생명체의 기억 속에 '근원적인 소리'로 각인되어 있는지 모른다. 그렇다면 물소리를 따라간다는 말은 근원적인 세계로 들어간다는 말이 된다. 그 물소리는 여기서 <적막한 골짜기, 돌부리에 부딪치며 아래로> 흐른다. 적막한 골짜기는 인적이 닿지 않는 조용한 공간으로서 모든 세속의 번잡에 오염되지 않은 본래적인 곳이다. 거기에서 물은 <돌부리에 부딪치며> 물소리를 낸다. 돌부리에 부딪쳐서 몸이 깨어지는 아픔을 견디면서도 물은 그러나 상처받지 않고 끊임없이 자신의 모습을 유지한다. 부딪치고 깨어지고 갈라지고 흩어지지만 그것은 다시 완벽하게 본래의 모습으로 돌아간다. 어쩌면 물은 자신의 모습을 고집하지 않고 늘 부드럽게 수용하기에 깨어지거나 상처받지 않고, 그러면서도 언제나 자신을 낮추고 아래로 흐르는 무욕의 수동성이므로 일체를 포용한다. 아래란 낮은 곳이며 더 무너지거나 떨어질 수 없는 바닥이므로 오히려 안정되고 편안한 곳이다. 그러나 모든 생명체에게 있어서 아래로 하강한다는 것은 생명력의 약화이고 마침내는 죽음에 도달하는 일이다. 생명은 위로 생기(生起)한다. 그것은 일어남으로서 상승에의 의지로 표상된다. 그럼에도 불구하고 생명의 근원인 물은 오히려 아래로 하강한다. 그렇다면 <아래>는 단지 죽음으로만 생각할 수 없는 보다 큰, 모든 생명이 귀의해서 통합되는 더 근원적인 생명의 세계인지 모른다. 그러므로 <아래로 흐르는 물소리>는 모든 존재가 돌아가야 할 근원으로 다가가는 동작(소리)이다. 아래로 내려가 흘러서 스미는 물의 부드러운 수동성은 각박한 현실에 시달려서 피로한 우리들을 감싸주는, 어쩌면 가장 근원적인 모성의 모습이다. <귀

를 모으고 눈을 감는>것은 눈(시각)의 적극성을 버리고 귀(청각)의 수동성에 기대는 것으로서, 동양의 위대한 지혜의 방법이기도 하다. 눈을 감고 귀를 열면 <물소리> <건너>에 불현듯 <안보이던 길>이 열린다. 안보이던 길은 다만 보이지 않았을 뿐이지 실은 존재하는 것이었고, 그것은 눈을 감고 귀를 모은다는 행위, 다시 말해서 외향적인 관심(눈 - 시각)에서 내향적인 관심(귀 - 청각)으로 의식을 전환해서 비로소 볼 수 있게 된 길이다. 따라서 그 <길>은 <물소리>라는 근원적인 소리 너머에 열리는 <길>로서 존재의 근원으로 시인을 안내하는 통로이다.

콩크리트의 빌딩 숲에서 온갖 소음과 공해에 시달리면서 자아를 상실하고 비본래적인 타락한 일상을 살아가고 있는 우리들에게 <물소리>는 단순한 여러 소리 중의 하나가 아니라 본래적인 피지스로서의 자연의 소리이며, 우리를 본래성으로 인도하는 근원의 울림이다. 우리는 이 짧은 시를 읽으면서, 빠르고 느린 호흡의 변화, 끊임없이 하강의 안락감, 근원적인 소리로서의 물소리에 대한 그리움, 모든 것을 감싸고 수용하는 위대한 모성과 그것에 대한 아늑한 신뢰, 그리고 내면으로 귀를 기울일 때 존재의 근원으로 열리는 아득한 길에 대한 포근한 심상을 느끼게 되는데 이런 것들은 보다 깊고 근원적인 울림을 우리에게 주고 있는 것이다.

2. 하강과 상승의 변증법 또는 폭포

앞에서 살펴본 물소리의 조용한 근원회귀와는 달리 조성래의 「천지연 폭포」(『시와 반시』 가을호)는 매우 역동적인 물의 이미지인 <폭포>를 통해서 하강과 상승의 절묘한 조화를 보여준다.

아아 절벽이다
갇힌 마음의 피멍든 알몸들
막무가내 투신한다
아래는 바닥 모를 심연
무너지는 아우성으로 신나게 무너져
캄캄한 캄캄한 천지개벽 속
불륜의 저질러놓은 꽃대 부러뜨리고
이윽고 한 가닥 무지개로 뻗치는
불꽃 튀는 정신의 끝
하얀 새들 날아오른다

– 조성래 「천지연 폭포」 전문

이 작품은 제목과 부제(제주기행 3)가 나타내는 바와 같이 제주도의 천지연 폭포를 묘사하고 있다. 높이 이십여 미터에서 쏟아지는 폭포의 장관과 물소리는 어쩌면 현대 도시문명에 찌든 우리들에게는 그 자체가 하나의 카타르시스를 일으키는 시원한 청량제이며, 앞에서 말한 바와 같이 근원의 울림이다. 여기에 등장하는 <절벽>, <갇힌 마음>, <피멍든>, <막무가내 투신>, <불륜> 등의 시어는 현대인의 단절감과 그것을 해소하고자 절규하는 몸짓을 잘 나타내고 있다.

하강의 격렬한 형태는 종종 폭포의 이미지로 나타난다. 절벽이라는 수직적인 구도 위에 역동적으로 쏟아져 내리는 물은 위에서 아래로 자신의 전부를 투신한다. 여기서 물이 폭포로 투신하는 까닭은 절벽 때문이다. 꽉 막힌 단절과 수직의 구조는 물의 급박한 하강을 강요한다. 그리하여 절벽 때문에 갇힌 마음인 물은 피멍든 알몸으로 <막무가내 투신>한다. 가만히 생각해보면 우리는 도시라는 <절벽>에 <갇힌 마음>이며 이리저리 밀리고 부딪쳐 상처받고 있는 <피멍든 알몸>이다. <갇힌>이라는 피동형이 암시하는 바처럼 우리는 자신의 의지와는 상관없이 갇혀버린 존재이다. 갇힌 것은 본래적인 상태가 아니므로 벗어나 해방되어야 하는데 여기서는 그 벗어나는 방법이 <투신>이다. 따라서 투신은 갇힘으로부터 해방되는 것을 의미하고, 그것은 갇힘의 불만을 해소하는 카타르시스가 된다. 그런데 여기서 <투신>하는 <아래는 바다 모를 심연>이므로 <막무가내 투신>의 행위는 자해와 자살의 행위일 수밖에 없다. 이 시의 아름다움은 바로 이 자해의 역동적인 이미지 즉 심연 속에 <아우성으로 신나게 무너져> 내리는 데서 시작된다. 무너진다는 것은 아래쪽으로 파괴되어 내리는 것으로 세우고 올린다는 생기와 상승의지를 포기하는 자멸의 수동적 형태이다. 이 자멸이라는 무너짐(혹은 죽음)을 <신나게>라는 부사어가 꾸미고 있다는 것은 앞의 갇힘이라는 억압으로부터 놓여난다는 사실을 강조하면서 동시의 파멸의 아름다움을 노래하는 것이다. 그리고 이 <무너짐>은 <캄캄한 천지개벽 속/불륜의 저질러 놓은 꽃대>를 부러뜨린다. 모든 기존의 가치와 질서를 뒤바꾸는 <천지개벽 속>에서 <불륜의 저질러 놓은 꽃대 부러뜨>림이라는 숨 가쁜 관능적 이미지는 탐미적이면서도

악마적인 아름다움으로 우리를 혼돈과 기쁨 속에 몰아넣는다. <불륜>은 기존 도덕률로부터의 벗어남이고 더구나 <저질러 놓은 꽃대 부러뜨>림은 눈먼 열정과 생명에 대한 원초적인 욕망의 격렬한 불꽃이다. 그것은 지금까지 갇혀서 억압되었던 우리 자신의 내면욕구이며 이것이 철저히 무너지고 파괴된 후에 비로소 <무지개로 뻗치는> <정신>의 황홀과 그 끝으로 날아오르는 <하얀 새들>을 본다.

바닥모를 심연으로 투신하는 피멍든 알몸이 결국은 꽃대 부러뜨리는 불륜을 통해서 도달하는 정신의 무지개로 뻗치고, 그 끝에서 하얀 새들로 날아오르는 존재자의 존재실현이라는 눈부신 전환을 우리는

본다. 그것은 결국 투신이라는 하강과 날아오름이라는 상승의 드라머를 폭포와 무지개라는 아름다운 이미지를 통해서 보여주는 것인데, 우리는 이 시를 읽으면서 어쩌면 우리 자신의 죽음(투신 – 하강)과 부활(날아오름 – 상승)을 시적으로 경험하는 것이다.

3. 허망의 아버지와 객사의 꿈

최승자의 「客死의 꿈」(『문학과 사회』 가을호)은 앞의 시와는 아주 다른, 그러나 대단히 짧으면서도 읽은 후 쉽게 사라지지 않는 길고 깊은 울림을 준다.

꿈에 자꾸
허망의 아버지가
오더라.

상투머리
길게
희게
풀었더라.

이제 그만
가자, 가자.

긴 머리
흰 머리칼

저승처럼
나부끼더라.

– 최승자 「客死의 꿈」 전문

객사란 타관에서 맞는 죽음이다. 그것은 우리들의 전통적인 관념으로는 아주 불행한, 예기치 못한 사고사로서 기피해야 할 죽음의 방식이다. 탄생이 가족과 이웃의 축복 속에서 이루어지는 새 생명의 출발이라면, 죽음은 그들의 슬픔과 아쉬움 속에서 행해지는 이별의 의식이 되어야 한다. 그런데 객사란 낯선 땅에서 가족이나 이웃으로부터 소외된 채 맞이하는 외롭고 쓸쓸한 죽음이다. 그러므로 그 쓸쓸한 죽음에 대한 우려는 우리를 한층 더 두려움과 불안 속으로 밀어 넣는다. 아직도 할 일이 남아 있는데 황망하게 세상과 이별해야 하는 죽음, 릴케의 말을 빌린다면 생명의 시작과 동시에 죽음의 씨도 우리 내부에 자라기 시작하여 마침내 성숙해 떨어지는 열매와 같이 생의 완성으로 이룩되어야 하는 것이지만, 객사란 예기치 못한 미완성의 죽음을 의미하는 것이다. 그런데 시인이 지금 이러한 <객사의 꿈>을 꾸며 그것에 시달리고 있는 까닭은 무엇인가? 시인이 모든 인류의 한 예민한 감성의 촉수라고 한다면, 시인이 꾸는 꿈은 단지 한 개인의 것이 아니라 우리 모두의 것이라 할 수 있다. 그러므로 저 두려운 <객사>의 가능성은 우리 모두에게 열려져 있으며, 그것에 대한 불안은 은연중에도 늘 우리 자신을 위협하고 있는 것이다.

꿈에 자꾸 나타나 시인에게 오는 <허망의 아버지>는 무엇인가? 허망이란 이미 희망 없는 상태로서 세상의 모든 의미를 무의미로 환원시키는 허무이며 죽음이다. 따라서 허망의 아버지는 아버지로서의 힘을 상실했지만 그럼에도 불구하고 그는 <아버지>이므로 어쩔 수 없는 인연, 혹은 나를 이 세상에 존재하게 한 운명적인 관계로 맺어져 있는 존재이다. 그는 이미 죽어서 <저승>으로 갔는데 <꿈에 자꾸> 나에게 <이제 그만 가자>고 한다. 그는 <상투머리>를 길게 풀고 있다. <상투>를 튼다는 것이 禮를 갖추는 일로서 세상 삶의 질서를 따라가는 일이라면, 그것을 풀었다는 것은 모든 세속의 가치와 질서를 포기하는 죽음의 행위이다. 그 허망의 아버지가 <이제 그만 가자>고 한다. <이제 그만>이라는 말에는 <세상을 살 만큼 살았으니> 혹은 <세상에 더 이상 미련 둘 필요가 없는 때가 되었으니> 이제는 삶을 그만두고 저승으로 가자는 의미가 들어 있다. 그것은 삶에 대한, 어쩌면 이 세상에 대한 강한 부정인데, 그 부정을 다른 사람이 아닌 <아버지>가 한다는 것은 예사로운 일이 아니다. 왜냐하면 아버지는 내 생명의 원천이었으며 삶의 모델이었고 존재의 울타리였기 때문이다. 세상에 나를 살게 한 아버지가 지금 죽음으로 가자고 하는 것은 삶이 이제는 더 이상의 어떤 긍정적인 의미를 갖고 있지 못하다는 판단에 의거한 것으로 보인다. 그런데 그 아버지가 나타나는 꿈의 공간은 심리적인 무의식의 공간이므로 아버지의 말은 다름 아닌 시인 자신의 무의식의 발현이다. 우리는 누구나 무의식적으로 죽음에 대한 동경을 갖고 있다는 정신분석의 주장을 빌리지 않더라도, 삶이 지나치게 힘겹거나 또는 세상의 가치가 무의미하게 느껴질 때, 혹은 믿었던 사람에 대한 신뢰가 무너지거나 심신이 고통스러울 때, 또는 일상의 나날이 권태로울 때, 죽음의 유혹이 불쑥 찾아오는 것을 경험할 수 있다. 그러나 이 시에서 <허망의 아버지>가 <이제 그만 가자>는 것은 시인 자신이 원하는 것이 아니다. 어쩌면 시인은 이 세상에서 할 일이 많아서 더 살고 싶어 하는데도 불구하고 <이제 너는 살만큼 살았다. 네가 더 이상 산다는 것이 무의미한 일이라는 사실을 너는 어찌 모르느냐? 이제 어서 저승으로 가자>고 말하는 듯한 분위기이다. 여기서 시인의 불안은 시작된다. 믿어야할 아버지의 말과 아직도 막연하게 세상에 삶에 대한 미련 사이에서 시인의 불안은 증폭된다. 그리고 그 불안은 미완의 삶을 허망하게 마쳐야 할는지도 모르는 두려운 가능성, 즉 <객사>에 대한 불안이다.

객사의 꿈은 한마디로 말해서 우리들 현대인이 떨쳐버릴 수 없는 불안 의식이다. 모든 깨어 있는 의식의 밑바닥에 열려져 있는 심연, 그것은 어쩌면 우리 모두의 강박관념이고 삶의 조건인지 모른다. 언제 덮쳐올는지 모르는 죽음의 심연에 대한 불안은 우리에게 <객사의 꿈>으로 나타나서, 존재망각의 타락한 일상성 속에 매몰되어 있는 우리들을 질타함으로써 실존을 각성시킨다. 허망의 긴 머리를 <저승처럼 나부끼>면서 다가오는 저승의 <아버지>는 언제 우리들을 미완의 죽음으로 끝맺게 할는지 알 수 없기 때문에, 이 불안정한 삶의 순간들이 오히려 소중한 것이라는 것을 역설적으로 말해주는 것이며, 그런 의미에서 <가자, 가자>라는 <아버지>의 목소리는 우리의 실존을 각성시키는 울림인 것이다.

4. 경쾌한 맑은 서정

앞의 어둡고 심각한 분위기와는 다르지만, 『현대시사상』 가을호에 실린 최계선의 「누드 새」는 프랑스 영화처럼 경쾌하면서도 가을 하늘처럼 맑게, 그러나 아픔과 기쁨을 절묘하게 섞어서 아름다운 서정으로 드러내고 있다.

> 산 길 한 쪽에 네 고운 깃털들
> 가지런히 벗어 놓고
> 알몸으로 하늘을 떠난 네 마음
> 내 어찌 알겠느냐마는
> 누더기로 기워 입은 이 몸에서
> 새순이 자라는 것 같으니
> 소식 다오
>
> — 최계선 「누드 새」 전문

이 작품은 우선 「누드 새」라는 제목이 강렬한 인상을 준다. <누드>라는 낱말이 주는 서구적인 분위기가 조금은 세련되고 관능적인 느낌을 주지만, 좀 더 생각해보면 그 벗음의 이미지는 세상의 모든 상식과 가치를 벗어버린다는 의미와 동시에 깨끗하고 순결함, 그리고 다치기 쉬움 혹은 춥고 쓸쓸함을 연상시키기도 한다. 더구나 아름다운 깃털을 연상시키는 새를 발가벗은 알몸의 <누드>로 표현한 당돌함, 작고 연약한 새가 <깃털을 벗고 알몸>으로 <하늘을>떠났다는 이미지의 생경함은 이 시에 매우 신선한 아름다움을 주면서, 마치 비밀하게 숨겨 놓은 꽃씨 같은 아름다움과 안타까움 그리고 사랑과 아픔을 동시에 느끼게 한다.

도시에서 떨어져 있는 인적 드문 <산길 한 쪽에> <고운 깃털들 가지런히 벗어 놓고 알몸으로 하늘을 떠난> 새의 <마음>을 알 수가 없다. 새가 <깃털을 벗어 놓>았다는 것은 그가 지상적인 삶의 조건을 버렸다는 의미가 되는데, 그것도 <가지런히> 벗어놓았다는 사실에서 새는 지상에서의 삶을 소중하게 여기면서 자발적으로 떠나갔음을 암시하고 있다. 여기서 떠난 새와 남아있는 화자인 나는 여러 가지로 대조적이다. 새는 하늘로 떠나고 나는 산길이 있는 지상에 남아있으며, 새는 <고운 깃털을> 벗어 놓았는데 나는 <누더기>를 기워 입고 있다. 그리하여 양자 사이에는 하늘과 땅, 떠남과 남음, 고운 깃털과 남루한 누더기, 벗음과 입음이라는 현격한 거리와 차이가 있다. 그럼에도 불구하고 이 시에서 나타내고자 하는 가장 중요한 사실은 너로 하여 내 속에 <새순>이 싹터서 자라고 있다는 내밀한 관계의 확인이다. 이 <새순>이라는 새로운 생명에 대한 깨달음은 떠난 너와 남아있는 나를 연결하는 <소식>의 요구를 정당화하고 있다.

불과 7행의 이 짧은 시가 맑은 햇살처럼 투명한 울림을 주고 지워지지 않는 까닭은, 너와 나라는 가장 중요한 존재관계가 천상적인 것과 지상적인 것, 아름다운 것과 남루한 것, 벗는 것과 입는 것, 떠나는 것과 남아있는 것이라는 대립으로 선명하게 드러나다가 마침내는 양자 사이의 대립이 변증법적으로 통합되어 <새순>이라는 생명으로 싹터 오르는 놀라움, 그것을 발견하는 기쁨 때문인 것으로 보인다. 그리고 군더더기 없이 깔끔하게 사용된 언어와 깨끗한 이미지가 마치 호앙 미로의 그림처럼 경쾌하고 아름다우면서도 어딘가 쓸쓸하고 아픈 서정으로 다가와 우리의 가슴 을 맑게 울리고 있다.

5. 행복의 풍경과 도시의 연가

가벼이 스치는 일상 속에서 우리는 가끔 가슴 저려오는 풍경을 만나 잊고 있던 일들이 갑자기 절실하게 그리워지는, 어떤 본질적인 순간을 경험하기도 한다. 이희중의 시「지하철 신천역에서」(『세계의 문학』가을호)는 바로 그러한 가벼운 일상 속에서 건져 올린 한 폭의 풍경으로서, 한편의 연가로 다가와 우리의 메마른 가슴을 잔잔하게 울려주고 있다.

그녀를 보았어요
잠실 지하철 신천역에서
장난감처럼 걷는
귀여운 딸과 안경 쓴
남편과
함께 열차를 기다렸어요
신문 파는 아저씨
하모니카 불 때
그녀도 보았어요
열차 기다리는 나를 보았어요
잠시 웃고는 다시 남편을 보았어요
지하철 신천역에서

蠶室의 행복을 보았어요
– 이희중 「지하철 신천역에서」 전문

 이 시는 바쁘게 오가는 대도시의 지하철역에서 열차를 기다리는 짧은 시간에, 그러나 꽃처럼 피어나는 일상의 아름다움과 그것에서 오는 감동 혹은 잔잔한 그리움을 드러내고 있다. <잠실 지하철 신천역>이라는 현장의 제시는 시인이 말하고자 하는 <행복>이 매우 구체적인 것임을 말해 준다. 시인은 아마도 옛날의 여자(어쩌면 사랑했는지 모르지만 지금은 헤어져서 다른 길로 가는)를 우연히 본다. 그녀는 <장난감처럼 걷는 귀여운 딸과 안경 쓴 남편과 함께 열차를 기다>리고 있다. 그녀 가족의 그 단란한 풍경은 뻐근하게 그러나 아름답게 시인의 가슴을 저미어 온다. 그녀의 <귀여운 딸과 안경 쓴 남편>은 시인에게는 낯선 사람들이며 어쩌면 시인과 그녀 사이를 가로막는 훼방자일 뿐이지만, 그러나 지금 <그녀>에게는 가장 소중한 존재인 그녀의 가족(!)이다. 가족이란 무엇인가? 우리는 어쩌면 황량한 도시의 복판에서 따뜻한 사랑의 울타리인 가족을 망각한 채 외롭고 쓸쓸하게 살아가고 있기 때문에, 어떤 순간 따뜻한 가족풍경을 발견할 때 잊었던 사랑의 소중함을 느끼고 가슴 찡한 감동을 받게 되는지 모른다. 잠시 스쳐가는 대수롭지 않은 풍경, <신문 파는 아저씨 하모니카 불 때> 그 옆에서 <그녀>도 우연히 <나>를 본다. 그리고 그녀는 <잠시 웃고는 남편을> 본다. 그 뿐이다. 그녀와 나는 서로 눈길이 마주쳤을 때 잠시 가볍게 웃고 시선을 거두는 관계 이상이 아니다. 아무렇지도 않게 시간은 흘러가는 것이고 아무렇지도 않게 헤어져 각자의 자리로 돌아가서 아무렇지도 않게 자신의 생활을 계속하는 것이 우리들의 일상이다. 그런데도 잔잔한 일상의 한 장면을 묘사한 이 시가 우리에게 감동을 주는 까닭은 무엇일까?

복잡하고 바쁜 도시생활 속에서 이웃은 물론 자신까지도 망각한 채 강물에 떠내려가는 나뭇잎처럼 살아가는 우리 현대인에게는 모든 것이 낯선 사물적 존재일 뿐이다. 따라서 그들 사이의 따뜻한 유대는 끊어지고 단지 이해타산의 차가운 사슬로 연결된 것이 현대 도시의 인간관계이다. 그러므로 우리는 소외된 채 각자의 고독 속에서 하잘것없는 사물의 외형만을 더듬으며 살아가지만, 그러나 시인은 어느 순간 3인칭의 타인 속에서 소중한 <너>의 존재를 발견하고, <너>를 통해서 <나> 자신의 모습을 인식하게 되는 것이다. 시인이 발견한 <너>와, 너의 그 소박한 삶의 <풍경>이야말로 우리 모두가 잊고 있는, 그러나 가슴 속 깊은 곳으로부터 끊임없이 희원하는 행복의 표상이다. 그러므로 이 시에서 시인은 옛 여자의 단란한 가족의 풍경을 <잠실의 행복>이라고 이름 지어 부르는 것이다.

우리가 살고 있는 도시는 허전하지만 그 속에 살고 있는 사람들은 사랑으로 그것을 채울 줄 모르고, 서로 빈번하게 부딪치며 지나가지만 참으로 만나지 못하며, 쓸쓸히 헤어지지만 그리워 할 줄도 모르고 있다. 그런 의미에서 이 시의 부제가 <연가>로 되어 있음은 매우 의미심장하다. 연가라는 말이 환기하는 사랑과 그리움, 그리고 안타까움과 아픔이 파스텔화처럼 따뜻하고 포근한 한 폭의 풍경으로 떠오르고, 우리는 그것을 바라보면서 우리가 희구하는 행복은 어쩌면 크고 거창한 것이 아니라 범속한 일상 속에 피어나는 이름 없는 풀꽃 같은 것임을 느끼게 되는 것이다.

6. 범속한 일상에서 피어나는 아름다움

범속한 일상에서 아름다움을 발견해내는 일은 시인의 중요한 몫이다. 앞에서 말했지만, 시인은 보는 사람이고 본다는 것은 <그것을 그것인 것으로 파악하는 것>, 즉 존재의 진리를 발견하는 것이고, 이때 그 존재의 진리는 아름다움으로 자신을 드러내는 것이며 그 아름다움에서 우리는 감동을 받게 되는 것이다. 아무리 사소하고 하찮은 것 같은 사물도 그것의 존재는 절대적이며 아름답다. 그러나 우리는 우리 자신의 욕망이나 선입견 혹은 이해관계에 의하여 사물의 진정한 모습(아름다움)을 왜곡시키거나 놓치게 마련이다. 이러한 우리들의 잘못을 시인은 그의 타고난 현상학자의 눈으로 밝혀내고, 그 아름다움을 통해서 감동을 일깨우는 것이다. 그런 의미에서 민영의 「이 가을에」(『창작과 비평』 가을호)는 우리가 놓치고 있는 범속한 일상 속의 진정한 아름다움을 일깨워 줌으로써 잔잔하고 깊은 울림을 주고 있다.

> 나뭇잎 물든 것이
> 꽃보다도 아름답습니다.
> 붉은 잎 아래 노란 잎
> 노란 잎 밑에 설익은 푸른 잎이
> 바람에 하늘거리고 있습니다.
>
> 신령님은 늘
> 우리가 사는 이 세상을
> 눈부시게 꾸며주고 계십니다.
> 아귀다투는 사람만이
> 등 돌리고 지나갈 뿐입니다.
>
> — 민 영 「이 가을에」 전문

가을이 되어 나뭇잎이 붉게 또는 노랗게 단풍으로 물드는 것을 가만히 바라보면 참으로 아름답다. <신령님은 늘 우리가 사는 세상을 눈

부시게 꾸며주고> 있는데, 그러나 사람들은 그것을 깨닫지 못하고 아귀다툼이나 하면서 <등 돌리고 지나갈 뿐>이다. 우리들은 사물을 순수하게 그것 자체로 보지 못하고 이용대상으로나 보기 때문에 얼핏 이용가치가 없는 것은 <등 돌리고> 지나가는 것이며, 세상의 아름다움을 간과하는 것이다. 사소한 풍경, 즉 물드는 단풍과 바람에 하늘거리는 나뭇잎에서 세상을 <눈부시게 꾸며>주는 <신령님>의 존재를 발견해 내는 사람이 곧 시인이다. 시인은 <아귀다투>면서 <등 돌리고 지나>가는 사람이 아니라 참으로 보는 자이기 때문이다.

이 시와는 분위기가 좀 다르게, 다소 거칠면서도 그러나 범속한 일상에서 자연의 아름다움을 파격적으로 제시함으로써 우리의 눈먼 의식을 강타하여 준엄한 깨우침을 주는 김용택의 시 「재봉이네 집에 봉숭아꽃 피었네」(『창작과 비평』 가을호)도 짧지만 깊은 울림을 준다. <재봉이네 아부지>의 억울하고 분한 심정은 우리 사회의 옳지 못한 일들의 대한 분노이며 우리 모두의 울분이다. 세상에서는 지금 <신갱제>니 뭐니 하고 어렵고 <겁나게> 떠들지만, 재봉이 아버지(농민 혹은 일반 대중인 우리들)가 보기에는 하나도 더 나아진 게 없이 더 어렵게 되고 있어 울분이 치밀어 대낮부터 술 마시고 <고래고래 고함지르다네 활개로> 잠이 든다. 그 사이에 집 마당에서 말없이 자라 <겁나게 피어>난 봉숭아꽃의 아름다운 모습은 <신갱제>니 뭐니 하고 <겁나게> 떠드는 말이나 그것에 대한 불평들을 외면하고, 묵묵히 자기를 실현하고 있는 자연의 위대함을 보여주고 있다. 그러므로 참으로 중요한 것(겁나는 것)은 온갖 화려한 말의 수사나 이론이 아니라 묵묵히 제자리에서 제 할일 하며 자기 스스로를 실현하는 것, 즉 말없이 봉숭아꽃이 피어나는 일이다. 이 시는 문민정부 출범 이후 내건 요란한 정책이나 수사들이 실제의 서민들의 피부에는 와 닿지 않는다는 사실을 지적하고, <술 마시고> <고함>이나 지르는 거품 같은 사회현실을 날 카롭게 비판하면서, 동시에 그 속에서 쉽게 흥분하고 쉽게 잠드는 <재붕이 아부지>인 우리 자신을 봉숭아꽃을 통해서 풍자하고 있는데 이러한 비판과 풍자가 이 가을, 아무것도 이룩하지 못한 우리들의 빈 가슴을 깊게 울리고 있는 것이다.

재붕이네 집 마당에 봉숭아꽃 피어부렀네
두엄더미 옆 닭장에 꼬끼오 낮닭이 울고
시커멓게 끄을린 처마 밑도 환하게
재붕이네 집 마당에
저절로 자란 봉숭아꽃 피어부렀어
재붕이네 아부지 조합에 갔다 오녀 술 마시고
신갱제가 뭐꼬
신갱제가 뭐꼬
고래고래 고함 지르다
네 활개로 잠든 사이
어매, 봉숭아꽃만
아, 겁나게 피어부렀당게.
　　　　　－ 김용택 「재붕이내 집에 봉숭아꽃 피었네」 전문

(『시와 반시』 1993년 겨울호)

제3부 관조와 득음의 미학

관조와 득음의 미학

― 유재영 시집 「고욤꽃 떨어지는 소리」(시학 2005)

1. 자연과 시인의 눈

철학은 구체적인 것을 추상(개념)화 하고 시는 추상(관념)적인 것을 형상화한다. 예컨대 시는 둥근 과일처럼 만질 수 있고 묵묵해야 하며 의미할 것이 아니라 존재해야 한다는 매클리시의 말(시법)은 시는 관념의 언어가 아니라 형상의 언어임을 강조한 것이다. 이런 관점에서 볼 때 유재영 시인은 매우 돋보인다. 그의 시는 철저히 추상어(관념)를 배제한다. 그는 말로 설명하지 않고 이미지로 제시한다. 그래서 짧다. 拈華示衆처럼 연꽃을 슬쩍 들어 올릴 뿐이다. 그는 스스로 <사물의 중심에서 서기를 즐겨하고, 시의 소재 속에 들어가 관찰자로서 최선을 다하며, 그것의 아주 미세한 움직임까지도 문자로 당겨오는 수고를 마다하지 않는다(82쪽)>고 말한다. 실제로 그는 사물의 미세한 부분과 그 뒤에 숨겨진 것까지 세밀하게 관찰하여 그것을 이미지로 드러낸다. 요컨대 그는 <이미지에 의한 표현에 적극적(74쪽)>이다.

> 옥양목 빛 햇빛 아래 쓸쓸한 퇴적암 아래 환한 돌미나리 꽃 아래 바람에
> 나는 물뱀 허물 아래 꽁지 짧은 새들의 은빛 지저귐!
> ― 「봄날은 간다 1」 전문

시인은 보고 있다. 지금 그가 보는 것은 환한 봄날 바위 아래 피어

있는 돌미나리 꽃과 바람에 날리는 물뱀 허물 그리고 작은 새 몇 마리 그곳에 모여 지저귀는 풍경이다. 그런데 그 풍경 속의 사물들은 그의 시야에 들어와서 더 생생하고 또렷해진다. 갓 빨아 놓은 옥양목의 깨끗한 빛깔과 신선한 감촉이 봄날의 환한 햇빛으로 드러난다. 그리고 사람들의 발길이 미치지 않은 쓸쓸한 퇴적암과 그 아래쪽 환한 돌미나리 꽃과 그 아래 바람에 날리는 물뱀 허물을 거쳐 내려가던 시인의 시선이 마침내 꽁지 짧은 새들의 지저귐에 부딪친다. 그 지저귐 소리가 은빛이다. 지저귐이라는 청각적인 울림(청각 이미지)이 너무 깨끗해서 은빛(시각 이미지)으로 빛나는 것이다. 그는 소리를 눈으로 본다. 그에게 詩人은 視人이다. 그런데 그 풍경을 「봄날은 간다」라고 명명함으로써 그가 보는 공간이 시간성을 획득한다. 그의 시선은 옥양목 빛 햇빛이라는 환한 공간에서 퇴적암이라는 지질학적 시간과 돌미나리 꽃이라는 생명의 빛깔 그리고 물뱀 허물이라는 삶의 역사를 보면서 꽁지 짧은 새들의 은빛 지저귐이라는 우주적인 울림에 닿게 것이다.

우리는 사물을 본다. 그런데 그것은 사물 그 자체가 아니라 우리의 욕망에 의해서 굴절된 우리를 위한 사물(Ding für uns)이다. 인간은 자연(nature)에 인간의 힘을 가미하여(경작하여: cultivate) 문화(culture)를 창조한다. 그리하여 사물을 우리를 위한 것, 즉 유용성의 관점에서 보기 때문에 대개 그것의 참모습을 보지 못한다. 유재영 시인은 바로 이점을 경계한다. 그가 길들여진 가축보다는 야생의 곤충이나 벌레에 관심을 두고, 재배된 곡식이나 채소가 아니라 야생의 열매나 풀꽃에 경도되는 까닭이 여기에 있다. 길들이고 재배하는 것이 인공화 된 문화의 세계라면, 길들지 않는 야생의 자연이 사물의 본래적인 모습이기 때문이다. 이 시집에 등장하는 물고기, 나무, 꽃, 곤충과 동물들을 조금 유의해 보면 우리에게 길들여진 것이 없다. 즉 가축이나 과일 혹은 곡식은 나오지 않고 문자 그대로 야생의 것들만 등장한다.

이 시집의 표제로 나오는 <고욤꽃>도 <감꽃>이 아니라는 데 주의할 필요가 있다. 즉, 감은 '우리를 위한 사물'(과일)이지만, 고욤은 우리의 '손 너머에 있는 사물'(Vorhandensein) 즉 야생의 열매이다. 따라서 감꽃이 피고 지는 것은 관심의 대상이 되기 쉽지만 고욤꽃의 피고 짐은 대체로 관심 바깥에 있다. 그러나 시인은 유용성의 세계 너머로 시야를 확장한다. 그래서 고욤꽃 떨어지는 현상에 관심을 갖게 되고 그 소리를 듣게 되는데, 그것이야말로 유용성의 세계에 묶여 있는 의식을 그냥 거기 그렇게 있는 사물 즉 자연으로 확대하며 해방시킨 덕분이다. 이 때 자연(nature)이란 희랍적인 의미에서 볼 때 피지스(phisis)로서 근원적이고 본질적인 것이므로 시인의 관심이 문화적인 것을 넘어서 자연에 다가간다는 것은 보다 본질적인 세계로 다가간다는 것을 의미한다.

2. 생명의 소리와 득음의 귀

시인은 고욤꽃 떨어지는 소리를 듣는다. 그것을 시집의 표제로 정한 것은 <소리>에 대한 관심을 드러낸 것이다. 시집의 서두에 쓴 '시인의 말'에서 그는 <어느덧 내가/작은 고욤꽃/떨어지는 소리를/세어듣는/나이가 되었다니!>라면서 스스로 놀란다. 오십 살이 넘어 고향집에 와서 고욤꽃 떨어지는 소리를 들은 것이다.

> 잠을 이룰 수 없는/밤이었다/고향집에 와서/오십 살이 넘어서야/비로소
> 듣는//고욤꽃 떨어지는 소리,
>
> 　　　　　　　　　　　　　　　　　　　 -「득음得音」 전문

고욤꽃 떨어지는 소리, 시인은 그것을 <오십 살이 넘어서야 비로소

듣는> 소리라고 말한다. 나이 오십이란 공자에 의하면 知天命이다. 자신에게 명하는 하늘의 뜻을 알 수 있는 나이이다. 그는 하늘의 소리에 대한 관심으로 장자 제물론에 나오는 천뢰(80쪽)를 이야기하기도 한다. 그런 소리는 아무 때나 들리는 게 아니다. 시인에게 그것은 바쁘고 숨가쁘게 달려온 젊음을 지나서 <늦은 봄, 민달팽이 한 마리 푸른 산그늘을 지고 아주 천천히 청미래 덩굴 아래를 지나고 있(38쪽)>는 [오십 살]이 되어서야 가능해진 것이다. 그 때에 비로소 참으로 들을 수 있는 귀가 트여서 <고욤꽃 떨어지는 소리>를 들을 수 있게 된 것이다.

고욤꽃은 야생의 감꽃이다. 감의 씨앗을 심으면 고욤이 열리는데 그 것은 작고 떫어서 먹을 게 없는 열매이다. 하필 시인은 그러한 작고 쓸모 없는 것에 각별하다. 대체로 사람들의 관심은 '…을 위한 사물' 즉 유용성에 기울어 있다. 그러나 이제 <오십 살>이 된 시인의 관심은 그러한 유용성을 넘어서서 작고 하잘 것 없고 쓸모 없는 것(무용성)에도 향할 수 있게 된 것이다. 바실라르는 장미꽃 뿌리는 파이프를 만들기 위해서 있는 것은 아니라고 말한다. 그런데 사람들은 장미꽃을 파이프라는 유용성에 연결해서 보기 때문에 장미꽃을 순수하게 장미꽃으로 보지 못한다는 것이다. 따라서 사물의 유용성에 묶여 있는 의식(관심)을 해방시킬 때 비로소 사물의 참모습을 볼 수 있게 된다. 이런 관점에서 보면 시인이 지금 감꽃(유용성)이 아닌 고욤꽃(무용성) 떨어지는 소리를 들을 수 있게 되었다는 고백은 매우 시사적이다.

시인이 듣는 소리는 다양하지만 자세히 보면 그 모두가 근원에 닿아 있다. 무의미하게 스쳐 지나가는 소리가 아니라 자연(본래적인 것)에 닿아 있는 생명의 소리들이다.

벌써/몇 번째//어둠을 뚫고.//고요에/이마를/부딪치는//열매가/있다

-「소리」 전문

캄캄한 밤에 어둠을 뚫고 열매가 떨어진다. 시인은 열매가 대지에 떨어지는 소리를 열매가 이마를 고요에 부딪치는 소리로 듣는다. 열매란 미래를 향한 새로운 생명이다. 새로운 생명의 역사가 아무도 모르게 어둠 속에서 이루어진다. 열매가 고요에 이마를 부딪치는 소리, 그 것은 새로운 생명이 자신의 존재를 고요 속에 드러낸다는 의미이다. 열매가 익으면 스스로의 중력으로 대지에 떨어지고, 떨어진 열매는 대지에서 다시 생명의 싹을 틔워 상승의 줄기를 키워 올린다. 그렇게 신비한 생명의 한 과정을 시인은 고요 속에서 <소리>로 듣는 것이다. 뿐만 아니라 그는 생명이 열망하는 지고의 사랑도 <뼈가 부서지는 소리>로 듣는다.

풀벌레 소리로/허기를 채우고//오도독!/뼈가 부서지는 소리/누군가를/사랑하는가 보다

-「그 새」 전문

벌레를 잡아먹어야 하는 배고픈 새가 풀벌레 소리로 허기를 채운다. 벌레를 먹지 못하고 그것의 소리만 듣는다면 그 배고픔은 이루 말할 수 없을 것이다. 배고픔은 생명에 대한 위협이다. 그런 허기의 상태에서 <오도독!/뼈가 부서지는 소리>가 난다. 그런데 시인은 뼈가 부서지는 소리를 듣고 <누군가를 사랑하는가 보다>고 추측한다. 즉 사랑이란 뼈가 부서지는 고통을 통해서 비로소 닿을 수 있는 것이라고 생각하면서 시인은 그것을 소리로 듣는다는 것이다. 그러한 그의 예민한 청각은 생명의 매우 미세한 소리도 놓치지 않는다.

발가락이 빨간/새 몇 마리/자꾸만 자리를/옮겨 앉는/노린재나무/동쪽 가
지/씨롱처럼 매달린/나방이집 한 채/바람도 불지 않는데/며칠째/달그락
소리가 났다

-「며칠째」 전문

시인은 지금 새들이 옮겨 앉는 나뭇가지에 위태롭게 매달린 나방이
집 속에서 며칠째 나방이의 애벌레가 내는 <달그락 소리>를 듣는다.
나뭇가지에 씨롱처럼 매달린 나방이집은 금방이라도 발가락이 빨간
새들의 눈에 띄어서 쫓일 것 같다. 그런데 그 속에서 어린 생명이 이제
활동을 시작하고 있다. 벌써 며칠째 <달그락 소리>를 내고 있는 그
생명체의 미세한 소리를 지금 시인은 그의 예민한 청각으로 감지하고
있다. 이러한 예민한 청각은 시인이 스스로 말한 바처럼 <오십 살>
이 되어서 얻게 된 소중한 감각이다. 그것은 미세한 음정의 차이를 구
별하는 음악가의 그것과는 차원이 다르다. 영혼의 고통과 생명의 숨결
을 포착하는 시인의 청각은 음악가의 청음능력과는 달리 삶의 다양한
국면을 깊이 체험하여 얻게 되는 것이다.

3. 작고 약한 것들과 생명 사랑

유재영 시인은 미시적인 사물에서 거시적인 우주를 본다. 이 시집에
서는 미시세계와 거시세계가 함께 어울리고 조응한다. 작은 물방울이
거대한 지구를 적시고, 나뭇잎 하나가 하늘의 무게를 가늠하며, 손톱
만한 개구리의 동작이 지구 바깥의 우주에까지 전달된다.

갑자기 수천의 은사시 나뭇잎이 흔들리더니/토란잎에 얹혀 있던 물방울
이 똑! 떨어진다/지구의 발등이 젖는다

-「지상에서의 한 모금」 전문

토란잎에 얹혀있던 물방울이 떨어져서 지구의 발등을 적신다는 진술이 놀랍다. 나뭇잎의 흔들림과 물방울의 떨어짐 사이의 긴밀한 관련, 작은 물방울과 거대한 지구의 대비가 우리에게 긴장과 친화 그리고 즐거움을 느끼게 한다.

그리고 「적막」(이 작품은 이성선의 「미시령 노을」과 비교할 만하다)에서는 작은 나뭇잎 하나의 무게를 조용한 하늘의 무게로 느끼는 섬세한 감각을 보여준다.

> 오래 된 그늘이/지켜보고 있었다/나뭇잎 하나가/툭! 떨어졌다/참 조용한/
> 하늘의 무게
>
> ―「적막」(31쪽) 전문

사물은 각자가 고유한 독자성을 지니면서도 동시에 서로 긴밀하게 관련되어 있다. 떨어지는 나뭇잎과 그것을 지켜보는 그늘, 나뭇잎의 떨어지는 소리와 그것을 드러내는 조용한 하늘, 그리고 하늘의 무게를 가늠케 하는 나뭇잎의 떨어짐은 모두가 유기적인 관련 속에 있다. 그것은 모든 사물이 결국 자연이라는 본질적인 세계가 드러내는 현상의 일부임을 의미한다. 그러므로 눈앞에 펼쳐진 사물, 예컨대 그늘과 나뭇잎과 하늘은 독자적인 것이면서 동시에 자연의 일부인 것이다.

이렇게 볼 때 우리는 「소행성」(이것은 마츠오 바쇼의 하이쿠를 연상시키는데)에서, 손톱만한 개구리가 물 속에 뛰어드는 소리가 멀리 지구 바깥의 우주에까지 도달한다는 것을 이해할 수 있다.

> 그 동안 마름잎에 숨어 있던 손톱만한 개구리 한 마리 물 속으로 뛰어들었
> 다 멀리 지구라는 늙고 병든 소행성에서 모처럼 들리는 첨벙! 하는 소리
>
> ―「소행성」 전문

손톱만한 개구리가 물속에 뛰어드는 소리, 시인은 지금 멀리 지구 바깥에서 늙고 병든 지구를 보고 있는 듯하다. 그런데 마름잎에 숨어 있던 작은 개구리가 물속으로 뛰어들면서 <첨벙! 하는 소리>를 낸다. 그 소리가 지구 바깥에 있는 시인에게 들린다. 살아있는 개구리가 내는 물소리가 늙고 병든 지구에서 들려오는 것이 놀랍고도 반갑다. 그것은 늙고 병든 지구를 깨우는 모처럼의 신선한 생명의 소리로서 생동감을 주기 때문이다.

또한 시인은 매우 작고 약한 것들에 대한 각별한 관심을 보여준다. <손톱만한 개구리>처럼 이 시집에 등장하는 동물들은 투구벌레, 땅개미, 민달팽이, 갈거니, 피라미, 장지뱀, 도롱뇽처럼 대체로 작고 약한 것들이다. 작고 약한 것에 대한 시인의 관심은 그의 생명에 대한 사랑과 존중에서 비롯되는 것으로 여겨진다. 예컨대 그것은 윤동주가 「서시」에서 모든 죽어가는 것을 사랑하겠다고 한 것이나, 아흔 아홉 마리의 양을 두고 길 잃은 한 마리의 양을 찾는 목자의 마음과 비슷한 것이다.

> 어느 절개지,/아슬아슬한 벼랑/묏비둘기 똥만 한/구멍 뚫린 노각나무 잎 사이로/푸른 줄무늬를 한/곤충 몇 마리/이쪽을 향해/자꾸만/더듬이를/곧추 세우고 있다
>
> －「성역」 전문

소위 개발을 위해 산을 깎아서 만든 절개지의 아슬아슬한 벼랑에 위태롭게 서 있는 노각나무, 거기 비둘기 똥만한 구멍 뚫린 잎 사이로 푸른 줄무늬의 곤충 몇 마리가 이쪽을 향해 자꾸만 더듬이를 곧추세우는 장면을 시인이 아니라면 누가 눈여겨볼 것인가? 편리한 삶을 위해 생태계를 파괴하고 함부로 절개지를 만들어 편리한 고속도로를 내는 인간에게 저 작고 어린 생명들은 한마디의 항의도 하지 못하고 살기 위

해서 안타깝게 <자꾸만 더듬이를 곧추세우고> 있는 것이 아닌가? 바로 그런 작고 어린 생명을 소중하게 눈여겨보고 가슴 아파하는 태도에서 우리는 생명의 소중한 가치를 다시 생각하게 된다.

이러한 생명의 가치는 때때로 경이로운 생동감으로 우리를 감동시킨다. 그러한 생동감을 시인은 예컨대 지저분한 길거리에 서있는 소녀의 <파랗게 뛰는 관자놀이>에서 발견한다.

> <궁물닭갈비>, <싱싱노래방>, <즉석장어구이>, <여종업원구함동원다방>, <원조우리왕만두>, <멕켄치킨호프꼬치구이>, <골드롱대흥대리점>, <보광슈퍼>, <가보세함계탕>, <쌀떡볶이&튀김>, <온양석쇠숯불구이>, <이천황토오리구이>, <뼈없는닭발집>, <충북빌딩> 앞//후리지아를 든 소녀가 신호등 바뀌기를 기다리고 있었다/파랗게 뛰는 관자놀이,
>
> -「봄」 전문

길거리에 함부로 붙어있는 간판이름을 읽던 시인의 시선이 후리지아를 들고 신호등 바뀌기를 기다리는 소녀에게 닿는다. 그리고 문득, 소녀의 관자놀이가 지금 파랗게 뛰고 있는 것을 본다. <파랗게 뛰는 관자놀이>는 약동하는 생명의 증거이다. 그런데 이 시의 제목이 「봄」이다. 말할 것도 없이 봄은 생명과 희망의 은유이다. 시인은 지금 너저분한 길거리에서 뜻밖에 <파랗게 뛰는 관자놀이>라는 미세하지만 강렬한 생명의 맥박을 발견한 것이다. 상업적인 욕망의 간판들과 꽃을 든 소녀의 대비, 신호등이라는 외적인 억제력과 관자놀이라는 내적인 생동감의 대응은 조용하면서도 대단히 역동적이다. 이렇게 지루한 일상에서 아름다운 생명의 역동성을 발견하는 시인의 시선은 마침내 사물의 표면을 넘어서 근원적인 생명과 그것을 위한 헌신과 사랑에 닿는다.

여름 내내/벌레들에게/몸 보시하고//비로소/누더기 단벌옷으로/돌아와
누우셨다//스님 닮은/그 가랑잎,

-「가랑잎 다비」

　지금까지 등장한 많은 생명이미지들과 그것들이 빚어내는 이야기
들이 마치 이 시에 수렴되는 듯하다. 자신의 몸을 벌레들에게 다 내어
주고, 누더기 단벌옷으로 돌아와 누운 스님을 닮은 가랑잎 한 장, 그것
은 두말할 나위 없이 사랑과 희생의 표상이다. 겉보기에 그것은 벌레
먹은 가랑잎이지만 시인의 눈을 통해서 우리는 수식과 설명이 필요 없
는 거룩한 감동을 받게 되는 것이다.
　이렇게 겉보기에 하잘 것 없는 사물도 자세히 들여다보면 모두가 소
중한 독자성을 가지고 있다. 시인은 바로 그 점을 강조한다. 이 시집에
나오는 수많은 동식물 이름이 두 번 되풀이되지 않는 것은 그런 까닭
이다.(식물 이름이 30개, 곤충(또는 벌레) 이름이 11개, 새 이름이 10개, 물고
기나 도마뱀의 이름도 몇 개 나오지만 똑 같은 이름을 두 번 이상 사용한 것은
없다. 다만 식물 이름 중 <마름>이 두 번 나오는데, 그것도 마름잎(24쪽)과
마름꽃(47쪽)으로 다르게 쓰이고 있다.) 이점은 사물 하나마다 그것의 절
대적인 고유성을 찾아내려는 시인의 엄정한 시선에서 비롯된다. 시인
의 엄정한 시선을 통해서 사물은 하나씩 생명으로 깨어난다. 「가랑잎
다비」에서 보여준 것처럼 생명은 그 자체로 거룩한 감동이다. 특히 작
고 약한 생명의 빛은 더 귀하고 아름답다. 그래서 시인의 눈은 유용성
의 바깥에 있는 작고 약한 하잘 것 없는 것들을 찾고, 문화(우리를 위한
것)보다 자연(그 자체로 있는 것)에 관심을 가지는 것이다. 유재영 시인
이 감꽃이 아닌 고욤꽃에서, 생선이 아닌 피라미에서 더 근원적인 생
명의 빛깔과 소리를 발견하는 것은 그런 까닭이다. 시인은 그것을 설

명하지 않고 이미지로 제시한다. 마치 염화시중처럼…. 미소 짓는 것
은 독자의 몫이다.

(『현대시학』 2006.1)

산과 강의 변증법 혹은 폭포

- 이하석 시집 「측백나무 울타리」(문학과 지성사 1992)

1.

이번에 출간된 시집『측백나무 울타리』에서 이하석은 상당한 시적 변모를 보여주고 있다. 우선 작품의 길이가 짧아졌고, 그 속에 등장하던 인물들이 사라졌으며, 녹슬고 버려진 문명의 쓰레기들로부터 산이나 강과 같은 자연 쪽으로 그의 관심이 옮겨져 있다. 시 속에 등장시켰던 3인칭의 인물들과 그들의 비정한 행위, 그리고 그것들을 카메라의 렌즈처럼 포착하여 기술했던 냉정한 태도를 버리고 1인칭의 시적 화자가 그대로 자신 의 감정을 드러내는 따뜻한 서정성을 보여준다. 작품의 길이가 짧아졌다거나 시 속의 등장인물이 사라졌다는 것도 따지고 보면 그의 시선이 문명적인 것으로부터 자연 쪽으로 옮겨지고 있음과 관련이 있다. 즉 다시 말해서 문명의 그늘 속에서 나타나는 반생명적인 사물과 사물화 된 인간의 모습을 객관적으로 기술하던 태도를 버리고 보다 더 근원적인 세계로서의 자연을 찾고 그 속에서 느끼는 인간의 감정을 주관적으로 노래하게 되었기 때문에 작품의 길이나 표현 방식도 달라진 것이라 짐작된다. 이러한 변화는 이미 그의 세 번째 시집『우리 낯선 사람들』에서 보이기 시작하지만 보다 분명하고 확실한 변화의 계기는 이 시집의 표제시 「측백나무 울타리」에 나타나는 바와 같이 교통사고라는 사건 속에서 짧은 순간 삶과 죽음의 경계를 경험하면서 <결국 한 쪽만을 찬양한 것(39쪽)>에 대한 반성 이후 그의 시선이 영원하고 근원적인 것을 찾아 나서는 데서 비롯되는 듯하다. 영원하고 근원적인 것, 그것은 다름 아닌 자연이다. 자연은 옛 희랍인들이 생각했던 것처럼 피지스로서 본래적, 근원적인 것이고, 결국 시인은 그것의 드러냄(진리)을 발견하고 노래하는 자이므로 이하석의 자연 쪽으로의 시적 변모는 그의 관심이 보다 더 근원적인 것에 기울고 있다는 의미가 된다.

2.

한 권의 시집 속에 어떤 특정한 어휘가 반복해서 나타날 때 우리는 그것에 주목하지 않을 수 없다. 특정한 어휘의 반복은 그것이 지니고 있는 이미지의 투사성이나 중첩성에 의한 시인의 관심의 표출이고 또한 은연중에 주제를 드러내기 때문이다.

시집 「측백나무 울타리」에는 총 52편의 시가 수록되어 있는데 21편 (40%)의 시에 <산>이 등장하고, 25편(48%)의 작품에 <강>이 나타난다. 그리고 빈도수에서는 그렇게 높지는 않지만 이미지의 강렬도로 보아 주목해야 할만한 <폭우>(폭풍과 홍수를 포함해서)가 13편(25%)이다. 이러한 <강>, <산>, <폭우>의 이미지는 이 시집의 성격을 규명하는 중요한 단서가 되므로 이들을 중심으로 살펴보기로 한다.

산은 대체로 자연으로 표상된다. 문명 혹은 인공화된 것들, 예컨대 도시의 건물과 포장된 도로 또는 공장의 연기나 전봇대 같은 것들에서 오는 느낌과는 전혀 다른, 보다 근원적이고 본래적인 모습을 산은 그대로 드러내고 있기 때문이다. 단적으로 말해서 산은 우리 주변에서 볼 수 있는 가장 훼손되지 않은 <자연>임에 틀림없다.

시인은 산에 간다. 산에 가는 행위는 회사에 출근하는 것과는 다른 무상(無償)의 행위이다. 목재를 얻거나 석탄을 캐기 위해 가는 게 아니라 그의 산행은 등산이다. 등산은 산에 오르는 것이고 <오른다>는 상승행위는 하늘(태양이 있는 밝고 근원적인 세계)에 가까이 접근하는 일을 뜻한다. 다시 말해서 산행은 도시라는 평범의 일상을 떠나서 비일상의 공간인 보다 본래적인 세계(자연)에 들어서는 일이다. 그러므로 이 시집에 산이 상당한 빈도수로 출현하고 있다는 사실은 시인의 의식 속에<산>으로 표상되는 일상성으로부터의 초월 혹은 상승에 대한 강한 의지가 들어 있음을 나타내는 것이다. 그러나 현실적으로 산은 가고 싶지만 갈수 없는 곳으로 보인다.

> 산에 가 붙들리고 싶다.
> 너의 어깨 위로 너의 모자 그늘 아래로
> 산이 멀리 있다.
> …(중략)…
> 주검으로나마 저 산에 갈 수 있을지 서로 지쳐 묻는다.
> -「폐차장 1」 일부

우리가 살고 있는 곳은 문명의 찌꺼기 같은 <폐차장>이다. <우리는 욕망의 기름 덮인 검은 흙 위에 앉거나/기름으로 탄 쇳조각 더미에 기대어> 살아가기 때문에 <멀리> 있는 산은 갈 수 없는 곳으로서 다만 동경의 대상일 수밖에 없다. 그리하여 <기름 덮인 흙>에서 떠나 <산에 가 붙들리고 싶>지만 <높아가는 욕망>에 비해 <산은 저렇듯 낮고 낮>아서 불가능하므로 다만 <주검으로나마 저 산에 갈 수 있을지> 묻고 있다.

산에는 시인의 <사랑 떠나간 노랫길>(「산 2」)이 있다. 그는 그 노랫길을 찾아 헤매지만 <북풍에 눈길을 잃고> 헛발을 딛다가 <실족의 메아리만 첩첩한 그 사이에 묻고>내려온다. 요컨대 그의 소중한 <사랑>이 떠나간 <길>이 있지만 끝내 길 잃고 <실족의 메아리>만 남기고 돌아오게 하는, <마음과 인기척을 끊은, 천둥과 바람에 얼룩진>(「산 1」)곳이 산이다. 그러나 <가시덤불에 긁히>면서도 그가 산을 오르는 것은 그의 내부에 소중한 사랑으로 싹트는 생명(<내 속에서 싹트는 어린것>「이월산」)을 느끼기 때문이다. 앞에서도 말한 바와 같이 근본적인 의미에서 산은 <상승과 초월>의 꿈이다. 그것은 <폐차장>이나 <사무실> 같은 도시의 일상으로부터 시인을 손짓해 부르지만 언제나 그의 <밖에> 서있는 <너무 가까운 고통>이며, 문명에 찌든 <공해의 봄>을 인식케 해 주는 자연의 본래적인 얼굴이다.

> 나의 밖에, 짙은 안개 속에 서 있는 산이여. 너무 가까운
> 고통이여.그 검은 덩어리 아래 골짜기에 핀 백리향이 비애의
> 짐승, 안개의 나비 멀리 내 공해의 봄을 내던져 놓는다.
>
> ─「함월산」 전문

3.

상승과 초월로서의 산을 꿈꾸지만 그럼에도 불구하고 이하석은 물의 시인이다. 그러나 성장환경 탓인지는 알 수 없지만 그의 시에는 바다가 별로 등장하지 않는다. 그의 물은 땅 위의 물이다. 그것은 고여 있는 물일 수도 있고 흐르는 물일 수도 있는데, 전자는 썩은 물로서 공해와 오염을 노래했던 과거의 시에 자주 등장했고, 이번 시집에서는 대체로 <강물>, <냇물>, <폭포> 등으로 나타나는데 이러한 강물의 이미지는 많은 빈도수로 이 시집의 한 주제─생명 쪽으로 흐르는─를 이루고 있다고 생각된다. 다시 말해서 고여 있던 물이 이제 흐르기 시

작했는데 그것은 <공해와 오염>에서 <생명과 자연> 쪽으로 이동하고 있음을 보여주는 것으로서 이 점은 앞 장에서 살폈던 <산>(정지)의 이미지에 대하여 흐름과 변화를 표상하는 <강>의 이미지로 나타나 양자의 변증법적인 통합을 예견케 한다.

강은 흐르는 물로서 대지의 핏줄이다. 피가 몸속의 노폐물을 실어다가 몸 밖으로 배출하고 새로운 영양과 산소를 운반하여 세포 구석구석에 공급하듯이 강은 대지의 찌꺼기를 바다에 실어다 버리고 땅의 곳곳에 봄의 생명과 여름의 열정, 가을의 고즈넉함을 부어준다. 강은 흐름으로써 늘 새롭게 살아있는 물이다. 흐르지 않는 강은 그러므로 죽은 강이다. 죽은 강에는 <부패한 냄새를 감춘 고요한 투영만이> 있고 <물 아래에는 죽음이>(「주검」) 있을 뿐이다.

문명의 도시를 흐르는 강은 온갖 부패의 찌꺼기와 죽음을 싣고 간다. 그리하여 강의 모습은 마치 공해와 부도덕의 온상처럼 나타난다. 시인은 그의 어린 시절 <옷을 벗고 은어새끼처럼 어깨 번쩍이며 내달렸던>(「신천 세미나 2」) 강이 <덤불 아래는 사산한 아기들을 버린 구덩이에 독한 뜨거운 물이 고여>(「신천 세미나 1」)있음을 보면서 이러한 강의 죽음과 문명세계의 본질에 대해서 <더 구체적으로> 그리고 <보다 근본적으로 논의 되어야 한다>고 말한다. 결국 더 구체적이고 근본적인 논의는 강이 강으로 살아나야 한다는 것, 그리하여 옷을 벗고 은어새끼처럼 내달릴 수 있는 맑고 깨끗한 본래의 물(자연)을 회복해야 한다는 것이다.

그런데 이 시집에서 보이는 이하석의 강에 대한 더 근본적인 관심은 공해와 오염의 문제가 아니다. 공해와 오염은 앞에서 말한 바와 같이 흐르는 물이 아니라 고여 있는 물에 나타나는 현상으로서 과거에 많이 다루었던 것들이고 이제는 보다 더 강의 본질적인 것, 즉 흐름과 변화에 대해 주목하고 있기 때문이다. 흐름으로서의 <강>은 <산>이 지닌 정태적인 불변성에 대한 유동적인 변화를 표상한다. 그리하여 그는 이러한 흐름과 변화 속에서 역사와 자신에 대한 의미를 생각하는데, 이러한 관심의 변화는 그의 시선이 과거의 반생명적인 사물화 된 세계로부터 존재론적인 세계로 옮겨지고 있음을 보여주는 것이다.

> 인가 쪽을 달래는 강물로 산자락을 깎는 역사가 아프다.
> 방해와 변형의 마음이 이룬 둑 위에서 자다가 문득 다가서는
> 낯선 물소리에 꿈은 다급해진다. 나의 전부를 흘려보내고 난
> 다음 인적 없는 쪽으로 칭얼대는 강.
>
> —「밀양강 1」

　강은 마을을 달래듯이 정겹게 휘굽어 흐르는데 사람들은 강물의 흐름을 인위적으로 <방해>하고 <변형>시키는 구조물인 <둑>을 쌓아 강은 산자락을 깎는다. 깎인 산자락으로 산의 형태가 변하고 인위적인 문명의 구조물인 둑을 쌓아 강의 흐름이 변형되는 것을 역사라 할 때 그것은 아픔으로 시인에게 다가온다. <방해와 변형의 마음> 그것은 인위적인 의도성이고 그 의도가 낳은 강의 <둑> 위에서 잠을 자다가 한 밤 중 깨어났을 때 <문득 다가서는 낯선 물소리>를 듣는다. 낯설다는 것은 친근하지 않아 두렵고 불안한 정황 속에 소외되는 감정인데 그런 정황 속에서 시인은 무엇인가 설명할 수 없는 <다급함>을 느끼고 그 다급함 속에 자신을 흘려보낸다. 인위적인 <둑>(비본래성) 위에서 한 밤중에 조우하게 되는 <물소리>(본래성)는 시인으로 하여금 자신의 존재를 각성케 하는 실존의 한 계기이다. <둑>(방해와 변형의 마음)에 길들어져 있는 자신을 <흘려보내고 난 다음> 정신을 차리고 바라보면 강은 다시 <인적 없는 쪽으로> 흐르고 있다. 강

은 결국 인간의 역사와 나의 실존에 간섭하면서 변화와 흐름이라는 자신의 존재를 실현하고 있는 것이다.

이 시집에 등장하는 <물>의 이미지는 <강> 이외에 <폭우>, <홍수>, <폭포> 등이 있는데 이들은 그 빈도수에서는 <산>이나 <강>에 크게 미치지는 못하지만 이미지의 강렬도로 보아 주목되어야 할 만한 것들이다.

폭우나 홍수는 기상이변에서 기인되고 기상이변은 인간의 능력으로는 어쩔 수 없는 초월적이고 절대적인 힘으로 보인다. 대체로 인간은 그 힘을 두려워하며 그것의 자비를 구해 보지만 이하석은 <설레>(「영일만」)면서 <곁눈질>(「폭우」)로 슬쩍 볼 뿐 상당히 냉정한 태도를 보인다. 이점은 아마도 그의 작품 속에 자연은 있지만 신은 존재하지 않고 한계상황에 처한 고독한 실존의 모습은 보이지만 구원을 바라는 종교적 희구는 나타나지 않는 것과 관련이 되는 듯하다.

또한 공격적인 위협으로서의 <폭우>는 동시에 생명을 일깨우는 힘으로 나타나기도 한다. 예를 들면, <여름이 타는 꺼먼 산에 폭우가 쏟아>지니까 <계곡 아래 온몸이 부딪쳐 솟구치는/생의 천둥소리>(「폭우와 천둥」)가 울리는데 이 때 타는 산은 목말라 죽는 산이고 그런 죽음의 산에 <폭우>가 쏟아져서 새로운 생명으로 산이 살아난다는 것은 불(타는 산)과 물(폭우)의 격렬한 부딪침이 <생의 천둥소리>로 일어나는 것을 의미하는 것이다. 그리고 때때로 폭우는 계곡으로 흐르다가 절벽을 만나 <폭포>로 쏟아진다. 폭포는 <가파른 절벽>과 가히 <폭발>적인 낙하 그리고 <우뢰>같은 소리로 하여(「명금폭포」)시인과 세계 혹은 대자와 즉자의 통합을 이루는 역동적인 이미지로 나타난다.

4.

　이 시집을 읽으면서 느끼게 되는 이하석의 중요한 변모는 그의 시선이 현대문명에 오염된 사물적인 세계로부터 보다 근원적이고 본래적인 자연 쪽으로 옮겨진 것이고, 그것보다 더 중요한 것은 객관과 주관의 대립개념을 무너뜨리고 세계를 자신 속에 끌어안으려는 유심적 세계관의 표출이다. 그 증거는 우선 과거의 그가 쓰지 않던 애매한 표현들 속에 나타난다. 예컨대 <내 안의 가까운 데서>(「영일만」), <나의 안으로 쏟아져>(「명금폭포」), <내 안을 응시한다>(「남천강」), <내 안으로 쏟아붓는다>(「지리산」) 등의 <내 안>이 그것이다.

> 저 폭포는 나의 안으로 쏟아져 폭발한다. 모든 밖이 나의
> 안이다. 모든 안이, 나의 상처이다. 가파른 절벽의 무지개로 걸
> 리는 솟구치는 마음의 우뢰.
>
> 　　　　　　　　　　　　　　　　　－「명금폭포」 전문

　폭포는 그것의 역동성으로 나와 세계의 경계를 허물고 <나의 안으로 쏟아져 폭발한다.> 세계와 나 사이의 경계가 무너졌으므로 <모든 밖이 나의 안이다.> <밖>이 곧 <안>이라는 이율배반적인 표현은 이번 시집에서 자주 그리고 중요하게 등장하는 세계인식의 새로운 태도를 보여준다. 안과 밖이라는 변별성과 대립을 무너뜨리고자 하는 시인의 욕망은 폭포라는 <폭발>하는 물의 이미지를 통하여 실현된다. 그리하여 <가파른 절벽의 무지개로 걸리는><마음의 우뢰>는 안과 밖이 대립된 두개의 세계가 아니라 하나로 통합되는 소리로서 아름다운 무지개로 형상화되고 있다.

　이 작품은 <나의 안>이라는, 어찌 보면 애매한 표현이 아주 적절

하게 쓰인 보기드믄 가작이다. 이 때 <안>은 또 하나의 다른 그의 시어 <마음>으로 나타난다. 예를 들면 <그대의 마음 쪽으로>(「정적」), <마음 밖을 들추는>(「현홍들 2」), <방해와 변형의 마음이>(「밀양강 1」), <내 마음 한 구석에서>(「대가천 3」), <내 마음 수심 깊은>(「합강」) 등이 그것인데 이런 애매한 관념어를 과거와는 달리 자주 그리고 중요하게 사용하고 있는 것은 앞에서 말한 바처럼 세계를 <마음> 속에 끌어안고 그것을 내면화하여 결국은 존재보다도 마음이 더 우선한다는 유심론적 세계관에 기울어지고 있음을 보여주는 것이기도 하다. 그리하여 모든 <안과 밖> 또는 모든 존재의 차별상은 합일된다.

이 모든 안과 밖 혹은 이쪽과 저쪽의 차별상에 대한 심각한 반성은 이 시집의 표제시 「측백나무 울타리」에서 이루어지고 있다.

> 살펴보니 측백나무 울타리를/들이받고 멈춘 것이었다.
> 측백나무 울타리가 우릴 막아주었다./죽음으로 가는 길을.
> 측백나무 너머 캄캄한/죽음의 세계가 보인다.
> …(중략)…
> 그러나 나는 결국 한쪽만을 찬양한 것이다.
> 측백나무가 어찌 죽음에 개의하랴./측백나무 울타리 저 너머에서는
> 한 어머니가 어린 아들더러 측백나무 울타리 너머로 달려 나가지 못하
> 게 이른다
> 이쪽 켠에/도리어 위험한 세계가 있다고.
> ─「측백나무 울타리」 3련, 5련

<버스에 소형차가 부딪혀> 죽을 뻔 했다가 <측백나무 울타리> 덕분에 죽음을 면한다. 결과적으로 이쪽에는 삶이, 저쪽에는 죽음의 세계가 있고 그 사이에 측백나무 울타리가 있어 그것이 <죽음으로 가는 길을> 막아 주었다. 삶과 죽음이라는 엄청난 경계가 결국 아슬아

슬한 측백나무 울타리였다는 것은 안과 밖 혹은 이쪽과 저쪽의 구분과 대립도 별게 아니라는 인식이다. 더구나 울타리 너머 저쪽 인도에서는 어머니가 어린 아들더러 울타리 너머 이쪽에 <도리어 위험한 세계>가 있다고 오지 못하게 한다. 그렇다면 이쪽과 저쪽의 구분은 차라리 희화적이다. 그럼에도 불구하고 그는 어리석게도 <결국 한쪽만을 찬양>해 왔기 때문에 이러한 반성적 인식이 그로 하여금 안과 밖을 <마음>이라는 세계 속에서 하나로 통합시키도록 노력하게 했을 것이다.

앞에서도 언급했지만 이번 시집에서 보여준 이하석의 시적 변모는 그에게 객관적으로 보이는 존재의 차별상을 그의 <안>혹은 <마음> 속에 통합시키려는 노력이었다. <산>과 <강>이라는 <자연>을 그는 그의 <안>으로 끌어들이고 동시에 자신도 <자연>속에 합일되는 즉자-대자의 통합을 <폭포>라는 물의 이미지를 통해서 보여주고 있는데, 이 시인의 그러한 양자합일의 시세계가 어떻게 더 심화되어 작품으로 형상화 될 것인가 하는 데에 우리의 관심과 기대를 모으게 한다.

(『현대시학』1992.12)

만개한 침묵과 풀리는 소리

- 문인수 시집 「쉬!」(문학동네 2006)

시집의 표제가 「쉬!」라니… 왜 시인은 하필 단음절의 감탄사 <쉬!>를 시집의 표제로 택한 것일까? 그 이유는 아마도 이 시집을 관류하는 시적 주제가 <쉬−>라는 원시적인 단음절어에 잘 드러난다고 보았기 때문이었을 것이다. 단음절어가 지니는 의미는 대체로 다음절어의 그것보다 더 근원적이다. 가령 우리 몸의 눈, 코, 손, 발, 등의 단음절어가 눈−눈매−눈자위, 혹은 손−손톱−손가락처럼 다음절화 되면 의미가 분화되면서 축소된다. 그런 현상이 용언에도 해당된다고는 볼 수 없지만, 대체로 단음절어는 단순한 긴박성 혹은 원시적 강렬성을 드러낸다. 그런 의미에서 문인수 시인이 단음절어를 선택한 것은 그가 지향하는 심리 근저에 근원적인 것에 대한 지향의식이 강하게 작용하고 있기 때문인 것으로 보인다. 예컨대 그의 세 번째 시집의 표제가 「뿔」이었음을 상기해보면 짐작이 된다. 그 때 나는 <뿔>을 육식동물에 쫓기는 순한 초식동물의 내면에 응어리져 솟아오르는 화(火) 즉 <불>로 해석했다. 그래서 시인은 자신의 한의 응어리를 짧고 강렬한 단음절어 「뿔」로 형상화한 것이라고 읽었다. 그런데 이번에는 단음절 감탄사 <쉬!>가 시집의 제목이 되어 있다. <쉬−>는 새어나오는, 혹은 새어나오게 하는 소리이다. 풍선에 바람이 새어나오게 하거나, 옹기 속에 물이 새어나오는 소리의 흉내말이다. 그렇다면 왜 시인은 그런 단어를 시의 제목으로, 그리고 시집의 표제로 택한 것일까? 그를 눈

여겨본 독자라면 누구나 그의 작품 속에 흐르는 고통과 질곡 또는 한의 응어리를 느꼈을 것이다. 과거에는 한의 응어리를 속으로 꾹꾹 누르고 더 단단하게 뭉쳐서 각질화 된 <뿔>로 용출시켰는데, 이제 이순을 맞으면서 <쉬 – >라는 감탄사를 통해 순하게 <풀어내기>를 시도하고 있기 때문인 것으로 보인다.

> 그의 상가엘 다녀왔습니다.
> 환갑을 지난 그가 아흔이 넘은 그의 아버지를 안고 오줌을 뉜 이야기를 들었습니다.
> 생(生)의 여러 요긴한 동작들이 노구를 떠났으므로, 하지만 정신은 아직 초롱같았으므로 노인께서 참 난감해하실까봐 "아버지, 쉬, 쉬이, 어이쿠, 어이쿠, 시원허시것다아" 농하듯 어리광 부리듯 그렇게 오줌을 뉜었다고 합니다.
> 온 몸, 온 몸으로 사무쳐 들어가듯 아, 몸 갚아드리듯 그렇게 그가 아버지를 안고 있을 때 노인은 또 얼마나 더 작게, 더 가볍게 몸 움츠리려 애썼을까요. 툭, 툭, 끊기는 오줌발, 그러나 그 길고 긴 뜨신 끈, 아들은 자꾸 안타까이 따에 붙들어 매려 했을 것이고 아버지는 이제 힘겹게 마저 풀고 있었겠지요. 쉬,
> 쉬! 우주가 참 조용하였겠습니다.
>
> – 「쉬」전문

나이가 들고 시야가 깊어지면 사람들은 대개 젊은 날의 <맺힘>을 순하게 풀어낸다. 풀어낸다는 것은 그동안 안에 담고 눌러서 뭉쳤던 응어리를 밖으로 내놓는 일이다. 그것은 억제에서 해방으로 나아가는 몸짓이다. 환갑을 지낸 아들이 아흔이 넘은 아버지를 안고 "아버지, 쉬, 쉬이, 어이쿠, 어이쿠, 시원허시겠다아"라고 농하듯 하며 오줌을 뉘는 장면은 자신을 낳아 준 아버지에게 <몸 갚아드리듯>한 눈물겨운 삶의 한 의식이다. 아들이 아버지의 닫힌 육신을 열어서 오줌을 뉘

는 소리 <쉬ー>는 마치 종교적인 주문처럼 닫힌 몸을 풀리게 한다. 그리고 그 순간 우주가 그 소리에 호응하여 손가락을 입에 세우고 <쉬!>라고 명령하며 부자간의 이 눈물겨운 의식을 지켜보는 것이다.

<풀림>이란 <억제(억누름)>를 전제하고 있다. 우리는 이 시집의 도처에서 그러한 억제를 나타내는 <꽉>이과 <꾹>같은 硬音의 수식어를 만난다. 예컨대, <억눌러라…/꽉꽉 다져 넣어 밟으며>「달북」, <입 꾹 다문 바위들>「고인돌 공원」, <손아귀에 꽉 꽉 꽉 구겨쥔>「꽃」, <꽉 묶어놓아서/…/꾹꾹 눌러 담는 것>「원서헌의 彫像」, <마음이 또 꽉 다무는 입>「꽉 다문 입, 태풍이 오고 있다」, <아, 배 넘어간 곳, 꽉 다문 입>「꽉 다문 입, 휴가」, <한 팀 꽉 짜인 저 바다.>「2박 3일의 섬」, <당신도 입 꽉 다물고>「나비」 따위가 그것이다. 이렇게 <꽉>이나 <꾹>같은 경음 수식어는 억제와 단절의식을 드러내는 것인데, 그것은 역설적으로 열림과 풀림에 대한 내적 욕구의 반증이다.

그럼에도 불구하고 시인은 아직도 내적인 격정과 한을 억누른다. 어쩌면 억누름은 그의 시의 가장 중요한 특징이기도 하다. 그것이 끊임없이 긴장을 구축하여 작품을 끌고 가는 동력이 되기도 하고, 때로는 내적 압력을 높여서 마침내 <투둑, 타개져>「달북」, <두둥실 만월>을 낳기도 하기 때문이다.

> 저 만월, 만개한 침묵이다.
> 소리가 나지 않는 먼 어머니,
> 아무런 내용도 적혀있지 않지만
> 고금의 베스트셀러가 아닐까
> 덩어리째 유정한 말씀이다.
> 만면 환하게 젖어 통하는 달,
> 북이어서 그 변두리가 한없이 번지는데

괴로워하라, 비수 댄 듯
암흑의 밑이 투둑, 타개져
천천히 붉게 머리 내밀 때까지
억눌러라, 오래 걸려 낳아 놓은
대답이 두둥실 만월이다.

- 「달북」 전문

한껏 부풀어 환하게 빛을 발하는 달(만월)을, 소리를 울리는 북으로 유추해서 시각대상을 청각대상으로 전환하여 의미를 확대하는 시인의 상상력이 재미있다. 그런데 지금 하늘을 울려야 할 그 북은 소리를 내지 않아서 <만개한 침묵>이다. 따라서 <달북>은 빛의 열림(만개)이 바로 소리의 닫힘(침묵)이라는 이율배반의 사물로 보이지만, 오히려 빛(달)과 소리(북)의 통합을 통해서 보다 더 근원적인 것, 즉 <소리가 나지 않는 먼 어머니>가 된다. 어머니는 지고한 사랑과 희생의 표상이다. 모든 고통과 괴로움은 어머니의 사랑 속에서 다 녹아 버린다. 지금 저 만월인 어머니는 겉으로 보기에 <아무런 내용도 적혀 있지 않지만/고금의 베스트셀러>이며 <덩어리째 유정한 말씀>이다. 그럼에도 불구하고 여기서 시인은 <만면 환하게 젖어>서 <그 변두리가 한없이 번지는> 만월을 향하여 <비수댄 듯/암흑의 밑이 투둑, 타개져/천천히 붉게 머리 내밀 때까지> 괴로워하고, 억누를 것을 요구한다. 그리하여 억누름(닫힘)과 타개짐(열림)의 과정을 통해서 <오래 걸려 낳아 놓은/대답>으로서 진정한 만월이 탄생을 유도한다. 그것은 우주적 요청에 대한 모성적인 대답이며, 빛과 소리의 통합이 어머니라는 모성을 통하여 두둥실 만월로 탄생하는 신비한 생명의 드라마인 것이다.

이러한 억제와 풀림 혹은 닫힘과 열림 외에 또 하나의 중요한 시적 모티프는 무거움(어두움)과 가벼움(밝음)이다. 앞에서 맺힘이 풀림으로,

닫힘이 열림으로 이행된 것처럼 무거움은 가벼움으로 어둠은 밝음으로 전환되고 있다.

> 죽음은 참 엄청 무겁겠다.
> 깜깜하겠다.
> 초록 이쁜 담쟁이넝쿨이 이 미련한, 시꺼먼 바윗덩어리를 사
> 방 묶으며 타넘고 있는데, 배추흰나비 한 마리가 그 한복판에
> 살짝 앉았다,
> 날아오른다. 아,
> 죽음의 뚜껑이 열렸다.
> 너무 높이 들어올린 바람에
> 풀들이 한꺼번에 다 쏟아져나왔다.
> 그 어떤 무게가, 암흑이 또 이 사태를 덮겠느냐, 질펀하게
> 펼쳐지는,
> 대낮이 번쩍 눈에 눈부시다.
>
> ─「고인돌」 전문

선사시대의 무덤인 고인돌을 보면서 시인은 죽음의 원형을 느낀다. 그것은 <미련하고 시꺼먼 바윗덩어리>처럼 무겁고 깜깜한 그 무엇이다. 그런데 그 시꺼먼 바윗덩어리를 <초록 이쁜 담쟁이넝쿨이 묶으며 타넘고 있>다. 여리고 이쁜 담쟁이넝쿨의 식물적 부드러움이 시꺼먼 바위라는 광물적 단단함을 묶으며 타넘는 모습은 엄숙한 죽음을 유희처럼 가볍게 한다. 더구나 배추흰나비 한 마리가 그 한복판에 살짝 앉았다가 날아오르는 경쾌한 동작은 한 순간에 지금까지의 무겁고 깜깜한 죽음이라는 닫힘의 이미지를 가볍고 눈부신 삶의 열림의 이미지로 전환시켜서 <번쩍 눈에 부시게> 하는데, 그것은 시인에게 죽음과 삶을 초극하는 빛(밝음)의 순간으로서 하나의 실존적인 경험이며 이런 경험은 다음 시에서도 유사하게 나타난다.

현관문을 연 순간 찰칵,

사진 찍힌 것 같다. 오랜 장마가

갈라터진 것인데 환한,

깨끗한 소리가 났다.

온몸이 들은 장면이다. 살아 움직였다는 자각이

전면 화들짝 놀란, 그런 반사광의 표정이

흰 뜰에도 역력하다

2003년 7월 23일. 오전 열한시를 막 넘고 있다, 지금

이 햇살 아래 서 있다, 기념비적이다.

용서라는 말의 섬광이여

-「밝은 날 명암이 뚜렷하다」 일부

<현관문을 연 순간 찰칵,/사진 찍힌 것 같다>는 느낌, 그 때 <환한,/깨끗한 소리가 났>고 그것은 분명히 <온 몸이 들은 장면>이다. <살아 움직였다는 자각>으로 <화들짝 놀란> 것이다. 그리고 <그런 반사광의 표정이/흰 뜰에도 역력>한 것은 내가 지금 여기 있다는 현존재의 존재인식의 장면이다. <2003년 7월 23일, 오전 열한시를 막 넘>는 구체적인 시간과 <현관문> 앞에 펼쳐진 <흰 뜰>이라는 구체적인 공간 속의, 그 <햇살아래 서 있다>는 사실이 놀랍고 <기념비적>인 것이다. 그렇게 시간-공간-자아가 일치하는 순간, 시인은 <바로 지금 내가 여기에 있다>는 실존적 전율을 느낀다. 이 때 시인은 지금까지 그의 내부에서 대립하고 있던 너와 나, 즉자와 대자의 통합을 이룩한다. 그리하여 지금까지 상사화의 꽃과 잎처럼 서로 만날 수 없는 숙명이 한 순간에 극복되면서 화해와 <용서라는 말의 섬광>을 보는 것이다.

이상과 같이 시인은 맺힘에서 풀림을 지향하고, 닫힘에서 열림으로

나아가면서 즉자 — 대자의 통합이라는 실존적 전율을 경험함에도 불구하고, 이 시집을 관류하는 주된 정조는 여전히 어둠과 슬픔, 고통과 그리움이다. 그는 아직도 <생이 곧 길이어서> 늘 <더듬더듬 더듬어>(벽의 풀) 어둠 속을 떠돌며, <지축을 흔든 우레의 뿌리, 혹은 엄청난 수령의 짐승 울부짖는 소리>를 <저릿하>(뿔, 시퍼렇게 만져진다)>게 듣고, 아름다운 꽃에서도 <기나긴 암흑의 産道를 빠져나온 과정(꽃)>을 보며, 갑자기 사라져 버린 것에 대한 <서늘한 부재>(끝)를 느낀다. 그러면서 그의 시적 자아는 늘 <무진장한 그리움>「바다책, 다시 채석강」을 찾아 대책 없이 떠돌고 있다.

> 민박집 바람벽에 기대앉아 잠 오지 않는다.
> 밤바다 파도 소리가 자꾸 등 떠밀기 때문이다.
> 무너진 힘으로 이는 파도 소리는
> 넘겨도 넘겨도 다음 페이지가 나오지 않는다.
>
> 아 너라는 冊
>
> 깜깜한 갈기의 이 무진장한 그리움
>
> —「바다책, 다시 채석강」 전문

　　시인은 지금 채석강의 어느 <민박집 바람벽에 기대앉아> <밤바다 파도 소리가 자꾸 등을 떠밀기 때문>에 잠을 이루지 못하고 있다. 그 전에 이미 그는 채석강의 <긴 해안을 이룬 바위 벼랑>을 <격랑과 고요의 자국 차곡차곡 쌓>여서 이룩한 <바다책>「바다책, 채석강」으로 명명한 적이 있었다. 그리고 그 <바다책> 속에는 <種의기원에서 소멸까지/하늘과 바다가 전폭 몸 섞는 일, 그 바닥 모를 기쁨에 대해 지금도 계속 저술되고 있>다고 노래했다. 파도가 밀려와 <철썩>

부딪치는 소리를 <거대한 수평선 넘어오는/책 찍어내는 소리>로 본 그의 시적 상상력은 광활한 바다의 측량할 수 없는 역사의 비의를 몸으로 느껴버린다. 그 엄청난 장서는 읽을 수도 없지만, <읽지 않아도> 된다. 파도가 계속해서 책을 찍고 또 찍어내는 내용이 <미친 듯 몸부림치며 헐뜯으며 울부짖는/사랑>임을 알기 때문이다. 지금 시인이 민박집 바람벽에 기대앉아 잠을 이루지 못하는 것은 <밤바다 파도 소리가 자꾸 등 떠밀>기 때문이다. <무너진 힘으로 이는 파도 소리는/넘겨도 넘겨도 다음 페이지가 나오지 않는다.> 넘겨도 다음 페이지가 나오지 않는 그 막막하고 끝없는 안타까움은 그것이 바로 <너라는 冊>이기 때문이다. 다시 말해서 <너>는 아무리 넘겨도 다음 페이지가 나오지 않는 <무진장한 그리움>이다. 그 그리움 때문에 시인은 집을 떠나 다시 채석강을 찾아온 것이다. 아무리 넘겨도 다음 페이지가 나오지 않는 <너>처럼, <나>는 아무리 채워도 채워지지 않는 결핍이다. 그러므로 결핍으로서의 나(대자)는 <강이 없어서 이별 또한 없>는 완전한 대상 <너(즉자)>를 그리워한다. 넘겨도 넘겨도 다음 페이지가 나오지 않는 <너>야말로 나의 결핍을 채울 수 있는 무진장의 존재이기 때문이다. 그러나 현존재인 <나>는 지금 <현(現)>의 상황을 벗어날 수 없는데, 그 점이 현존재인 <나>의 비극적인 숙명이다. 그러므로 채울 수 없는 <나(시인)>의 불안을 각성시키는 저 파도소리(바다책을 찍어내는 소리)가 자신을 실존의 계기로 인도하기 때문에 시인은 다시 채석강을 찾아와 불면의 밤을 지새우는 것이다.

시인은 드러난 사물의 현상 너머의 본질을 본다. 어느 작품을 보아도 그의 시선은 사물의 깊은 바닥을 꿰뚫고 있음을 알 수 있다. 가령 <책상 모서리에 허리가 떠받혀>「뿔, 시퍼렇게 만져진다」아픈 경우에도 그는 그 책상을 만든 <원목의 일갈>을 듣고, 그 원목이 <벌목

현장의 열대우림을 쩌억 갈라붙이며 우지끈 쓰러졌을 때, 그때 지축을 흔든 우레의 뿌리, 혹은 엄청난 수령의 짐승 울부짖는 소리가 저릿> 함을 느끼며, <창공을 찌르며 내처 홀로 가는 외뿔, 그런 정신이 老巨樹의 망한 몸인>것을 발견한다.

그렇게 사물의 밑바닥까지 꿰뚫어 보는 시인이 이제 자신의 늙음을 돌아본다. 늙음은 탄생과 성장에 이어서 죽음으로 가는 자연스러운 삶의 한 과정이다. 그는 <지금은 늙어> <땅 끝 마을까지 왔다가 돌아가>「땅끝」기도 하고, 그의 시선은 <방파제 위를 걷고 있>는 <한 노인>「등대」에 머물며, <늙은 아내의 월급봉투에> 손자국을 생각하고 <함께 못 온 아내에게 미안>「말라붙은 손 — 인도소풍」해 하고 있다. 이렇게 스스로 늙음을 입에 올리는 것은 지난날의 열정과 방황에 대한 겸손한 반성이고, 생노병사로 이어지는 삶의 자연스러운 과정을 수용하면서 자신의 한계를 돌아본다는 의미가 된다. <기나긴 추억이며 고생이며 상처일지라도 결국/망각 속으로 전부 빨려드는 것>이고 <뜨겁고 숨 가빴던 날들은 늑골만 앙상>「오지 않는 절망」해 지는 것을 인정하는 것이다. 그리하여 이제 <아름다운 여분, 서쪽이 없>「서쪽이 없다」는 현실을 긍정하고, <아름드리 히말라야시다가 베어지고 없>는 그 <서늘한 부재>「끝」를 받아들여야 하는 것이다.

　　쟁기 대듯 잔뜩 등 구부리게 된다.

　　이랴, 이랴, 저를 몰게 된다.
　　가파를수록 잘 보이는 너덜거리는 몸, 헌 몸엔 연어의 길이 구절양장 나 있다. 시절, 시절이여 자꾸 발을 거는, 마음에 걸리는 돌부리가 많다. 그 온갖 거짓과 칼을 문 말들이, 그렇구나 온통 그대 상처, 세상의 이 거친 너덜이 되었구나 이제 혀 내밀어 밭을 갈게 된다.

－「산길에서 늙다」 전문

　돌아보면 인생의 역정은 상처와 너덜로 덮여 있다. 젊은 날의 아름다운 유혹과 빛나는 햇살도 지금 와서 돌아보면 발을 건 돌부리였고, 거짓과 위선의 화려한 수사였다. 지금 석양의 그림자를 끌고 돌아보니 허리를 꼿꼿이 세우고 당당하게 나아가던 젊은 날의 자세가 무너져서 <이제 쟁기 대듯 잔뜩 등 구부리>고 있다. 그리고 마치 소를 몰 듯 <저를 몰게 된> 자신이 보인다. 쟁기를 댄다는 것은 땅을 가는 일이고, 생산을 위한 노동으로서 힘든 苦勞를 의미한다. 그것은 젊은 시절 패기의 동작이 아니라 허리가 아프도록 등을 구부리고 땅에 더 가까이 몸을 낮추어, 소를 몰 듯 자신을 모는 동작이다. 힘이 들수록 몸은 그 실체를 더 분명하게 드러낸다. 그래서 시인은 <가파를수록> <너덜거리는 몸>이 잘 보인다고 말한다. 그동안 넘어지고 쓰러져서 다치고 멍든 <헌 몸엔 연어의 길이 구절양장 나 있다.> 늙어서 이제 자신의 근원으로 돌아가는 <연어의 길>이 꼬불꼬불 험하게 난 <구절양장>인 것은 자신의 삶의 역정이 그러했음을 의미하는 것이다. 시절을 돌아보면 <자꾸 발을 거는, 마음에 걸리는 돌부리가 많>고, <온갖 거짓과> 남을 위해하는 <칼을 문 말들>이 온통 상처가 되어 <세상의 이 거친 너덜이 되>어 있다. 이제 남은 날의 할 일은 그 거친 너덜을 감수하고 <혀 내밀어 밭을> 가는 일이다. 그 苦勞야말로 지금까지 지내 온 인생역정의 온갖 상처와 너덜에 대한 가장 성실한 대응인 것이다.

　문인수는 시인이다. 그의 시집 「쉿!」는 그 표제처럼 조용하고 강렬하다. 시집을 펼치면 깊고 질긴 언어가 독자를 강하게 끌어당긴다. 그

의 언어는 정신의 깊은 바닥을 훑어 내는 갈퀴 같고, 정서의 어두운 그
늘을 묶어 올리며 밧줄 같이 느껴진다. 그러한 언어를 획득하기까지
그는 온 몸을 던져서 고독과 싸우고 절망에 깨어지면서, 고통과 분노
를 꾹꾹 눌러 삼켰을 것이다. 그리고 그는 입을 꽉 다물고 끓어오르는
격정과 가슴 저리는 한을 시로 빚어내고 있다. 그러나 이제 시인은 이
순에 도달했다. 그는 억누름을 풀고 어둠에서 밝음으로 나아가는 변화
의 기미를 보인다. 시인의 귀가 순해진 탓일까? 귀가 순해야 잘 들을
수 있는 게 아닌가? 어쨌든 시집 「쉬!」는 조용하지만 깊은 울림으로
다가온다.

(『詩로 여는 세상』 2006년 여름호(통권 18호))

절벽, 존재의 극한과 소멸의 노래

- 이형기 시집 「절벽」(문학세계사 1998)

"모든 존재는 필경 티끌로 돌아간다. 이 사실을 자각하고 있는 존재가
인간이다. 그리고 이 사실을 영광스럽게 노래하는 존재는 시인이다."

(「불꽃 속의 싸락눈 - 55」, 106쪽)

이형기의 시집 「절벽」은 인간의 한계상황인 종말 혹은 죽음을 노래
한다. 이 시집은 한마디로 가벼움의 시대를 살아가는 우리들에게 삶의
깊이 혹은 죽음을 초극하는 정신의 높이를 보여주며, 마치 폭풍 속의
우레와 같은 울림으로 경박한 우리 시의 심장을 강타하고 있다.

아무도 가까이 오지 말라
높게
날카롭게
완강하게 버텨 서 있는 것

아스라한 그 정수리에선
몸을 던질밖에 다른 길이 없는
냉혹함으로
거기 그렇게 고립해 있고나
아아 절벽!

-「절벽」 전문

<절벽>은 고립해 있다. 그것은 <높게 날카롭게 완강하게 버텨 서

있는> 존재로서 그 수직적 자세부터가 매우 냉엄하다. 그 단애의 모습은 자질구레한 일상성을 단호히 거부한다. 그 단애의 끝, 정수리에 도달하면 그 다음은 <몸을 던질밖에 다른 길이 없>다. 그러한 상황에서 우리는 종종 절대자를 찾는 기도를 하거나 비상의 꿈을 상상하지만, 시인은 그러한 기도나 꿈을 단호하게 거부한다. 그는 까마득한 절벽 아래로 몸을 던질 수밖에 없는 절대 절명의 한계상황에서 <아무도 가까이 오지 말라>고 자신을 고립의 정점에 아슬아슬하게 세운다. 그리하여 그곳에서 할 수 있는 유일한 일은 자신의 몸을 던지는 일 임을 자각하는데, 그러한 투신은 단적으로 자신의 종말 즉 죽음을 적극적으로 선취하는 행위이다. 이 시에서 우리는 아무도 간섭할 수 없는 현존재의 고독하고 고립된 실존의 모습을 보며 전율한다. 그 전율은 안일한 일상에 젖어있는 우리들에게는 우레 같은 충격이다. 시인은 그러한 충격을 통해서 우리가 자신의 본래성을 각성하도록 채찍하여 몰아간다.

시인은 실제로 오랫동안 투병생활을 하면서 관념이 아니라 그의 생 전체로 죽음을 체험하고 있는 듯하다. 그는 곤고한 자신을 돌아보며 <쫓기고 쫓겨서/더 이상 갈 데 없는/그 숲 속에/시체 하나 버려져 있는/보니 그것은 나 자신>(「한 매듭」, 14쪽)이라고 노래한다. 그 자신이 더 이상 갈 데 없는 곳에 <시체>로 버려져 있다는 인식은 절망이 아니라 오히려
    <나는 멸망한다/그러므로 나는 존재한다>(「미래를 믿지 않는 바다」, 56쪽)는 역설어법을 통해서 더 근원적인 존재에 도달하는 것임을 노래한다. 다시 말해서 그는 <모든 사물은 언젠가 반드시 소멸한다. 그리고 이 소멸을 통해 사물은 존재의 의의를 획득한다. …(중략)… 존재를 존재이게 하는 근원적 조건은 소멸이라는 존재의 결락 바로 그것>(93

쪽)이라며 소멸인 죽음을 존재의 <근원적 조건>이라고 주장한다. 일
상적 의미에서 죽음은 선택의 문제가 아니라 현존재의 거부할 수 없는
숙명이다. 아무리 회피하려고 발버둥쳐도 종말의 심연에 우리는 떨어
지게 된다. 그러나 시인은 숙명으로 받아들이기 전에 오히려 더 적극
적으로 그것을 선취해 나가며, 시인은 죽음을 <영광스럽게 노래하는
존재>(「불꽃 속의 싸락눈－55」, 106쪽)라고 역설한다. 그리하여 소멸이
나 멸망은 오히려 시인이 노래해야할 덕목이라는 것이다. <꽃은 지기
때문에 아름답다. 영원히 지지 않는 꽃 그것은 지겨운 권태를 표상할
뿐이다. 멸망돼 소멸과 폐허를 노래하는 심리적 감수성은 이러한 의미
에서 존귀한 것이다. 그것은 시인이 갖추어야 할 기본 조건의 하나이
다.>(「불꽃 속의 싸락눈－41」, 102쪽)

그에게 죽음은 철저한 무이다. 아무런 세속적인 수사가 필요 없다.
그리하여 그는 <내 죽거들랑 무덤을 짓지 말라>(「새 발자국 고수례」,
28쪽)고 말한다. 그러나 죽음은 또한 시인에게 <영광스럽게 노래>할
만한 하나의 장엄한 종말이기도 하다. 그것은 <시뻘겋게 달아오른 해
를/천천히 삼키고 있는 낙조>(「낙조」, 78쪽)처럼 장엄하며, 그 광경을
시인은 마치 <걸리버 나라의 작은 난장이>처럼 <숨을 죽이고 엎
드>려서 바라본다. 시인은 늘 그러한 숨죽인 긴장 속에서 살아간다.
그는 마치 <바다가 작고 딴딴한 알갱이로/결정되어 …(중략)… 모가 서
는 광물질>인 <소금>처럼 정신을 세우고 <밤마다/세계를 소금절
임하는 꿈을>(「소금」, 74쪽) 꾼다. <소금절임>이란 그 내부에 있는
수분을 모두 빼어버리고 그 진수만 남긴 상태이다. 그러므로 그것은
썩지도 않고 썩을 수도 없다. <부패를 막기 위해/둔중하지만 확실한
빛살로 하얗게/불타오>르는 그러한 <꿈>을 꾸므로 그의 자세는

<군살 하나 없이 온몸으로/팽팽한 긴장감이 하늘에 닿아있>으며, <밤중에도 꼿꼿하게 서서 잠잔다>(「대」, 72쪽) 그에게 <파멸은 처절하면 처절할수록 아름답>고, <적당한 비극은 없다>(「불꽃 속의 싸락눈－93」, 117쪽). 요컨대 그는 늘 <적당히>를 거부한다. 언제나 <적당히>를 거부하므로 그의 단호한 정신과 긴장감은 나태하고 안일한 일상성을 전혀 허용하지 않는다. 그의 냉엄한 정신은 <아무도 가까이 오지 말라>면서 스스로를 고립시키고 세계를 경계한다. 바로 그러한 시인의 자세가 <높게/날카롭게/완강하게 버텨> 선 이 시집 「절벽」으로 형상화된 것이다. 그것은 존재의 극한에서 소멸을 노래하는 실존의 음성이다. 그리하여 그의 노래는 존재망각의 나태한 일상성 속에 매몰되어 있는 우리들의 정수리를 강타하고 있다.

　　부서져라 부서져라
　　부서지기 위해 또 일어서라

　　파도여 파도여
　　절망을 확인하는 몸부림이여

　　　　　　　　　　　　　　　　　　　　　－「파도」 일부

　　　　　　　　　　　　　　　(『시와 반시』 1999년 봄호)

현상으로 말하는 존재와 존재의 경이로움

　－ 오규원 시집 「길, 골목, 호텔 그리고 물소리」
(문학과 지성사 1995)
　－ 이동순 시집 「봄의 설법」(창작과 비평사 1995)

　오규원의 시집 『길, 골목, 호텔 그리고 강물소리』와 이동순의 『봄의 설법』은 매우 대조적이다. 시선과 방법 그리고 언어의 코드가 서로 다르기 때문이다. 따라서 이 두 편의 시집을 한자리에서 얘기하는 것은 어색하고 무리하다. 아니, 어쩌면 그러한 상이점이 오히려 서로를 명료하게 해 줄 수 있다. 전자는 오규원이 스스로 시집의 <자서>에서 밝힌 바와 같이 <현상으로 말하는 존재>에 주목하고, 후자는 이동순이 시집의 <후기>에서 말한 바처럼 <존재의 경이로움>에 귀를 기울이고 있기 때문이다.

　1.

　오규원의 시는 주목받는다. 그의 시는 언제나 신선하기 때문이다. 낯익은 관념이나 익숙한 소도구는 말짱하게 치워 버리고 그는 늘 새로운 어법을 보여준다. 보여준다는 말보다는 늘 <말의 살아 있는 의미>를 찾아 헤매고 있다는 표현이 적당해 보인다. 그 스스로가 밝히고 있듯이, 그는 <존재는 현상으로 자신을 말한다>라는 명제에서 출발한다. <존재는 말하는 현상, 인간이 정한 관념으로 이미 굳어 있는 것이 아니라, 정하지 않은, 살아 있는 의미인 날 이미지와 그 언어의 축

을 찾아>가는 것이 그의 시이다 그러므로 그의 시를 기존 어법이나 관념의 틀에 넣어 읽으려는 독자들은 헛수고만 하게 될 뿐이다. 그의 말대로 존재는 현상으로 자신을 말한다. 우리는 현상 배후의 존재에 도달하지 못한다. 그러므로 우리는 존재의 징후 혹은 표정과 음성을 그대로 읽어야 한다. 예컨대 우리는 기침을 통해서 감기를 감지할 뿐이지 감기 그 자체를 포착하지 못한다. 따라서 감기의 여러 가지 징후 중 기침이라는 드러난 현상을 면밀하게 관찰함으로써 감기를 포착할 수 있는 것이다. 우리가 보는 것은 감기라는 존재가 아니라 기침이라는 현상이다. 오규원의 시는 그런 의미에서의 현상의 언어이다. 그의 시에서 우리는 기존 의미를 포기해야 한다. 낯선 장면과 풍경만이 전개되기 때문이다. 낱말의 사전적 의미는 관념이다. 싱싱한 존재의 현상을 드러낼 수 없는 죽은 관념의 잔해일 뿐이다. 우리는 대체로 사물을 볼 때 어떤 의도를 갖고 본다. 그러므로 대상은 의도에 의해서 굴절된다. 오규원은 이점을 경계한다. 익숙하게 된 것은 버릴 것이다. 그리고 그 현상의 언어가 드러내는 즉물적 풍경을 선입견 없이 바라볼 것이다. 그것이 존재에 육박해 가는 지름길인 것이다.

> 뜰 앞의 잣나무가 밝은 쪽에서 어두운 쪽으로 비에 젖는다
> 서쪽 강변의 아카시아가 강에서 채전 방향으로 비에 젖는다
> 아카시아 뒤의 은사시나무는 앞은 아카시아가 가져가 없어지고 옆구리
> 로 비에 젖는다
> 뜰 밖 언덕에 한 그루 남은 달맞이 꽃에서 잎으로 젖는다
> 젖을 일이 없는 강의 물소리가 비의 줄기와 줄기 사이에 가득 찬다
> ─「우주 2」 전문

지금 눈앞에 전개되는 것은 비 오는 풍경이다. 그것이 단순하게 묘

사되고 있다. 비는 아마도 사선을 그으며 내리는 모양이다. 모든 사물들이 따라서 비스듬하게 젖어든다. 잣나무는 밝은 쪽에서 어두운 쪽으로, 아카시아는 강에서 채전 방향으로, 은사시나무는 옆구리로, 달맞이는 꽃에서 잎으로 젖어들고 있다. 그리고 젖을 일이 없는 강의 물소리가 비의 줄기와 줄기 사이에 가득 찬다. 현상은 매우 단순하다. 우리는 그것을 어설프게 해석하고 판단하려고 하기 때문에 관념의 실타래에 엉기고 꼬여서 현상 그 자체를 놓치고, 현상으로 말하는 존재를 잃는다. 후설의 명제대로 우리는 모든 선입견을 괄호 속에 넣고(판단을 유보하고) 순수한 현상학자의 눈으로 바라보아야 한다. 시인은 타고난 현상학자라는 볼노브의 말은 우리들이 오규원의 시를 읽는데 상기해볼 필요가 있다. 지금 시인의 시선은 세상의 하고 많은 것들 중에 비에 젖는 현상에 주목하고 있다. 비는 무엇인가? 물은 무엇인가? 젖음은 무엇이고 서쪽은 무슨 의미인가? 라고 자꾸 분석하고 캐어묻는 것은 이 시에서는 무의미한 일이다. 시인은 사물로부터 거리를 떼어놓고 아주 자유롭게 바라볼 뿐이기 때문이다.

한 여자가 파라솔 그늘 밖으로 나간
자신의 다리를 따라간다 다리가
이어져 있는 발의 끝까지 따라가서
발가락 끝의 다음을 찾고 있다
물의 강으로 흐르는 한가운데로
들어간 사내가 보인다
사내의 몸은 물이 되고 머리는 사실로
둥 둥 떠 있다 너무 멀리 가서
머리가 없어지고 전신이
강이 된 여자도 있다 거기 있었다는
증거는 강이 가져갔다 물 위에 있지만

사내의 머리를 찾아가는 새는 없다
햇볕만 내려와 엉기다가 풀리고
그러나 강변의 사람들은 물이 되지 않고
물 밖에서 벗은 몸이 사실로 있다

−「물과 길 5」 전문

　　파라솔을 쓰고 걸어가는 한 여자의 동작은 의도나 기존관념을 배제
하고 바라보면 자신의 다리를 따라가는 것이고, 발의 끝, 발가락 끝의
다음을 찾고 있는 것이다. 강물 속의 사내의 몸은 보이지 않아 물이 되
고(물만 보이고), 물 밖에 떠 있는 머리는 지금 누구도 부정할 수 없는
사실로 있다. 물에 들어가 멀리 있는 여자는 그 몸이 잘 보이지 않고 강
만 보인다. 다만 여자가 거기 있었다는 증거는 강이 가져갔다. 강 밖의
사람들은 물이 되지 않고 벗은 몸(옷을 벗은 채로 있는)이라는 누구도 부
정할 수 없는 사실로 존재한다. 여기서는 그것이 좋다, 나쁘다, 혹은 맞
다, 틀리다, 라는 진위나 선악 혹은 호오의 모든 판단은 유보된다. 그냥
거기 그렇게 있을 뿐이다. 그냥 거기 그렇게 있는 것들을 시인은 그냥
거기서 그렇게 바라보고 있을 뿐이다. 시인은 그러므로 지금까지의 모
든 판단해야 할 정황으로부터 몹시 자유롭다. 존재는 거기 그냥 그렇
게 있다. 그것은 우리들의 관념과는 무관하다. 자유이다. 시인은 그 완
벽한 자유의 시간과 공간을 그대로 바라보고 묘사한다. 모든 의도에서
벗어나므로 순수하게 볼 수 있고, 관념에서 벗어나므로 존재의 진리를
포착한다. 그럴 때 우리는 감동한다. 그 순간은 사르트르를 빌리면 지
금 거기 그렇게 있는 즉자와 그것을 바라보고 있는 대자가 통합되는
순간이다. 이때 오규원의 시간과 공간의 지평은 우리들의 기존관념을
밀어내고 그 자체로서의 존재를 드러내게 된다. 그것이 이 시집 『길,
골목, 호텔 그리고 강물소리』이고 오규원의 시의 세계이다.

2.

오규원의 시가 방법적 모색에 힘쓰고 있다면 이동순의 시는 내용 혹은 의미의 잔잔한 울림에 귀 기울이고 있다. 전자가 일체의 판단을 유보하고 현상을 그대로 냉정하게 바라보고 있다면, 후자는 가슴으로 보고 핏줄로 감싸며 숨결로 만난다. 한마디로 이동순은 요즘 우리 시에서 보기 힘든, 잔잔하고 맑으면서도 무엇인가 범할 수 없는 준엄함을 보여준다. 예컨대 '포릇포릇 움트는 저 새싹들'(31쪽)의 봄은 그냥 자신의 자태를 드러내고 있지만 이동순에게는 그 자체가(자연의 미세한 현상들이) 하나의 설법으로 다가온다. 자연의 작디작은 음성을 듣는 그의 청력과 미세한 생명의 의미를 읽는 그의 시력 그리고 우주의 질서를 느끼는 그의 감응력은 실로 함부로 범접할 수 없는 경지에 도달하고 있다.

후기에서 스스로 밝혔듯이 이 시집은 그가 살고 있는 경산 고죽 마을에서의 생활과 주변의 자연환경, 그리고 주로 그 지역농민들의 삶을 그린 소묘집의 분위기를 나타내고 있다. 우선 그가 말하고 있는 자연은 그의 극명한 고독의 눈으로 포착할 수 있는 저 본래적인 피지스이고 그 피지스의 아들인 인간에게 따뜻한 모성으로 포근함을 보여주는 존재이다. <이 세상에 나를 둘러싸고 있는 모든 것이 내 어머니 아닌 것이 없어라>(31쪽)라고 그는 노래한다. 이 구절은 물론 그의 어머니에 대한 그리움을 나타낸 것이지만, 더 근원적으로는 자연은 바로 어머니인 것임을 말하는 것이기도 하다. 자연은 아름답고 생명은 그 자체로 기쁨이다.

청산에 새소리 가득 차고
안개가 고죽 마을을 휘감고 있는 새벽

천지의 꽃들은
꽃눈 속에서 터져 나오려고
젖꼭지 같은 망울을 한껏 부풀리고 있는데
이 꽃나무 밑에서
우리 집 암캐 진도란 년도 방금
첫 발정을 해서
빨간 꽃잎을 땅바닥 여기저기에
뚝뚝 흘리고 다녔다

                           -「청산에 새소리 가득 차고」 전문

    이동순의 자연은 청산이다. 천지의 꽃들은 지금 피어나려고 망울을 부풀리고 있고 집에서 기르는 암캐도 첫 발정을 해서 요란을 떨고 있는 풍경이 전개되고 있다. 여기서 시인은 이 봄이라는 생명의 발동을 절묘하게 묘사하고 있다. 꽃들이 꽃눈 속에서 마치 <젖꼭지> 같은 망울을 부풀리는 것과 특히 우리 집 암캐 <진도란 년>도 첫 발정을 해서 빨간 꽃잎을 땅바닥 여기저기에 뚝뚝 흘리고 다닌다는 것은 우리에게 말할 수 없는 기쁨과 찬탄을 자아내게 한다. 이제 새소리로 가득 찬 청산, 그리고 그곳에 안개로 감싸인 마을, 젖꼭지처럼 관능적이고 그렇게 부푸는 꽃망울과 발정난 개로 드러내고 있는 건강하고 싱싱한 생명으로 한껏 고양된 봄의 시간과 공간이 본래적인 피지스로서의 이동순의 자연인 것이다. 그곳에서 시인은 <작은 짐승처럼 귀 쫑긋 세우고/대지에 울려 퍼지는 잔잔한 봄의 설법에 귀 기우>(16쪽)린다. 그런 곳에서 <풀과 나무를 만지고 살거나/마음속에 풀과 나무를 가꾸고 사는 사람들은/그래도 나무의 겸양과/조화로움을 조금은 닮아 가고 있>(18쪽)다. 그러므로 시인 자신도 그곳에 살면서 <햇살에 콩깍지가 말라 갈 때/하느님이 내려와서 콩깍지의 콩과 소곤거리는 소리를 들>(22쪽)을 수 있는 것이다.

이 본래적인 자연으로 표상된 고죽마을의 주민들의 삶의 이야기와 시인 자신의 느낌들이 아주 진솔하게 드러나고 있다. 마을 주민들의 일상의 생활모습은 분위기는 다르지만, 마치 서정주의 『질마재 신화』를 연상케 하는 또하나의 <신화>를 일구어 내고 있다. 이 시집에 등장하는 인물들, 예컨대 <술꾼 봉도>, <신천 할부지>, <달래 할머니>, <말숙 어미>, <서동 영감님>, <허경행씨> 등등은 현대 산업화되는 시대에 뒤떨어져서 옛날의 삶을 그대로 계속하고 있는 어리석지만 천진무구한 사람들이다. 그리고 그들의 삶의 무대가 되는 <새알산>, <미산 숲>, <속알못>, <고죽 개울> 등은 도시의 빌딩이나 골목에 비하여 아직도 때묻지 않은 청청함을 유지하고 있다. 그러나 바라보는 각도를 바꾸어 보면 지금 농촌의 현실은 매우 피폐하고 쓸쓸하다. <아들네들 도시로 떠나고 없는/빈집에 혼자 남아서> 고양이 등만 쓰다듬는 <달래 할머니>(57쪽), 그리고 <농사를 짓다가 도시의 청소원으로/청소원에서 알콜 중독자로/드디어 망가진 몸으로 한 생을 마감한 이 시대의 농민의 얼굴>(60쪽)인 <봉도씨> 등을 통하여 시인은 피폐한 농촌 현실을 아파하고 있다.

봉도 죽고
봉도 살던 집은
논까지 끼워서 팔려고 내놓았다
예수 믿는 상철씨는
새마을 지도자에 농민 후계자인데도
집 팔고 도시로 나가서 살고 싶어한다
이장 태어난 집터는
막내 아들
아파트 중도금 재촉이 심해서
팔아달라고 부탁이다

집집마다 대개 팔고 나갈 생각들이지만
그러나 부동산 경기도
한물 간 뒤라
누가 거들떠보기나 하랴
눈을 감으면
사람들 모두 떠나고
아무도 없이 썰렁한 고죽 마을이 떠오른다

—「요즘 농촌」 전문

　인공화 된 도시에 대해서 농촌은 아직 자연이다. 앞에서 말한 것처럼 자연은 본래성이다. 인간은 자연의 아들이면서도 자연을 배반하고 훼손하면서 살아가고 있다. 자연에게서 삶의 진리를 발견하고, 자연으로부터 삶의 태도를 배워야 함에도 불구하고 우리들의 현실은 자연으로부터 멀어지고 있다. 우리는 자연과 친화해서 더불어 살려고 하지 않고, 자연을 편의의 수단으로만 이용하려고 하기 때문에 우리들의 대표적 자연인 농촌은 피폐해지고 있다. <대추나무를/전지하면서 살펴보니/나무의 가지와 가지들은/결코 서로 다툼이 없다는 것이었다. … (중략)… 이런 나무의 이치를 알고서 세상

　을 둘러보니/사람들은 다른 사람을 끌어내리고/차고 꺾고 심지어는/제 살기 위해서 남까지 죽이려고/칼을 갈고 있는 것이었다/사람들 중에서도/풀과 나무를 만지고 살거나/마음속에 풀과 나무를 가꾸고 사는 사람들은/그래도 나무의 겸양과/조화로움을 조금은 닮아 있는 것이었다>(18~19쪽). 그러나 나무의 겸양과 조화로움을 조금은 닮아 있는 농촌의 사람들이 지금은 거의 모두가 <집 팔고 도시로 나가서 살고 싶어 한다>. 그리하여 이제 <사람들 모두 떠나고/아무도 없이 썰렁한> 마을이 되고 있다. 보다 깊이 삶을 바라보고 본질적인 것을 생각한다면 이런 현상은 매우 심각한 일이다. 누구나 겉으로는 그 심각성을

걱정하면서도 아무도 그 농촌(자연)에 들어가서 살려고 하지 않는다.

그러나 이 시집에서 시인은 사람들이 떠나간 빈 공간에 남아 극명한 고독을 느끼며 삶의 진실을 노래하고 있다. 그는 도시를 뒤로하고 고죽마을로 들어가서 <아침부터/해질 때까지 쇠똥 거름을/퍼담아 마당 곳곳에 부>(10쪽)으며, <분홍 동백 한 그루 사와/뜰마당에 심>(36쪽), <별 총총하고/깜깜한 밤이 깊>어 가면 <등불을 켜고> <책상 앞에 앉>아 <혼자 시를> 쓰면서 살아가고 있다(79쪽). 시인은 그곳을 <이 승의 내가 잠시 머무르는 쉼터>(78쪽)라고 하면서 <이 새로운 땅에 내 삶의 뿌리가 튼튼히 내려지기를 소망>(104쪽)한다. 그리하여 그는 자연의 생명이 싹터 오르는 비밀한 소리(봄의 설법)를 몸으로 듣고 그 소리를 받아 적는다. 또한 그는 본래적이고 본질적인 세계로서의 피지스인 자연(농촌)이 피폐해지고 사람들이 떠나가는 쓸쓸함에 대한 아픔을 잔잔하게 이야기하고 있는데 그 이야기가 또한 이 시집의 표제인 『봄의 설법』이기도 하다.

(『시와 반시』 1995년 가을호)

어두운 짐승에서 몸 밝은 연꽃까지

— 권국명 시집, 「그리운 사랑이 돌아와 있으리라」(만인사 1996)

1.

　얼마 전 권국명 시인이 시집을 상재했는데 그것은 대구지역에서는 사건(?)이다. 그는 1964년 문예지 『현대문학』에 아직 대학생으로서 추천을 받아 등단해서 초기 작품들인 「無明考」연작으로 당시 상당한 주목을 받았고, 대구문학상이 분리되기 전 제1회 경북문학상을 수상하여 이 지역 문단의 기대를 모았는데, 그 후 30여 년의 세월을 지내면서 그 흔한 시집 한권 내지 않고 있다가 느닷없이 출간한 것이니까 조금은 놀라운 사건인 셈이다. 60~70년대와는 대조적으로 80년대 이후에는 거의 작품발표를 하지 않고 있었지만, 그러나 시 쓰는 일을 중단한 것은 아니었다. 자신의 표현대로 그는 어느만큼 <게으른 무심함> 속에서 지내오면서 드물게 작품을 보여주곤 했다. 시집의 自序에서 <여기 선해 실은 시들은 64년 내가 문단에 나온 이후, 85년까지 쓴 시 중에서 지향했던 의미세계가 같은 것만을 묶>어낸 것이라고 밝힌 것을 보면 아마도 그는 아직 여러 권 분량의 작품들을 갖고 있는 듯하다. 그가 비록 드물기는 해도 지속적으로 작품 발표를 해 온 것을 보면, 이제서야 힘들게 시집 한 권을 상재한 것은 어쩌면 그의 말대로 <우리 문화의 서느러운 한 면목>일는지 모른다. 그리고 이점은 우리들의 너무 쉽고 경박한 시 쓰기에 대하여, 이미 知天命의 중턱을 넘어선 한 중견 시인의 은근한 나무람일는지도 모른다. 여기 실린 작품들뿐만 아니라

이러한 작품 외적인 면에서도 그의 시집은 또한 주목을 받을만하다.

　2.

　전체가 4부로 구성된 이 시집에는 총 59편의 작품이 수록되어 있다. 이 시집을 읽고 처음 받은 인상은 많은 작품들의 분위기와 심상들이 서정주의 『화사』에서 『신라초』와 『동천』에 이르기까지의 그것들과 매우 유사하다는 점과 김춘수류의 어조도 느껴진다는 것이었다. 이러한 사실은 권국명이라는 한 시인에게는 그의 독자성을 훼손하는 약점으로 보인다. 그러나 얼핏 보기에 쉽게 느껴지는 그러한 약점에도 불구하고 이 시집을 찬찬히 읽어보면 권국명의 어떤 진정성을 만나게 되는 것을 우리는 인정하지 않을 수 없다. 앞질러 말한다면 그것은 아마도 그가 머리나 손끝으로 시를 쓴 것이 아니라 무명의 어둠 혹은 삶의 심연에 그의 온몸을 던져서 깨져 흘린 붉은 피와, 그 고통에 뒤척이면서 처절하게 울었던 우리 시대의 실존의 울음이었기 때문이라고 생각된다.

　시인이 自序에서 밝힌 것처럼 이 시집에 실린 작품들은 창작시기로 볼 때 역순으로 묶었기 때문에, 우리가 시인의 시적 변모를 통시적으로 이해하기 위하여는 뒤에서부터 거꾸로 읽는 것이 도움이 된다. 그리하여 작품의 순서를 4－3－2－1부로 읽는다면, 無明의 어둠－巫俗的인 방황－無說의 含黙－영원한 그리움 혹은 사랑의 회귀 등으로 읽혀진다.

　제4부는 「無明考」의 연작들인데 여기서 無明은 인간의 근원적인 深淵으로 보인다. 그것은 이 시인이 20대에 세례받았던 실존주의의 불합리한 어둠과 그것에 대한 고뇌로 이루어져 있는데, 예컨대 <無明의 암흑 속>에서 <불같은 눈을 하고 상한 肝잎을 핥고 있는 어두운 짐승(71쪽)>과 그것의 <울음>은 60년대 우리 시단의 주목을 끌기에 충

분했었다. 제3부는 「巴天巫歌」의 연작이 중심인데, 원래 巫歌라는 것은 제한된 인간의 한계를 넘어서서 초월적인 존재자와 만나는 노래의 형식이므로 제4부에서 이 시인이 고뇌하던 실존은 그 초월에의 지향을 무속적인 통로를 빌어 시도하고 있는 것으로 해석된다. 그리고 제2부의 「志鬼遺草」 연작과 「無說吟」 연작은 그 제목에서 드러나고 있는 것처럼 사랑과 한의 含黙이다. 삼국유사의 지귀설화에서 빌려온 지귀의 선덕여왕에 대한 이룰 수 없는 사랑의 恨(心火로 타올라 죽음까지 이르게 하는)을 푸는 巫歌를 통해서 실존의 고뇌를 다시 확인한다. 그것은 지귀로 상징되는 나약한 유한자인 인간이 여왕으로 상징되는 至高의 무한자에 대한 그리움에서 비롯된 것이므로 이미 지귀의 말(내 사랑의 말씀은/아무도 못 알아듣는 말씀(33쪽))처럼 한계지워진 필연적인 비극이다. 그리고 이제 마지막 제1부에 오면 그의 시적 자아는 어려운 사랑의 길을 찾아 <꽃길 천리>, <모래벌 천리>, <뻘밭 수렁길>, <어두운 땅끝>에 도달하여 <천년쯤 피흘리고 서 있으면> 그 <피의 붉은 빛>이 다 가시고 그 때쯤 되어야 비로소 <그리운 네 사랑이 돌아와 있(11쪽)>는 것을 알게 된다는 것이다.

결국 이 시인이 온 몸을 던져 갈구하는 사랑이란 우리 인간의 영원한 구원이고 그것에 이르려고 몸부림치는 과정이 <어두운 짐승>의 <울음>으로 표상되는 시인의 실존적인 고뇌이며, 그것이 이 시집의 <시적 기본어>들인 <피>, <꽃>, <물(바다)>, <붉고 푸름>, <설움(슬픔)>, <울음> 따위로 변주되고 있는 것이다. 그리하여 이 시집을 읽을 때 우리는 그러한 시적 기본어를 통해서 우리 내부에 깊은 곳에서 울려오는 실존적인 울음의 울림을 듣게 되는 것이다. 그러나 이 시인은 이미 제1부의 작품 「가을 저녁」에서 노래하고 있는 것처럼 생의 어둡고 먼길을 <바쁜 것도 없이/그저 담담하게/먼 숲을 한 바퀴 돌

아오리라(18쪽)>면서 조용히 그의 젊은 시절의 한 시기를 정리해 놓고 있다. 결론적으로 말해서 젊은 날의 상한 肝잎이나 핥고 뒤채이며 울던 <어두운 짐승>은 이제 <몸 밝은 연꽃(11쪽)>으로 돌아오고 있는 것이다. 그러므로 이 시집을 읽고 나면, 젊은 날의 <어두운 짐승>에서 출발하여 20년 만에 도달한 <몸 밝은 연꽃>의 <말씀>이 어떻게 드러날지 그의 다음 시집이 궁금해진다.

(『시와 반시』 1996년 겨울호)

그리움, 닿을 수 없는 비극적 황홀

― 구석본 시집 「노을 앞에 서면 땅끝이 보인다」

(시와 반시사 1998)

1.

구석본은 1985년 그의 첫시집 「지상의 그리운 섬」 이후 13년 만에 두 번째 시집 「노을 앞에 서면 땅 끝이 보인다」를 상재하고 있다. 그만한 시간이면 상당한 시적 변모를 기대할 수 있지만 그러나 크게 달라지지는 않았다는 것이 이번 시집을 읽은 느낌이다. 첫 시집에서처럼 그의 시는 여전히 존재론의 거대한 그늘 속에 있다. 그 그늘은 매우 두터워서 어둡다. 놀라운 것은 구석본의 시에 동원되는 시어는 매우 구체적이고 이미지가 선명함에도 불구하고 시의 세계는 대단히 견고한 관념의 성처럼 보인다는 점이다. 그는 그 성 안의 어둠 속에서 존재의 불빛을 쫓고 있다. 그러나 그 불빛은 언제나 닿을 수 없는 거리를 유지하고 있고, 닿을 수 없는 거리가 그리움을 낳고, 그리움은 다시 어둠 속에서 존재의 불빛을 쫓는 에너지가 되고 있다.

2.

한마디로 구석본 시의 시적 기본어는 그리움이다. 우리가 그의 시를 읽는 것은 그의 그리움을 읽는 것이고, 그의 시에 공감하는 것은 그의 그리움에 공감하는 것이다. 이번 시집을 일별하면 우리는 그리움이란 시어가 그 빈도수나 강렬성 등에서 다른 어떤 시어들 보다 압도적임을 느낄 수 있다. 또한 그리움이란 시어가 나오지 않는 작품들 속에서도 우리는 그의 절실한 그리움을 만난다.

그리움은 한마디로 무엇(대상)에 대한 의식(혹은 정서)이다. 미완의 대자존재인 나는 늘 완전한 즉자존재와의 합일을 꿈꾸고 있다. 그러나 구석본의 시적 자아가 합일을 꿈꾸는 <나의 애인>은 <언제나 만 리 밖에 서 있다>(「그리움」, 12쪽). 이때 <나>와 <애인> 사이의 닿을 수 없는 거리가 곧 그리움의 거리이다. 시인에게 그 거리는 좁혀지지 않는 숙명적인 거리이고, 그 숙명적인 거리가 오히려 비장미를 주는 <비극적 황홀>로 나타난다.

시인이 그리워하는 대상은 <어둠 저쪽 너머에서 흔들리>(「허수아비의 노래.1」, 19쪽)고 있거나 <가 닿을 수 없는 곳>(「허수아비의 노래.4」, 23쪽)에 있어서 오히려 그 <닿을 수 없는 거리가/꽃으로 피어나게>(「헌화가」, 54쪽) 하고 있다. 즉 그 대상은 현실적으로는 <가도 가도 닿을 수 없는/황홀한 유년의 언덕>(「쇠비름」, 67쪽)같은 것이어서, <다가가면/다시 그만한 거리를 두고 물러>(「도외의 별빛」, 80쪽)선다. 그래서 자아(대자)와 대상(즉자)과의 숙명의 거리가 근원적인 <그리움>을 낳게 하는 것이다.

3.

나(대자 – 미완의 존재)는 언제나 그대(즉자 – 완전자: 애인)와의 합일을 꿈꾼다. 즉자와 대자의 합일이 현존재인 나의 존재실현이기 때문이다. 그러나 현존재(다자인: Dasein)로서의 나는 바로 그 현(現: da)의 세계에서는 그대와의 합일이 불가능하다. 이때 현존재가 속해 있는 세계가 시인에게는 바로 <어둠>이다. 우리는 구석본의 시집에서 '어둠'이라는 아주 중요한 키워드를 간과할 수 없다.

어둠은 형상을 지워버리고 무화시킨다. 따라서 어둠은 존재에 대한 위협이다. 시집의 제일 앞 작품 「반딧불」(11쪽)에 의하면, <만물의 어둠>이 <반딧불을 향하여 몰려>가고 반딧불(이승의 정신 하나)은 <어둠에 쫓겨 세상의 바깥으로> 사라진다. 여기서 <이승의 정신>인 반딧불은 시인이 추구하는 존재의 불빛이다. 그러나 그것은 어둠 속에서 비로소 빛나고 그 빛은 어둠이 깊을수록 밝다. 그러므로 존재의 불빛의 밝기는 <만물의 어둠>의 깊이에 반비례한다. 어둠과 빛은 그렇게 서로를 공격하면서 보완한다. 어둠은 불빛을 쫓다가 불빛이 세상 바깥으로 사라진 다음 <사냥개처럼 컹컹> 짖으며 <이승의 한밤을 가득 채>운다. 어둠이 가득 찬 이승의 한밤, 아무것도 보이지 않는 막막한 어둠 속에서 <컹컹>이라는 대상을 놓친 사냥개의 울음소리는 존재의 불빛을 놓친 시적자아의 울음이고 그것은 적막한 어둠 을 울리는 메아리로 남아서 비극적 정황을 심화시켜 준다.

어둠은 사물을 무화시키고 스스로 근원적인 공간이 된다. 어둠 속에서 대상은 보이지 않으므로 시적자아는 대상을 만날 수 없다. 만날 수 없으므로 영원히 남는 것은 대상을 지향하는 정서뿐이고 그 정서는 그리움이다. 그것은 늘 허기진 정서로서 무엇인가를 채우려 하지만 숙명적으로 채울 수 없는 것이 구석본의 비극적인 정서이다.

4.

또한 구석본의 시적 자아는 수동성이다. 작품 「농아일기.1」(71쪽)에서 그는 <스스로 말할 수 없고 들을 수 없다>는 인식에 도달한다. 그리하여 <나 - 그대>와의 단절은 절대적이며 양자 사이에는 <뚫리지 않는 절벽 같은 그리움의 막>(「보이지 않는 산」, 33쪽)이 놓여 있어서 그대에게 닿지 못한다. 결국 닿을 수 없는 저쪽 대상에 대한 이쪽의 나

(시적자아)의 슬픔의 노래가 구석본의 시라고 할 수 있다. 그러한 닿을 수 없는 존재의 불빛에 대한 그리움은 결국 구석본 시의 비극적 아름다움을 드러낸다. 우리는 그의 시에서 비장함을 느낀다.

그러나 우리는 그러한 단절에서도 결국 구원의 한순간을 느낄 때가 있다. 그리움이 모여 빛으로 타오를 때 나의 그리움이 저리 밝은 빛이 되어 아득한 그대를 비추기 때문이다. 그러나 곧 <그대는 눈부시게 나타났다가/다시 소리와 빛의 뒤로 물러선다>(「번개」, 27쪽) 결국 대상은 닿을 수 없는 존재이고, 설령 닿는다 하더라도 그것은 <나의 손이 닿자> <일시에 흔들림을 멈추고 화석이>(「헌화가」, 54쪽) 되는 것이다.

그러나 우리는 대자(나)와 즉자(꽃)의 합일의 순간을 작품 「꽃」(51쪽)에서 대자 – 즉자 존재의 합일, 즉 구석본의 시적인 존재실현을 볼 수 있다. <마주서서/가슴으로 서로를 지우다가, 지우다가,/마침내 나만을 깨끗이 지워버리는/단 한 번의 순간/그대의 가슴에서 피어나는/꽃이 된다> 여기서 중요한 것은 <마침내 나만을 깨끗이 지워버리는> 자아의 자기 부정 혹은 포기를 통해서야 비로소 나는 <그대의 가슴에서 피어나는 꽃>이 되어 <나 – 그대>의 합일을 이룩해 낸다는 점이다.

이렇게 볼 때 지금까지의 시적 자아는 대상 존재로의 <다가서서 바라보고 마주서기>까지는 가능했지만 <마침내 나만을 깨끗이 지워버리는/단 한 번의 순간>을 마련하지 못했던 것이다. 그러므로 대상에 대한 그리움만 삭이고 있었던 것이며 그 그리움이 어둠 속에서 존재의 꽃불을 피워 올리는 비극적 황홀로 형상화 되고 있다. 요컨대 구석본의 시는 한마디로 닿을 수 없는 존재에 대한 그리움이 드러내는 비극적 황홀이다.

(『시와 반시』 1998년 여름호)

생성 혹은 상승지향의 힘

─ 손진은 시집 「눈먼 새를 다른 세상에 풀어놓다」

(문학동네 1996)

손진은의 시집 『눈먼 새를 다른 세상으로 풀어놓다』를 읽으면서, <솟아오름> 혹은 <밀어 냄> 그리고 <봄>과 <햇살> 또는 <펌프질>, <따스함>, <내장된>, <힘> 등의 말들이 나의 머리 속에 인상적으로 남아서 명멸하고 있음을 느낀다. 이런 낱말들이 인상적으로 느껴지는 이유는 대체로 그것들의 높은 출현 빈도수와도 관련이 있겠지만, 더 중요한 것은 그 낱말들이 이 시집 속에서 시인의 시적 정서를 드러내는데 중요한 역할을 수행한데서 연유하는 것이며, 그것은 아마도 이 시집을 감상하는데 중요한 시적 기본어가 된다고 생각된다. 그 중에서 나는 특히 <솟아오름> 혹은 <밀어냄>을 단서로 삼아서 이 시집의 성격을 파악해보고자 한다.

우선 눈에 띄는 구절을 인용하면 다음과 같다.(괄호 안의 숫자는 인용된 구절이 들어 있는 시집의 페이지를 나타냄)

> 말들이 뭉클 솟아오르는 밤이었네(11쪽)
> 독수리 가슴 밑을 뚫고 솟구치는(20쪽)
> 꽃몽오리처럼 밀어올리는 노래의 입자들이(25쪽)
> 두근거리는 봄 그리움 길어올릴 때(39쪽)

침묵 밑바닥에서 또다시/활처럼 솟아오르는 침묵(42쪽)

차라리 춤입니다 물컹 삶의 냄새가 피어오르는(45쪽)

서로가 뿜어내는 흐뭇하고 끈적한 기운 같은 게(46쪽)

꽃댈 밀어내는 것이었다(62쪽)

결사적으로 솟는 기쁨의 샘물(64쪽)

글들은 아연 생기를 띄고 돋아났다(67쪽)

잎사귀들 속 감추어진 힘 서서히 치켜올리며(70쪽)

물소리가 꽃대를 밀어올린다는(74쪽)

숨죽인 도라지 꽃대를 밀어올릴 것이다(76쪽)

몸을 부풀어올리는 숲(79쪽)

작은 힘이 꽃대의 무거움 들어올릴 때(82쪽)

광대하게 퍼져서 살갗을 퉁겨올리는(84쪽)

솟아오르는 계곡의 물줄길 타고(85쪽)

맥을 짚으며 돋아오르는 것을 느끼지(89쪽)

없던 미루나무가 불쑥 올라오다니(94쪽)

글썽이며 글썽이며 돋아나는 별(97쪽)

　

이상에서 인용한 구절들은 결국 솟아오름, 밀어올림, 돋아남(피어남) 등의 역동적인 동사들로 지탱되고 있는데, 그것들은 모두가 생성과 운동을 나타낸다.

이점은 손진은의 이번 시집의 표제어 『눈먼 새를 다른 세상에 풀어놓다』의 어법과도 관련이 있다고 생각된다. 이 표제는 시인의 평소 표현 습관대로 썼을 가능성이 높지만, 가만히 뜯어보면 동적인 어법을 사용하고 있음을 알 수 있다. 여기서 시인은 눈먼 새를 다른 <세상에> 풀어놓다라고 하지 않고 <세상으로> 풀어놓다라고 쓰고 있다. 엄밀하게 말하면, <세상으로>와 <세상에>는 다르다. 전자 <…으로>는 문법적으로 운동방향을 나타내는 독일어의 <4격>에 해당되고, <…에>는 장소를 나타내는 <3격>에 해당한다. 그런데 상식적으로 생각하면 여기서 새는 <세상>이라는 <장소>에 풀어놓는 것이므로 <세상에>로 써야한다. 예를 들면 책을 책상 위<에> 놓다로 쓰지, 책상 <위로> 놓다고 쓰지 않기 때문이다. 그러나 동작의 방향을 나타내는 경우, 예컨대 철수를 부산<으로> 보낸다고 한다. 따라서 새를 <세상에> 풀어놓다라고 쓰지 않고 <세상으로> 풀어놓다고 쓴 것은 세상이라는 장소보다도 세상 <쪽으로> 보낸다는 동작(운동)의 방향을 강조한 것이 된다. 따라서 전자 <세상에>는 <존재(Sein)>에, 후자 <세상으로>는 <운동> 혹은 <생성(Werden)> 쪽에 비중을 둔 것이다. 이 자인(Sein)과 베르덴(Werden)은 우리가 세계를 이해하는 매우 중요한 두개의 관점이다. 예컨대 옛날 그리스의 파르메니데스의 정지 혹은 <존재>와 헤라클레이토스의 운동 혹은 <생성>의 관점이 그것이다.

이렇게 볼 때 손진은 시인은 <존재>보다는 <생성> 쪽에 그의 관심이나 의식의 비중이 놓인다고 할 수 있다. 그러므로 그의 시에서 우리는 앞에 예시한 <솟아오름>, <돋아남>, <밀어올림> 등의 생성의 언어들을 시적 기본어로 쓰고 있는 것이다. 물론 그렇다고 해서 어느 한쪽으로만 해석하는 것은 무리이다. 우리는 누구나 존재와 생성의 양쪽을 함께 우리 의식 내부에 갖고 있기 때문이다. 그러함에도 우리는 손진은의 시를 존재의 관점보다는 생성의 관점에서 볼 때 비로소 그의 시의 중요한 시적 기본어의 하나인 <힘>이라는 시어를 깊이 있게 이해할 수 있게 된다. 예컨대, 그의 첫 번째 시집의 표제『두 힘이 숲을 설레게 한다』에 나와 있는 것처럼, 그가 <힘>이란 시어를 쓰는 것은 이미 존재보다는 생성에 주목하고 있음을 암시하는 것이다. 그의 이 <힘>은 앞의 인용구절의 <솟아오름>, <밀어올림>, <돋아남> 등처럼 대체로 상승의 방향성을 띄고 있는데 그것은 그의 힘이 생명지향성으로 나타나기 때문이다. 그러므로 이 시집에 가장 빈번하게 등장하는 단어가 생명을 이끌어내는 <햇살>이고, <상승의 힘>인 것이다. 이렇게 볼 때 우리는 손진은의 시에서 느껴지는 따뜻한 긍정과 생명의 기쁨과 자연 혹은 세계에 대한 감동의 이유를 알 수 있게 된다.

그런데 이런 긍정을 노래하는 시인의 의미는 무엇이고, 이 시집의 표제인 <눈먼 새를 다른 세상에 풀어> 준다는 뜻은 무엇인가? 이 물음에 대한 대답이 이 시집의 의미가 될 것이다. 그가 고백하듯이 <글자를 만지며 살아온 ……늦은 삼십대>의 시인이 할 수 있는 것은 정치인이나 실업가처럼 세상을 가시적으로 변화시킬 수 있는 입장에 있는 게 아니다. 그가 시인으로서 할 수 있는 일은 <눈먼 새를 다른 세상으로 풀어주>는 어느 음악가 아내의 <침묵 끝에 어눌하게> 그러나 <질투의 진동을 살짝 벗어난 그 서늘한 참 잘 익은 말의 향기(「소리의 눈동자」, 54쪽)에 닿아보려고 애쓰고, <그림 속의 양들 만지고 뜨개질하는 소녀 물든 어깨 위 손 가만 얹어보는 일(「시인」, 92쪽)>일 뿐이다. 이로 미루어 볼 때 시인 손진은이 <역동적인 생성>의 관점에서 세상을 노래한다 하더라도, 그는 그의 생활인에서 느껴지듯이 세상을 조용히 바라보는 눈일 뿐이며, 이 시집은 그 눈에 비쳐지는 아름다운 생성의 음영이라고 할 수 있을 것이다.

(『대구예술』1996.11)

어둠의 상처와 우울한 고통

– 김형술 시집 「나비의 침대」(천년의 시작 2002)

1.

우선 시집의 표제시를 읽는다. 여기에 수록된 육십여 편의 작품 중에서 시인은 「나비의 침대」를 시집의 제목으로 택하고 있다. 일반적으로 책의 제목은 내용을 함축한다. 그러므로 표제가 된 작품은 이 시집의 성격을 단적으로 말해준다고 할 수 있으므로 일단 주목할 필요가 있다. 그런데 <나비의 침대>라는 말은 나비가 침대의 주인처럼 들려 이상하다. 여기서 침대는 화자의 침대이고 나비는 침대 머리맡에 앉아 있으니 이것은 <나비의 침대>가 아니라 <나비와 침대>가 아닌가 하는 느낌이 든다. 그럼에도 불구하고 시인이 <나비의 침대>라고 쓰고 있는 것은 화자와 나비의 관계, 즉 나비에 투영된 화자의 의식 때문인 듯하다. 표제시가 드러내는, 이 시집을 관류하는 중심의미는 무엇일까?

> 바람소리에 놀라 깨어나는 겨울 한밤중 침대 머리맡에 나비 한마리 앉아 있다 가만히 들여다보노라니 꿈꾸듯 접힌 작은 날개 가득 내가 아는 모든 꽃들의 이름 문신처럼 새겨져 있다
>
> 그 이름 하나하나 불러 세울 때마다 나비의 날개는 화안한 금빛으로 물들어간다 나비의 몸 속을 밝히는 건 꽃들의 영혼일까 내 안에 잠든 바람의 움직임일까 내가 바람, 이라고 말하기도 전에 나비는 어둠 속으로 날

아오르고

갑자기 폭죽을 터트린 듯 어둠이 화안해진다 황금빛 광채에 갇힌 나비
떼 팔랑팔랑 떠다니는 허공으로 내 몸도, 침대도 꽃잎처럼 가볍게 떠오
르는 한순간 갑작스런 암전, 아득한 현기증

오래 전에 내가 날려보낸 나비들 어디서 잠들고 꿈꾸는 것일까 침대는 무
덤처럼 나를 삼키고, 다시는 날지 못할 것이다 외치듯 세상을 흔들어대는
창 밖의 바람소리. 나비떼 다녀간 어둠 끝 보이지 않는다 너무 먼 봄.
-「나비의 침대」 전문

　이 시의 첫 문장은 매우 비현실적이고 당돌하게 진술되고 있다.
<바람소리에 놀라 깨어나는 겨울 한밤중>은 춥고 어둡고 불안하다.
그런데 <침대 머리맡에 나비 한 마리>가 앉아있다. <겨울 밤>에 웬
<나비>인가? <겨울밤>이라는 시간과 <침대>라는 공간 그리고 <나
비>라는 사물은 서로 맞지 않는다. 이 불협화의 상황이 앞질러 말해
서 김형술 시의 성격을 드러내고 있다. 그러한 상황 속에서 그의 시는
어둡고 불안하고 고통스럽게 보인다.
　시인은 지금 바람소리에 <놀라 깨어나>서 침대 머리맡의 나비 한
마리를 발견한다. <가만히 들여다보노라니 꿈꾸듯 접힌 날개 가득>
그가 아는 <모든 꽃들의 이름>이 <문신처럼 새겨져 있다> 그 꽃들
의 이름 하나씩 부를 때마다 <나비의 날개는 화안한 금빛으로 물들어
간다> 그리고 시인이 <바람>이라고 말하기도 전에 나비는 <어둠>
속으로 날아오른다. 그러면 <어둠이 화안해> 지고 <황금빛 광채에
갇힌 나비떼 팔랑팔랑 떠다니는 허공으로> 그의 <몸도, 침대도 꽃잎
처럼 가볍게 떠오르>고, 그 순간 갑작스런 <암전>이 된다. 이 <갑
작스런 암전>의 어둠이 바로 시인이 처한 상황이다.

침대는 잠자는 휴식의 장소인데 오히려 그것은 <무덤처럼> 그를 삼키고 있고, <창 밖의 바람소리>가 <다시는 날지 못할 것>이라고 외치듯 <세상을 흔들어대>고 있다. 그리하여 지금 <나비떼 다녀간 어둠 끝 보이지 않는> <너무 먼 봄>이 바로 그의 시적 공간이다. 시인에게 <나비떼>의 이미지는 자신을 고양시키는 힘으로서, <가볍게 제 몸을 끌어올>려서 <난생 처음> 그를 <날아>오르게 했던 것이었고, <눈부신 햇살 밖으로 날아가며 춤추던 투명히 푸른 영혼>이었는데 이제 다시는 <그 봄, 그 영혼은 오지> 않고, <다시는 날 수 없>「나비」게 된 안타까운 그리움의 표상이다. 그리하여 황금빛으로 자신을 떠오르게 하던 나비는 지금 어둠 속에 사라지고, 희망의 <봄>은 도달할 수 없는 너무 멀리에 있다.

그리고 <침대>도 일반적인 의미의 그것과는 사뭇 다르다. 그것은 「나비의 침대」, 「바람의 침대」, 「침대 밑의 새」 등 도처에 등장하고 있다. 일반적으로 침대는 휴식의 잠을 위한 안온한 장소이지만, 이 시집에서 그것은 폭력과 공포 그리고 고통을 주는 괴물이다. 그것은 <무덤처럼> 그를 <삼키고>「나비의 침대」, 그 아래서 숨어있던 바다가 <삐걱이며 차오르고>「침대 밑의 새」, 시인이 몸을 일으키려 하자 <순식간에 제 속의 무수한 용수철을 끊어버>리고 <미친 듯이 날뛰>며 <살점을 찢어발기고 그 피비린내로 어둠을 적시>「바람의 침대」고 있다. 이처럼 일반적인 통념을 완전히 뒤집어버린 침대를 시집의 표제로 삼은 것은, 안온한 일상을 뒤집고 어둡고 낯선 세계에 처한 자아의 불안한 상황 때문이다.

2.

시인이 그리워하지만 닿을 수 없는 <봄날>의 너머로 가버린 나비,

그것은 가볍게 날아오르는 날개로 드러나고, 날개로 유추되는 중요한 심상은 다름 아닌 <새>이다. 그런데 김형술의 새는 우리가 일반적으로 상상하듯이, 날아오르는 자유의 표상이 아니라 폐쇄 공간 속에 갇혀있는 모습으로 나타난다. 작품의 제목으로 등장하는 새들도 「타이프라이터 속의 새」, 「서랍 속의 새」, 「백미러 속의 새」, 「하수구의 새」, 「침대 밑의 새」처럼 모두 폐쇄된 공간 속에 갇혀 있다. 그 새들은 <너무 무거워 날지 못하고 너무 가벼워 잠들지 못한 채 잊혀져 가는 새 한 마리, 세상 모든 가슴에서 죽어가고 있>「타이프라이터 속의 새」고, <날개를 버려/거대하게 자란 부리와 발톱으로/제 가슴 제가 파먹는 눈먼 짐승>「서랍 속의 새」이며, <어둡고 울창한 숲/부러진 나뭇가지 끝에 둥지를 틀고/숨어서 잠들지 않>「백미러 속의 새」고 있고, <날카로운 부리로 쪼고 서로 다투다 피 흘리며> <썩은 살점들 잽싸게 나꿔채>「하수구의 새」고 있으며, <한밤중 침대 아래>「침대 밑의 새」에 있는 그런 새들이다.

새는 옛날부터 하늘과 땅 사이를 자유롭게 오르내리는 영물로 여겨졌다. 예컨대 주몽신화에 등장하는 새나 솟대 끝에 있는 오리의 형상이 그것이다. 일반적으로 새는 날개를 가지고 날아다니므로 자유와 해방 그리고 신속함의 상징이고, 철새는 전신자로 간주된다. 그러한 새가 김형술의 시에서는 통념을 깨트리고 있다. 그것은 앞에서 본 바와 같이 좁고 어두운 폐쇄공간 속에서 다투고 피 흘리거나, 인간의 악몽과 오물들이 쏟아지는 어두운 하수구에서 본래의 모습을 상실하고 있다.

비오는 아침 온천川 검붉은 물살 거슬러 괭이갈매기떼 무리지어 날아오고 날아온다. 낮게 낮게 물살 가까이 출근하는 사람들 마냥 앞서거니 뒤서거니 악취를 헤치며.

숨어있던 하수구 은밀한 구멍마다 기다렸다는 듯 일제히 쏟아내는 악몽들, 오물들에서 피어오르는 더운 김 큰 날개로 휘저어가며 죽은 꿈, 썩은 살점들 잽싸게 나꿔채간다. 날카로운 부리로 쪼고 서로 다투다 피흘리며 아귀처럼 탐욕스럽게

저 새떼들을 세뇌시킨 건 누구인가 비바람에도 젖지 않던 흰날개 누추하게 물들여가며 누가 새들을 이곳으로 불러모으나.

내가 사랑한 흰새들 이제 하수구에 산다. 높은 바람이 되는 꿈 까마득히 잊어버린 이 도시의 새들…… 애써 외면하며 돌아서는 등뒤에서 오물처럼 뜨거운 빗줄기 달려와 사납게 목덜미를 낚아챈다. 흔들리는 검은 박쥐우산을 앗아 사정없이 진창길로 내팽개친다.
　　　　　　　　　　　　　　　　　　　　　－「하수구의 새」전문

　새들(괭이갈매기떼)이 바다와 하늘을 떠나 <검붉은 물살 거슬러> 날아온다. 검붉은 물살은 새들의 삶의 터전이 아니다. 그곳은 오물들이 쏟아지고 악취가 진동하며 인간의 악몽과 죽은 꿈이 떠내려오는 <하수구>이다. 그러한 하수구로 몰려들어 새들은 <썩은 살점들 잽싸게 나꿔채>며 <날카로운 부리로 쪼고> <피흘리며 아귀처럼 탐욕스럽게> 다투고 있다. 이러한 모습은 원래 가지고 있던 깨끗한 <흰 날개>의 새들에게는 치욕이고 모독이다. 새들은 이미 하수구 속에서 본래성을 상실하고 있다. 시인은 말한다. <내가 사랑한 흰새들 이제 하수구에 산다. 높은 바람이 되는 꿈 까마득히 잊어버린 이 도시의 새들…>
　하수구는 어둡고 악취가 나는 더러운 곳이다. 그런데 시인은 하필 「하수구의 꽃」, 「하수구의 새」, 「하수구의 전화기」라는 제목의 시를 쓰고 있다. <새>, <꽃>, <전화기>는 <하수구>에 어울리는 사물이 아니다. 이 불협화의 상황들이 시적 긴장을 구축한다. 꽃과 하수구

는 아름다움과 추함으로, 새와 하수구는 자유의 날개와 폐쇄의 공간으로, 그리고 전화기와 하수구는 단절과 어둠의 은유이다.

새는 원래 자유로운 영혼의 상징이다. 예술가들은 자유와 해방을 희구하는 인간의 정신을 새로 나타내고 있다. 그런데 김형술의 새는 오염된 도시에서 자유롭게 비상할 <바람이 되는 꿈>을 까마득하게 잊어버리고 <썩은 살점들>인 물질에 탐욕한다. 본래성을 상실한 새들의 다투고 피흘리고 나꿔채며 탐욕스럽게 살고 있는 모습을 통해서 시인은 <하수구의 새>로 살아가는 인간을 비애의 눈으로 바라보고 있는 것이다.

3.

이 시집을 색깔로 나타낸다면 어둠의 검은 색과 그것에 대조되는 흰색 그리고 핏빛의 붉은 색이라 할 수 있다. 이 세 가지 색깔의 의미는 이 시집의 성격과 매우 긴밀하게 연결되어 있는데, 그 중에서 첫째로 드러나는 것은 검은 색이다. 검은 색은 이 시집의 주조를 이루고 있는데 특히 <어둠>은 그 빈도수로 보아 김형술의 시적 기본어로 보인다.

  캄캄한 제 속으로 다시 돌아서야 하는 「타이프라이터 속의 새」
  휘파람 부는 어둠 불러 옆에 누이고 「여관」
  검은 물, 검은 시궁창의 사랑 「하수구의 꽃」
  비명으로 어둠을 움켜쥐며 「바람의 침대」
  어둠 속에서 누가 웃지? 흔들리는 검은 그림자로 「어둠 속의 외침」
  환해지는 어둠, 어둠 따윈 개의치 않고 「부엌」
  나비는 어둠 속으로 날아오르고 「나비의 침대」
  잠든 어둠은 흔들리지 않고 「서랍 속의 새」
  검은 구두, 검은 넥타이, 검은 상자, 검은 리본 「꽃을 든 남자」
  검은 거울, 검은 변기, 검은 욕조 「욕실」

검은 목소리, 검은 물, 검은 뻘 「하수구의 수화기」
검은 우산 검은 치마 검정 고무신, 검은 아침 「흐린 날」

아무렇게나 집어낸 구절들이지만 <검은> 혹은 <어둠>은 거의 모든 작품에 등장하는, 빈도수가 가장 높은 단어이다. 시인은 왜 그토록 검은 색과 어둠에 집착하고 있는 것일까?

검은 색은 어두운 밤이나 공포 혹은 불행과 파멸 또는 죽음을 상징한다. 밤의 어둠(검은 색)은 낮의 밝음(흰색)에 대립한다. 천국은 흰빛으로 밝게 나타내고 지옥은 검은 색으로 어둡게 표현된다. 어둠은 생명을 위협하고 약화시키며 우울, 절망, 부정을 상징한다. 까마귀가 불길하게 간주되고, 암흑가, 암거래가 부정의 뜻으로 쓰이며, 상복이 일반적으로 검정색인 것은 우연이 아니다. 그러므로 이 시집을 관통하여 흐르는 것은 검은색이 지니고 있는 불안과 우울한 전망이다.

어둠 속에서 누가 웃지? 흔들리는 검은 그림자로 따라오며 웃어대다 돌아보면 어깨 굽은 가등 뒤로 누가 황급히 숨어버리는 거지? 잠자리 머리맡에 조그맣게 웅크리고 앉아 누가 저리 미친 듯 웃고 있는 거지? 한밤중에 홀로 켜진 TV를 끌 때면 마지막 한 점의 노이즈 속으로 누가 황급히 손을 흔들며 사라지는 거지? 얕은 잠에서 깨어나 문득 수화기를 들면 희미하게 남아 있는 웃음소리, 흐느낌.

어둠 속에서 누가 울고 있지? 흔들리는 어깨 애써 가누며 따라오다 돌아보면 누가 자꾸 그림자가 되는 거지? 신새벽 잠든 TV를 깨울 때면 최초의 한 점 노이즈 속에서 누가 후두둑 눈물 흩뿌려가며 쏟아지는 빛 속으로 사라지곤 하는 거지? 누구요 거기 누구요 차마 부르지 못하고 허공만 더듬는 내 차가운 손 저 쪽, 아득한 어둠 속에 누가 갇혀 있는 거지?

　　　　　　　　　　　　　　　　　　　　　　　－「어둠 속의 외침」 전문

지금 시인은 어떤 강박중에 붙들려 있다. 어둠 속에서 누군가가 웃고 있다. 어둠은 청각을 열어놓은 채 시각은 차단한다. 보이지 않는 어둠 속에서 들리는 웃음, 그것은 두렵고 불길하다. 재빨리 돌아보면 누군가가 가등 뒤로 황급히 숨어버린다. 뿐만 아니라 <잠자리 머리맡>에서도 누군가가 웅크리고 앉아 웃고 있다. 그러다가 <한밤중에 홀로 켜진 TV를 끌 때면 마지막 한 점 노이즈 속으로 누가 황급히> 사라진다. <얕은 잠 속에서 깨어나 수화기를 들면> 희미하게 남아있는 <웃음소리>와 <흐느낌> 소리가 들린다. 끊임없이 자신을 간섭하지만 돌아보면 재빨리 사라지는 어둠 속의 알 수 없는 정체, 어둠은 그 속에 누군가를 숨기고 있는 공간이다. 그것은 <발길을 가로막는 검은 목소리>「하수구의 전화기」이자 <가장 깊은 곳에서/누군가 뒤돌아>「하얀 나무」서게 하며 <무기력한 꿈들을 전리품인 양 꿰어 찬 침대가 미친 듯이 날뛰며 찢어발긴 살점의 피비린내로>「바람의 침대」젖는 그런 공간이기도 하다.

　　검은 색에 다음으로 드러나는 색은 피의 붉은 색이다. 그것은 검은 색에 비하여 빈도수는 적지만 그 속성 때문에 강렬도는 매우 높다. 예컨대 <튀어오르는 선혈>「바람의 침대」과 <붉은 빛>「하얀 개」, <붉은 꽃, 붉은 노을, 붉은 상처>「붉은 색」그리고 <붉은 십자가>「말더듬이의 별」나 <배암처럼 붉은 혀>「워우워우워우」혹은 <붉은 핏덩이들, 피 흘리는 나무, 풀, 산>「우울증과 함께 어디로」, 그리고 <붉은 제 혀를, 피를 탐하는>「붉은 라디오」, <붉은 씨방>「임신한 망치」, <붉게 붉게 꽃으로 피어>「붉은 반달」처럼 시집 도처에 핏빛의 붉은 색이 등장한다. 그것은 피의 이미지와 결합하여 강렬한 생명과 열정 혹은 상처와 위협을 나타낸다. <피>는 생명으로 붉게 타오르는 물이다. 피가 나타내는 것은 원초적인 생명과 열정이며 동시에 폭력과 죽음이기도 하다. 그것은 밝고 뜨겁고 고통스러우며 강렬하다. 이렇게 볼 때, 어둠의 검은 색을 주조로 하면서도 강렬한 핏빛의 붉은 색을 도처에 드러내고 있는 것은 어두운 전망 속에서도 생명의 강인한 집착 때문이다. 불안과 공포 속에서도 끊임없이 타오르는 생명의 불길이 바로 이 시집의 성격이다.

그리고 흰색 또한 이 시집에 빈번하게 등장한다. 우선 작품제목에 「하얀 개」, 「하얀 꽃」, 「하얀 나무」, 「하얀 지붕」 등이 있고, 작품 속에는 <흰 꿈>「하얀 개」, <흰 문, 흰 벽, 흰 지붕, 흰 집>「꽃을 든 남자」, <흰 날개>「하수구의 새」, <흰 꽃>「이른 봄」, <흰 장미>「하얀 꽃」, <흰 나비>「나비」, <흰 표지판>「하얀 나무」, <흰 계단, 흰 벽>「하얀 지붕」 등 무수히 나온다. 원래 희다(白)의 <희>는 <해>와 같이 밝음을 나타낸다. 또한 그것은 영원불멸을 상징하면서 역설적으로 죽음을 나타낸다. 엘리아데에 의하면 흰옷은 죽음을 향한 출발의 의미여서 상복이 대체로 흰 것은 그 때문이다. 이 시집에서 흰색은 어둠을 짙게 하고 또 다른 색깔인 붉은 색이 드러내는 피의 이미지를 강화해주고 있다.

이렇게 볼 때, 김형술의 시는 선명히 대조되는 검은색과 흰 색, 바로 그 흑과 백이 부딪치는 상처에서 붉은 색의 피가 흐른다. 그것은 마치 모든 색채가 흑백으로 환원된 흑백사진 속에 생경하게 붉은 피가 흐르는 듯한 느낌을 주고 있다. 화해와 혼융이 아니라 불협화의 공간 속에 생경하게 흐르는 피의 이미지가 김형술 시의 한 특징을 이루고 있다.

4.

이 시집에는 「흐린 날」이라는 제목의 연작이 12편이나 수록되어 있다. 그것은 그 제목을 통해서 드러내고자 하는 어떤 의도가 있기 때문일 것이다. 흐린 날은 어둡고 우울한 느낌을 준다. 맑고 화창한, 그래서 가볍고 즐거운 날과는 달리 무겁고 우울한 날이 이 시집의 분위기를 단적으로 드러내는 것으로 보인다. 흐리기 때문인지 이 시편들의 기본 어 또한 <어둠>이고, 그에 부수적으로 잠과 꿈 특히 악몽이 나타난 다. 악몽에 시달리는 잠은 휴식이 아니라 전투이고 절규이다. 시인은 그의 잠을 <불안과의 동침>「흐린 날 – 한밤의 전화」이라고 말한다. <머리맡을 적시는 어둠> 속에서 어떤 비명소리 혹은 바람소리에 깨어나 그는 불안하고 무엇인가 두려워한다. 그의 사물들은 <TV속의 새/사진 속의 아이/액자 속의 나무/책 속의 붉은 혀/천장에 고장난 채 매달린 형광등>「흐린 날 – 웃음소리」처럼 무엇의 <속>이라는 제한된 공간 안에서 부자유하며 불안하게 흔들리고 있다. 이런 불안한 상태를 그는 <흐린 날>이라는 상황으로 은유하고 있는 것이다.

> 한밤중에 문득 깨어나 앉아 누군가의 새하얀 뼈를 만난다 투명한 살 속으로 보이는 뼈들 닫힌 창문에 뜬 푸른 별빛으로 읽는다 웅크린 내 그림자 속 야윈 뼈 보이지 않고 흩날리는 악몽 속 적막 깊어도 소름 돋는 오한 한가운데 앉아 어둠을 씻는다 뼈를 닦는다 그리움인지 두려움인지 먹빛 까마득한 허공의 웃음소리 휩쓸려 허둥대고 비틀대면서 살을 깎아 뼈를 만든다 마침내 눈물처럼 맑아질 때까지 닦아 칼날처럼 세워놓는다
> 　　　　　　　　　　　　　 　 －「흐린 날 – 투명한 어둠」 전문

　　시인은 <한밤중에 문득 깨어>난다. 사람들이 잠든 깊은 밤에 깨어나는 것은 그가 잠 속에서도 알 수 없는 무엇엔가 쫓기고 있다는 강박관념 때문이다. 그러한 강박관념 속에서 홀로 깨어난 그는 <누군가의 새하얀 뼈를 만난다.> 뼈는 살 속에 있다. 살은 살아있는 감각이고 뼈는 그것의 틀이며 추상이다. 그는 지금 <어둠>을 씻어 뼈를 닦고 있

다. 허공에서는 알 수 없는 웃음소리가 들린다. 그는 <허둥대고 비틀대면서> <눈물처럼 맑아질 때까지 뼈를 닦아 칼날처럼 세워놓는다> 그가 한 밤 중에 잠에서 깨어 할 수 있는 일은 어둠을 씻어내는 일, 살을 다 깎아내고 뼈를 닦아 칼날처럼 세워놓는 일이다.

살을 깎아 뼈를 닦는 것은 무엇인가? 세상의 외피로 상징되는 살과 세계의 보이지 않는 틀로서의 뼈를 생각할 때 그것은 자명해 진다. 살은 꾸밈과 허위로 나타나는 외형이다. 그것은 피와 상처와 고통을 수반하고 있다. 그에 비해서 뼈는 내실과 본래적인 내면이다. 그것은 피와 상처와 고통을 초월한다. 그러므로 이제 시인은 심연과 같은 어둠 속에서 분명한 하나의 뼈를 세우려고 하는 것이다. 그것은 피 흘리는 어둠 속에서 고통과 불안을 떨쳐내고 이제 <흐린 날>의 밖으로 나아가고자 하는 것이다.

김형술의 시는 한마디로 어둠의 상처와 그로 인한 고통이고 우울한 절망이었다. 그는 처절하게 무너져서 비틀거리는 시대의 비극을 노래하며, 악몽과 오물이 쏟아지는 하수구에서 피 흘리며 다투는 새떼처럼 날개를 버리고 절규한다. 그러나 아직 「흐린 날」의 <어둠>은 걷히지 않았지만, <악몽과 오물이 쏟아지는 하수구>에서 떨치고 일어나 넓고 밝은 세계로 나아가야 한다. 새 시집을 통해서 시인은 <죽어있는 언어>와 <피투성이의 풍경들>「타이프라이터 속의 새」을 넘어서야 한다. 그리하여 이제 어둠의 상처를 씻고 <눈부신 햇살 밖으로 날아가며 춤추던 투명히 푸른 영혼>「나비」의 그 나비떼를 찾아 <황금빛 광채>「나비의 침대」속으로 나아가야 할 것이다.

(시작 2002년 가을호)

제4부 꽃의 현상학

꽃의 현상학

― 김춘수의 「꽃을 위한 서시」

우리는 사물을 본다. 그러나 엄격한 의미에서 우리는 사물 그 자체의 진정한 실상을 보는 것은 아니다. 우리 눈앞에 전개되는 사물은 그것이 아닌 단순한 나타남(Erscheinung)일 수도 있고, 없는 것을 있는 것으로 혹은 전혀 다른 것으로 보이게 하는 가상(假象:Schein)일 수도 있기 때문이다. 그런데 이들을 참으로 보려고 하는 것이 현상학(Phaenomenologie)이다. 하이데거에 의하면 현상학의 대상으로서의 현상(Phaenomen)은 어떤 것이 스스로 자기를 밝게 드러내는 것이라고 한다. 그런데 그것은 우리 일상인이 보기에 따라서 단순한 <나타남>이나 자기가 아닌 <가상>일 수 있다. 예컨대 맹장염이라는 병(현상)은 고열이라는 징후(나타남)나 배가 아프다는 점에서 위경련(가상)으로 보일 수 있다는 것이다. 그러나 그렇다고 해서 맹장염을 <고열>이나 <위경련>이라고 하는 것은 잘못이다. 그런데 현상이 없으면 <나타남>이나 <가상>도 성립하지 않으므로 이들은 매우 긴밀하여 실제로는 그 구분이 쉽지 않다. 그러므로 우리가 어떤 사물의 진리를 보려면 일상적이 눈이 아닌 현상학자의 눈을 가져야 하는데 볼노브의 말을 빌리면 <시인은 타고난 현상학자>이므로 시인(詩人)이야말로 참으로 보는 사람(視人)인 것이다. 그래서 우리는 시인의 눈을 통해서 사물의 진실에 접근할 수 있으며 우리가 시를 읽는 까닭이 여기에 있다.

어떤 사물을 볼 수 있기 위해서는 우선 그것이 빛이라는 밝음 속에 스스로 노출되어야 한다. 이 때 그러한 밝은 빛을 비추어 아직까지 어둠 속에 숨어있던 본래의 모습을 폭로시켜 주는 것이 다름 아닌 말(언어)이다. 하이데거에 의하면 말(Rede)의 본질은 로고스(logos)인데 그것은 레게인(legein), 즉 밝은 빛 속에 드러내 밝혀 주는 것이므로, 말은 이야기 속에서 이야기되고 있는 바의 것을 분명하게 밝히는 것을 의미하는 것이다. 이러한 하이데거의 생각에 매우 흡사한 것이 김춘수의 꽃을 주제로 한 일련의 작품들이다. 김춘수는 작품 「꽃」에서 <내가 그의 이름을 불러 주기 전에는/그는 다만/하나의 몸짓에 지나지 않았>는데, <내가 그의 이름을 불러 주었을 때/그는 나에게로 와서/꽃이 되었다.>고 쓰고 있다. 뭐라고 말하기 힘든 매우 불안정한 모습에 불과한 <몸짓>이 <이름을 불러>주니까 <꽃>이 된 것이다. 여기서 <이름을 부른다>는 것은 그 대상(사물)에 말, 즉 로고스의 빛을 부어 밝혀 줌으로써, 그때까지는 어둠 속에 숨겨져 있던 <그>의 모습이 이제 현상(Phaenomen)으로 스스로를 드러낸 것이다. 다시 말해서 아직 <내가 그의 이름을 불러 주기 전에는> 그는 무엇이라고 규정되지 않는 막연한 <하나의 몸짓>이었는데, 이름을 불러 주니까 이제 <꽃>이라는 존재자로 자신을 나타낸 것이다.

이 때 <그>의 이름을 불러준 <나>는 어떤 존재인가? 자신의 <빛깔과 향기에 알맞은/누가 나의 이름을 불러>달라고 하면서 <그에게로 가서 나도/그의 꽃이 되고 싶다.>고 말하는 <나>는 누구인가? 분명한 것은 <나>도 아직 <이름>이 불려지지 않아서 <무엇>인가 되고 싶어하며, <너에게/잊혀지지 않는 하나의 눈짓>이 되고 싶은 존재자라는 사실이다. 그러므로 <나>는 아직 뭐라 규정할 수 없는 무규정의 불안한 존재자로서, 안정된 존재가 되기 위하여 누군가로 부터 이름이 불려지고 싶은 것이다. 현재의 나는 고독한 불안이다. 이러한 불안의 주체가 끊임없이 자신을 넘어서려고(Ek – sistenz: 脫存) 하는 것이 실존(Existenz)이다. 따라서 <나>의 실존은 스스로를 넘어서 <그에게로 가서 그의 꽃이 되고 싶>은 것이다. 이러한 무규정적인 불안의 주체로서의 <나>를 잘 드러낸 작품이 「꽃을 위한 서시」이며 여기에 등장하는 <위험한 짐승>이 바로 <나>의 실존의 모습이다.

> 나는 시방 위험한 짐승이다.
> 나의 손이 닿으면 너는
> 미지의 까마득한 어둠이 된다.
>
> 존재의 흔들리는 가지 끝에서
> 너는 이름도 없이 피었다 진다.
>
> 눈시울에 젖어 드는 이 무명의 어둠에
> 추억의 한 접시 불을 밝히고
> 나는 한밤 내 운다.
>
> 나의 울음은 차츰 아닌 밤 돌개바람이 되어
> 탑을 흔들다가
> 돌에까지 스미면 금이 될 것이다.
>
> ……얼굴을 가린 나의 신부여.
>
> ─「꽃을 위한 서시」 전문

지금 <나>는 스스로를 <위험한 짐승>이라고 각성할 수 있는 탁월한 존재자이다. 일반적으로 이 존재자는 다른 사물적 존재와는 달리 자기의 존재에로 관련을 맺어가는 현존재(Dasein)인데 하이데거에 의

하면 현존재의 본질은 그 실존 속에 숨어 있다. 이 현존재는 대개 일상
성(Alltaegleichkeit)에 파묻혀 비본래적인 상태에 있지만, 죽음이라는 자
신의 유한성을 자각하면서, 그것(죽음이라는 무)에 대한 불안을 통해서
본래적인 자기 존재로 탈존해 가는 것이다. 따라서 현존재로서 <나>
는 자기를 선택하고 결단해 갈 수 있기에 아직 무엇이라고 확정되기
전의 <무규정적인 존재>이며, 이러한 의미에서 <나는 시방 위험한
짐승>인 것이다. 위험하다는 것은 안정되지 않아서 미래를 예측할 수
없는 매우 불안한 상태를 말한다. 그러므로 지금 <나>가 <너>에게
위험하다는 말은 나 자신도 스스로를 제어할 수 없고 책임질 수 없다
는 의미이다. 즉 <나(시적 화자)>가 스스로를 위험한 <짐승>이라고 말
하는 것은 화자 스스로가 이성적으로 자신을 제어하거나 예측할 수 없
는 불안정한 존재임을 고백하는 것이다. 따라서 지금 <나>는 <너>
에게 어떤 위해를 끼치게 될는지 알 수 없다. 스스로를 위험한 짐승이
라고 각성하는 탁월한 존재자인 <나>를 우리는 대자(對自)존재라 하
고, 그 앞에 그냥 그렇게 있는 <너>를 즉자(卽自)존재라 하는데, 사르
트르에 의하면 대자는 무로서 결핍존재이다. 결핍존재는 즉자를 지배
하는 인과의 결정으로부터 자유롭다. 결핍은 자유이다. 자유에는 선택
이 따르고 선택에는 책임이 따르며 책임에는 불안이 따른다. 따라서
대자는 불안을 벗어나기 위해서 자신을 초월하는 즉자에로의 변신을
꿈꾼다. 그러므로 여기서 <나>는 스스로 <위험한 짐승>임을 알면
서도 즉자인 <너>에게 손을 내민다.

그런데 <너(꽃)>는 <나>의 손이 닿으면 <미지의 까마득한 어둠
이 된다.> 그러나 이 <까마득한 어둠>은 <너>가 소멸되었다는 뜻
은 아니다. 오히려 그것은 구체적으로 나타나 있었던 존재자로서의

<너>가 나의 관심(내가 손을 대는 행위) 속에 들어오자 현상학적 현상(존재 그 자체)이 아니라는 것이 밝혀졌다는 것을 암시한다. 즉 드러난 현상으로서의 꽃은 <너>의 <나타남>이지만 그것이 <너의 본질(너의 존재)>은 아니라는 것, 다시 말해서 지금 눈에 보이는 <너>는 다만 <빛깔이며 향기며 화분이며…>라는 단순한 나타남(Erscheinung)에 불과했고, 진정한 <너>는 아니었다는 점을 깨닫게 된 것이다. 그것은 마치 복통이 맹장염의 징후는 될 수 있지만 맹장염 그 자체가 아닌 것처럼, <나의 손이 닿을>수 있는 구체적인 꽃은 본질적인 꽃 그 자체가 아니며 다만 하나의 통속적 의미에서 현상에 불과하기 때문이다. 그러므로 현상학자의 눈을 가진 시인에게는 <나타남>으로서의 <너>는 <까마득히 멀어져 가는(「꽃Ⅱ」)> 것처럼 그렇게 <까마득한 어둠>으로 인식되는 것이다. 그리고 아마도 내가 불러줄 이름이 있다면 (작품 「꽃」에서처럼) 너는 이미 <나에게로 와서 꽃이> 되었을 것이다. 그러나 <너는 이름도 없이> <존재의 흔들리는 가지 끝에서> <피었다 진다.>

<너>는 이름이 없으므로 불러 줄 수 없다. 앞에서 말한 것처럼, <불러 준다>는 것은 로고스의 빛을 비춰 <너>를 드러나도록 해 주는 일인데 그러지를 못하고 있으니 너는 다만 피었다 질뿐이다. <존재의 흔들리는 가지 끝>이라는 네가 피었다 지는 자리로서의 <존재>는 구체적으로 네가 드러난다고 했을 때의 <나타남>인 <존재자>의 유개념은 아니다. 하이데거에 의하면 존재는 가장 공허한 개념이며 동시에 가장 근원적인 것이고 그것은 언제나 <존재자의 존재>로 관련지어져 있다. 따라서 <존재의 흔들리는 가지 끝>에서 <너>는 <위험한 징승>인 나의 손이 닿으면 <까마득한 어둠>이 되고,

<이름 부름>을 받지 못하여 안정된 존재자의 존재로 드러나지 못하고 다만 <이름도 없이 피었다 질>뿐이다. 그러므로 지금 <너>는 단지 하나의 <나타남(Erscheinung)>이나 <가상(Schein)>일 수는 없다. 여기서 역설적으로 <너>는 단순한 현상(존재자)이 아니라 근원적인 너, 달리 말해서 <존재 그 자체>임이 분명해진다. 이 점은 매우 중요하다. 우리는 때때로 아주 친근한 사물이 갑자기 낯설고 멀어짐을 느끼는 순간이 있다. 그것을 하이데거는 존재적으로는 가장 가까운 것이 오히려 존재론적으로는 가장 멀리 있기 때문이라고 설명한다. 이 시는 바로 이 점을 노래하고 있다. 즉 내가 존재적(현상적)으로 너에게 접근(손이 닿으면)하면 너는 존재론적으로는 가장 먼 <까마득한 어둠>이 되고 마는 것이다.

그리하여 이제 <나>의 눈시울에는 <무명의 어둠>만이 젖어 든다. 그 어둠 속에서 <너>에 대한 <추억의 한 접시 불을 밝히고/나는 한 밤 내 운다.> <나>는 <위험한 짐승>이므로 <너>에게 접근할 수 없다. <나>의 손이 닿으면 <너>는 <미지의 까마득한 어둠>이 되기 때문이다. 그러므로 <나>는 <너>를 볼 수 없고 만날 수 없고 만질 수 없다. 사르트르에 의하면 대자의 목표는 자신을 초월하여 즉자로 변신하여 즉자로 완성된 자기존재를 의식하는 <즉자─대자의 종합>이라고 한다. 그래서 지금 <위험한 짐승>으로서 <나(대자)>는 <꽃(즉자)>이라는 안정된 존재에 합일하고 합일된 스스로를 돌아보고자 한다. 그러나 <나>는 <너>에게 건너갈 수 없다. <나>는 너(꽃)를 만질 수 없다. <나>가 손을 대는 순간 <너>는 까마득한 어둠이 되기 때문이다. 그것은 비극이다. <나>는 그 비극 속에서 울 수밖에 없다. 울음이란 가장 처절한 자기현시이며, 자신의 근원으로부

터 솟아오르는 가장 절절한 생명의 표현이다. 그 울음은 <나> 자신의 근원을 흔드는 실존의 몸부림이다. 그리하여 <나>의 울음은 걷잡을 수 없는 <돌개바람>으로 나타난다. <돌개바람>은 아래에서부터 모든 것을 말아 올리는 회오리로서, 자신의 전 존재를 휘말아 가는 위협이다. 그리하여 돌개바람(나의 울음)은 <탑>을 흔든다. 아마도 이 시에서 <탑>은 가장 안정된 존재자의 상징이다. 그런데 그것마저 흔들다가 마침내 탑의 <돌> 속으로 스미면 비로소 <금>이라는 가장 견고하고 가장 안정된 존재자가 될는지도 모른다고 생각하는 것이다.

그럼에도 불구하고 이때까지 <너(꽃의 근원적 존재)>는 아직 모습을 드러내지 않고 <얼굴을 가린 나의 신부>로 있다. <나의 신부>는 나에게 매우 소중한 존재이다. 그러나 <신부>는 아내와는 그 뜻이 다르다. <신부>는 아직까지 나에게는 미지의 인물로서 나와 합일할 예비적인 아내이다. 더구나 여기서 신부는 <얼굴을 가리고> 있기 때문에 더욱 더 알 수 없음 속에 있다. 즉 지금까지는 구체적으로 드러난 현상(통속적 현상으로서의 꽃)을 시인이 현상학자의 눈으로 바라볼 때, 거기 <나타남>으로서의 꽃은 <까마득한 어둠>으로 사라지고 <꽃의 존재>는 <얼굴을 가린 나의 신부>로 나타난다. 따라서 <존재>는 이중의 알 수 없음이지만 <나>에게는 가장 소중한 <신부>로 직관되고, 이러한 이중의 알 수 없음에 의해서 <나>의 불안은 한층 더 강화되어 <나>를 실존의 계기로 인도하고 있다. 이렇게 볼 때 김춘수의 작품 「꽃을 위한 서시」는 대자인 <나(위험한 짐승)>가 즉자인 <너(꽃)>를 향하여 스스로를 초월해 나가는 실존의 모습을 노래하고 있는 것이다.

(송상욱 시지 2005년 21호)

김춘수의 시적 성취

- 김춘수의 마지막 시편들

　서울역에 도착했을 때는 점심나절이었다. 면회는 저녁 7시 30분, 시간을 보내기 위해 시립미술관에 들려 샤갈전을 보았다. 여든 살, 아니 아흔 살이 넘어서도 어쩌면 그렇게 아름답고 생동감이 넘치는 그림을 그릴 수 있었는지 놀라웠다. 천재 예술가에게는 나이도 범접하지 못하는 것 같았다. 미술관을 나와 분당으로 가면서 화가 샤갈에 시인 김춘수를 겹쳐보았다. 어딘가 비슷하다는 느낌이 들었다. 작품 도처에 출몰하는 유년시절의 이미지라든가 아름다움에 대한 끊임없는 탐색 혹은 현실을 뛰어넘어 자유롭게 펼쳐지는 초현실의 공간 그리고 노년까지 계속되는 왕성한 창작활동 등이 유사해 보였다. 특히 김춘수의 시를 구성하는 이미지들의 충돌과 겹침과 지움은 마치 하나의 캔버스 위에서 유년시절의 추억들이 출몰하고, 과거의 시간과 현재의 공간이 겹치고 비껴나면서 새로운 세계가 구축되는 샤갈의 그림과 상통한다는 느낌이 들었다.

　분당 서울대병원 중환자실의 분위기는 대단히 무거웠다. 기도폐색으로 쓰러진 후 한 달 가까이 전혀 의식을 찾지 못하고 있는 시인의 몸은 아주 작아 보였다. 병상 곁에 서서 면회시간 내내 아무런 말도 할 수 없었다. 어쩌면 삶의 마지막이 될는지 모를 시간을 이렇게 보내야 한다는 게 정말 슬프고 안타까웠다. 한국 현대시의 거목이 아주 작고 연약한 모습으로 누워있는 병실을 나오면서 목이 메었다.

며칠 동안 김춘수 시인의 최근 작품들을 읽었다. 올해만 해도 『현대시학』 1월호에 8편을 비롯하여 30편 가까운 시를 발표하고 있다. 특히 『현대시학』은 올해 6월호부터 <大餘의 詩>라는 특별고정란을 마련해서 <본지는 기획에 관계없이 大餘 金春洙 선생의 詩를 앞으로 쓰여지시는 데 따라 계속 받아 싣는다>고 밝히고 이후 8월호까지 12편의 최근작을 싣고 있다. 한국의 대표적인 시 전문지가 노 시인에게 드리는 아름다운 예우이다. 그런데 그가 발표하고 있는 그 많은 작품들이 모두 시적 긴장을 유지하고 있는 것은 설명하기 어렵다. 쓰러지기 직전까지 여러 문예지에 잇달아 수많은 가작들을 쏟아놓은 것은 아마도 마지막 석양이 하늘을 아름다운 노을로 물들이는 것처럼 말년의 시간을 가장 시인답게 채우려는 뜻이었는지도 모른다. 이 글은 시인의 최후의 작품이 될는지 모를 근작 시편들에 대한 독후감이다.

　　김춘수 시인은 지난 1월 한 산문(「파롤과 랑그, 혹은 시와 이성」, 『현대시학』 1월호)에서 <시는 이름 없는 상태로 아니, 이름 붙일 수 없는 상태로 언어를 끌고 가려는 충동을 언제나 느끼고 있>다면서 그 이유는 <시의 언어는 단순한 의미(뜻 – 메시지) 전달이 아니라 영적 교섭(communion)이기 때문>이라고 쓰고 있다. 그래서 <시는 언제나 언어로부터 해방되려는 충동을 버리지 못한다.>고 말한다. 그것은 시인이 오래 전부터 일관되게 주장해온 것으로, <언어의 의미로부터의 언어의 해방>이라는 소위 그의 <무의미시>의 핵심이라 할 수 있다. 실제로 그는 언어를 언어(의미)로부터의 해방시키기 위해서 병치시킨 이미지 상호간의 연결고리를 끊어버린다. 이미지들 사이의 연결고리(논리관계)가 사라지면 언어는 의미의 전달수단이 아니라 그 자체로서 하나의 대상이 되기 때문이다. 그렇게 되면 낯설지만 또 하나의 새로운 세계가 이

록된다. 그래서 나는 예컨대 그의 작품 「리듬1」을 다음과 같이 해석한 적이 있다.(「김춘수의 긴장과 유희의 시학」, 한민족어문학 38집 2001.)

하늘 가득히
자작나무꽃 피고 있다.
바다는 남태평양에서 오고 있다.
언젠가 아라바아 사람이 흘린 눈물,
죽으면 꽁지가 하얀 새가 되어
날아간다고 한다.

-「리듬1」 전문

불과 6행의 이 짧은 시 속에는 네 개의 이미지 단락이 나오는데 그이미지들 사이에는 아무런 내적 상관성이 보이지 않는다. 하늘 가득 피는 <자작나무꽃>과 남태평양에서 오는 <바다> 그리고 아라비아 사람의 <눈물>과 꽁지가 하얀 <새>가 차례로 등장하고 있으나 관련이 없이 병치된 이미지만 나열하고 있을 뿐이다. 이러한 병치는 이세계의 통일성 혹은 어떤 유기성이나 연대감을 부정하고 사물 사이의 단절만을 날카롭게 드러낸다. 상호간의 관련이 없는 이미지의 나열, 그것은 결국 우리들 시대의 단절과 소외를 부각시키는 것이다. 말이란 의미를 드러내어 그것을 연결하는 논리이므로 연결의 고리를 없애버리면 말의 의미는 사라지게 된다. 그래서 김춘수의 시는 말의 의미 즉시니피에는 사라지고 떠도는 말소리 다시 말해 시니피앙만 드러난다. 말의 의미가 사라진다는 것은 지금까지 우리가 믿어온 세계의 바탕 혹은 뿌리가 사라진다는 뜻이고 그것은 비유적으로 말해서 세계라는 나무가 이제는 더 살아있을 수 없음을 뜻한다. 나무라는 유기체를 부정한다면 거기에 붙어있는 잎사귀는 줄기나 가지와는 아무런 관련이 없게 되고 꽃과 잎은 전혀 다른 세계의 사물이 된다. 따라서 이는 우리가 믿어왔던 의미의 세계에 대한 부정이 되고 우리는 이제 무의미의 세계로 들어서는 것이다. 무의미란 사물들 간의 유기적인 혹은 주종관계가 사라지고 사물 하나하나가 병치된 상태에 다름 아니다. 그런데 여기서 독자는 아주 색다른 체험-독자가 작품 속에 병치된 사물들 간의 새로운 관계를 만들어 새로운 세계를 구축하게 되는- 을 하게 된다. 그것이 창조적인 글 읽기로서 독자는 작품 속에 새로운 성격과 새로운 질서를 구축하고 나아가서 새로운 세계를 창조하게 되는 것이다.

그런데 근래에 와서 시인은 병치된 이미지들의 연결고리를 완전히 끊지 않는다. 언어의 속성상 완전한 의미배제란 불가능하기 때문이다. 그는 쓰러지기 직전에 한 젊은 시인과의 대담(「시안」 2004년 가을호, <시의 불편함에 대하여>: 신재휘 대담)에서 자신의 경우를 계보상 李箱과 같은 과격한 모더니즘과 芝溶과 같은 온건한 모더니즘 사이에 있는 절충주의라고 말하고 있다. 그것은 앞의 예로 들었던 작품 「리듬1」에서 보였던 실험적인 태도에서는 한 걸음 물러선 것으로 보인다. 그가 <말이란 어차피 기의(시니피에)를 지니고 있으므로 날이미지란 현실에서 불가능하다>고 한 것은 그의 소위 절충주의적 입장을 나타내는 것이다. 과연 근래의 작품들은 소위 그의 <무의미시>에서 <의미> 쪽으로 조금 돌아간 모습을 취하고 있다. 이점을 그는 관념(의미)과 무의미가 변증법적으로 지양된 새로운 시세계라하면서 그것이 자신의 마지막일 것이라고 말한 바 있다.(이창민: <大餘의 세계>, 「서정시학」 2004년 가을호)

　　새가 날아간 흔적은
　　없다.
　　새는 발자국을 남기지 않는다.
　　새를 날려보내고

하늘은 멍청해진다.
누가 보았다고 하는가
새발톱에 맺힌
피,

-「飛翔」 전문

　이 작품은 그의 <무의미시>의 전형이라 할 수 있는 「리듬1」과는 달리 이미지의 연결고리를 유지하고 있다. 뿐만 아니라 제목과 내용이 일관되게 <새>의 이미지를 강화시켜주어서 주제의식이 강하게 드러난다. 새가 날아간 흔적이 없음과 새가 발자국을 남기지 않음은 새의 비상공간인 하늘에서는 매우 자연스러워 보인다. 그리고 각각의 문장은 의미상 서로 자연스럽게 연결되고 있다. 여기서 가장 중요한 것은 아무도 보지 못했던 <새발톱에 맺힌/피,>의 발견이다. 그것을 화자는 <누가 보았다고 하는가>라면서 슬그머니 그리고 느닷없이 드러내고 있다. 여기서 <새발톱에 맺힌 피>라는 강렬한 이미지는 앞의 <하늘은 멍청해진다>로 묘사되고 있는 <기존의 세계>를 강타한다. 그 강타의 충격은 앞에서 희미하게 얘기해 왔던 <흔적 없음>과 <발자국 없음> 그리고 <새의 부재>와 <멍청해진 하늘>에 갑자기 생동감을 주어서 독자들로 하여금 하나의 새로운 정서 혹은 새로운 세계로 <飛翔>하게 해 주는 것이다.

　그러면서도 예컨대 다음의 작품 「잉구베이타」에서처럼 언어실험을 하는 것은 그의 주장대로 <언어의 의미로부터의 언어의 해방>을 위한 것이지만, 이 작품 역시 <리듬1>처럼 연결고리를 끊지 않는 것을 보면 그의 말대로 의미와 무의미가 변증법적으로 지양된 것임을 보여준다.

꿈꾸는 잉구베이타.
그 한마디 10년전부터
내 귓전을 맴돌고 있다.
잉구베이타, 그는 누구일까,
어디에 살고 있을까,
나이는?
잉구베이타 잉구베이타,
그가 꾸는 꿈을
한번 나는 보고싶구나, 글쎄
한번 보고싶구나,
꿈꾸는 잉구베이타,
그 한마디 10년이나 왜
내 귓전을 맴돌고 있을까,

-「잉구베이타」 전문

<잉구베이타>는 인큐베이터(incubator)를 시인 나름대로 표기한 것이다. <인큐베이터>가 올바른 표기임을 모르지 않지만, 굳이 <잉구베이타>라고 표기함으로써 애매성으로 중의적인 효과를 얻게 한다. 그것은 말의 시니피에를 벗어나서 그것에 자유를 주고자 하는 일종의 말장난과도 통하는데, 그러한 효과를 위해 시인은 그의 또 다른 최근 작품 「2004년 7월 2일의 備忘」(『현대시학』 8월호)에서 <이스탄불>을 <이스탐불>로 표기하기도 한다.

원래 인큐베이터는 조산한 미숙아를 살리기 위해 만든 보육기이다. 그러나 시인은 그것을 굳이 「잉구베이타」라고 표기하면서 원래의 미숙아 보육기라는 의미를 슬그머니 감추고 그 발음 속에 자신의 개인적인 체험을 연결하여 전혀 새로운 심상을 드러낸다. 시인은 한 <10년 전>에 들었던 그 말이 마치 누군가의 이름처럼 <귓전을 맴돌고 있>다고 한다. 그것이 어디에 살고 있는 누구인지, 몇 살인지 알지 못하지

만 그러나 10년 전부터 귓전을 맴돌고 있기 때문에 매우 친근하게 느껴진다. 아마도 실제로 10년 전에 그는 <인큐베이터>를 <잉구베이타>라고 듣고 그것이 산부인과 병원의 보육기가 아니라 누군가의 이름으로 착각했는지 모른다. 그런데 그것이 착각이었건 혹은 오해이었건 간에 시인에게 중요한 것은 웬일인지 그 말이 10년 동안이나 귓전을 맴돌고 있다는 사실이다. 더구나 <꿈꾸는 잉구베이타>로 기억되어 시인은 그(그것)의 꿈이 어떠한지 보고 싶다는 것이다.

　같은 「잉구베이타」 연작이라 할 수 있는 「꿈에 본 잉구베이타」에서 시인은 <누가 잉구베이타라고 일러주는데/내가 생각한 잉구베이타가/아니다./그를 만나면 나는 그의 손을 잡고/어딘가 둑길 같은 데를 한번 걷고 싶었는데/그는 손을 내주지 않는다./나를 본체만체/어디로/발자국만 남겨놓고 가버린다./발자국이 너무 작고/너무 귀엽다./닭이나 오리처럼 날개는 왜 달고 실은/그도 날지 못하는 한 마리 새였을까.>라고 쓰고 있다. 여기서 시인은 그것이 인큐베이터와는 전혀 다른, 발자국이 작고, 너무 귀엽고, 날개는 달았지만 날지 못하는 한 마리 새로 묘사한다. 그리고 시인이 손을 잡고 싶었지만 손을 주지 않고 본체만체 어디로 가버리고 있다. 의미상 원래의 뜻인 미숙아 보육기와 억지로 연결해 본다면 그 속에 들어있는 어린아이의 <너무 작고> <귀엽고> <날지 못하>며 <손을 내주지 않고> 있는 점일 것이다. 그러나 그것조차도 매우 애매하다. 이 작품은 독자들이 상상하는 <인큐베이터>와 시인이 떠올리는 <잉구베이타>의 의미상의 同化와 異化를 동시에 빚어내게 해서 새로운 정서적인 울림을 일으키게 한다. 다시 말해서 <인큐베이터>를 <잉구베이타>로 표기하여 말의 시니피에를 떠남으로써 <언어를 언어(의미)로부터 해방시켜> 또 하나의 새로운 세계를 드러내면서 시적 상상력을 확대하는 것이다.

생각건대 <잉구베이타>에 <꿈꾸는>이라는 에피세트를 붙인 것은 비현실의 생명공간을 지향하는 것으로 보인다. 즉 <꿈꾸는 잉구베이타>는 <지금 여기>라는 현실공간을 넘어서서 꿈과 같은 비현실의 세계를 드러낸다. 시인이 이 일련의 작품들(「잉구베이타」 외 7편, 『현대시학』 1월호)을 묶어 「照顧錄」이라는 표제를 붙인 것도 그러한 의도로 보인다. 본디 인큐베이터는 조산한 미숙아를 위하여 인위적으로 마련한 산모의 복중환경 즉 자궁이고, 어머니의 자궁은 생명의 근원지이다. 따라서 어머니 복중을 지향하는 것은 바로 근원회귀의 욕구인데, 그것이 바로 <잉구베이타>라는 이미지로 변형되어 나타난 것이다. 시인은 미숙아처럼 지금 스스로의 자아를 불안정하게 여기고 인큐베이터와 같은 안전 공간을 동경하고 있는 것일까? 그리하여 시인은 지금 영원한 안식이라고 상상되는 저쪽의 세계(죽음)를 지향하고 있는 게 아닐까? 그렇게 볼 때 시인은 어쩌면 그의 시적 감성에 비쳐지는 미지의 세계(근원 혹은 죽음)를 <잉구베이타>라는 모호한 언어의 울림 속에서 드러낸 것이 아닐까? 실제로 시인은 부인의 별세 후 미지의 세계에 대한 지향을 자주 보이는 듯하다. 특히 근작 시편들 곳곳에 그 빈도 수가 더 많이 나타난다. 아직 가보지 못한 세계, 어디인지 알 수 없는 공간, 그러나 언젠가는 가야할 곳이라고 여겨지는 그곳을 시인은 <어디>라는 애매하고 불안한 시어로 도처에서 드러내고 있다.

어디에 살고 있을까.「잉구베이타」
어디로/발자국만 남겨놓고 가버린다.「꿈에 본 잉구베이타」
어디로 갔나, 그 구슬「하늘 위 땅 끝에」
저마다 입에 바다를 물었다./어디로 가나,「찢어진 바다」
내 목구멍을 빠져 어디론가/가버렸다「도리뱅뱅이」
시간이 어디론가 제가 갈 데를 다 가고 나면「장미, 순수한 모순」

<어디>는 미지의 장소를 가리키는 말이다. 알지 못하는 곳이어서 궁금하고 보이지 않는 곳이어서 불안하다. 작품 속에서 시적 대상들은 <어디>인지 알 수 없는 곳으로 가버린다.

비가 오고 눈이 오고
바람이 불고
물새들이 울고 간다.
저마다 입에 바다를 물었다.
어디로 가나,
네가 떠난 뒤
바다는 오지 않는다.
생쥐 같은 눈을 뜨고
아침마다 찾아오던 온전한
그 바다.

― 「찢어진 바다」 전문

김춘수 시에 가장 자주 등장하는 시어 중의 하나는 바다이다. 고향이 바닷가(통영)여서 유년 시절의 원초적인 이미지(기억)가 바다인 탓인지 모른다. 그의 작품에서 <바다>는 다양하게 변주된다. 예컨대 유년의 이미지가 등장하는 연작시 「처용단장」에서는 바다가 <왼종일 새앙쥐 같은 눈을 뜨>기도 하고, <한 사나이 손에 들려지>기도 하며, <어린 바다가> 자라기도 하고 꽃잎처럼 <너울거리>기도 하며 <안개처럼 풀리>기도 하는 등 매우 다채롭게 나타난다. 그런데 인용한 시의 제목이 <찢어진 바다>이다. <찢어진> 것은 온전하지 못한 상태로서 외적인 힘에 의한 존재의 훼손을 나타낸다. 고통스럽고 슬픈 심경이 투영되고 있다. 그리고 <비가 오고 눈이 오고 바람이 부는> 현상은 불안을 야기 시킨다. 비와 눈이 내리는 하늘은 흐리고 어둡다. 그런데 <저마다 입에 바다를> 물고 물새들이 울고 간다. <어디로> 가는지 알 수 없다. 시인에게 바다는 존재의 근거이다. 그런데 물새들이 울면서 바다를 물고 <어디로>인지 가버린 것이다. 이제 <바다는 다시 오지 않는다.> 그 귀엽고 사랑스러운 바다, <새앙 쥐 같은 눈을 뜨고/아침마다 찾아오던 온전한/그 바다,>는 오지 않는 것이다. 그것은 바로 <네가 떠난 뒤>부터이다. <너>는 <어디로> 간 것일까? 알 수 없다. <네가> 떠난 뒤 <바다> 또한 <어디>로 가서 오지 않는다. <네가> 혹은 <바다>가 간 그곳이 <어디>일까?

　　김춘수의 시에서 <어디>라는 말은 대개 <가다/가버리다>로 연결된다. 그러므로 <어디>라는 미지의 공간은 <가다/가버리다>라는 말을 추적해서 찾아낼 수 있을 것이다. 작품 속에 나오는 특정어휘의 빈도수가 반드시 시인의 관심도와 비례한다고는 할 수 없지만, 그의 최근 작품들에서 가장 빈번하게 나타나는 어휘가 <가다/가버리다>인 것을 보면 시인의 심경을 엿볼 수 있다.

　　어디로/발자국만 남겨놓고 가버린다 「꿈에 본 잉구베이타」
　　어디로 갔나, 그 구슬 「하늘 위 땅 끝에」
　　물새들이 울고 간다/저마다 입에 바다를 물었다./어디로 가나, 「찢어진 바다」
　　오지 못할 곳으로/가버렸다 「만해 문학관」
　　울고 가는 저 기러기는/알리라. 「달개비꽃」
　　풀꽃 하나/저 혼자 가고 있다. 「슬픔은」
　　가거라/산 넘고 또 산 너머로 「이별을 위한 콘티」
　　구둣발로 짓밟고 갈 때에도 「voyant」
　　릴케가 딸과/아내 클라라의 곁을/떠난다. 「시인의 어깨」
　　새가 날아간//새를 날려보내고 「飛翔」

내 목구멍을 빠져 어디론가/가버렸다「도리뱅뱅이」
너 혼자 먼저 가버렸다.「바위」
시간이 어디론가 제가 갈 데를 다 가고 나면「장미, 순수한 모순」

<가다/가버리다>는 지금 여기를 떠나 다른 곳으로 이동하는 것을 의미한다. 이동은 변화이고 그것은 안정을 버리는 것으로서 불안을 야기한다. 특히 <가버리다>에 연결되는 <어디로(어디론가)>는 더욱 그러하다. <어디>는 알 수 없는 낯선 곳이며, 예측할 수 없는 불안한 곳이다. 그 곳에 시인은 갈 수 없다. 갈 수 있다면 그것은 <어디>가 아니기 때문이다. 아직 갈 수 없는, 그러나 언젠가는 가보아야 할 그 곳, 시인에게 그곳은 <너>, <그>, <물새>가 사라져간 곳으로 부재의 공간 즉 무(없음)의 영역이 된다. 그래서 <어디>에 연결되는 <가버리다>라는 말은 <사라지다>, <작아지다>, <(떨어)지다>로 변주되기도 하다가 마침내 <없다>에 도달한다. 그런데 시인의 최근작품 속에서 <없다>는 말은 매우 강렬한 인상을 준다. 주변의 사소한 것이 없어지거나 없는 게 아니라, 중심의 가장 중요한 존재가 <없어>졌기 때문이다. 따라서 없음은 존재의 부재로서 곧 허무이며 죽음이다.

백담사에 있는 만해 문학관에/시인 만해는 없다/님의 침묵은 없다.「만해 문학관」
식탁보 밑에 그는 없다./교회의 종소리에도/산보길에도 그는 없다.「an event」
산 넘고 또 산 너머로,/별이 없고/반딧불이 없다./
아기너구리 엄마엄마 울고 간 여름밤과/마디풀이 없다.「이별을 위한 콘티」
새가 날아간 흔적은 없다.「飛翔」

<없다>란 존재자의 부재가 드러난 상태이다. 그야말로 허무이다.

그 앞에서 세상의 모든 의미나 가치는 사라진다. 도대체 지금 여기 있는 나의 의미가 밑바탕에서부터 흔들린다. 특히 시인에게 가장 소중했던 <그>의 부재는 자신의 의미를 無化시킨다. 일체가 허무하다. 시인은 지금 그러한 허무의 중심에 서 있다. 만해 문학관에 주인인 만해가 없고, 하늘에 별이 없고 숲에 반딧불이 없다. 아기너구리가 엄마엄마 울고 간 그 여름밤이 없고 정겹게 밟고 다녔던 마디풀이 없다. 하늘에는 새가 날아간 흔적이 없다. 그리고 식탁에 마주 앉아야 있어야 할 가장 소중한 <그>가 없는 것이다. 야속하게도 <그>는 이제 교회의 종소리에도, 산보길에도 없다. <그>의 부재를 시인은 더 이상 견딜 수 없다. 그리하여 시인은 마침내 「이별을 위한 콘티」를 준비한다.

> 가거라
> 산 넘고 또 산 너머로,
> 별이 없고
> 반딧불이 없다.
> 아기너구리 엄마엄마 울고 간 여름밤과
> 마디풀이 없다.
> 얼굴 감춘 마디풀이 내 발등
> 초가삼간 집 한 채 허물고 있다.
> 오지 말라 오지 말라고,
> (누가 알랴 나는 역사허무주의자,)
>
> ―「이별을 위한 콘티」 전문

　작품의 말미에서 시인은 <나는 역사허무주의자>라고 선언함으로써 모든 지상적인 의미를 거부한다. 역사는 의미이고 의미는 이념(이데올로기)이다. 그 속에는 인간의 의도와 감상이 개입되어 있어 진실이 왜곡되고 있다. 진정한 의미의 리얼리티는 하늘의 별과 여름밤의 반딧불 그리고 아기녀구리의 엄마를 부르는 울음소리이며 길가에 밟히는 마디풀이다.

시인은 비장하게 <가거라>라고 말한다. 그러나 누구한테 하는 말인지 명료하지 않다. 다만 명령문이므로 그 대상은 이인칭으로서 생략된 <너>일 것이다. 지금 시인에게 가장 절실한 이인칭 <너>는 별세한 아내로 짐작된다. 그는 최근작인 「S를 위하여(문학수첩 가을호)」에서 <너는 죽지 않는다./너는 살아 있다./죽어서도 너는/시인의 아내,/너는 죽지 않는다./언제까지나 너는/그의 시 속에 있다./너의 죽음에 얹혀서/그도 죽지 않는다./시는 시인이 아니지만/죽은 너는/시가 되어 돌아온다./네 죽음에 얹혀서 간혹/시인도 시가 되었으면 하지만,/잊지 말라,/언제까지나 너는 한 시인의/시 속에 있다./지워지지 않는 그/메아리처럼,>이라고 노래한다. 이렇듯 절실하고 소중하고 절대적인 <너>에게 지금 시인은 <가거라>라고 명령하는 것은 이율배반처럼 보인다. 그러나 <너>는 시인의 시 속에 돌아와 <나>가 되었으므로 지금 <너>와 <나>는 서로 다르지 않은 존재이다. 따라서 명령어 <가거라>는 시인 자신에게 하는 말이기도 하다. 이제 중심이 사라지고 정답고 소중한 것들이 없어진 허무 속에서 시인은 스스로의 이별을 준비하는 것이다.

그리하여 시인은 혹시 자신의 묘비명을 생각했을까? 올 1월호 『현대문학』에 「장미, 순수한 모순」이란 시를 발표하고 있는데 하필 그 제호가 릴케의 묘비명에 나오는 구절이다. 시인은 젊은 시절 릴케를 통해서 시를 알게 되어 그를 사숙하면서 예컨대 「旗」, 「나의 하나님」, 「릴케의 章」, 「가을에」 등 여러 작품 속에 릴케를 등장시키기도 했다. 따라서 그의 작품 속에 릴케의 흔적들이 나타나는 것은 이상한 일이 아니다. 그러나 그의 말년의 한 작품 제목을 느닷없이 릴케가 그의 후기시편에서 자신의 <墓碑銘>으로 쓴 시구를 빌려온 것은 심상치 않아 보인다. 혹시 시인은 이제 자신의 묘비명을 쓰려고 했던 것일까?

> 장미는 시들지 않는다. 다만
> 눈을 감고 있다.
> 바다 밑에도 하늘 위에도 있는
> 시간, 발에 차이는
> 지천으로 많은 시간,
> 시간을 보지 않으려고 장미는
> 눈을 감고 있다.
> 언제 뜰까?
> 눈을,
> 시간이 어디론가 제가 갈 데를 다 가고 나면
> 그때 장미는 눈을 뜨며
> 시들어갈까,
>
> ─「장미, 순수한 모순」 전문

자신의 죽음을 생각하는 인간은 불안과 공포와 절망이라는 실존적 고뇌에 휩싸여 있다. 그 고뇌는 시간이라는 한계에 물려있다. 인간은 시간 안에서 스스로를 초월하고자 하는 특별한 존재자이다. 이 시는 그러한 정황을 잘 드러내고 있다. 이 시의 시적 기본어는 <장미>와 <시간>이다. 장미가 주체라면 시간은 상황이다. 지금 장미는 눈을 감고 있다. <시간이 어디론가 제 갈 데를 다 가고 나>기를 기다리는 것이다. 시간이 다 가고 나면 그 때 비로소 <장미는 눈을> 뜬다. 눈을 떠야 비로소 장미는 살아있는 존재이고, 살아있어야 <시들어> 갈 수 있다. 그러므로 시들지 않는 장미는 살아있는 존재가 아니다. 시간이 흘러서 다 지나간 상태, 즉 시간이 없어지면 존재는 시간으로부터 자유롭게 풀려난다. 그때서야 장미는 눈을 뜨고 장미가 된다. 시들 수 있는 살아있는 장미, 시들 수 있을 때에야 비로소 살아날 수 있다는 생명의 조건은 대단한 모순이다. 그야말로 릴케의 묘비명처럼 <장미, 오순수한 모순, 수많은 눈가풀 아래 누구의 잠일 수도 없는 기쁨>인 것이다.

진정한 삶이란 죽음과 함께 비로소 가능하다. 릴케는 마치 임산부의 뱃속에는 어린애와 죽음이라는 두 개의 열매가 함께 맺혀 자라고 있다고 말한다. 생명이라는 날줄과 죽음이라는 씨줄이 교직하여 삶이라는 천을 이루는 것과 같다. 그래서 김춘수 시인은 <시간이 어디론가 제가 갈 데를 다 가고 나면/그때 장미는 눈을 뜨며/시들어갈까,>라고 묻는 것이 아닐까? 이 물음은 그가 이제 어느 한 쪽에 집착하지 않고 생명과 죽음이 합일된 더 큰 삶 속으로 나아가려고 하는 의미가 아닐까? 그래서 시인은 최근작 「이별을 위한 콘티」에서 <가거라>라고 했던 자신의 명령을 수행하려는 것이 아닐까? <네가> 떠난 후 시인에게 시간은 <바다 밑에도 하늘 위에도> <발에 차이>도록 <지천으로 많>았다. 그래서 그 <시간을 보지 않으려고> 눈을 감고 있었는데, 그 시간이 이제 <어디론가 제가 갈 데를 가 가고 난> 것인지 모른다. 그리하여 시인은 이제 시간이 사라진 초월의 공간에서 눈을 뜨고 제대로 시들 수 있는 진정한 삶, 즉 영원한 삶을 누리려고 하는 것일는지 모른다. 그것이야말로 그가 시인으로서 추구했던 진정한 시적 성취가 아닐까?

(『현대시학』 2004.11)

짧은 시, 그 귀향의 긴 여정

─ 문인수의 짧은 시

1.

언젠가 문인수 시인은, "가장 적은 말 속에 가장 많은 말을 담은 시를 쓰고 싶다."고 말한 적이 있다. 그의 말에 전적으로 공감한다. 나는 가능하면 시에서는 말이 적어야 하고, 특히 서정시는 길이가 짧아야 한다고 생각한다. 시의 길이가 길다는 것은 그 시를 쓴 시인이 시의 핵심에 이르지 못했거나 아니면 변명을 하고 있는 게 아닌가 하는 생각이 든다. 시적인 에스프리는 짧은 시간에 우주의 핵심을 관통하는 시인의 특별한 능력이라고 나는 믿는다. 시가 길어지면 설명적인 요소가 개입되게 마련이고 말이 많으면 우주의 비의에 빠르고 비밀스럽게 잠입할 수 없다. 긴 말은 틀림없이 꼬리가 밟히거나 거추장스럽고 순발력이 없어서 다리가 걸려 넘어지기 쉽다. 서정시는 마치 가늘고 예리한 침 한대로 몸 안의 병 덩어리를 박살내는 것과 같다고 나는 생각한다. 크고 단단한 얼음을 가늘고 예리한 바늘로 쪼개는 것이 바로 그러한 원리인 것이다.

과연 문인수는 그의 말처럼 짧은 시에서 시의 진수를 보여준다. 그래서 나는 그의 작품들 중에서 긴 시 보다는 짧은 시를 선호한다. 그의 짧은 시들은 마치 섬광 같은 빛을 뿜는다. 그는 시에서 가능하면 토씨도 쓰지 않는다. 토씨는 응축력을 약화시킨다고 생각하기 때문이다.

심지어는 시의 제목도 단음절로 된 것이 많다. 십 년 전엔가 그는 <뿔>이라는 단음절로 된 제목의 시집을 낸 적이 있다. 그 단음절의 된소리처럼 의미도 단단하여 아주 강렬한 인상을 받았던 것을 잊을 수 없다. 그때 나는, 뿔은 육식동물의 공격용 무기가 아니라 초식동물의 방어용 무기라는 점을 생각해서 그의 시를 마치 초식동물의 한이 내부에서 이마로 솟구쳐 올라와 뿔이 되었다고 쓴 적이 있다. 구차스러운 과정이 생략되고 고통의 응어리가 이마로 불끈 솟아 나온 뿔의 단호함이 바로 그의 시의 본질이 아닌가 생각된다.

그런데 짧고 단호한 시적 태도와는 달리 그의 시는 매우 느리고 길고 질기다.

마른 호박넝쿨은 길다 질기다.
되넘어 오는
먼 길
여물여물 씹는다.

이 뿔 이 말뚝
이 눈물

고드름 주렁주렁주렁주렁 달리도록
다문 이 말
여물여물 씹는다.

                                   -「소」전문

마른 호박넝쿨처럼 길고 질긴 삶, 그런 삶의 길고 먼 길을 되넘어 오는 소는 순하고 느리며 고통을 안으로 삭이는 동물로서 언제나 느리게 되새김질을 하면서 순명의 길을 걷는다. 소는 반항하거나 공격하지 않고 참고

순종한다. 억울한 게 있어도 여물을 씹듯 되새기며 안으로 삭인다. <이
뿔 이 말뚝 이 눈물>은 소의 인고와 한과 슬픔이다. 고드름이 주렁주렁
달리도록 말을 다물고 다만 여물만 느리게 씹고 있는 소의 모습은 시인의
내면에 뭉쳐지고 응어리진 한과 인고의 표상이다.

2.

시인은 십 년 전 그의 두 번째 시집의 표제를 <세상 모든 길은 집으
로 간다>고 썼다. 세상에서 인간의 모든 삶의 궤적은 길로 표상된다.
그것은 인간이 지나다니는 소통의 공간이다. 인간은 자연 속에다 그들
의 길을 만든다. 길은 어딘가로 나아가는 지향성이고 누구인가에게 연
결되는 약속의 통로이며 낯선 곳을 헤매지 않도록 마련해 놓은 기호이
기도 하다. 길을 통해서 인간은 가고자 하는 곳에 도달한다. 길이 없으
면 갈 수 없고, 길이 막히면 도달할 수 없다. 우리가 지금이라도 어느
아프리카 오지로 갈 수 있는 것은 희미하기는 해도 찾아보면 가는 길
이 있기 때문이다. 우리가 지금 지리적으로 가까운 평양에 갈 수 없는
것은 길이 막혔기 때문이다. 사랑하는 사람에게 도달하는 길, 미지의
세계로 나아가는 길, 무서운 길, 아름다운 길, 험한 길,… 세상은 어떤
의미에서 길로 이루어져 있다. 그런데 그 세상의 모든 길이 하나같이
집으로 가고 있다고 시인은 직관하고 있는 것이다. 모든 길의 귀결점
이 집이라면 길을 가는 모든 인간의 지향점이 집이라는 의미가 된다.
시인은 끊임없이 집으로 돌아가고자 한다. 그의 시는 결국 집으로 돌
아가는 몸짓이다.

집이란 특정한 공간인 거소로서 삶의 거처이다. 세상의 위협으로부
터 보호해주는 곳, 추위와 폭풍으로부터 지켜 주는 곳이며, 무엇보다
도 존재의 고향이다. 인간은 집에서 태어나고, 집에서 성장하며 집에

서 먹고 자고 사랑하고 세상의 기쁨과 슬픔을 배운다.

그런데 우리가 주목해야 할 것은 문인수의 집의 심상 중에서 강렬한 인상을 받는 것은 안온한 거소로서의 집이 아니라 아이러니컬하게도 <빈 집>이라는 것이다. 그것은 「두메, 빈 집에 들어서니」, 「두메, 빈 집을 떠나며」의 작품에서 보이는 것처럼 <여닫히며 허물어지>는 혹은 <돌담장 여기저기가 와르르 허물어>진 빈집이다. 집은 거기에 사람이 살고 있음을 전제한다. 주인이 없는 집, 빈 집은 무엇인가? 비어 있다는 부재의 공간, 그것이 주는 부재의식이 문인수 시의 중요한 성격임을 우리는 직관할 수 있다.

시인은 부단히 집으로 돌아가려고 애쓴다. 그러나 지금 집은 지금 비어 있다. 비어 있는 집은 진정한 의미에서 집이 아니다. 그는 집에서 그의 근원을 만나야 한다. 끊임없이 집안으로 <불러들이던> 그의 어머니를 만나고 <저무는 길 끝 쇠죽 여물 끓는 냄새가>(「눈길」) 나는 그 곳에서 그의 아버지를 만나야 한다. 그럼에도 불구하고 지금 그에게 집은 빈집이다. 길 위의 빈집. 이러한 부재의식은 예컨대 <빈 배>(「정서, 아우라지의 빈 배」), <그대 단칸 움집마저 비웠구나>(「그대 움집」), 등에서 나타나지만, 결정적으로 「산을 오르며」 <산이 없다>는 결정적인 무(無)의 인식에 이른다.

산이 없다

산에 사는 풀 산에 사는 나무
산에 사는 바위 새소리 물소리 조차
문득 하던 말을 감춘다.
산을 불러본다

나의 목청은
수척하고 외로운 목청으로 돌아온다.
언제 춤추는 바람으로 오르면 보이랴.
산이 없다.

- 「산을 오르며」 전문

　시인은 「산을 오르며」 <산이 없다>고 노래한다. 산에 오르며 산을 불러보지만 그의 <목청은 수척하고 외로운 모습으로 돌아>올 뿐 거기에 산이 없는 것이다. 산을 오르며 산이 없음을 느끼는 그 엄청난 부재의 느낌은 무엇인가? 이미 현실적으로 고향은 존재하지 않는, 영원한 그리움의 대상일 뿐 현실적으로는 결국 무의 세계라는 의미가 아닐까? 그리하여 존재하는 것은 고향이 아니라 고향에의 지향성이 아닐까? 결국 인간은 늘 부재하는 고향을 그리워하는 게 아닐까? 그리하여 시인은 모든 사람들의 고향에 대한 지향성을 집에 이르는 길로 보고, <모든 길은 집으로 간다>고 직관한 것이 아닐까? <집>이란 어머니가 계신 곳이고 존재의 근원이 되는 곳으로서 바로 고향이 아닐까? 그리고 우리는 결국 부재하는 고향을 향한 존재들이 아닐까?

　3.

　시인에게 집은 그의 생명의 근원으로서의 고향의 중심이고, 고향은 바로 존재의 근원이다. 근원이란 피지스로서의 자연이며, 인공적인 컬쳐(문화)가 아니라 본래 그렇게 있는 네이쳐(자연)이고 그것은 현실적으로 시인에게 그가 태어나 자란 시골이다. 시골은 도시에 비하여 꾸밈없는 순정성으로서 시인에게는 <달 기우는 대로 달 차오르는 대로 달 끄는 대로 아버지//소에게 말 전하며 소 따라>(「음력」)가는 곳이다.

내가, 어이 촌놈! 하니까
저도, 어이 촌놈! 한다.

-「달에게」 전문

이 두 행의 짧은 시에서 보이는 것처럼 그저 <촌놈>으로 사는 시골의 순정함이 시인에게는 가장 본래적인 삶의 모습인 것이다. 그러한 시인이 고향을 떠나서 지금 헤매고 있다. 그러므로 그의 귀향에 대한 의식은 절실하다.

그 중심에 생명의 근원으로서의 우뚝한 산, <방올음산>이 솟아 있다. 시인의 유년 시절, 아버지와 고향 산에서 내려오는 물살과 소와 하나가 되어 느끼던 복받치던 느낌, 당시에 그가 느끼던 고향 <산의 뿌리>가 바로 근원이다. <부르르르르르 땡기며 복받치던 거/저 산의 뿌리를 느낀 적 있다>(「방올음산」). 그러한 산 밑에서 때묻지 않은 순정성으로 살던 어린 시절이 고향의 시간적 위치이고 고향 산 아래가 공간적 위치이며 산의 뿌리를 느끼던 느낌이 바로 고향의 심리적 실체인 것이다.

그 고향을 떠나 시인은 지금 <밤 깊어 더 낯선 객지>에 와 있다. 그가 바라보는 먼 산, 그 너머 어디쯤 있을 고향을 생각한다.

나는 그 동안 답답해서 먼 산을 보았다.
어머니는 내 양손에다가 실타래의 한 쪽씩을 걸고
그걸 또 당신 쪽으로 마저 다 감았을 때
나는 연이 되어 하늘을 날았다.
밤 깊어 더 낯선 객지에서 젖는 내 여윈 몸이 보인다.

길게 풀리면서 오래 감기는 빗소리

-「연」 전문

시인은 양 손에다 실타래를 걸고 어머니의 실 감는 일을 도와주는 장면을 떠 올린다. 고향을 떠나 있지만 그는 그 실 끝에 매어진 연이 되어 하늘을 날고 있다. 연줄이 끊어지면 그는 추락한다. 그의 상승의 힘은 어머니가 한 쪽 끝을 잡고 있는 <실>에서 연유된다. 실은 근원인 어머니와 떠돌고 있는 나를 연결하고 있다. 시인은 멀리 떨어져 있더라도 결국은 연줄로 연결된 근원(어머니)에 매어진 존재이다. 마찬가지로 그 끈은 또한 고향의 산, 혹은 아버지와 연결되어 있다. <(아버지!) 붉은 봉분 올려다보며 오줌 눈다./根 끝, 예까지 흘러내리는 산,/이 길고 긴, 뜨신 끈이여.>(「오줌―아버지」) 시인은 아버지지 묘소 쪽을 향해서 오줌을 누고, 오줌을 통해서 根 끝으로 연결되어 있는 생명의 근원인 아버지와 연결되는 것을 <길고 긴 뜨신 끈>으로 느끼고 있다.

4.

시인이란 운명적으로 고향을 떠난 사람이다. 그는 정들고 친근한 고향을 떠나서 낯선 도시와 강변과 들판을 헤매고 있다. 그가 고향에 안주해 있다면 그는 시인이 아니다. 고향을 떠났으므로 고향을 그리워하고 고향으로 돌아가려는 의식이 바로 시 의식에 다름 아니다. 다시 말해서 그의 헤맴은 귀향의 역정이다. 그리하여 떠나감과 돌아감 사이의 인력과 긴장이 문인수의 시의 내용이다. 그에게 지금 고향은 도달할 수 없는 바다 위에 떠 있는 한 점 섬처럼 보인다. 바다로 막혀 도달 할 수 없는 섬, 저녁 때 일몰 속에 멀리 보이는 고향은 그 자체로 그리움이다.

그리움으로 떠 있다
어제는 일몰 아래로 너를 묻었다.

거듭 거듭 묻었다.

나는 그리 밤 새도록 돌아 누웠다.
그 밤바다 파도 소리 다 걷어내고 너는

그리움으로 떠 있다.

-「섬」전문

닿을 수 없는 섬, 고향은 현실적으로 존재하는 물리적 공간이 아니라 하나의 그리움이다. 닿을 수 없는 곳을 그리워한다는 것은 고통이다. 시인은 아름다운 저녁의 일몰 아래로 그리움을 <거듭 거듭 묻>는다. 잠을 이루지 못하고 밤 새도록 그 쪽으로 돌아 눕는다. 고향은 밤바다의 파도소리를 다 걷어내고 안타깝게 <그리움>으로 그냥 거기 그렇게 <떠 있다.>

일몰의 저녁이란 집을 나왔던 사람들이 집으로 돌아가는 시간이다. 그러므로 고향을 떠난 시인은 집이 있는 고향으로 돌아가야 한다. 저녁 노을 앞에서 까맣게 타들어 가는 그의 가슴은 온통 고향집으로 가득하다. 어머니가 저녁만 되면 집으로 불러들이던 곳, 저녁 연기가 피어오르던 곳이 절실하다.

저녁노을 속에 서면 머리카락이 탄다.

타관에서 오래 나이만 먹었나니
검불 타는 냄새가 난다.

까까머리 까까머리
해만 지면 자꾸 불러들이던 어머니.

저녁연기 풀어 올리던 굴뚝 생각이 난다.

－「저녁노을 속에 서면」 전문

    <저녁 연기 풀어 올리던 굴뚝>은 정겹다. 어머니가 장작을 때서 불을 피워 밥을 짓는 부엌이 떠오른다. 부엌은 생명의 근원인 어머니가 계신 곳으로서 따뜻함과 배부름을 보장해 주는 삶의 중심이다. 타관으로 떠나 있는 시인에게 가장 눈물겨운 것은 저녁연기가 솟아오르는 굴뚝이다. 어머니는 <해만 지면 자꾸> 집안으로 불러들인다. 밖은 춥고 위험하며 낯설고 외로운 곳이다. 집안에서는 모든 것이 감싸지고 모든 것이 용서되며 모든 어려움이 해소되는 곳이다. 집은 바로 그러한 어머니의 영토이다. 그리운 어머니의 곳, 그곳을 향해서 시인은 <이 수렁을 지나 돌아가겠다>(「화답」)고 다짐한다.

5.

    그러나 고향(집)으로 돌아가는 길은 길고 멀다. 길다는 것은 극복하기 어렵고 힘든 과정임을 뜻한다. 그의 시에 빈번하게 등장하는 시어 <긴>, <길다>, <길어> 등은 바로 그 점을 암시한다. 길은 앞이 막히고 오히려 <앞이 막혀서 굽이굽이 앞으로 간다>(「강」). 때때로 길은 <굽이굽이 막힐 듯 막힐 것 같은/길/끝에/길이 나와서 또 길을 땡긴다>(「정선 가는 길」). 따라서 그의 길은 굽이굽이 돌아서 간다. 돌아서 가는 길은 길 수 밖에 없다. <길다>는 것은 끝이 나지 않는 지속이다. 그의 삶은 고통스럽게 지속된다. 이렇게 길고 굽이치는 길을 갈려면 속도를 낼 수가 없다. 그리하여 그의 시는 속도감이 적고 느린 것이 특징이다. 소처럼 혹은 달팽이처럼 느리다. 물론 새도 기차도 등장하지만 느리게 흐르는 강물이나 느릿느릿 움직이는 소, 혹은 달팽이가 주는 이미지의 강렬성을 능가하지 못한다. 요컨대 그의 귀향길은 멀고 길다.

검은 수렁 한복판을 느릿느릿 간다 저런 절 한
채를 뒤집어쓰고 살 수 있다면……… 동해안 아름다운 길 길게 풀린다.
— 「달팽이」 전문

이 짧은 작품에서 문인수 시의 진가가 나타난다. 달팽이가 가고 있
는 곳은 검은 수렁의 한복판이다. 달팽이는 느릿느릿 가고 있다. 이 스
피디한 시대에 달팽이가 느리게 기어가고 있는 모습은 매우 시사적이
다. 시인은 지금 달팽이가 짊어지고 있는 집을 부러워한다. 달팽이의
집을 그는 절이라고 표현한다. 절은 유한한 존재인 인간이 무한한 존
재인 절대자와 만나는 장소이므로, 달팽이의 집이 절이라면 달팽이는
늘 절대자와 함께 있는 셈이다. 절대자는 근원자이고, 우리에게 근원
은 고향이다. 그러므로 고향을 통째로 뒤집어쓰고 다닐 수 있는 달팽
이는 따라서 고향을 지향하는 시인에게는 가장 부러운 존재이다. 그가
지금 기어가고 있는 세계가 <검은 수렁 한복판>이라고 하더라도 절
을 한 채 뒤집어쓰고 있으니 어려울 것이 없다. 아무 데나 가던 길을 멈
추고 집 속에 들어가면 그곳이 그의 거소이고 안식처이다.

앞에서 말했지만 시인은 지금 고향을 떠나서, 낯선 들판을 유랑하
고 있다. 그의 유랑은 그를 외롭고 힘들고 지치게 한다. 돌아가려는
고향은 멀고 도달하기 힘들다. 그는 근원이 되는 곳, 절대자가 있는
곳인 절 한 채를 달팽이처럼 가질 수 있다면 모든 것이 해결 될 것이
라고 생각한다. 앞이 안 보이는 검은 수렁 한복판을 기어가고 있는 달
팽이와 <동해안 아름다운 길>의 대비는 대단히 매혹적이다. 길게
풀리는 동해안의 아름다운 길에서 달팽이의 수렁은 갑자기 해방의 밝
고 넓은 공간으로 전환된다. 이 놀라운 이미지의 전환은 읽는 사람들
의 의식을 환하게 열어준다. 검은 수렁의 폐쇄성에서 느닷없이 동해
안이라는 열린 공간으로의 이행은 시인의 무의식적 희원일 것이다.

이렇게 <길>이 풀린다는 것은 길이 풀려서 무화 된다는 의미가 되고, 꼬이거나 매듭지어 있던 길이 길게, 이제는 갈 수 있게 펼쳐진다는 의미도 된다.

그리하여 이제 문인수의 시는 다음의 「저녁노을」이라는 시 한 편으로 아우러진다. 원래는 「절명시」라는 제목이었는데 절명이 주는 그 엄청난 의미, 그것을 가장 최후의 절대적인 절명의 노래로 부르기에는 감당할 수 없는 탓이었을까? 저녁노을, 길고 긴 한 생애를 마치고 이제 거대한 장엄으로 마무리하는 저녁, 마지막 선혈처럼 자신의 온 힘을 모아서 <단 한 번 활 활 안아들이는 저 눈빛>인 노을을 바라보면서 시인은 그의 그리움, 그의 고향으로의 기나긴 여정을 아우르고 있는 것이 아닐까?

저녁노을은 덜컥 산마루에 걸린다.
오래 끌고 온 제 어둠 뒤돌아 본다.
단 한 번 활 활 안아 들이는 저 눈빛,
젖어 커다랗게 내려 앉노니
그리고는 아무런 기억 없는
긴 긴 하늘의 꼬리 붉고 아름답다.

　　　　　　　　　　　　　　　－「저녁노을」전문

　　　　　　　　　　　　　(『서정시학』 2000년 하반기)

길의 현상학

— 이태수 시집 「회화나무 그늘」(문학과 지성사 2008)

1.

이태수 시인은 1979년 첫 시집 「그림자의 그늘」 이후 30년 만에 10번째 시집 「회화나무 그늘」을 상재하였다. 공교롭게도 첫 시집과 이번의 시집 제목에 "그늘"이 들어있어 그의 키워드가 그늘이 아닌가 하는 생각이 들었다. 그러나 이 시집을 관류하는 시적 기본어는 "길"로 보이고, 우리는 이 시집을 길의 현상학이라 불러도 좋을 듯하다. 우선 시인 자신이 시집의 서문에 해당하는 <시인의 말>에서 "이 열 번째 시집을 먼저 일찍 세상을 떠난 아우를 기리며 지나온 길들에 바친다." 고 쓰고 있다. 그렇다면 이 시집은 세상을 떠난 그의 아우와 지금까지 그가 지나온 길(들)에 대한 헌정의 의미를 지닌다고 할 수 있다. 실제로 이 시집의 제3부는 그야말로 먼저 세상을 떠난 <아우에 대한 간절하고 애타는 시적 절규>(김선학의 해설)로서 독자들의 심금을 울리고 있다. 그러나 어쨌든 이 시집은 <시인의 말>에서 보이듯 그의 <지나온 길들>에 대한 헌사라 할 수 있으므로 그 <길들>에 대한 의미를 살펴보는 것이 의미 있는 일이라 생각된다.

흔히 우리는 삶의 여정을 길에 비유하고 자신은 그 길을 지나가는 나그네라고 한다. 우리는 그 길에서 사람들을 만나고 사람들과 헤어진다. 그 길에서 나무와 돌과 강을 만나고 골짜기의 꽃과 헤어진다. 그러므로 우리는 길을 가는 존재이며 길은 삶의 내용이 된다. 그런데 길이

란 우선 물리적인 통로이다. 길은 그 모양이나 용도에 따라서 오솔길
과 한길 혹은 산길과 들길로 나뉘기도 하고, 뱃길과 철길이 되기도 한
다. 길은 우리의 눈길이나 손길 혹은 발길이 되기도 하며 삶의 수단이
나 방도를 나타내는 살 길이나 손쓸 길로 불리기도 하고, 군인의 길이
나 시인의 길이 되기도 하며, 인생길 혹은 진리의 길(道)이 되기도 한
다. 이처럼 길은 매우 다양한 양태와 의미를 지니고 있으므로 시인들
은 그것을 다채로운 삶의 은유로 즐겨 쓰는데, 특히 이태수 시인은 누
구보다도 그것을 그의 시적 주제로 혹은 사유의 단서로 삼고 있다. 따
라서 조금만 그의 시를 눈여겨보면 도처에 길이 등장하고 있음을 알
수 있는데, 예컨대 이 시집에는 길이라는 시어가 전체 67편의 작품 중
에서 36편에 등장하고, 한 작품(마음 가는 길로만)에서 무려 11회나 나
타나기도 한다. 한 시집에 그렇게 많은 <길(들)>이 등장하는 것을 시
인이 의식하고 있는지는 알 수 없지만, 길의 빈도수가 그렇게 높다는
것은 시인의 무의식이 그것을 절실하게 찾고 생각하고 붙들고 있음을
의미하는 것이다. 그러므로 이번 시집을 해명하는 데는 바로 이
<길>이 매우 중요한 단서가 될 것이다.

2.

　시인은 <어느 봄날, 눈 딱 감고(32쪽(괄호 안의 숫자는 인용된 시집의
쪽수임))> <서른네 해나 돌리던 하나의 쳇바퀴,/내가 돌던 그 바퀴에
서 뛰어(16쪽)>내렸다면서 지금까지 <서른네 해 동안 외길을 걸어온
신문사를 떠나 조금은 자유로워졌다.「시인의 말」>고 말한다. 그는
<더 이상 안 가고 싶은 길은 가지 않기로>하고 오래 꿈꿔온 <가고
싶은 길을 가기로 했다(32쪽)>고 한다. 그리고 나서 보니 이제야 자신
이 <잘 들여다>보이는데 이상하게도 <더 잘 보이므로 두렵고 아득

해진다.(16쪽)>고 고백한다. 두렵고 아득해지는 것은 앞에 펼쳐지는 풍경이 낯설기 때문이다. 우선 표제시(24~25쪽)에서 <달려온 길들>과 <가야할 길>에 대한 불안의 기미를 보이고 있다.

길을 달리다가, 어디로 가려하기보다 그저 길을 따라 자동차로 달리다가, 낯선 산자락 마을 어귀에 멈춰 섰다. 그 순간, 내가 달려온 길들이 거꾸로 돌아가려 하자 늙은 회화나무 한 그루가 그 길을 붙들고 서서 내려다보고 있다.

한 백 년 정도는 그랬을까. 마을 초입의 회화나무는 제자리에서 오가는 길들을 끌어안고 있었는지 모른다. 세월 따라 사람들은 이 마을을 떠나기도 하고 돌아오기도 했으며, 나처럼 뜬금없이 머뭇거리기도 했으련만, 두껍기 그지없는 회화나무 그늘.

그 그늘에 깃들어 바라보면 여름에서 가을로 건너가며 펄럭이는 바람의 옷자락. 갈 곳 잃은 마음은 그 위에 실릴 뿐, 눈앞이 자꾸만 흐리다. 이젠 어디로 가야 하는지, 이름 모를 새들은 뭐라고 채근하듯 지저귀지만 도무지 알아들을 수 없다.

여태 먼 길을 떠돌았으나 내가 걷거나 달려온 길들이 길 밖으로 쓰러져 뒹군다. 다시 가야 할 길도 저 회화나무가 품고 있는지, 이내 놓아줄 건지, 하늘을 끌어당기며 허공 향해 묵묵부답 서 있는 그 그늘 아래 내 몸도 마음도 붙잡혀 있다.

― 「회화나무 그늘」 전문

시인은 <그저 길을 따라> 달리다가 <낯선 산자락 마을 어귀에 멈춰>선다. 그가 달려온 길들이 거꾸로 돌아가려 하자 <늙은 회화나무 한 그루>가 <길을 붙들고 서서 내려다>본다. 그 나무의 그늘은 <두껍기 그지 없>고 <이름 모를 새들은 뭐라고 채근하듯 지저귀지만 도

무지 알아들을 수 없다> 이제는 <눈앞이 자꾸만 흐>려지고 <달려
온 길들이 길 밖으로 쓰러져> 뒹구는데, 시인은 <허공 향해 묵묵부
답 서 있는> 회화나무의 두꺼운 그늘 아래 붙잡혀 있다. 그야말로 미
토스적인 정황이다. 분석심리학을 빌린다면 아마도 늙은 회화나무는
꿈속의 현명한 노인 혹은 거인(또는 신)이고, 두꺼운 그늘은 시인의 깊
은 무의식 속에 웅크리고 있는 마음속의 어두운 반려자(그림자)일 것이
다. 현명한 노인은 시인에게 이름모를 새들을 시켜서 지저귀지만(말을
건네지만) 딱하게도 도무지 알아들을 수 없다. 낯선 것은 두려운 법, 시
인은 두려움 속에서 스스로 마음을 추스르고 <그래도 이젠, 길 없는
길로/바꿔 탄 쳇바퀴를 돌리고 돌려야(17쪽)>겠다고 한다. 지금까지
는 낯익은 길로 걸어왔지만 이제 시인은 <늘 가던 길이 낯설어진다
(26쪽)>고 한다. 낯선 것은 불안하게 한다. 일상인은 낯익은 사물의 겉
모습만 스쳐보기 때문에 그것의 본질을 잊고 산다. 그러나 일상성이
깨지면 사물은 갑자기 낯설어지고 그 낯설음은 그로 하여금 자신의 실
존을 각성케 한다. 그러한 예를 우리는 카프카의 소설 <변신>에서
본다. 주인공 그레고르 잠자는 어느 날 아침 문득 흉측한 벌레로 변신한
자신을 발견한다. 그 때부터 주변의 모든 것들로부터 철저하게 소외/고
립되면서 그는 일상성에 매몰되었던 자신의 실존과 조우하는 것이다.

시인은 낯익은 일상성을 깨뜨리고 낯선 정황 속에서 자신을 각성하
는 실존이다. 그는 노력하므로 헤맨다. 길 잃고 헤매는 것은 그의 숙명
이다. 시인은 지금까지 <떠밀려 다니던 길(32쪽)>을 버리고 이제는
<가고 싶은 길> 혹은 <오래 꿈꿔온 길(32쪽)>로만 가겠다면서 돌리
던 쳇바퀴에서 뛰어내렸지만 그곳은 다른 곳이 아니라 다시 <바꿔 탄
쳇바퀴(17쪽)>일 뿐이다. 오히려 이제는 <거미줄에 단단히 발목 잡혔
는지/빠져나갈 길이 보이지 않(91쪽)>고, <지나온 길도 가야할 길도

아프게 젖어 허공에 흩어(97쪽)>지며, 길들이 제멋대로 그를 <끌고 간다.(96쪽)>고 한다. 그럼에도 불구하고 거기에서 시인은 다시 멀리 희망의 <불빛 한 가닥(83쪽)>을 발견한다.

> 왜 이토록이나 떠돌고 헛돌았지
> 남은 거라고는 바람과 먼지
>
> 저물기 전에 또 어디로 가야 하지
> 등 떠미는 저 먼지와 바람
>
> 차마 못 버려서 지고 있는 이 짐과
> 허공의 빈 메아리
>
> 그래도 지워질 듯 지워지지 않는
> 무명(無明) 속 먼 불빛 한 가닥
>
> ─「먼 불빛」 전문

　　돌아보면 지금까지 삶은 떠돌고 헛돈 일이며 남은 것은 바람과 먼지 뿐이다. 그리고 저물기 전에 또 어딘가로 가야 한다. 버릴 수 없는 짐을 지고 허공의 메아리를 들으며 등 떠미는 먼지와 바람에 밀려 또 어디론가 가야 하는 게 삶이다. 그럼에도 불구하고 세상을 돌아보면 <알 아들을 수는 없지만/멧새들의 따스한 지저귐(50쪽)>이 들려오고, <마음 비우고 길 다 버리고> 보면 <가르마처럼 열리는 숲 속 길,//햇살 뛰어내리며 되비추는/우리의 저 오솔길 한 줄기(51쪽)>가 보인다. 그것은 마치 눈먼 일상의 거부할 수 없는 시지포스적인 노역 속에서도 <지워질 듯 지워지지 않는/무명(無明) 속 먼 불빛 한 가닥>인 것이다.

3.

생각건대 인간은 길을 찾아가는 혹은 길을 만들어가는 존재이다. 대자로서의 인간은 즉자인 사물과 달리 미완/결핍의 존재로서 끊임없이 자기를 선택하고 만들어가는 자유의 길을 가는 존재인 것이다. 그의 앞에는 많은 길(들)이 있다. 길이 많아서 역설적으로 인간은 길을 잃고 헤맨다. 괴테는 「파우스트」에서 "인간은 노력하는 한 헤맨다.(Es irrt der Mensch, solange er strebt.)"고 말한다. 여기서 <헤맨다(irren)>는 말은 길을 잃어 헤맨다는 의미이다. 그런 뜻에서 헤맨다는 것은 자신의 길을 찾으려고 노력한다는 뜻이다.

앞에서 우리는 이 시집을 길의 현상학이라고 불러도 좋을 것이라고 말했다. 이 시집의 키워드라고 할 수 있는 <길>에 관한 분명한 의미를 시인 자신이 시집의 뒤표지에서 아주 잘 설명하고 있다. 그는 <낯익은 길을 걷고 있으면 벗어나고 싶은 충동에 빠져>들지만 <안간힘으로 그 길을 버리거나 벗어나 헤매다 보면, 자신도 모르는 사이, 그 낯익은 길에 다시 발길이 닿아 있게 마련>이라고 한다. 그리하여 낯익음과 낯설음의 사이를 전전하면서 <물 위의 기름방울> 같은 존재자로서의 갈등과 모순을 고백한다. 즉 <'지금·여기'를 뛰어넘고 싶>어 하면서도 <다시 '여기·지금'을 끌어안게 되고> 만다는 것이다. 그러한 자신의 <두 겹의 마음>이 빚어내는 갈등과 모순과 반복이 바로 자신이며 마치 <물 위의 기름방울>처럼 떠돌고 있다는 것이다. 그리하여 <헤매면 헤맬수록 길들은 아득하게 물러>서지만, <그래도 길을 나서며 꿈을 꾼다.>고 한다. 마치 저 시지포스의 형벌처럼 헛도는 쳇바퀴를 돌리면서 그는 이제 <초월에의 꿈이 점차 현실세계에 대한 애착과도 가까이 손잡고 있는가보다.>고 말한다.

우리는 소위 존재망각의 일상성 속에서 피동적으로 살아간다. 그러나 횔덜린의 말처럼 인간은 그러나 지상에 시인으로(dichterisch) 살고 있다. 시인으로 산다는 것은 끊임없이 일상의 낯익은 길에서 비일상의 낯선 길로 넘어가려고 하는 것이다. 이태수 시인은 그의 오래된 쳇바퀴에서 뛰어내리지만 그가 내린 곳 역시 <바꿔 탄 쳇바퀴(16쪽)>일 뿐이다. 그래도 시인은 다시 길을 나서며 <초월에의 꿈>을 꾸면서도 그것이 <점차 현실세계에 대한 애착과도 가까이 손잡고 있>다고 느낀다. 초월에의 꿈과 현실세계에 대한 애착 사이에서 <물 위의 기름방울>로 떠도는 시인의 실존적 고뇌를 노래한 것이 시집 「회화나무 그늘」이다.

(『문학과 창작』 2009년 봄호)

낱말 새로 읽기 혹은 존재 깨워 내기

- 문무학 시집 「낱말」(동학사 2009)

1.

인간은 언어적 존재이다. 로고스(논리)의 언어로 사실을 탐구하고, 미토스(신화)의 언어로 진실을 추구한다. 전자가 과학(학문)의 언어라면 후자는 시(예술)의 언어이다. 과학은 사실을 이해하지만 시는 진실에 감동한다. 또한 전자는 대상을 고정하여 추상화하나 후자는 그것을 형상으로 살려낸다. 과학 언어는 차갑지만 시의 언어는 따뜻하다. 시인은 신화의 언어로 무표정한 사물에 음영을 부여하여 표정을 살려내고 그 이름을 불러서 꽃이 되게 한다. 엉뚱하게도 문무학 시인의 신작 시집 「낱말」을 보면서 떠오른 생각이다. 문득 전에 읽은 그의 시집 「풀을 읽다」에 수록된 짧은 시 「수평선」이 떠오른다.

  단 한 줄 긋는 것으로 이 세상을 다 안는……
                                    -「수평선」 전문

바다 위의 수평선을 보고 시인은 누군가가 <단 한 줄 긋는 것으로 이 세상을 다 안는>다고 한다. 이 놀라운 인식은 과학의 언어로 이해할 수 있는 사실이 아니다. 그것은 오직 시적 직관(미토스의 언어)에 의해서만 닿을 수 있는 진실이다. 시인은 바다 앞에 서서 눈앞에 전개되는 무한한 세계와 그것을 하늘과 바다로 양분하는 수평선을 바라본다.

숨이 막히는 장면이다. 그 순간 수평선을 <단 한 줄긋는 것>으로 보고, 그 수평의 긴 줄이 <이 세상을 다 안는> 것이라고 읽어낸다. 참으로 놀라운 독법(읽기)이다. 그러한 시인의 독법은 이번의 시집 「낱말」의 도처에 드러난다.

> '바다'가 '바다'라는 이름을 갖게 된 것은//이것저것 가리지 않고 다 '받아'
> 주기 때문이다.//
> '괜찮다'//그 말 한 마디로//어머닌 바다가 되었다.
>   -「낱말 새로 읽기 · 13 - 바다」전문

바다라니……, 일찍이 탈레스가 우주의 아르케를 물이라고 했을 때, 그는 아마도 지중해의 바다 앞에 서서 엄청나게 밀려오는 파도에 압도되어 직관적으로 그런 이해에 도달했는지 모른다. 우리가 바다 앞에 설 때 그것은 대단히 크고 위대한 근원의 모습으로 다가온다. 바다는 모든 것 - 냇물, 강물, 온갖 오물과 인간의 역사까지 - 을 모두 그의 넉넉한 품 안에 말없이 받아들인다. 받아들인다는 수용성의 표상이 바다이다. 시인은 한 걸음 더 나아가 바다에서 어머니를 읽는다. 자식이 아무리 잘못을 해도 다 <괜찮다>고 받아들이는 어머니의 한없는 사랑과 수용성을 바다로 읽는 것이다.

2.

문무학 시인에게 시작(詩作)은 읽기라고 생각된다. 이전의 시집 제목이 「풀을 읽다」였는데 이번의 시집 「낱말」은 그 내용이 1부 - <문장부호 시로 읽기>, 2부 - <낱말 새로 읽기> 그리고 3부 - <품사 다시 읽기>로 구성되어 있다. 모두 <읽기>에 집중되는 것은 우연이 아니다. <시로> 읽든, <새로> 읽든, <다시> 읽든 요컨대 시인은 <읽

고> 있기 때문이다. 그렇다면 그에게 <읽기>는 무엇인가? 시인에게 그것은 글(문자)을 말(음성)로 소리 내어 뜻을 헤아리는 사전적 의미를 넘어서 관습적으로 알고 있는 의미를 벗어나 세계와 새롭게 만나는 행위이다.

우리는 매 순간 세계와 만나고 있지만 마치 공기를 의식하지 않고 숨을 쉬듯이 피상적/습관적으로 무심하게 만날(스칠) 뿐이다. 그래서 시인은 그러한 수동적/소극적인 만남을 넘어 주동적/적극적으로 아주 새롭게 만나기를 시도하는데 그것이 바로 그의 <읽기>인 것이다. 그러므로 시인이 구태여 <낱말 새로 읽기>라고 한 것은 지금까지 피상적으로 스쳐왔던(meet) 낱말을 이제부터는 <새로 읽기>라는 적극적인 행위를 통해서 참 만남(encounter)의 관계를 이룩하자는 의미인 것이다. 우리에게 낯익은 사물은 그냥 스쳐갈 뿐이지만, 그것을 <시로> 읽고, <새로> 읽고, <다시> 읽는다면 피상적으로 스쳐 지나던 사물/낱말 속에서 아직 보지 못했던 새로운 의미가 드러나는 것이다. 쉬클로프스키의 <낯설게 하기>란 것도 자동화된 삶에 충격을 주어 사물과의 신선한 만남을 이루기 위함이 아니던가? 그런 뜻에서 모든 시인의 시작행위는 세계/언어와의 참 만남을 통해서 삶의 의미를 새롭게 발견하고 확장해 가는 것이다.

시집 「낱말」에서 시인은 낯익어 친근한 낱말들의 <새로 읽기>를 시도한다. 새로 읽는다는 것은 관습적 읽기가 아니라 새로운 방법/시선으로 읽는다는 것이다. 새로운 것은 처음 보는 것이고 처음 보는 것은 낯선 것이다. 따라서 새롭게 읽기란 낯설게 읽기이다. 시인은 낯익은 언어를 비틀고 뒤집고 쪼개서 그 너머에 있는 낯설고 새로운 의미를 발견하는 것이다.

흔한 시적 기교이지만 특히 문무학 시인은 언어유희(pun)를 통해서 위트와 유머를 유발하고 언어의 지평을 확대한다. 앞에서 예시한 것처럼 「낱말 새로 읽기·13 − 바다」에서 시인은 <바다>를 <받아>로 읽고 다시 <받아들이다>로 전환하여 수용성으로 해석하면서 거기에서 어머니의 넉넉한 모성으로 유추해가는 독법을 보여준다. 이런 방법으로 읽을 때 <아니다>라는 부정의 언어는 가슴에 녹아 <안(內)이 되>는 긍정과 수용의 언어가 되고(「낱말 새로 읽기·38 − 아니다」), <나쁘다>의 어원을 <나뿐이다>로 슬쩍 바꿔 읽으면 너나 그(타인)를 모르고 사는 게 되어 <나쁠 수밖에/없>게 된다는 것이다.(「낱말 새로 읽기·55 − 나쁘다」)

이러한 낱말 독법은 시집 도처에서 나타난다. 예컨대 「낱말 새로 읽기·5 − 일」은 <일(勞動)>을 서수 <1>로 읽어서 일하는 것이 삶의 첫째(1)라고 해석한다. 또한 <철(鐵)>을 <철(나이 들어 사리를 분별하는 힘)>로 보아서 제 머리만한 쇳덩이 하나 감당하기 어려운 것처럼 철들기의 어려움을 읽고(「낱말 새로 읽기·6 − 철」), 새(사이)를 새(鳥)에 연결해서 하늘과 땅 사이를 날 수 있는 새의 자유를 은유하며(「낱말 새로 읽기·9 − 새」), 봄(視)을 봄(春)으로 읽어서 생명이 생기하는 봄이 오면 진정으로 봄(볼 것)이 많다는 해학을 드러낸다.(「낱말 새로 읽기·21 − 봄」)

'서다'라는 동사를 명사화하면//'섬'이 된다//뭍에서 멀리 떨어져,//마냥
뭍을 그리는 섬//
사람은//혼자 서는 그때부터//섬이 되는 것이다.
            − 「낱말 바로 읽기·7 − 섬」 전문

인간은 기어 다니는 동물과는 달리 수평적 대지 위에 수직으로 일어선 직립인(호모 이렉투스)이다. 따라서 선다(直立)는 것은 동물과 구분되는 인간됨의 모습이다. 아기가 기다가 일어서는 것을 보고 부모가 기

뼈하는 것은 일어서야 비로소 한 인격체로 독립해서 걸어갈 수 있기 때문이다. 그런데 스스로 혼자 선다(獨立)는 말은 외롭게 선다(孤立)는 뜻의 다른 말이 된다. 여기서 시인은 인간의 고독을 읽는다. 우선 낱말 <서다>의 명사형 <섬(立)>은 발음상 <섬(島)>과 같고, 그것은 <뭍에서 멀리 떨어져//마냥 뭍을 그리는 섬>으로서 인간이 <혼자 서는(獨立) 그때부터//섬(孤立)이 되는 것>이라는 비유가 되는 것이다. 인간은 본질적으로 일어선(直立) 존재(호모 이렉투스)이지만 스스로 서는(自立) 순간부터 타자로부터 분리되어(孤立) 뭍(타자)을 그리워하게 된다. 이러한 이율배반적인 모습이 인간의 실존인데 그것을 시인은 <섬>이라는 낱말에서 읽어내는 것이다.

뿐만 아니라 시인은 낱말의 발음을 슬쩍 비틀어서 <가을>을 어머니가 <가실>로 발음하는 것은 이제 <가실 일//생각하라(죽음을 준비하라)>는 계절(가을)의 암시라고 한다.(「낱말 새로 읽기 · 23 − 가을」) 또한 <끝> 자를 발음할 때는 혀가 입천장에 붙어 <빗장을 닫아> 걸기 때문에 막혀서 소통하지 않게 되는데, 거기서 시인은 <뭣이든/통하지 않으면/끝날 수밖에 없다.>는 삶의 원리를 읽으며(「낱말 새로 읽기 · 1 − 끝」), <'밥'자를 읽으며 입술이 꼭 닫>히는 모양에서 먹고 살기의 어려움을 읽는다(「낱말 새로 읽기 · 47 − 밥」).

여기서 더 나아가 시인은 우리 한글문자의 상형을 쪼개고 뒤집고 비틀어서 새로운 의미를 읽어낸다. 예컨대, 「낱말 새로 읽기 · 15 − 흙」에서, <흙>자를 하늘(ㅎ) + 땅(ㅡ) + ㄹ, ㄱ(뿌리)로 해체해 보임으로써 흙은 <천지를 다 안고 있다>고 하고(「낱말 새로 읽기 · 15 − 흙」), <응>자는 바로 놓거나 뒤집어 놓아도 변함없이 같은 <응>자가 되어 균형이 맞고 긍정이 되는 것이고(「낱말 새로 읽기 · 37 − 응」), <곰>은 <문>자를 뒤집은 것으로서 <곰>같은 뚝심이 있어야 <문(文)>

에 비로소 닿을 수 있기 때문이라고 하며(「낱말 새로 읽기 · 41 - 곰」),
<논(畓)>자를 뒤집을 때 <국(國)>자가 되는 것도 농자천하대본이
라는 농경사회의 정신이 바탕 됨을 암시한다.(「낱말 새로 읽기 · 42 - 논」).
또한 옷을 입다가 거울을 보면 거기 비친 자신의 머리와 목과 양팔과
양다리의 형상이 마치 <옷>이라는 글자 형상과 꼭 닮았다며 <체경
속으로/자막처럼 스쳐가는> 그 모습에서 세상에 잠시 살다 갈 자신의
모습을 읽어낸다.(「낱말 새로 읽기 · 46 - 옷」)

> '나'/자는 밖을 향하고/'너'/자는 안을 향하여서//나의 밖이/너의 안이고/
> 너의 안이/
> 나의 밖인데//하나씩/점을 지워야/통할 대로/통한다.
> — 「낱말 새로 읽기 · 31 - 나와 너」 전문

대상을 어떻게 바라보느냐에 따라서 대상과의 관계는 달라진다. 마
르틴 부버는 나와 세계와의 관계를 <나와 너(I-You)>, <나와 그것(I
-It)>으로 구분하고, 대상을 너로 인식할 때는 인격적인 관계가 이루
어지지만, 대상을 <그것>으로 하면 도구적인 관계가 된다고 한다.
그런데 여기서 시인은 <나와 너>의 관계를 한글(문자)의 상형에서
<나>자와 <너>자를 비교하여 새롭게 밝혀낸다. 우선 두 글자는 동
일한 자음 <ㄴ>에 모음만 <ㅏ>와 <ㅓ>로 다르다. 그런데 <ㅏ>
와 <ㅓ>는 동일한 모음 <ㅣ>에 단지 점(·)이 안쪽에 있느냐 바깥
쪽에 있느냐에 따라 구별된다. 여기서 시인은 <나-너>의 관계를 새
롭게 읽어낸다. 즉 <나>는 모음 <ㅣ>에 점이 밖을 향해 있고
<너>는 그것이 안을 향해 있어서 나의 밖이 너의 안이고 너의 안이
나의 밖이므로 결국 나와 너는 한 몸의 서로 다른 방향인데, 그 지극히
작은 점 하나만 지우면 서로 통할 수 있다는 것이다. 그럼에도 불구하

고 <나>와 <너>인 우리들이 서로 반목하고 다투는 것은 <나ー너>라는 인격적 관계를 지극히 작은 점 하나의 위치 때문에 <나ー그것>의 도구적 관계로 격하시키기 때문이라는 것임을 암시한다. 이처럼 시인이 <나>와 <너>라는 간단한 글자의 모양에서 본질적인 인간관계를 읽어내는 것은 놀라운 통찰이 아닐 수 없다.

3.

시인은 신화의 창조자이다. 괴테의 말처럼, 시인이 아니라면 누가 올림포스에 신들을 살게 하겠는가? 앞에서 말한 것처럼 시인은 미토스의 언어로 사물에 음영을 부여하여 표정을 살려내고, 그 이름을 불러서 그것을 꽃으로 피워내는 사람이다. 그런데 하이데거에 의하면 시의 근원은 시인이고 시인의 근원은 시이며, 시는 역사적 민족의 원언어(Ursprache)라고 한다. 시가 원언어라면 언어의 본질은 시의 본질에서 이해될 수밖에 없고, 언어는 시의 활동영역이므로 결국 시의 근원인 시인은 모국어의 파수꾼이 된다. 모국어는 민족의 자생력이자 정체성이므로 그것을 지키는 것이야말로 시인에게 부여된 가장 신성한 사명이며 자랑이다. 바로 이런 사명감을 자각하는 데서 문무학 시인의 「낱말 새로 읽기」는 출발한다. 그리하여 그는 모국어의 낱말을 하나하나 새로운 시각으로 들여다본다. 지금까지 피상적으로 스쳐 만났던 낱말에 다가서서 그것을 비틀고 쓰다듬고 뒤집으면서 지금까지 보지 못했던 새로운 의미를 발견하여 읽어내는 것이다. 그것은 환언하면 객관적인 기호로서의 낱말에 따뜻한 신화의 옷을 입혀서 삶의 음영으로 새롭게 존재를 깨워낸다는 의미이다.

이렇듯 존재를 깨워내는 시인도 현실의 세계에서는 일상인이다. 강물에 떠내려가는 나뭇잎처럼 허우적거리며 피동적인 삶을 살고 있는 자신의 모습을 돌아보며 울기도 하고 웃기도 한다. 한없이 천상을 그리워하면서도 동시에 지상적인 욕망에 붙들려 허우적거리는 이율배반의 존재이다. 여기서 문무학 시인은 자신의 삶을 <앉지도/서지도/자빠지지도 못하여/간신히/세상 붙들고/허둥>거리며 추는 춤이라면서 그것을 <엉거주춤>으로 읽고 있다. 이러한 다소 해학적인 독법을 통해서 시인은 모국어의 낱말/정신을 하나하나 새롭게 살려내고 있는 것이다.

> '엉거주춤'은 신명나는/그런 춤이 아니지//앉지도/서지도/자빠지지도 못하여//간신히/
> 세상 붙들고/허둥거린/내 춤이지.
> — 「낱말 새로 읽기·61 – 엉거주춤」전문

(『열린시학』 2009년 가을호)

성의 아름다움과 고통의 승화

― 박정남의 시집 「길은 붉고 따뜻하다」(청하 1992)

1.

한 권의 시집 속에는 시인의 거의 모든 것 ― 시인의 꿈과 절망, 기쁨과 비애, 경험과 지식, 감수성과 지성, 가치관, 세계관,… 등등 ― 이 혼융되어 들어있게 마련이다. 따라서 우리가 한 권의 시집을 읽는다는 것은 그것의 작자인 시인을 읽는 것과 같고, 독후감을 쓰는 것은 그 시인에 공감하거나 그렇지 않음을 나타내는 일이 된다. 그렇다고 해서 시집에 녹아있는 시인의 모든 요소를 하나하나 살핀다는 것은 불가능한 일이고 또 그럴 필요도 없다. 우리는 다만 그 시집에서 만나게 되는 가장 인상적인 부분, 그 시집의 가장 두드러진 특징인 개성에 대해서 얘기하는 수밖에 없고, 오히려 개성이 두드러지면 그럴수록 우리는 그 시집을 만난 것을 즐거워한다. 그런 의미에서 박정남의 시집 「길은 붉고 따뜻하다」는 독특하고 강한 개성으로 독자를 끌고 독자에게 흥미를 준다고 생각된다.

누가 읽든지 박정남의 두 번째 시집 「길은 붉고 따뜻하다」에서 받게 되는 두드러진 인상은 성과 그것에 수반되는 생명에 대한 기쁨, 그리고 성의 사회적 그늘 등이라고 여겨진다.

상식적인 얘기지만 성 그 자체는 아름다움도 추함도 아닌 가치중립적인 개념이다. 그러나 성에서 유발된 욕구와 그것을 충족해 가는 과정에서의 쾌미는 다분히 미적요소를 동반하고 있고, 그런 까닭에 예술

작품에서 그것은 상당히 중요한 요소로 등장해 오고 있다. 박정남의 시는 이 점에서 출발하고 있지만, 그러나 자세히 들여다보면 오히려 관능적인 쾌미를 지워버리고 원초적인 성의 모습을 그대로 나타내고자 하는 느낌마저 든다. 그럼에도 불구하고 그의 시가 천박하거나 퇴폐에 떨어지지 않고 품위를 유지하면서 아름답게 보이는 것은 시인 자신의 관심이 진지하게 생명창조의 심연을 향하고 있기 때문인 것으로 보인다. 두개의 성의 결합은 가장 강렬한 생의 연소이며 동시에 가장 빛나는 생명창조의 방식이다. 박정남은 이것을 시적 앰비규이티를 적당히 동원하여 성의 직접적인 묘사를 피하고 감추고 비유적 이미지를 써서 자칫 떨어지기 쉬운 저속성과 퇴폐성을 방지하고 오히려 관능적인 아름다움의 공간을 확장시켜 나가고 있다.

2.

이 시집에서 시인은 성을 꿈꾸고 그것을 아름다움이고 동시에 기쁨이라고 생각한다.

> 나는 곧잘 꿈을 꾼답니다.
> 바다가 끓는 꿈,
> …(중략)…
> 그 속에 꽂인 여자들이 자연스레 떠서
> 불의 리듬에 맞추어 숨을 쉽니다.
> 불의 리듬에 맞추어 여자들은 어느덧 잉태를 하고
> 출렁거립니다.
> …(중략)…
> 나는 기쁩니다.
> 오늘 아침 내 피부는
> 빛나지 않습니까?
>
> — 「불이 타는 바다」 일부

이 작품에서 드러내고 있는 바와 같이 성에 대한 꿈(욕망)은 <바다가 끓는 꿈>과 <불의 리듬>이라는 원초적인 힘과 아름다움으로 묘사되고 있고, <잉태>와 <출렁거림>이라는 생명의 확인과 그것의 고양은 <기쁨>과 빛나는 <피부>로 나타나고 있다. 이러한 성에 대한 찬사와 갈망을 우리는 이 시집의 도처에서 쉽게 만날 수 있다.

  나는 그녀의 아름다운 배를/타고 싶어(14쪽)
  창을 넘어/햇살은 새어들고/번득이는 물가의 욕망도 일어난다.(16쪽)
  옷을 입고 있어도/네 숨겨진 알몸은 대기 속으로 빠져나와 밤어둠/풀밭
  속을 달려가고 싶어한다.(41쪽)
  많은 여자들이 나와서/옷 벗고, 젖통 내놓고/누워있다.(46쪽)
  나는 지금 물에 젖은 채 목욕탕에 있습니다.(72쪽)
  붉던 그의 살이/빗속에 피는 부용꽃 위에/포개진다.(88쪽)
  어느 먼 나라에 가서 뒹굴고 싶은 욕망으로(91쪽)

이러한 성에 대한 갈망의 이유는 무엇일까? 콜린 윌슨에 의하면 고대 그리스의 디오니소스 신의 신자는 성이 신에 접근하는 길이라고 믿었고, D. H. 로렌스는 성이 우주의 원초적인 창조적 충동에 가까운 것이라고 보고 있다. 어쨌든 그것은 유한한 생명체가 자기의 생을 무한히 지속하기 위한 새로운 생명의 창조적 방식임에 틀림없기 때문에, 모든 생명체에게 있어서 성에 대한 갈망이 곧 생명지속의 욕구와 같다는 것은 상식이다. 그러므로 한 시인에게 있어서 그의 작품 속에 성에 대한 갈망이 나타난다는 것은 지극히 당연한 일이지만 우리가 여기서 박정남의 그것을 문제 삼고자 하는 것은 이 시인 나름대로의 여성성에 대한 개성적인 시각과 그것의 독특한 표현방식 때문이다. 박정남에게 있어서 여성성은 대체로 모성, 포용성, 관능 등으로 나타나는데 그것을 실현해 가는 과정은 그 자체로서 아름다움과 기쁨이다. 그리고 이

시집에서 쉽게 발견되는 여성심상은 <여성스푼>(35쪽), <불룩한 엉덩이>(13쪽), <그녀의 아름다운 배(이것은 船과 腹의 중의적 표현으로 보이지만)>(14쪽), <젖가슴>(39쪽), <불룩한 배>(54쪽) 등 매우 상식적인 관능적 표현들로 나타나는데, 심지어는 <털 많은 사타구니 푸르게 눈뜨는 구멍>(43쪽)처럼 외설스럽게 느껴질 만한 곳도 몇 군데 보인다. 그러나 이런 심상의 표현에도 불구하고 작품의 분위기가 저속성에 빠지지 않는 것은 앞에서도 말한 바처럼 시인의 관심이 관능적 쾌미 자체에 머물지 않고 생명의 심연에 이르기 때문이다.

  3.

  이 시집에 나타나는 여성성의 대표적인 심상 중의 하나는 <잉태> 혹은 <부풀음>이고, 그것은 시적 화자에게 기쁨과 즐거움을 준다. 여성성은 성의 결합으로 완성되는 것이고 이러한 성의 아름다운 결합은 앞에서 인용했던 작품 「불이 타는 바다」에 잘 나타나고 있지만 다음에 일부 인용하는 「진달래꽃 핀 산과 호수」에 매우 절묘하게 미적 즐거움을 잘 드러내고 있다.

> 채찍을 든 신랑은 진달래꽃 핀 험한 산을 안개 속인 듯 더듬으며 올라갈 것입니다. 이따금 채찍을 휘두를 줄도 아는 신랑은 물이 줄줄 흐르는 레몬이나 귤 껍질을 벗기면서 제 신부를 황금반지, 저 첨벙거리는 밤바다로, 혹은 진달래꽃 핀 벼랑을 따라 신나게 달리게 할 것입니다. 진달래꽃은 스치어서 이내 눈물짓는 한스런 빛깔을 띠기도 하겠지만 강인한 제 생명력으로 온 바위덩어리산을 붉게 물들일 것입니다.
>
> ─「진달래꽃 핀 산과 호수」일부

  신랑과 신부라는 양성의 결합은 <물이 줄줄 흐르는 레몬> 혹은 <첨벙거리는 밤바다>와 같은 매우 관능적인 아름다움으로 묘사되고,<제 생명력으로 온 바위 덩어리산을 붉게 물들>이는 충일된 생명의 기쁨을 느끼게 해 준다. 충일된 생명─그것은 말할 나위 없이 여성에게 있어서는 <부풀어 오름>으로 표현되는 잉태의 기쁨이며 이것은 여성성의 대표심상의 하나인 모성의 표상으로서 이 시집의 도처에 보인다.

> 배가 불러오는/커튼 속의 어둠(15쪽)
> 배부른 만삭의 엄마가(21쪽)
> 여자들은 달을 어기지 않고 부풀어오르며(30쪽)
> 부풀어서/둥그렇다(42쪽)
> 만인이 존경하는/내 불룩한 배를 꿈꾸면서(54쪽)

여성의 부풀어 오르는 배 속에는 새로운 생명이 들어 있다. 그 생명은 여성에게 모성이라는 여성성을 실현하는 기쁨과 만족을 준다. 성은 모든 유한한 생명체가 지향하는 영원한 생의 구현방식이고, 그것을 통한 새로운 생명의 잉태와 출산은 유한한 개체가 지닌 숙명적인 죽음을 극복케 해 주는 방법이므로 자랑스럽다. 따라서 시인은 <만인이 존경하는/내 불룩한 배>를 꿈꾸는 것이다.

4.

그러나 자랑스러운 잉태에도 불구하고 여성성은 역사적 사회적으로 나약하고 상처받기 쉬운 것으로 간주되어 왔다. 남성성의 강력한 공격성에 대하여 그것은 부드러운 수동성이었고 종종 남성성의 폭력에 의한 짓밟힘과 상처를 견뎌오곤 했다. 어떻게 보면 여성성의 역사는 수난사였고, 특히 피임과 낙태의 기술이 발달된 현대사회에서는 향락과 폭력이 교묘하게 제휴하여 성이 심각한 문제로 제기되고 있다.

따라서 <자랑스러운 잉태>의 여성성은 상당한 부분이 파괴되고 있는 실정이며, 이 점은 박정남의 시에서도 심각한 주제로서 강렬하게 제기되고 있다.

> 옥수수 밭에
> 남자와 여자가
> 들어갔다.
>
> 어제는
> 총소리가 나고
> 여자가 죽었다.
>
> -「옥수수 밭」일부

옥수수 밭에서의 정사는 사회적인 통념으로 볼 때 사련이다. 그런데 이 시에서 문제가 되는 것은 <총소리가 나고/여자가 죽었다>는 사실이다. 옥수수 밭에 남녀가 들어간 후 <옥수수 열매 알알은/여자를 닮았>고 <옥수수 열매 알알에 붙은 수염은/남자를 닮았>음에도 불구하고 총소리가 난 후 여자는 죽는다. 여성에게 가해지는 이러한 폭력이 이 시에서는 냉정하고 담담하게 서술되고 있지만, 이 서술의 이면에 숨어있는 여성폭력에 대한 분노 그리고 그것에 대한 고발은 박정남이 그의 제1시집 「숯검정이 女子」에서도 매우 강력하게 제기했던 문제이다. 특히 제1시집에 수록된 작품 「북호텔」은 제2시집의 「귀여운 애기를 만나고 싶어」에 그대로 이어지면서 폭력에 의해 파괴되는 여성성과 그것에 대해 절규하는 <모성>이 처절하리만큼 강렬하게 묘사되고 있다. 그리하여 현대사회에서 짓밟히는 여성성과 그 상처를 시인은 차라리 냉정하고 담담하게 드러내 보임으로써 그것에 대한 동정이나 감상 따위를 거부하고 현대의 성의 그늘을 비판적으로 조명하고 있다.

내가 잠든 사이에 익명의 남자들은 나의 문지방을 넘어
차례차례로 나를 버리고 갔다.
도둑 고양이,그들이 밟고 오는 발자국 소리로
여자의 가슴은 부풀면서 밤이슬에 젖고
달빛에 쓸리면서 멍이 들었다.

─「또다시 싸늘한 아침은 온다」일부

<저 피흐르는 자궁 봐.>
<누가 찔렀어?>
무섭고 복잡했던 버스 안에서는
아무 말 못하던 사람들이
이번에는 말을 하기 시작했습니다.

시퍼런 칼날이 숨은 푸른 지폐들이
내 가방이 떠 있는 하늘 위에는
가득 펼쳐져 저녁놀과 함께 짓이겨져
있었습니다.
내가 죽어 있었습니다.

─「도시의 하늘」일부

5.

　지금까지 간략히 살핀 여성성은 그 자체로서의 관능적 쾌미와 잉태
의 기쁨을 주는 밝은 면과 폭력에 의해 짓밟혀서 상처로 남는 어두운
면으로 나타났다. 그러나 이 시집을 좀 더 꼼꼼히 읽어보면 박정남의
여성성은 여기에 머무르지 않고 새로운 생명으로 승화시키는 통로를
마련하고 있는데, 이점은 박정남의 시에서 <웅덩이> 혹은 <요강>
이라는 심상을 통해서 이룩되고 있다고 생각된다.

숲의 한복판에는 달 같은 웅덩이가 있어
밤이면 뱀들이

그곳으로 일제히 물 마시러
기어갔다.

이제 그 숲이 아주 없어졌지만
아낙들은 숲 닮은 검은 치마를 입고
치렁치렁 검은 머릿결을 드리우고
둥둥 북소리 우는
물웅덩이를 제 속에
감추고 있다.

–「하느님이 북치며 놀다 간 자리」일부

웅덩이는 땅이 움푹하게 파여 물이 고인 곳이고, 물은 생명의 근원
이므로 여기서 일차적으로 암시하는 <웅덩이의 물>은 새 생명이 비
롯되는 장소, 곧 여성의 성인데 <아낙들>이 그것을 <제 속에/감추
고> 있는 것이다. 즉 아낙들(여성)은 생명 잉태의 거룩하고 성스러운
<웅덩이>를 감추고 있는데, 이 시의 앞부분에서는 <봄 웅덩이의 희
뿌연 물>은 <사람이 배암을> 낳게 하는 금기의 물로 나타나고 있다.
이러한 <쉬쉬 숨어서 하고 웃는> <터무니없는 이야기>는 결국 사
람들이 <목이 말라> 자연스럽게 마시고 싶은 물과 같은 <성>에 대
한 과거로부터의 그릇된 금기를 비유한 것으로 보이는데, 시적 화자는
이러한 인습적 금기를 <웅덩이의 희뿌연 물은/내가 간밤에 요강을 부
어/버린 것>이라고 통렬하게 희화시켜서 깨뜨리고 있다. 이 시에서
<불을 꿈꾸던 여자들은/떨고 있고/숲의 한복판에는 달 같은 웅덩이가
있어/밤이면 뱀들이/그곳으로 일제히 물 마시러/기어갔다>는 것은 성
의 행위이고, <뿔달린 뱀의 왕>은 남성성의 상징인데 이러한 성을
박정남은 의도적으로 비논리적인 서술방법을 쓰거나 혹은 비유적 심
상들의 혼용화 등을 통하여 인간과 자연의 묘한 합일을 이룩함으로써
저속성에 떨어뜨리지 않고 시적으로 승화시키고 있다. 그리고 앞에서

<웅덩이의 희뿌연 물>이 <요강을 부어버린> 오줌이란 것은 단순히 금기를 깨뜨리는 행위에 그치지 않고 한걸음 더 나아가서 여성성, 즉 요강 속의 오줌은 웅덩이 혹은 대지 속에 스며들어 새 생명으로 살아나는 순환임을 작품「연탄」에서 <오줌 흙 덮어가며 썩히고 있는,/썩히면서 무럭무럭 김 올라오는 향긋한 거름 냄새 맡으며/나도 저처럼 어느 어둠 속에 가서/뜨끈한 체온 주며 살리라>(65쪽)고 노래함으로써 보여준다. 이 때 오줌은 <거름>이 되어 <푸른 새싹>(65쪽)을 예비하는 것이다.

> 이슥하도록 빛나오는 것은
> 검은 대청마루 위
> 무명치마 걷어올려 쪼그리고 앉아
> 뒷물하고 있는 그녀
> 엉덩이다.
>
> 밤이 깊도록
> 혼자 이우는
> 푸르게 물든 모란꽃
> 한 송이도
>
> 잘잘 울며 내리는
> 여자들의 오줌 받는
> 사기요강, 그 한(恨) 깊은 데서
> 피어난다.

-「모란」전문

　함부로 노출되지 않아야 할 <엉덩이>라는 여성성은 깊은 밤을 <빛나>게 한다. 그 <엉덩이>와 <요강>이라는 감추어야 할 성의 상징은 모두가 잠든 깊은 밤 <검은 대청마루 위>에서 빛난다. <대청마루>란 집의 중심공간이므로 깊은 밤에 그 곳에서 빛난다는 것은 겉으로는 은밀하게 감추어져 있지만 사실은 그것이 삶의 중심을 점령하고 있다는 의미가 된다. 그리고 소리 없이 혹은 아무도 모르게 <모란꽃>은 <오줌 받는 사기요강, 그 한 깊은 데서> 피어나고 있다. 은밀하게, 모두가 잠든 어두운 밤에 <잘잘 울며 내리는/여자들의 오줌 받는> 요강은 밝은 낮의 남성성에 대비되어 보다 유암한 여성성의 상징으로 나타난다. 삶의 중심을 점령하고 있음에도 불구하고 어둡고 은밀한 어둠 속에서 온갖 질곡과 고통을 견뎌야 하는 여성성이라는 한국 여인의 <한>을 상징하는 것이 요강이다. 그런데 바로 그 요강이라는 한의 가운데서 아름다운 한 송이 모란꽃이 피어난다는 것은 여성성의 한계를 극복하고 오히려 그것을 승화시켜 드러내는 절묘한 시적 심상이 되고 있다. 이 작품 「모란」이 이 시집 속에서 시적 형상화에 성공한 가장 탁월한 작품 중의 하나로 보이는 이유가 여기에 있다.

6.

이제까지 우리는 박정남의 제2시집 「길은 붉고 따뜻하다」를 읽고 그 속에서 가장 특징적으로 드러나고 있는 성의 문제를 중심으로 몇몇 작품을 살펴보았다. 성은 본질적으로 유한한 생명체가 지향하는 영원한 생의 구현방식으로서 그 수행과정상의 고통과 기쁨이 수반되게 마련이다. 박정남은 이 시집에서 그 점을 특히 여성성의 입장에서 노래하고 있는데 그 대표적인 것이 잉태의 기쁨으로 나타나는 모성, 현대사회의 폭력으로 인해 빚어지는 비극성, 그리고 오랜 편견과 질곡 속에서 상처와 고통을 견뎌온 한국 여인의 한 등이다. 이 시집을 읽으면서 우리는 무엇보다도 여성성의 아름다움과 생명의 기쁨을 느끼게 되는데 그것은 이 시집의 작자가 성을 단순하게 관능적인 쾌미에 떨어지지 않도록 보다 근원적인 생명의 심연에 늘 시선을 두고 있기 때문인 것으로 보인다. 이러한 여성성은 예컨대 작품 「모란」에서 어두운 밤 <사기요강>에 피어나는 <모란꽃>으로 잘 형상화 되고 있고, 이 모란꽃의 심상은 <한>이라는 여성성의 숙명과 한계를 아름답게 극복하여 승화시키고 있다. 박정남은 이러한 <모란꽃>을 내부에 지니고 있기에 조용히 그리고 건강하게 <제 생명력으로 온 바위덩어리산을 붉게 물들>(20쪽)이며 <새해 새아침의 싱그런 햇덩이를>(22쪽) 보면서 <설날의 첫 햇살이 마루 안까지 간밤에 곱게/닦아놓은 나이테의 결결까지 감싸서 비쳐주는/양지바른 곳에>서 <손에 와닿는 고마운 햇살을/만>(61쪽)지면서 살아갈 수 있을 것이다.

(『전개5집』 1993)

어머니 또는 늙음과 낡음

— 송종규의 근작시

송종규 시인의 근작시를 읽는다. 전에 익히 보았던 <깊은 밤/누가 초인종을 누「초인종」>르거나, <전화선을 타고 검은 바다가 쳐들어 「고요한 입술」>오던 불안하고 예기치 못한 상황이 사라지고, 금이 간 도자기, 세월의 무덤, 낡은 벤치, 고장난 기계, 할머니의 몸, 오래 전의 의자 등의 낡고 늙은 이미지들이 떠오르고 있다. 젊고 눈부신 햇살의 시간으로부터 어둡거나 축축한 오후의 그늘 쪽으로 시선이 옮겨지는 것일까? 어쨌든 이제 시인은 감성의 들판을 지나서 보다 깊고 근원적인 삶/죽음의 안쪽으로 들어가고 있는 듯하다. 세월이 지나면 사물은 낡고 사람은 늙는다. 이 자연스러운 현상을 시인은 깊게 들여다보는 것 같다.

> 밤 열시엔 어김없이 그녀가 전화를 걸어온다
> 전화기 가득한 파음들과 부서진 기억의 조각들
>
> 나는 마치 햇살처럼 저물거나
> 나는 마치 밤 열시처럼 태연하게 수화기를 든다
>
> 그녀의 기억은 금이 간 도자기나 성능이 좋지 않은 마이크 같다
> 젊었던 날들의 꽃잎 같은 기억들 속에 세월을 꽁꽁
> 가둬놓고, 그녀는 세월바깥에 빈 항아리처럼 앉아있다
> 그녀에게는 다만 나를 기다리는 밤 열시가 있을 뿐이다

밤 열시에게 꼬박꼬박 안부를 묻고 밤 열시가 지나서야
이불을 덮고 눕는다
나는 그녀가 펴 논 이불 속으로 들어가서 그 아래
아랫목, 구들장 다시 그 아래, 세월의 무덤 그 화사한 곳으로 내려가서

엄마처럼 어둑어둑해진다 나는 마치
맨드라미처럼 웃거나 나는 마치
밤 열시처럼 태연하게, 수화기를 내려놓는다

　　　　　　　　　　　　　　　　　　　　　-「밤 열시」 전문

　밤 열시는 잠자리에 드는 시간이다. 저녁을 먹고 커피를 마시고 책을 읽고 뉴스를 본 후 불을 끄고 자리에 눕는 시간이다. 이제 밖으로 향한 의식의 창을 닫고 깊은 무의식(잠)의 어둠 속으로 들어가는 시간이다. 그러므로 <밤 열시>는 소란한 일상에서 벗어나 깊은 침묵 속으로 넘어가는 시간의 문지방이다. 그런데 바로 그 시간이면 어김없이 <그녀>가 전화를 걸어온다. 일반적으로 잠자리에 드는 밤 열시에는 남에게 전화를 걸지 않는 게 상례이다. 하필 그 시간에 전화를 건다면 그것은 아주 요긴한 소식을 전하기 위함이다. 그러므로 <그녀>가 말하는 내용은 <나(화자/시인)>에게는 대단히 긴급하고 중요한 것임에 틀림없다.

　여기서　<그녀>가　누구인지　명시적으로　드러내지는 않았지만, <그녀가 펴 논 이불 속으로 들어가서> 혹은 <엄마처럼 어둑어둑해진다>라는 말로 보아 시인(화자)의 어머니로 짐작된다. 아마도 연세가 많은 어머니가 실제로 매일 밤 열시가 되면 딸(시인)에게 전화를 거는 듯하다. 시인은 지금 이미 자신이 어머니만큼 늙었다고 생각하는데도 (내 아이들의 머리맡에/어머니만큼 늙은 내가 꿇어앉아 있다「절개지」)불구하고, 어머니는 그런 나이 많은 딸에게 매일 저녁마다 안부전화를 한

다. 어쩌면 너무 늙어서 아무 것도 할 수 없는 어머니는, 하루 종일 딸에게 전화할 시간인 <밤 열시>만을 기다리고, 밤 열시가 되면 <어김없이> 전화를 걸어오는 것이다. 전화기에서 들려오는 어머니의 음성은 불분명하여 <파음들>로 들리고, 전화의 내용은 하잘 것 없는 <부서진 기억의 조각들>인 것이다. 그럼에도 <나>는 매일 밤 열시면 <어김없이> 오는 전화를 <태연하게> 받는다.

그런데 시인이 전화를 걸어오는 사람을 어머니라고 하지 않고 <그녀>라고 칭하는 것은 시적 상상력의 폭을 넓히기 위한 전략으로 보인다. 왜냐하면 <어머니>라고 쓰면 독자의 상상력은 어머니(모성)에만 한정되지만, <그녀>라고 부르면 어머니는 모성을 넘어 여성 일반으로 확대되면서 시인 자신의 또 다른 자아가 될 수 있기 때문이다. 칼 융의 말처럼 인간은 콤플렉스(다중인격의 복합체)이므로 우리는 여기서 <그녀>를 어머니인 동시에 시인의 늙은 자아의 모습으로 읽게 된다. 그럴 때 <그녀>와 <나>는 어머니와 딸의 관계에서 나와 내안의 나의 관계로 확대되는 것이다.

이제 <그녀>의 기억은 흐릿하여 마치 <금이 간 도자기나 성능이 좋지 않은 마이크> 같다. <금이 간 도자기>는 못쓰게 된 그릇으로 곧 폐기될 물건이다. <성능이 좋지 않은 마이크>도 말소리를 일그러뜨려서 듣는 이를 혼란스럽게 하므로 교체해야할 대상이다. 그것들은 과거에는 아름답고 훌륭한 도구였지만 시간의 이빨이 상처를 내고 지나가서 못 쓰게 된 것이다. 그리하여 <그녀>는 <젊었던 날들의 꽃잎 같은 기억들 속에 세월을 꽁꽁/가둬놓고> <세월바깥에 빈 항아리처럼 앉아>서, 혼신을 다하여 오직 <나>에게 전화를 할 <밤 열시>를 기다리는 것이다. 그리고 <밤 열시에게 꼬박꼬박 안부를 묻고 밤 열시가 지나서야/이불을 덮고 눕는>다. <그녀>는 분명히 <나>에게 전화를 걸어오는 것이지만 내게 들리는 것은 <파음들>이거나 <부서진 기억의 조각들>이어서 <나>는 마치 자동응답기처럼 의례적으로 대답한다. 그러므로 사실 <그녀>는 <나>에게가 아니라 바로 <밤 열시>에게 전화를 거는 것이 되고 <나>는 <밤 열시처럼 태연하게 수화기를> 드는 것이다.

매일 밤 열시에 어김없이 <그녀>가 <나>에게 전화를 거는 것은 긴요한 소식을 전하는 게 아니라 오직 <나>의 존재확인을 하는 것이며, 그것은 <나>를 통해서 <그녀>자신의 존재를 확인하는 것이기도 하다. 그리고 밤 열시가 지나서 <그녀>의 전화를 받은 후 <나>는 이제 <그녀가 펴 논 이불 속으로 들어가서 그 아래/아랫목, 구들장 다시 그 아래, 세월의 무덤 그 화사한 곳으로 내려가서//엄마처럼 어둑어둑해>진다. 어머니의 이불은 아늑하고 아랫목은 따뜻한 곳, 시인(나/화자)은 <그 아래, 세월의 무덤>까지 내려간다. 내려갈수록 어두워지고 편안해지는 거기, 죽음처럼 고요한 세계로 들어가면서 시인은 자신의 존재를 확인하고 눕는 어머니를 생각하고, <맨드라미처럼 웃거나> <밤 열시처럼 태연하게, 수화기를 내려놓는>것이다.

늙음은 낡음이다. 시간이 가면 사람은 늙고 사물은 낡아간다. 시인은 이제 사물의 낡음을 바라보며 <시간의 사나운 속도>를 생각한다.

가문비나무도 벤치도 너무 낡았다
골목길도 바이올린도 너무 낡았다
신호등도 햇빛도, 손가락 걸던 맹세도 너무 낡았다
슬픔도 사무침도 모두 낡았다

시간은 탕진되고 문장은 이미 너무 오래 전에

시멘트처럼 굳어있다

그러나, 분명한 건
이 사나운 시간의 속도를 멈추게 할 힘이
아무에게도 없다는 것

-「고장 난 재봉틀」 부분

시인은 주위에 친근한 사물들을 돌아보면서 모두 낡았다고 한다. 신호등도 햇빛도, 손가락 걸던 맹세도, 심지어는 슬픔도 사무침까지도 모두 낡았다고 탄식한다. 추위에도 웅크리지 않고 하늘로 뻗어 올라 새들을 불러들이고 바람을 풀어내며 빗소리를 들어주던 <가문비나무>도 낡았다는 것이다. 나그네가 앉아 쉬거나 연인들이 석양을 바라보며 앉았던 <벤치>도 낡고, 강아지와 아이들이 뛰어들던 <골목길>도 낡았다고 한다. <시간의 속도를 멈추게 할 힘>은 <아무에게도 없>기 때문이다.

시인은 매일 밤 열시면 어김없이 전화를 걸어오는 어머니의 <늙음>이나, 가문비나무나 벤치의 <낡음>을 별로 구분하지 않는 듯하다. 낡음은 늙음과 주어가 다를 뿐 같은 술어로 쓰이기 때문이다. 사물/물건은 낡아서 폐기되고, 생물/인간은 늙어서 죽는다. 늙음은 죽음으로, 낡음은 폐기로 다 같이 종말을 맞는 것이다. 그러므로 죽음으로 가는 늙음과 폐기로 가는 낡음을 구분하는 것은 근시안적 인간의 착시일 뿐, 시간의 지평 위에서 양자는 같은 소멸을 뜻한다고 시인은 보는 듯하다. 그래서 시인은 장차 죽음을 맞게 될 가문비나무를 <늙었다>고 하지 않고 벤치처럼 <낡았다>고 진술하고 있는 것이다.

그러나 늙음과 낡음은 그 차원이 다르다. 옷은 낡고 사람은 늙는다.

낡은 옷은 새 것으로 갈아입을 수 있지만, 늙은 몸은 새 몸으로 갈아입을 수 없기 때문이다. 어쨌든 사람은 늙어서 죽는다. 늙음은 누구나 피할 수 없는 죽음으로의 통로이다. 죽음이라는 종말, 그 알 수 없는 심연 때문이 삶은 의미를 갖는다. 시인은 먼 친척 할머니의 몸을 씻겨본 경험을 통해서 늙음을 감각적으로 인식한다.

> 나무껍질이나 갑각류의 등 같은 먼 친척 할머니의 몸을 씻겨 본 적 있다
> 내가 아직 걸어 본 적 없는 수만 갈래의 길들, 풀 한포기 자라지 않는 낡
> 고 척박한 비포장도로가 온몸에 새겨져 있었다 균열 투성이 인간의 몸
> 은 짐승의 뿔이나 향기로운 冠에 새겨진 세월의 무늬를 읽을 때처럼 당
> 당하거나 삼엄하지 못했다 비눗물이 수만 갈래의 길속으로 스며들거나
> 흘러내릴 때 손바닥 가득 만져지던 비애
>
> 캄캄한, 한때 차갑거나 뜨거웠던 몸
> 생선 비늘처럼 벗겨낼 수 없는,
> 헐거워진 껍데기 가득 새겨 넣은 낡은 생의 기록들
>
> 그 여름 내내
> 방안 가득 비누 거품들이 떠다녔다
>
> ―「지도」 전문

　늙음은 시인에게 <나무껍질이나 갑각류의 등 같>이 딱딱하게 굳어진 피부로 감촉된다. 거기에는 <풀 한포기 자라지 않는 낡고 척박한 비포장도로가 새겨>진 것 같은 숱한 <균열>이 나 있고, 그것은 <아직 걸어 본 적 없는 수만 갈래의 길들>처럼 낯설다. 그러한 균열은 <짐승의 뿔이나 향기로운 冠에 새겨진 세월의 무늬>와 같은 것이지만, 그 <수만 갈래의 길>을 따라 비눗물이 흘러내릴 때 시인은 <손바닥 가득> 비애를 느낀다. 비애는 생명에 대한 근원적인 설움/

슬픔이다. 예컨대 우리가 깨진 항아리를 보고 느끼는 비애는 항아리 자체에 대한 것이 아니라 그것을 닦고 사용했던 주인의 손길과 생명에 대한 감정이다. 따라서 시인이 비눗물에서 느끼는 비애는 그것이 <몸의 균열>을 따라 흘러내리며 세월의 덧없음을 드러내면서, 쇠잔해가는 생명 즉 할머니의 <늙음>을 느끼게 하기 때문이다.

할머니의 몸은 <나무껍질이나 갑각류의 등 같>지만, 한 때는 <차갑거나 뜨거웠던>, 냉정과 열정을 오가던 젊고 활기차던 몸이었다. 그런데 시간은 빛나던 몸을 할퀴며 <낡고 척박한 비포장 도로>같은 세월의 무늬(균열)를 남기고 가서, 할머니는 이제 <금이 간 도자기>처럼 낡아 보인다. 금이 간 도자기는 폐기할 수 있지만, 할머니는 폐기할 수 없다. 전자는 대체할 수 있는 사물이지만 후자는 무엇으로도 대신할 수 없는 인간(생명)이기 때문이다.

이제 <나무껍질이나 갑각류의 등 같>은 할머니 몸에 새겨진 <균열>은 <생선 비늘처럼 벗겨낼 수 없는,> 그러나 <헐거워진 껍데기 가득 새겨 넣은 낡은 생의 기록들>이다. 오롯이 새겨진 할머니의 삶의 역사, 그것이야말로 무엇으로도 대체할 수 없는 절대적이고 유일회적인 삶의 기록이어서 오히려 당당하고 향기로운 세월의 무늬가 아닌가? 우리는 그 무늬를 읽고 「지도」를 따라서 생의 길을 가는 것이다. 그렇게 볼 때 늙음은 낡음과는 달리 자신의 고유한 죽음을 향한 자기 초월의 도정이다. 우리는 여기에서 알 수 없는 심연/죽음을 향해 나아가는 늙음의 위엄을 생각하게 된다.

(『미네르바』 2008년 봄호)

기억의 속살 혹은 오래된 슬픔

– 유가형 시집 「기억의 속살」(작가콜로퀴엄 2009)

1. 시인의 눈과 감각적 이미지

시인(詩人)은 보는 사람(視人)이다. 그래서 시인은 누구보다도 좋은 눈을 가진 사람이다. 그는 책상 위에 놓인 한 장의 백지에서 그것을 만든 펄프를 거슬러 한 그루의 나무를 보고, 그 나무에 녹아든 새들의 노랫소리를 듣는다. 뿐만 아니라 나뭇잎을 흔들고 지나간 바람과 나이테에 스민 별빛을 읽어내고, 생명의 빛과 환희를 보며 죽음의 한숨과 탄식을 듣는다. 그리고 그가 본 빛과 소리를 받아 적는 사람이다.

오늘 우리는 여기서 매우 맑은 눈을 가진 시인을 만난다. 그의 눈은 <바이칼의 오골계 속살 같은 물빛>속에서 <호박전을 부치고 옥수수 삶아 소쿠리에 담아내던 어머니>를 보고, 풀피리 불던 어린 시절 <어깨 들썩이며 징, 매구 치던 아저씨들>의 <둥 둥 징소리 울 「물빛」>리는 것을 듣는다. 이 시인은 세속의 연치로는 이미 이순을 넘었지만, 바이칼 <호수의 피부>를 <도루코 면도날로 절개>하여 물빛 속에 생동하는 유년시절의 음영을 들여다보는 맑은 눈과 거기서 울려나오는 소리를 듣는 매우 섬세한 귀를 가지고 있다.

> 팔공산 물구름으로 칭칭 압박붕대를 감고 있다 아무 것도 보이지 않는다 산이 발가락 끝으로 바람을 밀어내고 있다//노란 물봉선화 위에 모인 고즈넉한 정적 도래샘 때죽나무 밑둥치가 발갛게 상기된다 결국 붕대

한 끝을 바람이 끌고 간다 산의 허리춤이 흘러내리고 삐져나오는 아랫
도리 바람이 붕대를 한 겹 한 겹 풀 때마다 움찔거리는 산, 연둣빛 새 살
이 돋는다.

- 「팔공산에 비 그치다」 전문

인간이 가장 쉽게 바라보는 대상은 자연이다. 자연은 고대 그리스
사람들이 생각했던 것처럼 피지스(physis)로서 근원적인 것이기 때문이
다. 그런데 우리 주변의 가장 친근하고 구체적인 자연은 산과 바다 그
리고 하늘과 구름이다. 시인은 지금 자연(팔공산의 구름)을 바라보고 있
다. 팔공산은 <물구름으로 칭칭 압박붕대를 감고 있>다. 붕대를 감
고 있는 것은 어딘가 몸에 이상이 있거나 상처가 났기 때문이다. 서정
의 눈으로 보는 시인에게 그것은 자신의 상처가 투영된 것이다. 압박
붕대에 감긴 산이 겨우 <발가락 끝으로 바람을 밀어내>어 <때죽나
무 밑둥치가 발갛게 상기되>는 장면을 읽어내는 시인의 시선이 놀랍
다. 우리가 시를 창작이라고 하는 까닭이 바로 이러한 시인의 서정적 시
선에 있는 것이며 바로 여기에 시의 포이에시스적 성격이 있는 것이다.

붕대에 싸인 상처는 아프다. 아픔은 존재자의 고통이고 존재에 대한
위협이다. 그러한 위협을 극복하면서 존재자는 자신의 존재를 고양시
킨다. 이 장면은 겉으로는 조용하지만 안에는 매우 치열한 생명의 고
통과 기쁨이 얽혀있다. <노란 물봉선화> 위에는 <고즈넉한 정적>
이 모이고 <도래샘 때죽나무 밑둥치가 발갛게 상기된다.> 이 때 시
인의 청각(물봉선화 위의 고즈넉한 정적)과 시각(발갛게 상기되는 때죽나무
밑둥치)의 절묘한 교차점에서 바람이 붕대(물구름)를 끌고 간다. 그리하
여 <산의 허리춤이 흘러내>리고 <삐져나오는 아랫도리>에 <붕대
를 한 겹 한 겹 풀 때마다> <움찔거리는 산>은 생동하는 여인의 모
습으로 생동한다. 그 순간 아무 것도 보이지 않게 싸여있던 붕대 밑에

서는 <연둣빛 새 살이 돋는>데 그것은 그동안 <압박 붕대>로 싸여 있던 산의 상처가 아물면서 새살로 돋아나는 생명의 부활이며 승리인 것이다.

이렇게 생동하는 감각적 이미지들이 시집의 도처에 출몰한다. 예컨대 <호수의 피부 살짝 도루코 면도날로 절개하여 들여다>본다든지 <토끼풀밭을 지나 연못 속에 머리를 담갔다가 털털 털며 일어서는 길 「광목 한 필」> 또는 <번개가 산소 용접하듯 우주를 쩍 갈라놓 「여성」>는 장면 혹은 <뼈마디 사이로 도둑이 드는 「이사」> 어머니의 몸 등, 작품들이 감각적 이미지로 구축되어 있다. 그것은 앞에서 말했듯이 시인이 좋은 눈을 가지고 자신과 세계 사이의 음영을 보고, 거기서 흘러 나오는 미세한 소리를 감성의 언어로 받아 쓴 것이기 때문이다.

2. 유년의 햇살과 여성성의 자각

시(문학)는 자기고백이다. 유가형은 이 시집에서 자신의 생애, 말하자면 유년의 햇살을 거쳐 여성으로서 어려운 시대를 살아온 자신의 삶의 역정을 보여준다. 시인은 <그루잠에 기대어 아장아장 「반닫이」> 걷던 유년시절로부터 <깊고/검은 비밀 속으로 들어 「다큐멘터리」> 가서 <푸른 기억의 속살 「빛에 혼절하다」>을 보며, <꽃핀들을 밑바닥부터 확 뒤집어 놓는 「여성」> 자신의 성을 각성하고 <토할 듯하면서 토해내지 못 「신들의 대장간」>하는 화 덩어리의 가슴을 노래한다. 그리고 <양 발이 상해 넘어져도 쉬지 못하는 「허수아비」> 곤고한 삶의 마당을 지나 <무서리가 귀밑을 덮고부터 설익은 내 몸 욱신욱신 썩고 있 「썩고 있나 봐」>는 늙음과 <강 건너 먼 길 이사 준비하 「이사」>는 어머니에 투영된 죽음의 그늘을 바라보며 자신의 생애를 성찰하고 있다.

먹감나무 앞닫이를 열면 개켜놓은 타래버선 감꽃처럼 쪼그리고 앉아있
지 가끔 타래버선 그 속에 들어있는 그루잠에 기대어 아장아장 헤매었
지 옥양목 홑치마 너럭바위에 널면 햇볕이 따라와 물어뜯던 아픈 기억
무겁던 상처 손톱으로 긁으면 반닫이 흠집으로 남아있지.

-「반닫이」 전문

대체로 유년시절은 그립다. 누구에게나 생의 아침햇살에 대한 기억
은 짧지만 그것은 빛의 파편이 되어 정서의 골짜기에서 반짝이다가 피
곤한 일상에 젖어 힘겨울 때 수시로 다가온다. 시인에게 그것은 대체
로 전통적인 이미지에 녹아들어서 의식의 원형을 이루고 있다. 예컨대
<먹감나무 앞닫이>는 현대식 옷장과는 다른, 그야말로 거실 한 쪽에
서 오랜 시간을 품고 쪼그려 앉아있는 낡은 가구인데, 시인은 그 속에
<개켜놓은 타래버선>을 떠올리고, 그것에서 유추되는 유년시절 자
신의 모습을 본다. 잠깐 드는 <그루잠>에 기대어 <아장아장 헤매>
던 아득한 시간, <너럭바위에 널>어 놓은 옥양목 홑치마에 따갑게 내
려쬐던 햇볕, 그 반닫이에 남아있는 손톱자국이 그리움으로 살아온다.
   뿐만 아니라 유년시절의 기억 속을 들여다보면 학질이나 배앓이 등
으로 병약했던 어린 소녀가 보이고 꿈인지 현실인지 구분되지 않는 원
형적 심상들이 명멸한다.

   …(생략)… 박 바가지에 밥 말아 고수레, 고수레 골목 밖으로 내 던지던
칼, 열십자 그어 칼 세우고 바가지 씌어 놓으면 배 아픈 어린 계집애 잠
들곤 했지요. 잠 속에서 대보름달 뜨면 어깨 들썩이면 징, 매구 치던 아
저씨들 오늘도 보름인지 둥둥 징소리 울려요

-「물빛」 일부

   지금은 사라진 풍속이지만 음식을 먹기 전에 조금 떼어 허공에 던지

며 외치던 <고수레>, 학질이나 배탈이 나면 할머니가 열십자 그어 칼을 세우고 바가지를 씌워놓아 병마를 쫓던 장면, 또는 잡귀를 쫓아 내고 복을 불러들이기 위한 마을 풍물패들의 매구치기는 시인의 무의 식 속에 녹아들어 지금도 <둥 둥 징소리>로 울리고 있다. 시인에게 고수레나 매구치기는 단순한 미신적인 행위가 아니라 인간과 세계가 유기적으로 관련되어 삶의 질서를 이룬다는 것을 가르쳐준 원초적 경 험들이었다. 그러므로 그런 것을 건져 올리는 유가형의 언어에는 메마 른 도시적 정서를 넘어서는 더 깊은 울림이 들어있는 것이다.

그러한 유년 시절을 보내면서 <댕그랑 댕그랑 소 요령소리 들리면 마구 달려가던> 시인은 <연못도 말라간다는 걸 처음 알 「연못 속 동 네」>게 된다. 연못도 마른다는 사실의 인식은 충격이다. 여기에서 자 아와 세계가 하나였던 어린 시절은 마감되고, 마치 선악과를 먹고 눈 이 밝아진 실낙원의 주인공처럼 세계에서 분리되는 자아를 인식하게 된다. 그리하여 시인은 자신의 <깊고/검은 비밀 속으로 들어>가서 <출입금지 가랑이 사이에서 끝도 없이 태어나는 어린별들>을 바라 보며 생의 숙명과 슬픔의 빛깔을 바라본다.

> 은실로 수놓은 깊은 물빛, 이불 속 출렁이는 슬픈/꿈, 나는 파도의 허벅
> 지, 두툼 한 살을 가르고 깊고 검은 비밀 속으로 들어간다/맞잠과 샛잠
> 사이/출입금지 가랑이사이에서 끝도 없이 태어나는/어린별들, 풀색 미
> 끄럽게 일렁이는 고요
>
> -「다큐멘터리」 전문

시인은 이제 <은실로 수놓은 깊은 물빛>에서 <파도의 허벅지, 두 툼한 살을 가르고 깊고/검은 비밀 속으로> 들어간다. 그곳은 <맞잠 과 샛잠 사이>에 있는 무의식의 세계로서 <출입금지 가랑이사이>

라는 금기의 공간인데, 거기에는 어린 별들은 끝없이 태어나고, 생명의 풀색이 미끄럽게 일렁이고 있다. 그러나 어쨌든 과거는 그리움이고 동시에 가슴 저린 슬픔이기도 하다. 그러한 고통과 슬픔을 인식하면서 운명적으로 자신에게 부여된 여성성과 그것을 억압하는 세계에 눈을 뜨면서 어린 소녀는 이제 여성이 된다. 여성은 한 세대 전만 해도 남성우월주의 사회에서 억압의 세월을 살아왔다. 그들은 남성의 성적욕망의 대상에 불과했고, 거기에 더하여 힘겨운 노동을 감당하며 출산과 육아를 전담했다. 여성에게 강요된 덕목(?)은 희생과 헌신 그리고 인내였는데 이것은 뒤집어 말하면 종속과 굴종을 요구하는 것에 다름이 아니었다.

어린 몸/밤새 돌풍 일고 해일이 밀려온다 도랑에/검붉은 진흙물 넘치고 그 속으로 돌들 굴러간다/예쁜 꽃고래,/그녀의 15세가 함께 떠내려간다/반쪽의 사상도 섞여 내려간다//번개가 산소 용접하듯 우주를 쩍 갈라놓더니/비린내가 역겨운 부둣가를 한입씩/물고 가는 저 성난 파도//다달이 겪는 내 토지, 다시 정상을 되찾는다 묻혔던 잔디 새파랗고 찰찰 붓도랑의 맑은 물에 고마리 수영풀 미나리 물풀들, 나는 달장간 한 번씩 내 어깨와 바다 산과 허벅지 꽃핀들을 밑바닥부터 확 뒤집어 놓는다. 씨앗 받아 움트고 자라 열매 맺을 준비하느라 15세 소녀는 늘 아름차다

　　　　　　　　　　　　　　　　　　　　　　　　－「여성」 전문

　성년의 길목에서 생리를 시작하게 될 즈음 소녀는 거의 본능적으로 그것이 어려운 돌풍과 해일의 세계가 도래하는 것임을 안다. 그리하여 <도랑에/검붉은 진흙물 넘치고 그 속으로 돌들 굴러>가면서 <예쁜 꽃고래/그녀의 15세가 함께 떠내려>가는 것을 느낀다. 생리는 마치 <번개가 산소 용접하듯 우주를 쩍 갈라놓>고 <비린내가 역겨운 부둣가>에 달려드는 성난 파도처럼 근본적인 변화를 요구한다. 그런 일

을 <다달이 겪>으면서도 몸(내 토지)은 그때마다 <다시 정상을 되찾>지만, 그러나 <달장간 한번씩> 자신의 <어깨와 바다 산과 허벅지 꽃핀들을 밑바닥부터 확 뒤집어 놓는> 매우 격렬한 행사임을 안다. 그럼에도 불구하고 그것은 <씨앗 받아 움트고 자라 열매 맺을 준비>하는 일이므로 <15세 소녀는 늘 아름차>게 수용하면서 억압과 견딤이라는 여성으로서의 숙명을 받아들인다.

3. 성의 억압과 곤고한 삶

그러나 여성성을 억압하는 것은 남성중심 사회의 그릇된 인습에 불과한 것으로서 근본적으로 인간 존엄에 대한 배반이다. 그러한 억압과 인습에 시인은 구토하면서 자신의 힘으로는 허물 수 없는 인습의 벽 앞에서 자조의 웃음을 웃는다.

> 그녀는 몇 천 년 전부터 속이 울렁거렸다 토할 듯 토할 듯하면서도 토해 내지 못했다 가슴에 끓던 화 덩어리, 얼굴에 깊은 골이 패였다 코끝에는 오리나무가 자라고 그 구멍으로 주머니고양이들이 굴을 파고 드나들었다 목 언저리에는 얼룩무늬염소를 방목했다 미끈한 그녀의 사타구니에는 사진작가들이 들락거리고 약초가 무성히 자라고 있다 그녀는 어느 날 벌건 토혈을 혀 바닥으로 밀어냈다 그 토사물에서 역한 향수 냄새가 났다 검붉은 음부를 흙먼지로 가리고 오늘 그녀는 미친 듯 킬 킬 킬 웃고 있다
> ―「신들의 대장간 ― 머라이 화산」 전문

고대 그리스 사람들은 화산을 신들의 대장간으로 생각했다. 대장간은 쇠를 달구어 각종의 연장을 만드는 생산 공장이다. 시인은 여성의 몸을 그러한 화산으로 은유한다. 수천도의 뜨거운 열기를 안으로 억누르다가 그것을 폭발하여 불과 연기로 내뿜는 화산의 다이내믹한 이미지야말로 남성중심사회에서 억압받는 여성이 임신과 출산 그리고 양

육을 통하여 위대한 모성으로 그의 정체성을 드러내는 것과 유사하기 때문이다. 그러므로 여성성은 당연히 내부의 엄청난 에너지를 폭발하여 활화산의 불꽃으로 분출해야 한다. 그러나 <몇 천 년 전부터> 머라이 화산은 속만 울렁거리고 <가슴에 끓던 화 덩어리>를 <토할 듯 토할 듯하면서도 토해내지 못>한다. 토해 내는 일, 즉 구토는 몸의 내부에 있는 불순물을 강제로 배출하는 생리적 매카니즘이므로 토해야 할 때 토하지 못하는 것은 참기 힘든 고통이다. 따라서 가슴에는 화 덩어리가 끓고, 얼굴은 일그러져서 <깊은 골>이 파인다. 그러한 고통을 비웃듯 화산의 <코끝에는 오리나무가 자라고 그 구멍으로는 주머니고양이들이 드나들>며 <목언저리에는 얼룩무늬 염소가 방목>되고 <사타구니에는 사진작가들이 들락거>린다. 그리하여 화산 머라이는 내부의 불길(토혈)을 겨우 혓바닥으로 밀어내게 되는데, 그 <벌건 토사물에서는 역한 유황냄새>가 난다. 그렇게 끓는 화와 치미는 구토와 몸을 유린하는 유무형의 공격 앞에서 화산은 <검붉은 음부를 흙먼지로 가리고> <미친 듯 킬 킬 킬> 자조적인 웃음을 웃고 있다. 그 머라이 화산의 모습이 바로 억압받는 여성성의 은유인 것이다.

억압으로 인한 고통은 여성적인 삶의 중심을 관통해 오고 있다. 이런 현실 속에서 시인은 자신의 모습을 산골 천수답 가에 세워져 있는 허수아비에 투영한다.

> 훠이훠이 부자연스런 귀를 흔들며 노래를 쫓는다/골 깊은 가난이 입던 짧은 치마 두터운 슬픔이 내 차림이다//얼룩얼룩 무늬 진 피부 위에 얹은 하얀 수건, 하늘/산골 천수답까지 파란 물에 모내기 한다/내 어깨에 계수나무 싹이 나도 바라보는 이 없고 뼈가/까맣게 춤춰도 만져주는 은유 없다//양 발이 상해 넘어져도 쉬지 못하는 게 내 운명이지/가을걷이가 끝난 둔덕 위, 할머니 무덤에 느린 메뚜기/팔 벌린 구절초 밑으로 모여 든다/

훠이훠이 이빨 들어내며 나는 석양에 그 노래를 쫓는다.

－「허수아비」전문

허수아비는 남루하다. 지상에 던져진 인간은 본래 남루한/가난한 존재이다. 시인은 여기서 허수아비의 이미지를 빌려서 자신의 <골 깊은 가난>과 <두터운 슬픔>을 드러낸다. 허수아비의 드러난 팔구비와 무릎에서 펄럭이는 떨어진 옷이 자신의 <골 깊은 가난이 입던 짧은 치마>의 차림새이고, 그것이 바로 그의 정체성을 드러내는 것으로 본다. 가난은 오랜 세월 동안 우리 민족의 숙명이었다. 특히 일제와 6.25 전쟁을 거치면서 그것은 문자 그대로 <골 깊은> 일상이 되었고, 남루와 허기는 그대로 한과 슬픔으로 내면화 되었다. 당장의 의식주에 쫓겨서 <어깨에 계수나무 싹이 나도 바라보는 이 없고 뼈가/까맣게 춤춰도 만져주는 은유>가 없었던 것이다. 그리하여 <양 발이 상해 넘어져도 쉬지 못하는> 허수아비처럼 자신의 고통이 바로 자신의 운명이라고 체념하면서 스스로를 속이 <까맣게 타>고 <하얗게 말라붙은 뼈마디>로 <죽어서도 차마 눕>지 못하는 <봉명산 도솔사 앞에 있는 죽은 삼나무「미이라 삼나무」>로 은유한다.

이렇게 <뼈가/까맣게 춤>추고 뼈마디가 <하얗게 말라붙은> 고통의 이미지는 다시 <등뼈가 하얗게 드러>나는 <비쩍 마른 겨울 강>의 그것으로 변주되면서 자아(나)와 세계(강)를 <한 몸>으로 인식하게 하고 삶의 상황을 돌아보게 한다.

앞 강물 한참 들여다보면 어느새 나는 강과 한 몸이 되어갔다 비쩍 마른 겨울 강 내 몸은 살이 없어 자갈이 몹시 배긴다 겨울 돌 몇 개 내 목젖에 매달린다 입이 돌아간 강이 바람의 내장만 먹고 살았노라고 실토한다 내 등뼈가 하얗게 드러난다 먹다 남은 바람껍질이 여기저기 흩어져 날

아다닌다 패트병, 스티로폼, 백조 한 마리처럼 내 눈을 들여다본다 하얀
적막을 목까지 끌어올리며 어둠 속에 맨 몸을 묻는 겨울 강
—「겨울강」 전문

　강은 온갖 생명의 근원이 되는 물이 넓게 흐르는 곳이다. 인류의 문
명이 강가에서 시작되고, 생명의 애환이 이루어지는 곳이 강이다. 그
런데 여기서 시인은 겨울 강을 노래한다. 겨울 강은 수량이 줄고 물이
얼어 수초와 물고기가 사라지고, 강변의 무성했던 갈대밭은 말라붙어
야위어간다. 그 강은 바로 시인의 몸이다. 그래서 <비쩍 마른 겨울 강
내 몸은 살이 없어 자갈이 몹시 배>기고 <등뼈가 하얗게 드러>난다
고 노래한다. 비쩍 말라서 등뼈가 드러나는 모습은 앞에서 보았던
<뼈가/까맣게 춤>추는 [허수아비]의 모습이고, <하얗게 말라붙은
뼈마디>로 서 있는 [미이라 삼나무]에 겹치는 가난과 고통의 이미지
이다. 또한 수면 위로 드러난 <돌 몇 개>가 <목젖에 매달>려서 고
통스럽고, 격심한 추위 때문에 <입이 돌아간> 상태로 <바람의 내장
만 먹고 살았노라고 실토하>는 몸/강의 곤고하고 황량한 모습이 <여
기 저기 흩어져 날아다>니는 <패트병 스티로폼>으로 드러난다. 그
리하여 <하얀 적막을 목까지 끌어올리며 어둠 속에 맨 몸을 묻는 겨
울 강>은 한계상황(강에게는 겨울이 한계상황이다) 속에 선 자아의 표상
이며 고통스러운 삶의 모습을 보여주는 것이다.

4. 낡은 몸과 기우는 모성

　이제 시인은 어느새 <육십년을 자갈밭에 기대어 「선로」>와서 허리
가 뒤틀리고 삐거덕거린다. <그루잠에 기대어 아장아장 「반달이」> 걷
던 유년시절로부터 <예쁜 꽃고래>의 들판을 지나 <검붉게 튀어나
온 손등의 뒤엉킨 혈관들 「핏줄」>을 들여다보다가 <무서리가 귀밑

을 덮「썩고 있나봐」>는 계절을 맞은 것이다.

> 황소 거친 숨소리 들이받아도, 기차바퀴 철커덕거려도, 육십년을 자갈밭에 기대어 왔다 등 헐고 허리 뒤틀려도 옆에 있는 등만 봐도 나았다 크게 기침 한번 못했다 시원하게 화 한번 내지 못했다 바퀴에 닳은 가슴에 어두운 기억들만 가득하다 파열음 내며 삼등열차 떠난다 내 몸이 삐거덕거린다 내 지나온 길에 새 자갈을 깔고 청진기를 대보고 수없이 망치질하는 사람들……

-「선로」전문

선로는 자갈을 깔고 침목 위에 철제 궤도를 설치하여 기차가 다니게 하는 레일이다. 레일은 고정되어 있고 그 위로 육중한 기차가 바퀴를 철커덕거리며 쉬임없이 지나다녀서 눌리고 닳고 나사가 풀려 끊임없이 보수를 한다. 기차의 운행을 위해 늘 제자리에 붙박혀서 그 엄청난 하중에 짓눌리는 선로는 인고하는 여성성의 은유이다. 돌아보면 지난 세월을 여성으로 살면서 <크게 기침 한 번 못>하고 <시원하게 화 한 번 내지 못>하며 <어두운 기억들만 가득> 가슴에 담아왔다. 그리하여 이제 몸이 삐거덕거리니 마치 낡은 선로 밑에 <새 자갈을 깔고 청진기를 대보고 수없이 망치질을 하>듯이 몸의 보수공사(?)를 할 때가 된 것이다.

그러나 그런 일이 얼마나 귀찮고 구차스러운 일인가? 따라서 시인은 이제 오래 써온 몸을 차라리 <폐기처분해 버>리고 싶기까지 하다.

> 라디오는 밧데리가 약한지 자주 몸짓을 잃어버렸어 툭 두들기면 눈을 반짝 떴다가 도로 감았어 노래를 껌처럼 질겅질겅 씹기도 하고 뉴스는 빙글거리며 날아오르다가 되돌아와 둥지 밑에 숨기도 했어 무서리가 귀밑을 덮고부터 설익은 내 몸 욱신욱신 썩고 있나봐 연탄불에 올려진 오징

어처럼 온 내장이 뒤틀리고 있나봐 희뿌연 숭늉냄새가 나//나, 썩고 있나
봐//나는 60년 된 트란지스터 라디오 건전지 한 번 갈아 넣지 않고 참 오래
도 썼다 모두 분해해 폐기처분해 버릴까?//아니 폐기처분 당하고 싶어
                                        ―「썩고 있나 봐」전문

　　<무서리가 귀밑을 덮고부터>는 몸이 욱신욱신하고, <연탄불에
올려진 오징어처럼> 내장이 뒤틀리는 듯하며, <희뿌연 숭늉냄새가
나>는 게 <썩고 있는>모양이다. 이미 60년이 되도록 <건전지 한 번
갈아 넣지 않고> 사용해 온 <트란지스터 라디오>처럼 너무 오래 써
서 기능이 저하된 것이다. 그래서 <툭 두들기면 눈을 반짝 떴다가 도
로 감>기도 하니 이제는 <폐기처분해> 버려야 할 듯하다. 아니 만사
가 귀찮아서 오히려 <폐기처분 당하고 싶>기까지 하다. 라디오에도
수명이 있듯 사람의 몸과 정신에도 한계가 있는 법이다. 수명이 다 된
라디오가 기능을 잃고 역할을 하지 못하는 것처럼 나이 먹으면 몸이나
정신이 모두 오래된 건물처럼 낡고 뒤틀려서 자주 손을 봐도 고장 나
고 무너진다. 곧은 허리가 굽고 피부는 거칠어지고 걸음새는 사뭇 불
안해진다. 그리하여 시인은 무의식적으로 자신을 늙은 어머니에 투사
한다. 무서리 내린 자신의 머리칼 너머에서 생의 건너편으로 가는 어
머니의 모습을 보는 것이다.
　　어머니를 생각하면 가슴이 저리다. <파들파들한 젊음을 놋젓가락
으로지지「5촉 백열등 아래」>며 <아들 딸 오남매 기르「이사」>시
고 <매끈했을 피부가 사막처럼 푸슬거「목욕」>리던, 그래서 <나무
의 터실터실한 몸피에 등 가른 허물만 남기고/날아가 버린> 어머니는
시인에게 <뜨거운 한숨이고 목메임「봄볕」>이다. 말년에는 기억이
몹시 흔들거려서 동쪽을 물으면 서쪽을 대답하는 어머니를 통해서 시
인은 노년의 비극적 정황을 보여준다.

변종 바이러스 들어와 깨어진 하드웨어, 빨간 내의 들추며 당신은 누구요? 기억은 흔들거리고 프로그램은 동문서답이다. 네가 미국에서 왔구나! 많이 춥제? 헝클어진 시공간, 전문 백신 집어넣어도 쉽게 잡아내지 못하는 악성코드, 장판에 담배 피다 탄 자국, 손톱 부러지도록 긁으며, 벌레가 왜 이리 안 떨어지노? 화면은 금이 심하게 왔다갔다 떨린다 시커멓게 변하다 켜진다. 큰 애야 아들은 학교 갔나? 툭 꺼져버리는 화면, 야윈 팔 창문으로 내밀고 메주에 피는 퍼런 곰팡이 피웠다고 피가 나도록 숟가락으로 긁어댄다 끈 떨어진 기억은 휴즈가 붙었다 떨어지면, 화면 반짝 들어왔다 나갔다, 오늘은 내내 찌직 찌지직 화면이 흐려지며 뿌옇다.//어머니 몇 년째 안개 긴 하얀 논둑길을 헤매신다

-「매병」전문

컴퓨터에 <변종 바이러스>가 침입하여 부분적으로 <깨어진 하드웨어>가 매병에 걸린 노년의 어머니 모습이다. <프로그램은 동문서답>이고, 전문 백신을 넣어도 쉽게 잡아내지 못하는 악성코드>, 꺼진 화면이 다시 반짝 들어왔다 나갔다 반복하다가 뿌옇게 흐려진다. 어머니의 의식은 고장 난 컴퓨터의 화면처럼 <금이 심하게 왔다 갔다 떨린다.> <기억은 흔들거리고> 아들과 손자가 바뀌며 담배 자국이 기어가는 벌레로 보인다. 엇갈리는 시간의 축과 공간의 그늘 사이에서 시야가 뿌옇게 흐려진 어머니는 <몇 년째 안개 긴 하얀 논둑길을 헤매>고 있다.

어머니는 생명을 잉태하여 낳아서 길러준 위대한 모성이다. 그럼에도 그녀의 몸은 늙고 의식은 흐려져서 지금까지 살아온 생의 동네에서 강 건너 멀리 죽음의 마을로 이사준비를 한다.

어머니는 강 건너 먼 길 이사 준비하신다 아직 일꾼들은 오지 않았는데 자꾸 서두신다 집 오래 되니 성한 곳 하나 없다. 홍시 겉껍질 같은 이 집에서 아들 딸 오남매 기르셨다 헐거운 집, 검은 꽃버섯 가을비에 젖는다

덜컹덜컹 뒷문이 열리면 떨어진 문풍지 사이로 비 뿌린다 굳게 닫힌 변소 문짝이 뚝 떨어진다 하지만 어머니 이제 보수를 거부하신다//뼈마디 사이로 도둑이 든다 전기 깜박거렸다 명주고름 곱게 내리고 어머니 집은 그대로 둔 채 이사 가실 모양이다

- 「이사」 전문

돌아올 수 없는 <강 건너 먼 길> 이사준비를 하는 어머니가 <아직 일꾼들은 오지 않았는데 자꾸 서두>시는 게 안타깝지만 어찌할 수가 없다. 몸은 오래된 집처럼 이제 성한 곳 하나 없다. <홍시 겉껍질 같은> 무르고 약한 육신으로 <아들 딸 오남매 기르>신 분, 그분은 이제 피부에 검버섯이 나서 차가운 <가을비에 젖>고, 육신 여기저기가 고장이 났지만 한사코 <보수를 거부하신다.> <뼈마디 사이로 도둑이 든> 것처럼 병마가 침입하여 정신마저 깜빡거리는데 어머니는 <명주고름 곱게 내리고> 육신은 놓아둔 채 죽음의 마을로 <이사 가실 모양>이라고 한다. 머지않아 다가올 죽음을 앞에 둔 어머니의 모습을 바라보는 시인의 눈과 그것을 진술하는 은유가 매우 차분하다. 가슴 속에는 격정의 물결이 소용돌이쳐도 겉으로는 절제의 단추를 여미는 것이 시인의 은유이기 때문이다.

5. 푸른 기억 혹은 오래된 슬픔

시인은 서정의 눈으로 세계를 자신의 내면으로 끌어들여 은유의 언어로 노래한다. 그런데 횔덜린의 말처럼 인간은 본래 시인이다. 예컨대 세계와 자아를 분리하는 로고스의 언어를 가지기 전의 어린아이들은 모두가 세계를 자기화하고 자기를 세계화하는 서정시인들이다. 그래서 릴케는 젊은 시인에게 유년시절의 소중한 기억의 보물창고에 관심을 가지라고 충고한다. 우리는 이 시집에서 시인이 유년시절의 보물

창고에 들어있는 아름다운 기억의 편린들을 미토스의 언어로 건져 올린 것들을 본다. 유년시절의 보물창고는 다른 말로 하면 포에지의 원천인 것이다. 예컨대 <두지골 댁의 노래>도 그런 유년의 창고에서 들려오는 노래이다.

> 젖무덤 또는 돌터묵에 뿌리내린 두지골댁의 노래는 언제나 무명처럼 흰빛이었지 긴 골목 오가며 소똥과 땡볕을 이고 나르던 웃담 고모, 캄캄한 시간을 비틀어 올리고 휘어진 꽃 허리 밑에 돋는 빨간 땅찔레 눈부셔, 뻐꾹 뻐꾹 배고프다 놋그릇 푸른 기억의 속살이 명경처럼 훤하다. 문신으로 새긴 짧은 그리움 창호지로 배어 나오는 오래된 슬픔이여,
> ─「흰 빛에 혼절하다」 전문

시인이 어린 시절 고향으로 눈을 돌리면 <젖무덤 또는 돌터묵>이라는 유년의 아늑한 공간에서 두지골댁의 노래가 은은하게 흘러온다. 그 노래는 웬일인지 무명처럼 흰빛으로 느껴지는데 그래서인지 흰빛이 주는 무욕의 정서가 마을을 감싸고 있다. 거기 긴 골목을 오가던 웃담 고모가 보이고, 소똥과 땡볕, 빨간 땅찔레, 뻐꾹새, 놋그릇 등 정겨운 시골의 풍정들이 떠오른다. 시인에게 시골/고향은 정겨움과 그리움의 표상이다. 느리고 순한 가족 같은 소와 그것의 배설물로 토지를 기름지게 하는 소똥이 정겹고, 맨 하늘에서 쏟아지는 땡볕과 그것에 얼굴이 까맣게 탄 웃담고모가 그립기 그지없다. 그곳에서는 모두가 가족이고 친척이다. 예컨대 웃담에 사는 고모는 할머니의 딸이자 아버지의 누이이며 어릴 적부터 가깝게 살을 비비던 또 다른 어머니인 것이다. 또한 힘든 삶을 은유하는 <캄캄한 시간>에 대조되어 강인한 생명력으로 피어나는 <빨간 땅찔레>, 그리고 배고픔의 소리로 들리는 뻐꾹새의 울음이 모두 무명의 흰빛과 연결되는 <창호지>에 배어서 <오

래된 슬픔>으로 흘러나온다. 생각건대 오래된 슬픔은 끈질기게 이어 지는 가난과 인습의 그늘로서 돌아보면 가슴을 저며오는 아픔이다. 그 런 모든 것들이 시인에게 <푸른 기억의 속살>이 되어 <명경처럼 훤 하>게 다가오고, 그에 대한 그리움이 은은하게 <두지골댁의 노래>로 들려온다. 시인은 지금 그 노래를 받아쓰고 있다. 원래 시를 쓰는 일 (Dichten)은 지상으로 전하는 하늘의 말을 받아쓰는 일(Diktat)이 아닌가?

하이데거의 말대로 시(예술작품)의 근원은 시인(예술가)이고, 시인의 근원은 시이다. 우리가 시를 읽는다는 것은 시인을 읽는 것에 다름 아 니다. 시 속에 시인이 녹아있고, 시인 속에 시가 녹아있기 때문이다. 우 리는 지금 유가형 시인의 시집을 읽는다. 그것은 앞에서 말한 바처럼 그의 삶의 역정의 기록이다. 그런데 우리가 감동하는 까닭은 그녀의 시편들이 시인의 개인사를 넘어 동시대를 살아온 여성/인간의 보편적 인 삶의 진실을 드러내어 그것이 마치 <창호지에 배어나오는 오래된 슬픔>처럼 <무명>의 <흰빛>으로 은은하게 우리의 가슴을 적시고 있기 때문이다.

(유가형 시집 「기억의 속살」, 작가콜로퀴엄 2009)

제5부 짧은 시 감상

- 매일신문 2005년 7월~11월

짧은 시 읽기

물또래야 물또래야
하늘로 가라,
하늘에는
주라기의 네 별똥이 흐르고 있다.
물또래야 물또래야
금송아지 등에 업혀
하늘로 가라.

- 김춘수(1922~2004), 「물또래」 전문

노동은 댓가를 바라지만 유희는 댓가를 바라지 않습니다. 그런 뜻에서 시는 보상이 따르는 노동이 아니라 무상행위로서의 유희와 같습니다. 이 시에서 <물또래>는 적우과에 속하는 곤충의 일종입니다. 그러므로 <물또래야 하늘로 가라>라는 말은 <철수야 공부해라>라는 말과 다릅니다. 철수에게 공부는 취직이나 출세 같은 보상이 따르지만, 물또래에게 <별똥>은 보상이라고 할 수는 없으니까요. 그런데도 우리가 이 시를 읽으면 의미를 초월해서 무한, 자유, 해방 따위의 매우 아름답고 신선한 울림을 느낍니다. 역설적으로 그것이 바로 시가 주는 보상이 아닐는지요?

자연은 끝없이 긴 실을
아무렇게나 감아서 물레에 쑤셔 넣습니다.
조화를 이루지 못한 삼라만상이
뒤죽박죽 어수선하게 소리를 냅니다.
이 끝없이 단조롭게 흘러내리는 연줄을 갈라내어
가락을 이루고, 생생하게 움직이게 하는 것은 누구입니까?
개개의 것을 보편적인 조화로 불러들여
아름다운 화음으로 울리게 하는 것은 누구입니까?
그 누가, 휘몰아치는 풍우를 정열의 광란이 되게 하며,
저녁의 붉은 노을이 엄숙한 뜻을 품고 타오르게 하는가요?
그 누가 사랑하는 이의 가는 길에
온갖 아리따운 봄철의 꽃을 뿌릴까요?
보잘 것 없는 푸른 잎을 엮어서
갖가지 공훈의 영예로운 관으로 만드는 것은 뉘일까요?
올림포스를 안정시켜 신들을 모으는 것,
그것은 시인 속에 계시되는 인간의 힘입니다.

— 괴테(1749~1832), 「파우스트」에서

  신은 세계를 창조하고 인간은 그것에 이름을 붙여서 의미를 만듭니다. 그런 뜻에서 인간은 제2의 창조자로서 시인이지요. 사물에 이름을 붙여 의미(신화)를 창조하는 시인이 아니라면 과연 누가 올림포스라는 신화의 동산을 꾸며 신들을 살게 하겠습니까? 어둡고 무질서한 세계에 언어의 빛을 비추어서 질서와 조화를 이룩하고 우리의 삶에 의미를 창조하는 일이 바로 시인의 사명이라는 말이지요. 신화(의미)가 없는 삶이라면 그것은 동물적인 생존과 다를 바가 무엇이겠습니까? 그래서 괴테는 언어로 사물의 이름을 붙여 삶의 의미를 만드는 시인이야말로 존중되어야 한다고 주장하는 게 아닐까요?

검은 수렁 한복판을 느릿느릿 간다 저런 절 한 채를 뒤집어쓰고 살 수 있
다면…… 동해안 아름다운 길 길게 풀린다.

― 문인수(1945~), 「달팽이」 전문

이 스피디한 시대에 달팽이가 느리게 기어가는 모습을 포착한 것은
매우 시사적입니다. 시인은 달팽이가 짊어지고 있는 집을 절이라고 합
니다. 절은 유한한 존재인 인간이 무한한 존재인 절대자와 만나는 거
룩한 장소입니다. 그러니 지금 달팽이가 검은 수렁 한복판에 있다고
해도 절을 한 채 뒤집어쓰고 있으니 걱정이 없습니다. 이 시에서 <검
은 수렁 한복판>과 <동해안 아름다운 길>의 대비는 대단히 매혹적
입니다. 달팽이가 가고 있는 <검은 수렁>은 길게 풀리는 <동해안 아
름다운 길>에서 갑자기 밝고 넓은 해방의 공간으로 전환되지 않습니
까? 이 놀라운 이미지의 전환은 읽는 사람들의 의식을 환하게 열어줍
니다.

아무도 가까이 오지 말라
높게
날카롭게
완강하게 버텨 서 있는 것

아스라한 그 정수리에선
몸을 던질밖에 다른 길이 없는
냉혹함으로
거기 그렇게 고립해 있고나
아아 절벽!

- 이형기(1933~2005), 「절벽」 전문

인간은 자신의 죽음을 예견하고 그것을 초극하려는 실존입니다. 이 시의 <절벽>은 <높게/날카롭게/완강하게 버텨 서 있>어서 그 수직적 자세부터가 자질구레한 일상성을 단호히 거부하고 있습니다. 시인(깨어있는 의식)은 지금 자신을 고립의 정점에 아슬아슬하게 세웁니다. 그곳은 <몸을 던질밖에 다른 길이 없는> 한계상황이지요. 여기서 우리는 아무도 간섭할 수 없는 현존재의 고독하고 고립된 모습을 보며 전율합니다. 그 전율은 안일한 일상에 젖어있는 우리들에게 우레 같은 충격으로 다가옵니다. 시인은 그러한 충격으로 우리들의 일상성을 깨뜨리고 잊었던 본래성을 깨우쳐주는 게 아닐까요?

하늘은 점점 어두워지고
내 가슴은 더욱 뛴다.
나 이제 이 억센 손으로 노르웨이 숲에서
가장 큰 전나무를 뿌리째 뽑아
애트나 화산의 분화구에 담갔다가,
그 불붙은 거대한 붓으로
캄캄한 하늘에다 쓰리라:
"아그네스, 나 그대를 사랑하노라!"고

　　　　　　　　－ H. 하이네(1797~1856), 「고백」 일부

　　당신은 사랑의 고백을 해 보셨는지요? 그것은 자신의 전 존재를 투신하는 참으로 가슴 두근거리는 경험이지요. 시인은 지금 어두워지는 바닷가에서 하얗게 부서지는 파도를 바라보며 갈대를 꺾어서 모래 위에다 사랑한다고 써 봅니다. 곧 파도가 와서 지워버립니다. 그래서 지워지지 않을 고백을 생각해 냅니다. 노르웨이의 가장 큰 전나무를 뿌리째 뽑아다가 애트나 화산의 시뻘건 분화구에 담가서, 그 불붙은 거대한 붓으로 밤하늘에다 쓰겠다는 것입니다. 그러면 매일 밤하늘에서 불의 글자가 활활 타오를 것이고, 훗날 자손들까지 환성을 지르며 하늘에 쓰여진 그 말을 읽지 않겠습니까? 적어도 사랑의 고백은 이쯤 돼야하지 않을까요?

이슬 머금은 새빨간 동백꽃이
바람도 없는 어두운 밤중
그 벼랑에서 떨어져 내리고 있습니다
깊은 강물 위에 떨어져 내리고 있습니다

　　　　　　　　　− 서정주(1915~2000), 「삼경(三更)」 전문

　　바람도 없는 깊은 밤중에 이슬 머금은 새빨간 동백꽃이 벼랑 아래로
떨어져 내리고 있는 장면을 상상해 보십시오. 아득한 높이에서 한없는
깊이로 추락하는 존재자의 비극적인 모습이 두렵도록 아름답습니다.
시인은 섣부른 예측이나 감상을 노출하지 않고 추락의 이미지만 제시
할 뿐입니다. 고요와 어둠, 벼랑이라는 수직의 절벽, 깊게 흐르는 강물,
소리 없이 떨어지는 중심 이미지로서의 새빨간 동백꽃……. 이 시를 읽
으면 우리는 이 아름다운 비극적 정황 속에서, 갑자기 뼈가 저리는 고
독과 소멸의 두려움을 느낍니다. 바로 그 순간 우리는 지금까지 잊고
있던 존재망각에서 깨어나 자신의 실존과 조우하는 것이 아닌가요?

꽃 그려 새 울려놓고
지리산 골짜기로 떠났다는
소식

　　　　　　　　　　　－ 서정춘(1941~), 「봄, 파르티잔」 전문

　깎고 또 깎아서 더 이상 깎아 낼 것이 없는 뼈만 남은 언어이지만, 앙상하지 않고 오히려 단단하고 아름답습니다. 삶의 비밀을 포착하는 시인의 엄청난 시력(視力) 앞에서 우리는 압도됩니다. 존재와 생성, 혹은 본질과 변화로 갈라서 논쟁해온 서양 철학사를 단번에 뛰어넘는 놀라운 해석이지요. 봄의 생명력을 파르티잔의 폭력으로 읽어내는 시인의 독해력에 뭐라 토를 달 공간이 없습니다. <꽃>과 <새>, <그리기>와 <울리기>의 대비도 절묘합니다. <지리산 골짜기>라는 근원 공간으로 <떠나서> 그곳에 녹아드는 봄소식, 그것이 곧 겨울의 냉기를 물리치고 만상을 깨워서 생명의 밝은 빛 속에 일으켜 세우는 「봄, 파르티잔」의 모습이 아닌지요?

물 위에 진흙소가 달빛을 밭간다
구름 속 나무말이 풍광(風光)을 고른다
위음(威音)의 옛곡조 허공 저 뻑다귀라
외로운 학(鶴)의 소리 하나 하늘 밖에 길게 간다.

— 소요태능(消遙太能, 1562~1649), 「종문곡(宗門曲)」(석지현 譯)

　　조선조 대선사의 잘 알려진 선시입니다. 선시는 언어가 닿을 수 없는 깨달음의 경지를 언어로 표현했기 때문에 이해하기가 어렵습니다. 그러나 논리(언어)나 관념(언어)을 넘어서면 시적으로 공감할 수 있지 않을까요? 진흙소가 물 위에서 달빛을 밭갈고, 나무말이 구름 속에서 풍광을 고른다는 것은 논리적으로 이해할 수 없지만, 논리를 버리고 이미지를 그대로 보면 아름답고 새로운 세계를 느낄 수 있습니다. 여기서는 설령 진흙소(泥牛), 나무말(木馬), 위음(威音王) 등 불경에 나오는 얘기를 잘 몰라도 익숙한 관념의 벽을 깨뜨리면 그 너머 밝은 빛이 느껴집니다. 어린이의 상상력보다 어른들의 그것이 자유롭지 못한 것은 바로 언어(논리)에 묶여있기 때문이 아닌가요? 시는 언어가 끝나는 데에서 출발한다지 않습니까?

바다는 뿔뿔이
달아나려고 했다.

가까스로 몰아다 부치고
변죽을 둘러 손질하여 물기를 씻었다.

푸른 도마뱀 떼같이
재재발렀다.

이 애쓴 해도(海圖)에
손을 씻고 떼었다.

꼬리가 이루
잡히지 않았다.

찰찰 넘치도록
돌돌 구르도록

흰 발톱에 찢긴
산호(珊瑚)보다 붉고 슬픈 생채기!

휘동그란히 받쳐 들었다!
지구(地球)는 연(蓮)잎인 양 오므라
들고 ……펴고…….

– 정지용(1902~1950), 「바다 2」 전문

날씨가 무더우니 바다가 생각납니다. 바다 생각을 하니 정지용의 바다가 떠오릅니다. 바다를 이렇게 생동감 있게 감각적으로 묘사한 것을 본 일이 있는지요? 바닷가에 밀려왔다 밀려나가는 푸른 파도가 마치 <뿔뿔이 달아나려는 도마뱀 떼>같이 살아서 움직입니다. <꼬리가 잡히지 않는> 재빠른 동작이 경쾌합니다. 그러면서도 시인은 하얗게 부서지는 포말을 흰 발톱으로 나타내어 그것에 찢기는 <산호보다 붉고 푸른 생채기>를 통해서 세계의 아픔도 보여줍니다. 좀 더 시야를 넓혀보면 바다는 <찰찰 넘치도록/돌돌 구르도록> 땅(지구)을 어루만지다가 <휘동그란히> 받쳐듭니다. 그러면 지구는 마치 연잎처럼 오므라들고 펴고를 반복하고… 땅을 에워싼 바다의 더할 나위 없이 정겨운 모습이 아닌지요?

고요함이여

바위에 스며드는

매미의 소리

                    − 마츠오 바쇼(松尾芭蕉 1644∼1694)

　요즘 매미소리가 한창 시끄럽습니다. 그런데 일본의 바쇼라는 유명한 하이쿠(5−7−5의 17음절로 된 짧은 시형식) 시인은 매미소리를 고요함으로 표현합니다. 그는 청각의 대상인 매미소리를 바위에 스며든다고 표현해서 시각의 대상으로 바꿉니다. 그러면 마치 물이 흙에 스며드는 것처럼 소리의 입자들이 단단한 바위 속으로 스며들면서 외부세계에 동요되지 않는 단단한 바위만이 남게 됩니다. 바위의 깊은 침묵 속으로 스며서 사라지는 매미소리가 눈에 보이는 듯하지요? 이 장면을 상상해보면 매미소리가 고요함 속에 스며들어 사라지고 사방이 고요해지는 것 같습니다. 이것이 바로 시의 세계가 아닌가요? 도시의 매미소리는 자동차 소음을 능가한다고 하는데···. 여러분, 바위 속에 스며드는 매미소리에 가만히 귀를 기울여 보십시오.

놀라워라. 조개는 오직 조개껍질만을 남겼다

— 최승호(1954~), 「전집」 전문

　시는 단 몇 마디로 말로 방대한 산문적 내용을 압축해 버립니다. 돼지를 말할 때 산문은 머리와 몸통, 네 발과 꼬리를 다 묘사하는데, 시는 동그랗게 말린 꼬리만 슬쩍 흔들면서 돼지의 몸통은 물론 사는 모습까지 보여주기 때문이지요. 이 시가 바로 그렇습니다. 조개는 조용하게 한 생을 마감하면서 조개껍데기 하나만 남깁니다. 한마디로 조개에게 조개껍데기는 그의 전 생애를 이끌고 온 기록물, 전집이라는 것입니다. 간결한 한 마디로 전 생애를 이렇게 압축해 보여주는 것이 놀랍지 않습니까? 이 짧은 시를 읽으니, 탐욕에 젖은 인간들은 한 세상 살면서 재물과 권력과 명예를 위해서 눈치보고 아부하고 타협하며 동분서주하지만, 과연 죽은 후에 무엇을 남기는 것일까 하는 생각이 듭니다.

엄마야 누나야 강변 살자.
뜰에는 반짝이는 금모래 빛,
뒷문 밖에는 갈잎의 노래,
엄마야 누나야 강변 살자.

- 김소월(1902~1934), 「엄마야 누나야」

이 세상에 <엄마야 누나야>만큼 친근한 호칭이 있을까요? 함부로 떼를 쓰고 잘못을 해도 달래주고 감싸주는 모성이지요. 시인은 지금 엄마와 누나를 부르며 강변에 살자고 합니다. 강변은 생명의 근원인 물이 흐르는 곳, 엄마와 누나로 환기되는 모태공간 즉 본래적인 세계입니다. 그러므로 <강변 살자>라는 말은 본래적인 삶을 살자는 말이지요. 뜰에는 금모래가 반짝이고, 뒷문 밖에는 갈잎이 바람에 흔들리는… 아파트의 숲에서는 감히 꿈도 꾸지 못할 시각적 환희(반짝이는 금모래 빛)와, 청각적 울림(갈잎의 노래)이 조화를 이룹니다. 그런 아름다운 공간을 상실하고 조롱 속의 새처럼 도시문명의 울타리에 갇혀 살고 있기에, 80여 년 전에 쓰여진 이 작품이 오늘도 우리들에게 감동으로 다가오는 게 아닌가요?

소나무 아래에서 동자에게 물었더니
스승은 약초 캐러 가셨다 하네
지금 이 산 속 어디인가 있겠지만
구름이 너무 깊어 알 수가 없네

－가도(賈島 779~843), 「은자를 찾아갔다 못 만나고」

요즘의 휴대폰 시대에 이런 시를 감상하는 것은 어떨는지요? 깊은 산 속에 살고있는 은자(隱者)를 찾아갔다가 못 만났다는 정황이 선계(仙界)의 장면처럼 느껴집니다. 미리 약속을 하고 간 것이 아니니 못 만나도 그만이고, 조금 기다리면 되겠지요. 그런데 지금 우리들의 의식을 붙드는 것은 찾아간 사람을 못 만났다는 사실이 아니라, 모든 것이 그냥 거기 그렇게 있다는 사실입니다. 그리고 그 사실은 신기하게도 인간의 작위(作爲)와 이해를 넘어서게 해 주는 것 같습니다. 소나무와 동자, 약초 캐는 행위와 구름 깊은 그윽한 산 속은 상상하는 것만으로도 마치 선계와 같은 초월공간을 슬쩍 들여다본 듯한 느낌을 줍니다. 일상에 묶여서 끌려가듯 살고 있는 우리들에게 이 시는 진정한 삶의 여유와 자유를 보여주고 있는 게 아닐까요?

바람에 소금쟁이가 읽는 수면이 자꾸 접혀서
소금쟁이들 뭘 읽는지도 모르는 채 허둥대네

그 난독이 게워낸 파도가 물가에 밀려와 끊임없이 소곤대어
내 맨발만 간지럽네

-이하석(1948~), 「소금쟁이 독서」

　　더위 탓에 물에 발 담그고 싶어지니 문득 이 시가 생각납니다. 바람
이 불어 잔잔한 수면에 물결이 생깁니다. 조용히 물 위에 떠 있던 소금
쟁이가 물결에 밀려서 허둥댑니다. 시인은 기발하게도 이 장면을 독서
에 연결시킵니다. 그리고는 마치 바람에 책장이 접히는 것처럼 <수면
이 자꾸 접혀서/소금쟁이들 뭘 읽었는지도 모르는 채 허둥>댄다는 절
묘한 상상력을 발휘합니다. 그리고는 물결을 슬그머니 소금쟁이의 난
독(허둥거림)의 탓으로 돌리고, 그 물결(파도)이 물가에 밀려와서 시인
의 맨발을 간질이고 있다는 것입니다. 이렇게 자연 속에 하찮은 장면
도 자세히 들여다보면 인간과 소통되는 세계가 열리는 것이지요. 소금
쟁이와 바람, 잔물결과 시인의 맨발이 긴밀하게 연결되면서 자연과 인
간의 정겨운 교류가 일어나는 것이 느껴지지 않습니까?

하늘의 그물은 성글지만
아무도 빠져나가지 못합니다
다만 가을밤에 보름달 뜨면
어린 새끼들을 데리고 기러기들만
하나 둘 떼지어 빠져나갑니다

-정호승(1950~),「하늘의 그물」

　　이 시는 "하늘의 그물은 넓고 넓어서, 성긴 듯하지만 죄 있는 자를
결코 놓치지 않는다(天網恢恢 疎而不漏)"는 노자의 「도덕경」에 나오는
구절을 패러디하고 있습니다. 「도덕경」은 경(經)이지 시(詩)가 아닙니
다. 그런데 시인은 노자의 말씀에 <가을밤>, <보름달>, <어린 새
끼들을 거느린 기러기들>을 등장시켜서 경(가르침)의 칠판을 시(감동)
의 캔버스로 전환시킵니다. 보름달이 뜬 가을밤 하늘이라는 무욕의 공
간을 날아가는 기러기떼 - 더구나 새끼들을 거느린 - 를 상상해 보십
시오. 어쩐지 슬프도록 죄 없는 장면처럼 느껴지지 않습니까? 그래서
인지 노자의 작위(作爲)와 무위(無爲)를 떠올리지 않더라도, 그들이 하
늘 그물(구속)을 빠져나갈 수 있는 것(자유)은 당연해 보입니다. 이렇게
도덕의 언어를 감동의 언어로 바꾸어 가슴에 울림을 주는 것이 시의
세계가 아닌가요?

하늘의 무지개를 볼 때마다
내 가슴은 뛴다.
나 어릴 때도 그러했고
어른 된 지금도 그러하니
늙어서도 그러하리라.
그렇지 않다면 죽어버리리!

어린이는 어른의 아버지,
원컨대 내 삶의 날들이
본래의 경건함으로 이어지기를⋯.

– 윌리엄 워즈워드(1770~1850), 「무지개」

　　비 그친 하늘에 갑자기 나타난 무지개를 보고 가슴이 설레지 않는 사람이 있을까요? 아마도 그 설렘의 정도가 감성지수를 나타내는 게 아닐까요? 그런데 아무리 감성적인 사람도 나이 들면 어린 시절만큼은 감동을 느끼지는 못하는 것 같습니다. 왜냐하면 사람들은 대개 나이 들면서 사물을 목적으로 보지 않고 수단으로 보기 때문이지요. 예컨대 어린이는 나무를 나무로 보지만, 어른들은 나무를 목재로 보기 때문에 나무의 아름다움을 놓치는 것입니다. 그러므로 어린이야말로 어른들에게 참으로 보는 법을 깨우쳐주는 셈이지요. 그래서 시인은 <어린이는 어른의 아버지>라는 역설적인 경구로 어린이의 순수한 눈을 잃지 않도록 경계하고 있는 게 아닐까요? 무지개를 보고도 가슴이 뛰지 않는다면 감성적으로는 사망한 것이나 다름없을 테니 말입니다.

빈 컵의 하오는
아름답다.
죽은 새 몇 마리의
살점같이
채송화가 피었다.

                      — 김용범(1954~), 「채송화」

    "빈 컵의 하오는/아름답다"라니… 대담한 표현이지요? 컵은 물이나 술 같은 액체를 담는 도구(그릇)인데, 비어있기 때문에 도구성을 벗어나 그 자체로 빛납니다. 그런데 이 정황을 시인은 <하오의 빈 컵>이라고 하지 않고 <빈 컵의 하오>라고 씀으로써 시간과 공간의 새로운 질서를 구축하는 것이지요. 이렇게 새로 구축된 시공(時空)에 느닷없이 채송화가 등장합니다. 핏빛의 연약한 줄기에 핀 작은 꽃들…… 시인은 그 꽃들을 하필 죽은 새 몇 마리의 살점에 비유함으로써 <빈 컵의 하오>는 아름다움을 넘어서 고통과 비극적 깊이를 가지게 합니다. 빈 컵의 하오에 돌연히 등장한 죽은 새의 살점 같은 꽃… 죽음과 재생이 바로 이 아름다운 시간(하오)과 공간(빈 컵)에서 합일된 것이지요. 이 짧은 시에서 오는 긴장과 전율… 그것은 바로 빈 컵의 하오라는 순수공간에 채송화로 비쳐진 죽음과 재생의 음영 때문이 아닐까요?

붉은 해가 산꼭대기에 찔려
피 흘려 하늘 적시고,
톱날 같은 암석 능선에
뱃바닥을 그으며 꿰맬 생각도 않고
―――여기가 어디냐고?
―――맨날 와서 피 흘려도 좋으냐고?

– 이성복(1952~), 「여기가 어디냐고」

　아름다운 놀빛을 <붉은 해가 산꼭대기에 찔려/피 흘려 하늘 적>신 것으로 보는 시인의 시선이 예사롭지 않습니다. 붉은 해가 산의 <톱날 같은 암석 능선에/뱃바닥을> 그어서 피가 흐르는데 <꿰맬 생각도 않고> 있다니… 이 시를 읽으니 이상하게도 고통과 기쁨이 동시에 느껴집니다. 왜일까요? 생각건대 놀빛은 일몰의 빛으로서 태양의 소멸 즉 죽음을 뜻합니다. 그런데 일몰의 시간을 나타내는 황혼이란 말의 혼(昏)은 혼(婚) 즉 혼례로서 새로운 생명의 잉태/탄생을 약속하는 것이지요. 따라서 놀빛은 하늘과 땅의 혼례의 빛으로서 죽음과 탄생을 은유하면서 고통과 환희로 우리들의 가슴을 파고들기 때문이 아닐까요? 그런 의미에서 이 시는 천상적인 것과 지상적인 것의 대립을 피흘림이라는 고통을 통해서 극복해 가는 화해의 목소리가 아닌지요?

삶이 그대를 속일지라도
슬퍼하거나 노여워 말라
설움의 날 참고 견디면
머지않아 기쁨의 날 오리니…

마음은 미래를 바라느니
현재는 언제나 슬픈 것
모든 것은 일순간에 지나가고
지나간 것은 다시 그리워지느니…

              − 푸슈킨(1799~1837),「삶이 그대를 속일지라도」

    이 시는 너무 유명해서 진부해 보일 지경인데도 여전히 많은 사람들에게 애송되고 있습니다. 더구나 소위 좋은 시가 지녀야 할 덕목들, 예컨대 텐션, 컨시트, 메타포어, 이미지, 위트 같은 게 별로 보이지 않는데도 왜 이 시가 폭넓은 사랑을 받는 것일까요? 가만히 생각해보면 아무래도 이 시의 가장 큰 미덕은 희망의 메시지에 있는 것 같습니다. 설움의 현재를 견디면 기쁨의 미래가 온다는 소박한 희망… 삶이 자신을 속인다고 슬퍼하고 노여워하면 결국 절망에 빠지겠지요. 그런데 절망은 죽음에 이르는 병이니, 삶에 이르는 약은 희망일 것입니다. 괴테는 성실하게 노력하는 사람은 길을 잃고 헤매지만, 노력을 포기하지 않으면 반드시 구원받는다고 말합니다. 이 때 포기하지 않게 하는 힘은 바로 희망이 아닐까요? 요즘 우리의 현실이 매우 어둡고 짜증스럽지만, 그래도 나지막하게 푸슈킨의 이 시를 암송해보면 어떨는지요?

내 마음 어딘 듯 한편에 끝없는
강물이 흐르네.
돋쳐 오르는 아침 날빛이 빤질한
은결을 도도네.
가슴엔 듯 눈엔 듯 또 핏줄엔 듯
마음이 도른도른 숨어 있는 곳·
내 마음 어딘 듯 한편에 끝없는
강물이 흐르네.

― 김영랑(1903~1950), 「끝없는 강물이 흐르네」

　언어는 정신의 그릇이고, 시인은 그것의 지킴이라고 합니다. 영국이
셰익스피어를, 독일이 괴테를 소중하게 여기는 것은 바로 그들이 언어
의 파수병으로서 그들 민족의 정신을 지킨 까닭이지요. 우리는 김영랑
을 읽으면서 그가 찾아내서 다듬고 지켜온 우리말의 정겨움과 아름다
움에 감탄합니다. 우리말의 빛깔과 속내와 살결을 누구보다도 잘 지키
고 살려낸 시인이지요. 여기 <내 마음 어딘 듯 한편에 끝없는 강물이
흐르네>라는 구절에서 보이는 것처럼 그는 세계를 자아 속에 끌어들
여서 새로운 숨결과 생명을 피워냅니다. 뿐만 아니라 <돋쳐>, <빤질
한>, <도도네>, <도른도른> 등 보석 같은 낱말들이 파닥거리고,
흐르는 강물에는 <돋쳐 오르는 아침 날 빛이 빤질한 은결을 도도>고
있습니다. 조용히 이 시를 읽어보면 마음 속 <어딘 듯 한 편에 끝없는
강물이 흐르>는 게 느껴지지 않습니까?

나뭇잎 하나가

아무 기척도 없이 어깨에

툭 내려앉는다

내 몸에 우주가 손을 얹었다

너무 가볍다

             - 이성선(1941~2001), 「미시령 노을」

  미시령을 아시는지요? 그 높은 고갯길을 넘어보셨는지요? 그곳에서 하늘에 붉게 번지는 노을 빛을 보신 적이 있는지요? 시인은 노을에 물든 그 고갯길에 혼자 서 있습니다. 사방이 조용한데 <나뭇잎 하나가/아무 기척도 없이 어깨에 툭/내려앉>습니다. 그럴 수 있겠지요. 그런데 시인은 어깨에 툭 내려앉는 나뭇잎 하나에서 전 우주를 느낍니다. 나뭇잎은 바로 우주의 손, 그러니까 우주가 손을 시인의 어깨에 얹은 것입니다. 거대한 우주가 손을 얹었는데, 그 손이 나뭇잎이니 너무 가볍습니다. 지금 시인이 바라보는 노을은 빛과 어둠 혹은 생성과 소멸이 화해하는 감격의 빛깔입니다. 세속의 욕망이 닿지 않는 미시령의 노을 아래에서 우주와 교감하는 시인의 모습이 아름답지 않습니까?

내 귀는 소라껍질
바다 소리를 그리워한다

– 장 콕토(1889～1963), 「귀」

    우리는 흔히 귀의 생김새에서 소라껍데기를 유추하고 소라껍데기
에서 바다를 연상합니다. 그래서 시인은 <내 귀는 소라껍질/바다소리
를 그리워한다>고 노래하는 것 같습니다. 소라껍데기 속에는 소라(생
명)가 없습니다. 속이 비어서 허전하고 그 허전함은 무엇인가를 간절
히 바라는데, 그 바람은 자신의 근원인 바다에 대한 그리움이 아닐까
요? 이 때 소라껍데기가 바닷소리를 그리워하는 것은 우리가 고향을
그리워하는 것과 같습니다. 생각해보면 인간은 본래 고향(근원)상실자
이지요. 그러므로 이 시에서 우리는 존재의 고향(근원)에 대한 존재자
의 그리움을 읽는 것입니다. 이 짧은 시가 깊이 울리는 까닭은 귀에서
소라껍데기로, 소라껍데기에서 바닷소리로 확대되는 이미지가 우리
가슴속에 있는 근원적인 향수(鄕愁)를 불러일으키기 때문이 아닐까요?

흐린 세상을 욕하지 마라
진흙탕에 온 가슴을
적시면서
대낮에도 밝아 있는
저 등불 하나

- 이외수(1946~), 「연꽃」

연꽃은 더러운 진흙탕에서 피면서도 어쩌면 그렇게 깨끗한지요? 진흙탕 속에서 자라지만 진흙에 더럽혀지지 않고, 온화한 모습으로 귀한 품격을 지키며 주변의 악취를 향기로 바꾸어 주는 아름다운 꽃, 그래서 불교에서는 여러 가지 비유와 상징으로 쓰는 것 같습니다. 우리들은 세상을 욕하고 불평하지요. 우리가 때 묻고 더럽혀지는 것은 세상이 더럽기 때문이라며 세상을 탓합니다. 그러나 시인은 연꽃을 가리키며 우리들을 비판합니다. <흐린 세상을 욕하지 마라,> 저 연꽃은 <진흙탕에 온 가슴을 적시면서>도 마치 등불처럼 환하게 <대낮에도 밝아있>지 않느냐고 말입니다. 이 짧은 시구가 마치 죽비소리처럼 가슴을 후려치네요. 이 시를 읽고 진흙탕에 핀 연꽃을 보니 지금까지 세상을 욕했던 게 부끄럽습니다.

물먹는 소 목덜미에
할머니 손이 얹혀졌다.
이 하루도
함께 지났다고,
서로 발잔등이 부었다고,
서로 적막하다고,

— 김종삼(1921~1984), 「묵화」(墨畵)

묵화는 채색이 아닌 흑백의 음영으로 사물을 묘사하기 때문에 단순하지만 조용하고 깊게 그 대상의 내면을 드러내는 것 같습니다. 이 시는 그 제목처럼 단순하지만 깊고 조용하게 삶의 진정성을 보여줍니다. 보십시오. 할머니와 종일 일하고 돌아온 소가 물을 먹고 있습니다. 자신도 힘들지만 물 마시는 소가 더 안쓰럽습니다. 할머니는 소의 목덜미를 어루만집니다. 할머니에게 소는 가축이 아니라 가족이고 어쩌면 심정적으로는 영감(남편)처럼 든든한 존재이지요. <이 하루도 함께 지났다고> 감사하며 <서로 발잔등이 부었다고> 마음 아파합니다. 그리고 무엇보다도 <서로 적막하다고> 외롭고 쓸쓸함을 위로합니다. 동물과 인간이 한 가족이 되는 것이지요. 그러고 보니 <묵화>라는 제목이 암시하듯이 이 시에서는 자연과 인간의 경계가 무너지고 서로가 흑백의 음영으로 감싸주고 있는 것 같지 않습니까?

밤비에
플라타나스
인도(人道) 위로 쓰러졌다.

행인들은 아무 말 없이
꺾인 가지를 밟고 지나고

노을이
작은 손수건 하나를
그 이마에 덮어 주었다.

－민병도(1953~), 「아침 노을」

　태풍이 지나간 모양이지요. 아침 출근길에 가로수 한 그루가 인도 위에 쓰러져 있습니다. 도시의 매연과 소음을 마시며 녹음과 그늘을 주었던 고마운 나무, 그것이 하필 인도(人道) 위로 쓰러졌다는 말도 어딘가 시사적입니다. 여기서 인도란 물론 차도(車道)의 상대어이지만, 그 낱말을 발음하는 순간 우리는 무의식중에 <사람의 도리>를 떠올리기 때문이지요. 아직 인부들이 치우지 않아서 <행인들은 아무 말 없이/꺾인 가지를 밟고 지나>갑니다. 쓰러진 나무를 돌아볼 여유가 없는 행인들의 무관심한 눈길에 가슴이 아픕니다. 그런데 마침 한 줄기 아침 노을이 나무에 비칩니다. 그 장면을 보고 시인은, 쓰러진 나무가 안쓰러워서 <노을이 작은 손수건 하나를 그 이마에 덮어준> 것이라고 합니다. 함부로 지나치는 바쁜 일상에서도 이렇게 아름다운 정경을 발견해내는 시인의 눈이 따뜻하지 않습니까?

오랜만에 고향에 갔다
간밤에 마신 술 탓에
새순 나오는 싸리울타리에
그만 누런 가래 뱉어놓고 말았다
늦은 귀향길 안쓰런 마음 더해가는
고향 앞에서 나는 또 한 번 실수에
무안(無顔)해하는데
때마침 철 늦은 눈이
내 허물을 조용히 덮어주고 있었다

- 도광의(1941~), 「이런 낭패」

고향은 생명이 시작된 모성공간입니다. 우리가 도시생활에 찌들고 지쳐서 찾아가면 언제나 어머니처럼 그 넉넉한 품으로 감싸주고 위로해 주는 곳, 그래서 우리는 고향에 가면 어린아이처럼 어리광을 부리고 실수를 하며 떼를 쓰지요. 시인은 오랜만에 고향에 갔습니다. 그런데 <간밤에 마신 술 탓에/새순 나오는 싸리 울타리에/그만 누런 가래를 뱉어놓>는 실수를 한 모양입니다. 얼마나 안쓰럽고 무안한지 어쩔 줄 모르고 당황해하고 있습니다. 아, 그런데 놀라운 일이 눈앞에서 일어나고 있는 것입니다. 보십시오. 철늦은 눈이 내리면서 시인이 저지른 어이없는 실수를 남들이 모르게, 조용히 덮어주고 있는 것이 아닙니까? 얼마나 포근하고 자비로운 모성입니까? 모든 것이 용서되고 포용되는 모성공간…. 고향을 가진 사람은 정말 행복합니다.

자줏빛 바위 가에
잡고 있는 암소 놓게 하시고
나를 아니 부끄러워하시면
꽃을 꺾어 바치오리다.

– 작자 미상, 「헌화가」

　잘 알려진 우리 고대시가의 하나이지요. 동해바다 용왕도 탐냈다는
절세미인(수로부인)이 벼랑 위에 핀 꽃을 갖고 싶어합니다. 그러나 너
무 위험해서 아무도 나서지 않습니다. 그 때 암소를 끌고 지나가던 노
인이 수로부인 앞에 나와 자기를 부끄러워하지 않는다면 암소 고삐 놓
아두고 꽃을 꺾어 바치겠다고 합니다. 거절하지 않는다면 자신의 전
재산인 암소(현실)를 놓아두고 죽음의 위험도 무릅쓰겠다는 것이지요.
한마디로 무모한 제안이 아닌가요? 노인이 설령 꽃을 꺾어 바친다고
해도 유부녀인 수로와의 사랑이 이루어지겠습니까? 그러나 그뿐, 사
랑은 대가를 바라지 않는 법, 어찌 보면 이 무모함이야말로 이해를 초
월하는 진정한 사랑이 아닌가요? 그리고 무엇보다도 아름다운 여인에
게 목숨을 거는 노인의 심미적인 열정이 놀랍지 않습니까?

해도
거의 다 넘어가는
텅 빈 들판을
새 한 마리 끼룩끼룩 울며
이쪽 하늘에서
저쪽 하늘 끝으로 날아가고 있습니다
초저녁의 달이
애처로운 얼굴로
그것을 보고 있습니다

– 이동순(1950~), 「새」

　　인간은 본질적으로 외롭습니다. 어느 시인은 외로우니까 사람이라
고 쓰고, 누군가는 외로운 군중이라는 말도 합니다. 외롭지 않으면 인
간은 자신의 실존과 조우할 수 없다고도 하지요. 그래서 많은 시인과
예술가들이 그 본질적인 외로움을 묘사하는 모양입니다. 이 시에서도
시인은 외롭고 쓸쓸함의 근원적인 정서를 한 폭의 그림처럼 보여줍니
다. 상상해 보십시오. 아무도 없는 텅 빈 들판, 끼룩끼룩 울면서 이쪽
하늘에서 저 쪽 하늘 끝으로 날아가는 한 마리 새, 그것을 애처롭게 바
라보는 초저녁의 달…. 서서히 저무는 시간과 쉴 곳 없는 텅 빈 공간 속
에서 애절하게 울며 날아가는 새의 이미지는 얼마나 외롭고 쓸쓸한 존
재자의 모습입니까? 여기서 우리는 새에 투사된 우리 자신의 근원적
인 외로움을 보면서 스스로의 실존을 각성하는 것이 아닌지요?

밤차를 타고 오는 당신을 기다리다
새벽차를 타고 떠나는 나

밤차를 타고 뜬눈으로 와 보면
새벽차를 타고 떠나버린 당신

다시 밤차를 타고 올 당신을 기다리다
다시 새벽차를 타고 떠나는 나.

— 김연대(1941~), 「인생」

　상사화라는 꽃을 아시는지요? 무성했던 잎이 다 진후에야 꽃이 피기 때문에, 잎은 꽃을 보지 못하고 꽃도 잎을 만날 수 없어 이룰 수 없는 사랑이라는 꽃말을 지녔다는 꽃…. 이 시에서 시인은 인생을 그런 상사화 같은 것이라고 말하는 듯합니다. 밤차를 타고 오는 당신을 기다리다가 아쉽게도 나는 새벽차를 타고 떠나고, 내가 밤차를 타고 뜬눈으로 달려와 보면 당신은 새벽차로 떠납니다. 그래서 다시 밤차를 타고 올 당신을 기다리지만 역시 새벽차를 타고 떠나가야 하는 엇갈림이 인생이라는 것이지요. 이 시는 동어반복의 매우 단순한 구조로 되어 있습니다. 그러나 밤차가 환기하는 먼 길의 피곤함과 새벽차의 쫓기는 불안감의 교차가 시적 긴장을 구축하면서 인생의 깊은 의미를 생각하게 합니다. 우리는 만남이 아니라 엇갈림을 통해서 마치 상사화의 잎과 꽃처럼 서로를 더욱 그립고 소중하게 여기는 것이 아닐는지요?

반중 조홍감이 고와도 보이나다
유자 아니라도 품음직도 하다마는
품어 가 반길 이 없을새 글로 설워하나이다.

— 박인로(朴仁老, 1561~1642), 「조홍시가(早紅柿歌)」

　추석이 다가옵니다. 조상을 생각하며 효(孝)의 의미를 새겨 보는 것이 명절의 뜻일 듯 하여 이 시조를 떠올려봅니다. 조선조의 시인 박인로가 당대 명신 한음대감 댁에 갔다가 접대로 내놓은 홍시를 보고, 돌아가신 어머니를 생각하며 옛날 중국의 육적회귤(陸續懷橘)의 고사(故事)를 연상해서 지었다지요. 그의 효심이 읽는 이의 마음을 울리고 눈시울을 적시게 합니다. "나무는 고요하고자 하나 바람이 멈추지 아니하고, 자식이 봉양하고자 하나 어버이가 기다려 주지를 않는다(樹欲靜而風不止, 子欲養而親不待)"는 옛 글귀처럼, 자식들이 진정으로 어버이의 은혜를 깨닫고 섬기려 할 때는 이미 돌아가신 다음이지요. 참으로 안타까운 일입니다. 문자 그대로 백가지 행동의 근본이며 우리에게 내려진 무상명령임에도 불구하고 효를 실천하는 일이 왜 그렇게 어려운지요?

그 읍에는 닷새마다 우시장 선다
아래장터엔 땅거미 일찍 지고
팔려 가는 송아지와 팔려가지 못한 어미 소가
물끄러미 바라보며 눈 끔벅인다

목울대에 덜컥 걸리는 서산 노을 붉다

― 장하빈(1957~), 「어떤 별리」

지금은 거의 사라진 시골의 우시장 풍경입니다. 농부에게 소는 가축이 아니라 식구와 다름없지만, 내다 팔아야 자식 학비도 대고 빚도 갚을 수 있습니다. 땅거미가 지는 시골 장터, 우시장에 나왔다가 팔려가지 못한 어미 소가 팔려가는 송아지를 물끄러미 바라보며 눈을 끔벅이고 있습니다. 새끼와 생이별하는 어미의 심경을 어떻게 표현할 수 있겠습니까? 말 못하는 어미소가 울음을 삼키는지 목울대가 크게 움직입니다. 바로 그 순간, <목울대에 덜컥> 서산 노을이 걸립니다. 말할 수 없는 어미 소의 슬픔에 멀리 서산 노을이 다가와 목울대에 붉게 걸리는 이 우주적인 코레스폰던스(조응)……! 죽음보다 더한 고통과 지울 수 없는 영혼의 슬픔이 한 순간 응어리로 뭉쳐서 <덜컥> 존재의 숨통을 막는 장면이 아닙니까? 바로 그러한 순간을 포착한 시인의 눈이 놀랍습니다.

나뭇잎이 떨어진다, 떨어진다 멀리에선 듯,
하늘의 먼 정원이 시드는 것처럼,
거부하는 몸짓으로 떨어진다.

그리고 한 밤 중 무거운 지구가
모든 별들로부터 고독 속으로 떨어진다.

우리 모두가 떨어진다. 여기 이 손도 떨어진다.
보라 다른 것들을, 모두가 떨어진다.

그러나 어느 한 분이 계시어, 이들 낙하를
한없이 부드러운 그의 손으로 받아드린다.

　　　　　　　　　　　　　－ R. M. 릴케(1875~1926), 「가을」

　　조락(凋落)의 계절 가을입니다. 가을에는 나뭇잎이 떨어지고 지구가
고독 속에 떨어지고 손이 떨어지고 세상의 모든 것이 떨어집니다. 그
리하여 모든 사물은 세속적인 가치와 일상적인 의미가 지워져서 본래
적인 모습으로 환원됩니다. 가령, 잎이 가지에서 떨어지는 것은 잠깐
머물던 가지 위에서 대지라는 근원으로 귀환하는 것이지요. 그럼에도
우리들은 떨어지는 것이 두렵고 불안합니다. 생명은 생기(生起)하는 상
승의 이미지로 나타나지만, 낙하는 소멸과 죽음의 심상으로 드러나기
때문이지요. 그러나 두려움과 불안 속에서 밖으로 향했던 시선을 거두
어 스스로의 내면을 응시하면, 시인의 말처럼 모든 낙하를 받아드리는
한 위대한 존재를 느낄 수 있지 않을까요? 저 가을 햇살 뒤에서 우리를
구원으로 인도하는 크고 부드러운 손길을 말입니다.

연탄재 함부로 발로 차지 마라
너는
누구에게 한 번이라도 뜨거운 사람이었느냐

                                  — 안도현(1961~), 「너에게 묻는다」

   세상에는 하잘 것 없어 보이는 것도 때로는 크고 위대한 깨우침을 줄 때가 있습니다.

   거짓과 위선으로 자신을 속여도 인간은 진실 앞에 마주서면 한 순간에 자신을 무너뜨리는 양심을 가지고 있기 때문입니다. 그래서 누구든지 죄 없는 사람이 먼저 간음한 여자를 돌로 치라는 예수의 말에 아무도 돌을 던지지 못한 게 아닐까요? 그러나 종종 우리는 자신을 망각하고 예컨대, 골목길에 버려진 연탄재를 함부로 차버립니다. 연탄재야 하잘 것 없는 쓰레기이니까 차버려도 괜찮다는 것이지요. 그런데 시인은 <연탄재 함부로 발로 차지 마라/너는/누구에게 한 번이라도 뜨거운 사람이었느냐>고 준엄하게 꾸짖습니다. 그 질책에 깜짝 놀라서 우리는 꼼짝없이 말이 막힙니다. 하잘 것 없는 것에서 큰 깨우침을 받는 순간이지요. 남을 위해서 자신을 뜨겁게 희생한 연탄재…… 그것을 함부로 발로 차는 우리는 과연 한 번이라도 누군가에게 뜨거운 사람이었을까요?

군중 속에서 유령처럼 나타나는 이 얼굴들,

까맣게 젖은 나뭇가지 위의 꽃잎들

– 에즈라 파운드(1885~1972), 「지하철 정거장에서」

    오늘의 시는 소위 이미지즘에 큰 영향을 받았다고 할 수 있습니다. 산문과는 비교가 되지 않을 짧은 시행 속에 우주의 비밀을 담을 수 있는 까닭은 바로 이미지 때문이 아닐까요? 예컨대 이 짧은 작품이 우리 시대의 복합적인 음영을 명징하게 드러내주는 것을 생각해 보십시오. 지금 어두컴컴한 지하철 정거장의 군중 속에서 갑자기 어떤 얼굴들이 나타납니다. 그 얼굴들은 전에 보았던 꽃잎들의 이미지와 겹치면서 환하게 살아나지요. 이때 얼굴들과 꽃잎들이 주는 밝고 환한 빛은 까맣게 젖은 나뭇가지와 지하철 정거장의 어둠과 대비되면서 나타남과 사라짐, 주관과 객관, 개인과 군중의 이미지들로 중첩됩니다. 그러한 이미지의 중첩이 빚어내는 음영이 우리의 정서에 깊은 울림을 주는 것이지요. 시는 설명하는 게 아니라 제시하는 것이라고 하는데 그것은 바로 이미지를 두고 하는 말이 아닌가요?

파밭에 뿌리는 가을비.
기운 마당귀가 젖고
雜草들이 푸들푸들
닭살을 세운다. 사기 그릇에
반 이상 오른 軟豆色 이끼.
성큼 靑山이 다가와 솔가지
담장을 넘는다. 水銀柱 속에서
빨간 실지렁이가
오그린다.

- 박재열(1949~), 「한난계」

철학이 구체적인 것을 추상(개념)화 하는 일이라면 시는 추상(관념)적인 것을 구체화하는 일이라고 할 수 있습니다. 그래서 시인들은 종종 그들의 추상적인 감정을 이미지에 기대어 드러내지요. 이 시에서는 파밭, 이끼, 청산 등의 푸른색과 가을비, 사기그릇이 독자들의 마음을 차고 서늘하게 합니다. 그리고 파, 잡초, 솔가지 등 끝이 뾰족한 사물들과 푸들푸들, 성큼 같은 낱말이 긴장감을 유발합니다. 뿐인가요? 아무 수식 없이 젖다, 세우다, 넘다, 오그리다 같은 술어가 나와서 독자들을 늦가을의 추위 속에서 알 수 없는 불안에 쫓기게 하여 실존적인 계기로 인도합니다. 그런데 시인은 그 느낌을 느닷없이 <水銀柱 속에서/빨간 실지렁이가/오그린다.>는 이미지로 대체합니다. 놀라운 일이지요. 이처럼 시인은 그의 추상적인 감정을 선명한 이미지로 형상화하여 단숨에 독자의 가슴에 깊이 심어놓는 게 아닌가요?

가을에는
기도하게 하소서…….
낙엽들이 지는 때를 기다려
내게 주신
겸허한 모국어로 나를 채우
소서.

가을에는
사랑하게 하소서……
오직 한 사람을 택하게 하소서.

가장 아름다운 열매를 위하여
이 비옥한
시간을 가꾸게 하소서.

가을에는
호올로 있게 하소서…….
나의 영혼,
굽이치는 바다와
백합의 골짜기를 지나,
마른 나뭇가지 위에 다다른 까마
귀같이.

– 김현승(1913~1975), 「가을의 기도」

　　가을이 깊어지고 있습니다. 모든 사물이 수식을 벗고 본래적인 모습으로 돌아가는 시간이지요. 그런데 지금 시인은 세상의 많은 일 중에서 하필 기도와 사랑 그리고 고독을 기원합니다. 그에게 기도란 <낙엽이 지는 때>라는 본질적인 시간에 <가장 겸허한 모국어>로 절대자와 만나는 방식이지요. 사랑은 <오직 한 사람>이라는 타자와의 전적인 관계를 통하여 자신을 완성하고 우주와 합일하는 일이고요. 또한 고독은 철저히 <홀로 있음>을 통하여 자신의 실존을 회복케 하는 상황이 아닐까요? 그리하여 시인은 현존재를 초월하려는 자신의 실존을 <백합의 골짜기를 지나 마른 나뭇가지 위에 다다른 까마귀>로 표상하는 것이지요… 강물에 떠내려가는 가랑잎처럼 존재망각의 일상성에 휩쓸리고 있는 우리들도, 이 가을에는, 조용히 자신을 돌아보며 한 번쯤 저런 기도를 해 봄이 어떨는지요?

저자 **이진흥** 1945년 서울에서 태어나 서울사대부고를 거쳐 서강대 독문과, 경북대학원 철학과 및 국문과를 졸업하고 영남대에서 문학박사학위를 받았다. 매일신문(1970)과 중앙일보(1972)신춘문예(시부문)를 거쳐 현대문학(1978) 시추천을 받고, 세계의 문학(1980)에 「시, 영원한 반언어」를 발표하면서 평론을 쓰기 시작했다. 시집으로 「별빛 헤치고 낙타는 걸어서 어디로 가나」(1984), 「칼 같은 기쁨」(1999)을 상재하고, 연구서 「한국 현대시의 존재론적 해명」(1995)을 출간했으며, 대구문학상(1989)과 금복문화상(2007)을 수상했다.

진실과 감동의 언어

초판 1쇄 인쇄일	2010년 4월 22일
초판 1쇄 발행일	2010년 4월 28일
지은이	이진흥
펴낸이	정진이
총괄	박지연
편집 · 디자인	이솔잎 채지영 김민주
마케팅	정찬용
관리	한미애 강정수
인쇄처	태광
펴낸곳	**새미**

등록일 2005 13 14 제17-423호
서울시 강동구 성내동 447-11 현영빌딩 2층
Tel 442-4623 Fax 442-4625
www.kookhak.co.kr
kookhak2001@hanmail.net

ISBN	978-89-5628-543-6 *93800
가격	20,000원

* 저자와의 협의하에 인지는 생략합니다.
새미는 **국학자료원**의 자회사입니다.
잘못된 책은 구입하신 곳에서 교환하여 드립니다.